国家自然科学基金重点项目（40635030）
江苏省区域经济学重点学科建设基金
徐州师范大学地理学一级学科建设基金

◎ 仇方道 著

Adaptability of Industrial Ecological System of Mining Cities in Northeast China

中国区域可持续发展文库

东北地区矿业城市产业生态系统适应性研究

科学出版社

北京

图书在版编目(CIP)数据

东北地区矿业城市产业生态系统适应性研究/仇方道著 . —北京：科学出版社，2011

（中国区域可持续发展文库）

ISBN 978-7-03-029872-0

Ⅰ.①东… Ⅱ.①仇… Ⅲ.①矿业城镇-城市环境：生态环境-城市规划-研究-东北地区 Ⅳ.①X321.23

中国版本图书馆 CIP 数据核字（2010）第 264629 号

丛书策划：胡升华 侯俊琳／责任编辑：侯俊琳 陈 超 韩昌福 马云川
责任校对：张怡君／责任印制：赵德静／封面设计：无极书装
编辑部电话：010-64035853
E-mail：houjunlin@mail.sciencep.com

科 学 出 版 社 出版
北京东黄城根北街 16 号
邮政编码：100717
http://www.sciencep.com

骏 杰 印 刷 厂 印刷

科学出版社发行 各地新华书店经销

＊

2011 年 2 月第 一 版 开本：B5（720×1000）
2011 年 2 月第一次印刷 印张：20 1/2
印数：1—2 000 字数：331 000

定价：52.00 元
（如有印装质量问题，我社负责调换）

序

20 世纪 90 年代以来，随着全球环境变化研究战略的调整，适应性研究逐渐成为全球环境变化和区域可持续发展研究所关注的重点之一。2006 年我国颁布的《国家中长期科学和技术发展规划纲要（2006—2020 年）》把"全球变化与区域响应"（全球变化的区域适应问题研究）列为面向国家重大战略需求的基础研究。当前有关区域社会生态系统对气候变化的适应问题、企业对市场环境的适应问题、社会个体对社会生存环境的适应问题等方面的研究已引起国内外研究者的重视。产业作为人类经济社会活动的主旋律，是人类与生态环境相互作用的界面。因而，由产业系统与生态系统复合而成的产业生态系统是人地关系地域系统的核心。基于此，开展产业生态系统适应性研究，推动产业系统生态化转型，也是人文地理学关注的新领域。显然，仇方道博士在其专著中，以产业生态系统为切入点开展矿业城市人地系统适应性研究，为矿业城市可持续发展提供了全新的和可操作性的落脚点，具有十分重要的学术价值。

产业生态系统适应问题是矿业城市可持续发展和推进生态文明建设所面临的重大课题。矿业城市作为我国重要的能源和原材料供应基地，在带动区域经济发展、加速城市化和促进就业等方面均发挥着重要作用，但受矿产资源开发周期以及体制、机制等因素的影响，矿业城市发展面临着矿业衰退、资源枯竭、生态恶化、失业、贫困等一系列问题。客观上我们需要对矿业城市产业生态系统适应性演化规律和机制进行探讨，构建与变化了的资源环境、体制环境相适应的产业生态系统，推动矿业城市走绿色发展之路。据此，该书以东北地区为实证区域，以不同类型矿业城市为研究对象，探讨矿业城市产业生态系统适应机制、模式和调控对策，具有十分重要的应用价值。

近年来，仇方道博士先后参与了国家自然科学基金重点项目——东北地区矿业城市人地系统脆弱性与可持续性研究（40635030）、国家自然科学基金项目——东北地区产业生态系统时空格局及优化调控研究（40571041）等有关产业生态系统课题研究，同时作为核心成员先后承担通化市生态经济城市建设总体规划、基于循环经济的城市产业生态化机制与对策等课题研究，在研究和实践的积累中，奠定了扎实的专业理论基础，增强了其科研能力。在该书中，仇方道博士将理论探索与实践应用、定性分析与定量研究有机结合起来，较系统地阐述了矿业城市产业生态系统适应性的内涵与理论分析框架、适应机制与模式。总体而言，全书具有三个方面的特点。

（1）前沿性。该书采用适应性分析框架和产业生态学研究方法，将产业与生态整合到一个研究框架内，通过评价矿业城市产业生态系统适应能力，揭示其适应机制，并提出适应对策。其前沿性在于：①将适应性分析研究范式引入人文地理学的相关分析研究中，拓展人文地理学的研究领域；②将偏好于企业和园区尺度的产业生态系统研究拓展到城市尺度，并提出矿业城市产业生态系统组成模型；③将生态足迹、物质流分析和能值分析进行整合，形成综合性的生态经济效率评价模型，进行矿业城市产业生态系统适应能力评价。

（2）系统性。以往关于矿业城市转型的研究，往往局限于产业转型的探讨，未能将产业转型置于矿业城市发展的大系统中，从而不能从根本上解决矿业城市可持续发展问题。该书遵循系统论思想，不仅将产业与生态结合起来，而且将产业系统适应性调整与政策、体制、战略环境等结合起来，运用所提出的矿业城市产业生态系统适应性分析框架，进行产业生态系统适应能力、适应机制和模式的探讨，增强了研究的科学性、可控性和易操作性。

（3）实证性。该书以东北地区矿业城市为例，基于与变化了的资源环境承载力相适应的视角，开展产业生态系统适应性研究，其实证性主要表现为：①针对东北地区发展实际，分别从战略适应性机制、结构适应性机制和环境适应性机制三个方面揭示了东北矿业城市产业生态系统适应性驱动机制；②从系统结构重组与优化的视角，提出了东北地区矿业城市产业生态系统适应性模式，并界定了各模式的适用范围。在此基础上，基于增强矿业城市产业生态系统适应能力之目的，该书提出了东北矿业城市产业生态系统适应性调控对策。

适应性研究虽然被应用于不同领域，但各学科对适应性都有自己的理解和阐释，在耦合系统适应性的形成、演化、调控机制等方面尚未形成规范、完善的理论和方法体系。该书以东北矿业城市为案例，初步探讨了矿业城市产业生态系统适应性研究的理论和方法，但对矿业城市产业生态系统这一复合系统所涉及的文化、观念、管理等方面的内涵尚未进行深入探讨。希望仇方道博士能够在现有基础上，继续深化不同类型城市的产业生态系统适应性研究，特别是从更广的视角去探索社会生态系统适应性机制、类型和模式，也希望更多的学界同仁加入这一行列，推进我国人地关系研究的具体化和可操作化。

徐建华

2010 年 7 月 28 日

前　言

全球环境变化意味着资源和自然灾害状况的变化，经济全球化则意味着全球范围内经济要素的重新配置，而资源和自然灾害的变化及经济要素的重新配置又引起与之相关联的生产系统的变化，包括直接受资源与灾害影响的生产水平或生产结构变化，以及为满足全球变化所引起的人类需求的改变而进行的产业结构调整（杨达源和姜彤，2005）。为响应这一变化而按照生态系统方式重构产业系统形成的产业生态系统，为人类可持续发展提供了载体支撑。产业生态系统的区域适应性体现了全球环境变化和经济全球化背景下产业系统的区域调整能力、学习能力、应变能力，以及在此基础建构的再发展能力和动态竞争力。可见，产业生态系统是区域可持续发展能力建设的载体和内容，其适应性增强的过程则是区域可持续发展能力提升的过程，是区域可持续发展面临的重大科学问题。

适应性（adaptability）是近年来在全球环境变化尤其是气候变化影响评价研究中频繁出现的一个概念（史培军等，2006）。从全球环境变化的视角看，适应是指人类社会面对预期或实际发生的全球变化的系统功能、过程或结构所产生的影响而采取的一种有目的的响应行为，其核心是趋利避害（刘春蓁，1999；葛全胜等，2004），增强社会经济系统抵御变化的能力，减少变化带来的损失（杨达源和姜彤，2005）。目前，适应性研究已成为全球环境变化和区域可持续发展研究所关注的重点之一。从自然科学领域看，学者主要关注自然环境和社会经济系统对气候变化的适应问题（Burton et al.，1998；Adger et al.，2005；Books et al.，2005；殷永元，2002）；在人文科学领域，适应性研究的重点则放在建立增强自然环境系统和社会经济系统适应能力，以及抑制、规避风险的制度方面（Adger，2000a）。值得地理学关注的是，适应性研究为探讨人地系统特别是产业生态系统的耦合作用机理从理论和方法方面提供了一个新的研究范式（Brooks，2003）。Kates 等（2001）认为，开展"哪些要素对那些特殊类型脆弱区、特殊的生态系统和人类生计系统等自然-社会系统脆弱性和恢复力具有决定性作用"的研究是可持续性科学的核心问题之一，而对全球环境变化的适应是降低社会经济系统脆弱性的手段，是可持续性科学关注的热点领域。2006 年颁布的《国家中长期科学和技术发展规划纲要（2006—2020 年）》把全球变化的区域适应问题研究列为面向国家重大战略需求的基础研究，表明适应性研究将是未来我国经济社会发展迫切需要研究的基础性科学问题。但目前生态经济耦合系统，特别是产业生态系统如何从整体上适应区域和全球变化，仍然是相关学科的前沿课题和难题，不仅需要更多基于区域尺度的案例的充实，更需要理论和方法的深入探讨。

产业生态系统作为产业生态学的研究对象，也是生态学、经济学、环境科学等学科的研究热点，地理学对产业生态系统的研究尚处于起步阶段。所谓产业生态系统是指产业与生态环境按照一定规律相互作用、相互交织而形成的复杂而开放的复合系统。产业系统与生态环境系统之间的反馈耦合作用驱动产业生态系统的演变，其结果可能促进或限制区域社会经济系统的可持续发展。经济全球化和全球环境变化为城市尺度产业生态系统研究提供了新的视角。基于全球环境变化背景下的适应性研究框架，其所具有的空间多样性、时间多变性、要素复杂性、物质循环多重性的特征，为从城市尺度开展产业生态系统耦合作用机理研究提供有效的研究方法和工具。

矿业城市是以矿产资源开采和初加工为主的资源型城市，其产业生态系统是一种受人类活动高度干扰，且由产业系统与生态系统高度复合而形成的复杂生态经济系统。开展矿业城市产业生态系统适应性研究的目的就是降低其脆弱性，提升其抵御风险的能力。因此，该研究为区域可持续发展研究提供了全新的和可操作性的落脚点。矿业城市产业生态系统适应能力强弱，除了与区域内部结构的易损性、弹性等相关外，还与系统对外界变化的敏感性有关。矿业城市多分布在生态脆弱的地区，且区位偏僻，功能单一，产业结构"一业独大"且刚性较强，对内外发展条件和环境变化反应滞后，造成产业系统的惰性和脆弱性，成为区域可持续发展的主要制约因素。在当今经济全球化和市场化深入推进的形势下，矿业城市产业生态系统发展战略稳定期趋于缩短，即存在战略适应问题。资源枯竭、资金短缺，以及技术进步、产业升级，不仅导致矿业城市产业系统衰退、就业率下降，而且也使其发展面临更大的外部竞争力，这些问题与矛盾相互交织、紧密联系、互为因果，共同构成矿业城市产业生态系统的结构适应性问题。在以追求经济增长为目标，以及"有水快流"的资源开发思想指导下，矿业城市优势资源趋于枯竭，后备资源不足，生态破坏和环境污染严重，从而其产业系统的环境适应性问题日益严重。此外，各个矿业城市均是因矿而建、布局分散，降低了城市运营效率，引发产业生态系统的空间适应性问题。通过对矿业城市产业生态系统适应性的探讨，不仅有利于我们科学地判断矿业城市产业生态系统对经济全球化、全球环境变化等外部驱动力变化，以及资源供给能力、生态环境、产业结构和社会进步等内部驱动力变化的适应能力，而且有利于从整体上认识矿业城市社会-经济系统的主体功能，以便为决策者提供更直接、更具体、更有效的产业转型方案，满足政府的决策需求。

东北三省共有矿业城市 33 座，约占该地区城市总数的 1/3（朱训，2004），其中地级市 14 个，是我国矿业城市分布最为集中的地区之一。2006 年，东北三省原油产量占全国的 33.81%，原煤产量占全国的8.72%，铁矿基础储量占全国的 32.60%。在当今全球能源和资源日趋紧张的形势下，东北地区能源和矿产资源对保障国家经济安全依然发挥着十分重要的作用（陆大道，2005），因此，振兴东北老工业基地首先要振兴矿业城市，没有矿业城市的振兴，就没有东北地区的再发展、再崛起。但由于受到体制、结构、市场、区位以及资源衰减等因素的制约，原有的产业优势趋于劣化，城市发展失去活力，由此引发失业、社会不稳定等一系列矛盾和问题。面对矿业城市优势资源丧失的现实，以及经济全球化、市场化的新的发展环境，人们不禁要问，矿业城市现有的根据过去积累的资源环境状况信息和知识建立起来的产业体系、能源体系以及经济布局等是否还能适用？以及如何调整这些体系以适应已经和未来将可能发生的变化，以达到趋利避害的目的？虽然东北矿业城市的可持续发展问题已引起社会各界的广泛关注，并在矿业城市产业转换模式、产业结构转换能力评价、接续产业发展和生态环境整治，以及就业、教育和社会保障等方面取得大量研究成果，但这些研究多是从某一技术层面考虑解决问题的方案，难以达到矿业城市整体可持续发展的目标。要真正实现矿业城市可持续发展，必须采用新理论和新方法，深入揭示矿业城市产业生态系统的演化运行规律，探讨产业生态系统演化机制和调控对策。矿业城市产业生态系统适应性研究为解决这一难题提供了新的研究范式。因此，本研究不仅为东北地区矿业城市产业转型和可持续发展模式构建提供直接的科学依据，也对我国其他地区矿业城市产业生态化转型提供借鉴和参考。

基于以上认识，本书将产业和生态整合于统一框架之下，从地理学与产业生态学相融合的角度出发，采用适应性研究范式，在对东北矿业城市产业生态系统特征及发育程度深入分析的基础上，定量评价东北矿业城市产业生态系统的适应能力，揭示其适应机制，进而提出了东北矿业城市产业生态系统适应模式和调控对策。全书共分 7 章。第一章在阐释矿业城市产业生态系统内涵及组成的基础上，对矿业城市产业生态系统适应性内涵进行科学界定，并提出矿业城市产业生态系统适应性分析框架。第二章通过对东北矿业城市产业生态系统发展环境、发展特征及其演化的深入分析，从资源环境子系统、原生产业子系统、外生产业子系统、共生产业子系统四个子系统及其系统，整体定量评价东北矿业城市产业生态系统发育程度。第三章基于适应性要素、适应性目的和发展效率等不同视角分别构建矿业城市产业生态系统适应能力评价模型，并分别从资源类型、发展阶段、城市规模、空间格局等方面刻画东北矿业城市产业生态系统适应能力的类型分异特征，并采用聚类分析方法，对东北矿业城市产业生态系统进行类型划分。第四章在简要分析矿业城市产业生态系统适应性机制内涵及要素构成的基础上，分别从战略适应性机制、结构适应性机制和环境适应性机制三个方面揭示东北矿业城市产业生态系统适应性驱动机制。第五章从系统结构重组与优化视角，提出东北矿业城市产业生态系统适应性模式，即产业拓展模式、产业革新模式和产业再生模式，并界定各模式的适用范围。第六章基于增强矿业城市产业生态系统适应能力的目的，提出东北矿业城市产业生态适应性调控对策。第七章对东北矿业城市产业生态系统适应性研究进行了总结。

本书得到了国家自然科学基金重点项目（40635030）、江苏省区域经济学重点学科建设基金、徐州师范大学地理学一级学科建设基金的联合资助。本书引用了许多专家学者的研究成果，书中虽已有标注和说明，但难免挂一漏万，敬请谅解！囿于作者水平，书中难免有不足之处，衷心期望得到学界同仁及读者的批评指正！

仇方道

2010 年 11 月

目　录

第一章

矿业城市产业生态系统适应性分析的理论问题

第一节 矿业城市产业生态系统的内涵及组成

一、矿业城市产业生态系统的概念

（一）生态系统

1. 生态系统的概念

生态系统是指在一定空间中共同栖居着的生物群落与其环境之间由于不断进行物质循环和能量转换而形成的统一整体（孙儒泳，1987）。由于各生物群落所处的生存环境各异，其内部物质与能量的循环、交换、传递的方式也各不相同。作为生态学最基本的概念，生态系统除被广泛应用到生态科学领域外，还应用到地理学、环境科学、产业生态学、人类学等学科，且不同的学科对生态系统的内涵都有其独到的见解。生态学认为，生态系统的基本含义是生物与生物、生物与非生物环境通过物质、能量、信息的交换而相互作用、相互联结而成的有机整体。地理学认为，生态系统不能脱离特定的地理空间而存在，往往将地理空间视为社会－经济－自然的复合生态系统。这一概念是生态系统结构、生态过程及生态功能等生态系统原理在地理学中应用的体现，它与生态学中的生态系统是有本质区别的。随着生态系统原理的广泛应用，人文科学理论也出现了人文生态系统、人类生态系统、经济生态系统等概念。人类是城市生态系统中的生产者，城市的一切设施都是由人创造的，人类用自己的汗水和智慧，把大自然改造得适合人类的心愿。人类的生命活动是生态系统中能流、物流和信息流的一部分，人类也具有其自身的再生产过程（康幕谊，1997）。人类生态学的兴起，不仅促进了自然科学和社会科学交叉研究的深入开展，更从系统思想的高度为人类可持续发展问题的解决提供了新概念——整体人文生态系统。可见，生态系统原理为不同学科研究不同类型、不同层次、不同性质的生态系统提供了共同平台。

2. 生态系统的特征

生态系统的基本特征主要有以下四点。

（1）整体性。生态系统的各组成成分，包括生物与其物理环境，以物质流、能量流为纽带联结成具有特定结构和功能的系统整体，特定空间范围的生态系统也通过一定的生物联系和地球化学联系，形成网络式的空间整体结构系统。

（2）动态性。生态系统中的植物、动物等生物系统和其物理环境都处于不断发展与演化之中，使生态系统具有发生、发展、繁荣和衰亡的过程与特征。

（3）自调控功能。生态系统的某一组成成分增多或减少，系统都会通过自调控功能，促使其向与其他组成成分协调的方向发展，从而不仅实现生物种群之间数量的协调，而且实现生物与环境之间的相互适应。

（4）开放性。生态系统不断从外界获取物质和能量，并经过一系列的生态转化过程，将代谢产物输出，以维持生态系统的有序进化。生态系统的整体性、动态性、自调控功能和开放性特征启示我们在进行特定生态经济系统研究时，不仅要树立系统的观点、发展的观点，更要树立协调的观点和开放的观点，只有这样，才能推动区域生态经济系统的科学发展。

（二）产业生态系统

传统的以"资源—产品—废物"为主要特征的线性产业发展模式，引起了生态环境的持续恶化，缩小了人类的相对生存空间，促使人们不得不重新审视和反思已有的经济发展道路。经过对比，人们发现以丹麦卡伦堡工业共生体为代表的"资源—产品—再生资源—再生产品"的循环型产业发展模式，不仅有利于最大限度地减少生产和消费过程中的资源使用量，而且也可以使生产与消费过程中的环境影响降到最低。在此基础上，美国学者 Frosch 和 Gallopoulos 于 1989 年提出了产业生态学和产业生态系统的概念（Robert and Gallopoulos，1989）。

产业生态系统作为产业生态学的研究对象和核心概念，自提出以来就受到国内外学者的广泛关注。由于产业生态系统概念最初是通过与自然生态系统概念的类比加以阐述的，而非严格理论阐释，导致其内涵并不十分确切。不同的学者从各自的研究领域出发，对产业生态系统内涵做出不同的理解和阐释。总结国内外已有的产业生态系统概念，大致可归纳为两种观点。一种观点认为，通过产业系统内部生态关系的建立，形成"资源—产品—再生资源"的循环型资源利用模式，达到产业活动的资源环境影响最小化的目的。代表性定义有以下几种：Frosch 和 Gallopoulos（1989）认为，产业系统可以仿照生态系统从生产者流向消费者，并由分解者和清除者再循环的物质循环过程，在企业之间建立共生关系，从而促使产业系统转化为产业生态系统（industrial ecosystem）；Lambert 和 Boons（2002）认为产业生态系统是指由企业间的设备共享、废弃物集中处理和废弃物、多余能量的交换等工业共生关系构成的系统组织；Cote 和 Hall（1995）认为，产业生态系统是指具有如下特征的产业系统，能够维持自然和经济资源，减少生产、物质、能量等方面的成本，提高运作效率、产品质量、工人健康状况和企业公共形象，并能及时提供由废物利用而获利的机会；Karamanos（1996）认为，产业生态学是按照自然系统来塑造产业系统，在自然系统中一种生物的产出成为另一种生物的投入，并使每个过程的效益最大化，这样可以把若干相互作用的公司和工业视为产业生态系统。这些定义基本上存在三个方面的不足（朱红伟，2008；Commoner，1997）：①只注意到产业系统内部构成上的小问题，而忽视了产业与环境之间存在的更大的、根本性的互动关系问题；②产业生态系统所追求的"企业环境主义"是与企业利润最大化的目标相矛盾的；③对产业系统重构的需求与主流经济、政治环境的需求之间关系的认识过于简单。另一种观点认为，产业生态系统是由产业系统与环境系统通过相互作用、相互耦合而形成的具有特定结构和功能的复合系统（王如松，2003；陆宏芳等，2006；周文宗等，2005；王如松和杨建新，1999；李慧明等，2005）。也就是借鉴经典的生态系统概念，在产业生态系统中加入了环境因素的考虑，如王如松（2003）、王如松和杨建新（1999）认为，产业生态系统是一类具有生产、生活、供给、接纳、控制和缓冲的整合功能和错综复杂的人类生态关系的社会-经济-自然复合生态系统。Allenby 和 Cooper（1994）认为产业生态系统应包括资源开采者、制造者、消费者和废物处理者四个基本要素。Lambert 和 Boons（2002）认为产业生态系统是由企业间的设备共享、废弃物集中处理和废弃物、多余能量的交换等产业共生关系构成的系统组织。而Ayres（1991）认为，产业生态系统除了包括资源开采者、制造者（加工者）、消费者和废物处理者的要素外，还应包括环境。杨建新和王如松（1998a）也认为产业生态系统应包括生产者（Producers）、消费者（Consumers）、再生者（Decomposers）和外部环境（Abiotic environment）等四个基本要素。这一观点强调产业发展与生态环境的统一，强调区域发展目标是达到经济效益、社会效益与生态效益的统一，体现了可持续发展的根本追求。

目前产业生态系统的研究和实践主要集中在技术流程、企业和产业园区等中小尺度上（Graedel and Allenby，2003）。依据系统论，局部的最优无法保证系统整体的最优，任何产业的发展都根植于具体区域之中，产业生态系统作为一种产业发展形式，也必须符合产业空间布局规律，即产业生态系统研究和实践必须进行区域性考虑（宋涛，2007）。城市是人类产业活动的基本单元，城市尺度的研究必将成为产业生态系统研究尺度关注的重点（陆宏芳等，2006）。因此，提升产业生态系统研究的空间尺度成为产业生态系统研究的发展趋势和推进产业生态化实践的必然要求（Yang and Ong，2004）。传统产业系统向产业生态系统转型的推进，必须遵循生态链原则、系统整体性与系统成员个性相结合原则、多样性原则、多功能原则和高效性原则五项原则（Lowe et al.，1997），同时也必须具备技术信息管理、经济工具和政策法规三个基本条件（Cote and Theresa，1997）。开展产业生态实践主要涉及技术、企业群落和社区三个领域。技术领域主要研究企业内部或企业之间如何通过物理和化学作用实现资源的回收、提炼和再利用（Allenby and Cooper，1994）；企业群落主要关注物质交换转移到企业之间其他形式的交流与合作；社区领域则强调企业群落与其所在地区的劳动力、自然资源、政策环境及其与社区资源的相互联系（郭莉和苏敬勤，2004）。

本书认为，产业生态系统是将与产业系统密切联系的资源子系统和生态环境子系统内化为这一系统内部的构成要素，成为产业生态系统构成和运行不可缺少的有机组成成分，形成了包括产业子系统、资源子系统和环境子系统在内的更高层次的大系统（图1-1）。这一系统运行的目的并不是单纯地追求产业规模的数量扩张以及经济总量的快速增长，而是产业子系统、资源子系统与环境子系统的协调与互动，追求资源的可持续利用、生态环境承载力之内的经济增长，也就是以产业与资源环境子系统之间的协同共赢、和谐发展为目标，规划、设计产业生态系统的运行模式、机制，形成经济合理、环境优化、资源有效的发展格局。可见，产业生态系统的这一内涵，既体现了生态与经济协调发展的理念，也体现了可持续发展的系统性思想，更是可持续发展系统整体最优目标的追求在产业生态领域的具体体现。

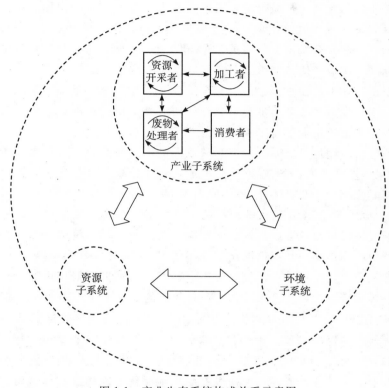

图 1-1　产业生态系统构成关系示意图

（三）矿业城市产业生态系统

1. 矿业城市的内涵及判定标准

矿业城市是一种特殊类型的城市，是指以矿产资源为对象的采掘工业及其相关的社会生产发展到一定规模后，由于人口集聚而形成的特定地域（中国大百科全书出版社编辑部等，1990）。目前学术界对矿业城市内涵的理解有两种观点（于光，2007）：一是从城市功能角度，认为矿业城市的主要功能是向社会提供矿产品及其初加工产品等；二是从资源开发与城市发展的关系角度，认为矿业城市是在开发利用能源、矿产资源基础上兴起，以消耗一定数量的自然资源为基础而赖以生存发展起来的特殊类型的城市，具有显著的资源指向性。相比较而言，前一观点不仅包括后一观点所界定的矿业城市，而且还包括以矿产品初加工为主导产业的城市，范围较广。

对于如何判断一个城市是否为矿业城市，目前常用的指标有：矿业产值占该城市工业产值的比重，矿业从业人员占城市全部从业人员的比重。如中国矿业联合会城市工作委员会在2004年矿业城市界定标准讨论会上设定的标准：矿业产值占城市工业产值比重大于等于10%，矿产行业从业人员占全市从业人员比重大于等于15%，满足其中任意一条即可界定为矿业城市。国家发展和改革委员会宏观经济研究院提出的标准是：采掘业产值占工业总产值比重大于等于10%；采掘业产值的规模，县级市应超过1亿元，地级市应超过2亿元；采掘业从业人员占全部从业人员比重大于等于5%；采掘业从业人员的规模，县级市应超过1万人，地级市应超过2万人，同时强调以上四项指标必须同时满足才可界定为矿业城市。张以诚（1999）认为矿业城市应从质和量两个方面加以界定：质的方面，主要是看矿业经济对城市社会经济发展的影响及所占的地位；量的方面主要是看矿业产值占当地工业总产值的比重（不低于10%）以及矿业从业人员在城市全部从业人员中所占的比例。樊杰（1993）在研究煤炭城市时提出煤炭城市的界定标准为煤炭开采业占工业总产值的比重大于等于10%；武春友和叶瑛（2000）以有40%以上的劳动力直接或间接从事同种资源（如石油、煤炭和钢铁）开发、生产和经营活动，作为划定矿业城市的标准；俞滨洋和赵景海（1999）以资源初级开发为主的第二产业占工业总产值的50%以上，且工业产值结构中初级产品占绝对优势来界定矿业城市；沈镭和程静（1999）根据美国学者哈里斯（C. D. Harris）统计描述的简单分类法，认为凡矿业从业人员占城市全部从业人员比重大于等于15%，或矿业产值占城市工业总产值10%的城市，即可界定为矿业城市。

综上所述，对矿业城市的界定主要是从产业结构的角度来进行的。矿业作为矿业城市的主导产业或支柱产业，是矿业城市的主要标志。随着矿产资源开发周期性的变动和社会经济环境的变迁，矿业会因矿产资源的枯竭而衰退甚至消亡。而矿业城市则存在两个发展趋向，可能因矿业的衰退而衰败，出现矿竭城衰的现象，也可能因替代产业的发展而持续发展、繁荣。因此，可以通过考察矿业在城市经济社会发展中的作用及比重，准确判断某个城市是否属于矿业城市。在本书中，考虑到资料的可获得性，拟采用矿业产值占城市工业总产值的比重来界定矿业城市。

2. 矿业城市产业生态系统的基本内涵

产业生态系统显著的等级层次性，决定了产业生态系统研究的尺度差异。从空间范围看，产业生态系统可分为全球、国家、城市、园区和企业五个不同的等级层次。当前产业生态系统研究主要集中在企业和产业生态园区等低层次、小尺度的研究方面，尤其表现出明显的产业生态园区研究偏好。产业生态园区尺度的产业生态系统，虽然有利于实现园区等小尺度范围内的物质、能量闭环流动甚至理想中的废物零排放，且范围小，也易于操作和实践，但由于其范围有限，企业较少，系统结构比较简单，产业共生体受外部技术变迁、市场、政策等因素的影响易发生改变（周江和曹瑛，2007），甚至崩溃，系统稳定性较差。从尺度选择的角度看，产业生态园区尺度产业生态系统的最优虽然是更大尺度区域系统可持续发展的基础，但局部最优，并不等于整体最优（Gnauck，2000；许国志等，2000）。园区尺度上真实和合理的东西，在更大尺度上不一定真实和合理。同时，大尺度的产业生态系统（如国家和全球尺度）虽然从理论上说具有相对稳定的边界，可以形成相对封闭的物质、能量循环系统，但因内部结构过于复杂、产业系统多样、生态环境千差万别、政策与市场环境各异，不仅使得物质、能源循环的组织成本过高，而且在目前条件下，也无法将各国甚至一国内的各区域组织起来，因此不具有可操作性。

城市作为产业活动的基本单元和产业系统的基本组合单元，是现代工业高度集聚的区域，也是经济、社会发展与资源环境交互作用的集聚点，城市内过分集中的产业活动，造成了对城市环境的重大影响。同时，城市作为经济社会活动的中观地域单元，具有相对独立的经济利益和行政权力。因此，以城市为研究单元推进产业生态化建设，有利于增强城市产业与环境协调发展政策决策的可操作性，而且更为产业经济和环境数据的收集和统计提供了保证。

综合来看，在中国现有国情下，城市是进行产业生态系统研究的理想空间和典型区域。矿业城市作为我国产业发展与环境保护冲突显著的空间单元，开展其产业生态化转型研究不仅是区域可持续发展研究的热点领域，而且对贯彻落实科学发展观，构建资源节约型、环境友好型城市具有重要实践价值。

尽管矿业城市产业生态系统与一般产业生态系统在基本概念、组织结构和生存方式等方面有着明显的一致性，但是由于服务对象的差异，矿业城市产业生态系统的运行和投入产出效益却与一般城市存在着明显的差别。

　　所谓矿业城市产业生态系统是以矿业为主导的产业系统与资源环境系统相互作用、相互影响而构成的具有特定结构和功能的特殊城市产业生态系统，是一种典型的人工生态系统。

　　矿业城市产业生态系统作为一类特殊的城市产业生态系统，其产业系统不仅涉及矿业（或采掘业、采矿业），而且涉及包括农业、制造业、建筑业、服务业等产业部门的发展。尽管其他产业的发展也涉及对自然资源的占用和对环境的影响，但与矿业相比，所产生的影响相对要小得多。其原因，主要是矿业在经济社会发展中的地位和作用所致。一方面，随着经济社会的发展，大大增加了对能源原材料的需求，由此导致矿业的快速扩张，引发矿产资源可开发量的快速下降，加速了矿业的衰退和矿业城市的枯竭进程；另一方面，矿业的快速发展，不仅加速了不可再生的矿产资源的消耗，而且造成土地、水和大气环境的破坏，如煤炭开采业的快速发展，不仅加速煤炭资源的耗竭，引起土地塌陷，而且也造成温室气体的大量排放，显示出煤炭业发展所产生的生态环境破坏效应。更为严重的是，随着矿产资源的枯竭，开采成本的增加，促使矿业发展萎缩，并引起相关产业的衰退，进而导致矿业城市整个经济社会系统的退化，严重制约着矿业城市的可持续发展。因此，推进矿业城市产业生态化转型，实现其可持续发展是一个世界性的难题。

　　显然，与一般的产业生态系统概念相比，矿业城市产业生态系统不仅强调了产业系统内部的协调与平衡，既包括矿业与矿产品加工业的协调、矿产品加工业与其他制造业的协调，还包括整个第二产业与第三产业、第一产业的协调，而且更强调了产业系统与资源环境的和谐发展、协同演进。这正是矿业城市产业生态系统的基本内涵所在。

二、矿业城市产业生态系统的组成模型

　　作为产业系统与资源环境系统耦合而成的复合生态系统，矿业城市产业生态系统包括两个基本的组成成分，即资源环境系统和产业系统。资源环境系统不仅涉及矿产资源，还涉及土地、水、生物和大气等资源环境要素，为产业系统的存在和发展提供了自然物质基础和空间场所，同时，也是产业系统排放废弃物的容纳之所。产业系统是矿业城市产业生态系统的主体，本书参照张雷（2007）关于产业生态系统结构划分的研究成果，将矿业城市产业生态系统划分为资源环境子系统、原生产业子系统、外生产

业子系统和共生产业子系统四个子系统。矿产资源的存在、开发是矿业城市产业生态系统存在和发育的基本前提，通过四个子系统之间各类产品、废物的交换与流动形成一个有机整体。其中任何一个子系统的发展变化都会影响到其他三个子系统的发展变化，甚至整个系统的变化，如阜新市资源环境子系统中煤炭资源的枯竭，不仅导致煤炭开采业的萎缩（原生系统），而且引起与之相关的制造业和第三产业即外生系统和共生系统的衰退，最终导致整个城市系统的严重衰退。上述实例表明矿业城市产业生态系统的发育、演进是四个子系统协同发展的集体效应，只有各子系统组织合理、有序、相互协调，才能真正推进矿业城市产业生态系统的整体发展、进化。

结合产业生态系统思想，并根据当前普遍使用的产业分类和经济社会数据统计体系，本书对矿业城市产业生态系统各子系统及组成进行相应的界定。具体而言，资源环境子系统是矿业城市产业系统赖以发育的自然物质基础和前提，不仅包括可耗竭的矿产资源，也包括不可耗竭的土地、水、生物和大气等资源环境要素。原生产业子系统是矿业城市之所以称为矿业城市的标志性产业子系统，是各类矿产资源开发形成的生产系统，如煤炭开采业、石油开采业，以及各种金属、非金属矿产采选业等，属于矿业城市产业生态系统的生产者。外生产业子系统是指以原生子系统生产出的矿产品为消费品的各类产业部门的集合，主要包括制造业和农业两个部门，属于矿业城市产业生态系统的消费者系统。在这里农业虽然按照产业生态系统理论也属于生产者，但对于矿业城市这一特殊的研究对象而言，农业也是各种能源和矿产原材料的消费者。共生产业子系统是指矿业城市产业生态系统中以维护和稳定资源环境子系统、原生产业子系统和外生产业子系统三个子系统的存在和发育为目的的产业子系统，由生产服务、生活服务、公共服务、环境保护和废物利用等第三产业以及建筑业等部门组成（图1-2）。

三、矿业城市产业生态系统基本组成

（一）资源环境子系统

矿产资源是矿业城市赖以生存和发展的物质前提和支撑，没有矿产资源也就不会形成以矿业为主导的矿业城市产业生态系统，因此，矿产资源的开发速度、强度、方式直接影响矿业城市产业生态系统，特别是原生产业子系统的形成、发展、衰退或转型的周期性演变过程。但矿业城市的发展并不仅仅依靠单一的矿产资源，还需要土地、水、生物等自然资源和环

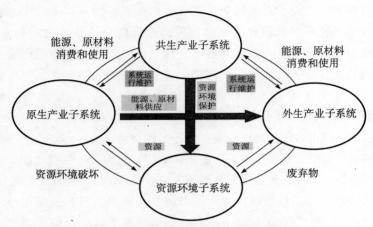

图 1-2　矿业城市产业生态系统构成模型

资料来源：张雷（2007），有改动

境，如果没有良好的自然资源组合，矿业城市的发展就会受到种种限制，如干旱区的矿业城市严重缺水，很大程度上制约着工农业生产和城市规模的扩大。因此，矿产资源开发利用过程中，必须同时注重水、土地等资源的有序利用，确保矿业城市各类自然资源综合利用、有效利用、持续利用，为矿业城市的可持续发展提供持续、稳定的资源支撑（图 1-3）。

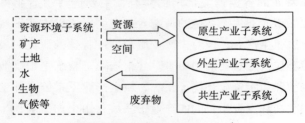

图 1-3　资源环境子系统基本组成

（二）原生产业子系统

就矿业城市而言，产业生态系统中的原生产业子系统是指各类矿产品的生产系统。尽管现代科学技术已有很大进步，并出现各种替代物，但矿产资源依然是经济社会发展所需要的最基本的物质支撑，也就是说，各类矿产资源开采业仍然是人类社会发展的能源和原材料的供应者。因此，矿产资源的开发和分配（专业运输）依然是当代社会赋予原生产业子系统的基本社会职能（图 1-4）。应当指出的是，随着经济全球化进程的加快，矿产资源的全球性配置已成为不可逆转的潮流，可见，从全球化视角考虑当代矿业城市原生产业子系统发展的定位、策略和措施，已成为促进矿业城市产业生态系统可持续发展面临的重大课题。

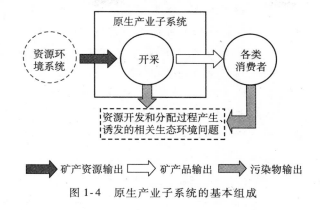

图 1-4 原生产业子系统的基本组成

（三）外生产业子系统

从产业生态学理论看，矿业城市的外生产业子系统是指以各种矿产品为消费品的各产业生产部门。由于各种矿产品的使用和消费涵盖了整个社会，矿业城市外生产业子系统的发展、壮大，成为产业生态系统稳定发展的基石，同时加剧了矿产资源的快速消耗和对自然生态环境的破坏和污染。

然而，从城市的发展过程看，物质生产部门的发展，带动了相关服务业的发展，进而促使城市可持续发展。但从经典的产业生态系统概念看，只有直接从自然界获取物质和能量的产业才属于生产者，而外生产业子系统主要是原生产业子系统产品的使用者和消费者，同时，也为共生产业子系统提供物质支持。因此，从此意义上讲，外生产业子系统由制造业和农业两个生产部门组成（图 1-5）。

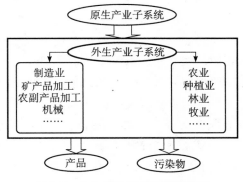

图 1-5 外生产业子系统基本组成

（四）共生产业子系统

矿业城市的共生产业子系统是指为资源环境子系统、原生产业子系统和外生产业子系统的正常运行和发育提供各种保障的产业子系统。其基本功能在于：一是为原生和外生两个产业子系统的运行提供基础设施、技术、资金、智力和制度等方面的支撑和保障，并确保经济社会效益的正常发挥；二是保护资源与环境，尽可能消除包括自身在内的产业系统发育过程中对资源环境本底产生的破坏和污染，尽可能减缓资源环境系统发育过程中产生的不良效应（如干旱、洪涝灾害等）。据此，确定矿业城市共生产业子系统包括建筑业和第三产业两个部门（图1-6）。

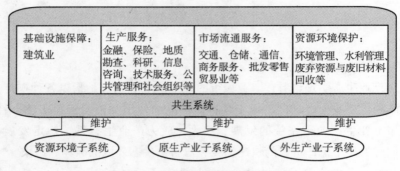

图1-6 共生产业子系统基本组成

其中，建筑业是承担矿业城市中的生产和生活基础设施建设的部门，也是构建矿业城市产业生态系统和改善资源环境系统的关键性支撑部门。包括金融、保险等在内的生产性服务部门为矿业城市产业生态系统的建设和运行提供资金、技术、制度和管理等方面的支撑和保障，没有这些部门的支持，矿业城市的建设和发展就难以进行。而包括交通、通信和商务服务等在内的流通服务部门担负着产业系统产品、信息、服务和人员的运输、交换、分配和销售等职能，是矿业城市产业生态系统各子系统之间以及与其他地区进行物质、能量和信息等交换的通道和框架。而资源环境保护部门承担着生态系统中的"分解者"的角色，以自然生态恢复和保护为主要职能，减缓产业系统对资源环境的破坏效应。特别是在当前人地关系日趋紧张的大趋势下，充分发挥资源环境保护部门的作用，对于促进矿业城市的可持续发展具有更加突出的意义。

第二节　矿业城市产业生态系统适应性的基本内涵与特征

一、适应性的内涵

系统论认为，系统是客观事物存在的一种基本方式，而开放性是客观世界中存在的系统所具有的基本属性，即客观世界中任何系统都与其外界环境之间进行着物质、能量与信息的交换、传递，外界环境的变化也必然引起系统内部各组成成分之间的联系方式等方面的变化。只有能够适应外界环境变化的系统，才能保持不断的进化、发展，而不能适应外界环境变化的系统则难以存在下去，也就是通常所说的"适者生存"。

（一）适应性的概念

"adaptation（适应）"一词来源于拉丁文"adaptare"，是指与变化了的环境相适应的调整（杨达源和姜彤，2005）。此概念最早出自生物学家达尔文的进化论，用于解释生物种群的进化与生存环境的关系，即生物物种、种群或个体可以通过改善自身状况来更好地适应生存环境的变化，以保证种群生存和延续。其后适应性概念逐渐应用到企业、文化、社会以及全球环境变化等众多学科领域中，不同的学科因研究视角不同，对适应性的理解也互不相同。如企业适应性研究主要从行为和能力两个方面来进行，侧重企业适应性行为的研究多是注重对组织结构和战略的变化过程的探讨；侧重企业适应性能力的研究则集中于对适应性大小标准的衡量，如企业适应性范围或对市场某一部分的契合程度。目的都是使企业能够构建与不断变化的市场环境相适应的组织结构与战略，以获取利润、持续经营和发展（程雪婷，2006）。从地理学视角看，英国地理学家P. M. 罗士培于1930年首先创用了"adjustment"一词，即"协调"或"适应"，用以说明自然环境与人类活动之间的相互适应关系（罗佩和阎小培，2006）。从社会学角度看，社会适应性是指个体在与社会生存环境交互作用中的心理适应，即对社会文化、价值观念和生活方式的应对。它是一种动态的、不断变化的过程，受到文化背景、年龄、个性、学习生活环境以及家庭教育等综合因素的影响（杨彦平和金瑜，

2006）。从文化生态学看，文化适应是一种适应过程，即由社会群体给文化体系不断增加新的内容，并完善应对环境变化的各种方法的过程（O'Brien and Holland，1992）。

从全球环境变化特别是气候变化研究领域看，适应性研究正引起众多学者的关注，对适应性的定义也存在差异。Brasseur（2003）与 Walker 和 Brian（2003）认为，适应性研究的核心是适应能力，即社会生态系统中的成员（人类与非人类物种）应对异常情况而不至于丧失未来机会的能力，适应性强的系统能够重新自我组织而使初级生产力、水循环、社会关系和经济繁荣等关键功能不发生显著变化。Smit 和 Wandel（2006）认为适应是不同尺度系统中（家庭、社区、群体、区域、国家）的一个过程、一种行动或者结果，当面对气候变化、压力、灾害以及风险或者机遇时，系统能更好地应对、管理或调整。政府间气候变化专门委员会（Intergovernmental Panel on Climate Change，IPCC）认为适应是为了应对实际发生的或预计到的气候变化及其各种影响（不利或者有利的），而在自然和人类系统内进行的调整（McCarthy et al.，2001）。综合所述，适应是为响应某种压力或驱动作用而采取或经历的一种偏离原来状态的行为，是对区域内外驱动力条件变化的整体性和系统性的适应，不应是局部的和片面的适应（符超峰等，2006），是人类应对全球变化策略的明智选择。

系统内外环境的变化既可以是渐进式的，也可以是突发式的，因此，系统的适应既包括对当前条件和短期阶段的反应，还包括如何将人类社会-生态系统的发展转换到更为可持续的发展道路上（Folke，2006）。系统适应性的核心是适应能力，所谓适应能力是指系统所具有的长期的或者更为持续的调整能力。而转型能力是指当生态、政治、社会和经济条件变化导致现有系统无法维持现状时，人们重新构建新系统的一种能力（Walker et al.，2004），是系统适应能力的一种特殊表现形式。有关转型能力对提高社会-生态系统的适应能力、在实施适应性管理方面的重要性已引起越来越多学者的关注（Dietz et al.，2003）。

通过上述分析，从地理学视角看，适应性具有三方面的含义：①适应性是一个过程，它是根据整体环境的现状、未来可能出现的状况及满足发展目标等方面的新信息来不断调整行动和方向的过程（Gene，1998；劳克斯等，2003；郑景明等，2002）；②适应性是一种目标，它是在生态系统功能和社会需要两方面建立可测定的目标，通过控制性的科学管理、监测和调控管理活动来提高当前数据收集水平，以满足生态系统容量和社会需求方面的变化（Vogt et al.，1997）；③适应性是一种行动，它是生态、社会和经济系统对现实和预期的环境变化驱动及其作用和影响而进行的调整，为趋利避害而在过程、实践和结构上进行的改变（McCarthy et al.，2001）。

（二）适应性类型

适应性是指系统适合其内外部条件变化或需要的能力，多是指系统与其外部环境相适应，并与之保持一致、协调发展的能力。根据不同的分类标准，可将适应性分为不同的类型。

1. 主动适应与被动适应

根据采取适应措施的时间不同，可将适应分为主动适应和被动适应。在外界环境变化的影响被观察到之前，即预计到可能产生的效应，并采取适应措施，称为主动适应；在外界环境变化的影响被观察到以后，再采取适应措施，称为被动适应，如很多矿业城市在矿产资源枯竭后，才制定产业转型规划或方案，即属于被动适应。

2. 静态适应与动态适应

根据适应性所处的状态，可将适应分为静态适应和动态适应。静态适应是指系统在特定时间与外界环境相适应；动态适应是指随着时间的推移、系统发展阶段的演进，系统与外界环境的适应程度与标准亦存在差异。若干连续的静态适应即构成动态适应，因此，对静态适应性的分析与研究是认识动态适应性的基础和前提。

3. 局部适应与整体适应

根据适应对象的不同，可分为局部适应和整体适应。局部适应是指系统内某一要素或某些要素与外界环境的适应；整体适应性是指系统整体与外界环境整体的相互适应。局部适应只反映系统与外界环境在某一要素或方面的适应，容易导致系统的畸形发展，只有整体的适应才能促进系统的整体发展，所以整体适应性是系统得以持续、协调发展的根本保证，也是系统持续发展的不竭动力。

（三）与适应性相关的概念

在全球环境变化人文要素计划（International Human Dimensions Programme on Global Environmental Change，IHDP）研究中，适应性是与脆弱性、弹性、敏感性和可持续性等概念紧密联系的，廓清这些概念有利于更深入地认识适应性的内涵和特征，也有利于本书研究的深入开展。

1. 脆弱性

脆弱性研究已成为分析人地相互作用程度、机理与过程、区域可持续发展的一个非常基础性的科学知识体系（王如松和杨建新，1999）。脆弱性的概念虽然起源于对自然灾害的研究，但目前已广泛应用到生态学、气候变化、可持续性科学、经济学等众多学科中，不同学科背景的研究者对脆弱性概念有不同的理解和阐释。从气候变化等自然科学的研究视角看，脆弱性是指系统容易遭受气候变化（包括气候变率和极端气候事件）的不利影响的程度。它是系统对所受到的气候变化的特征、幅度和变化速率及其敏感性、适应能力的函数（McCarthy et al.，2001）。而可持续生计和贫困等社会科学研究主要是在个体和家庭的尺度上，从人的谋生能力和消除贫困的角度分析脆弱性，并将脆弱性理解为谋生能力对环境变化的敏感性以及不能维持生计（方修琦和殷培红，2007）。李鹤等（2008）将脆弱性概念分为四类（表1-1），并指出虽然目前对脆弱性概念的认识还有不同，但也形成一些共识：①脆弱性客体具有多层次性。脆弱性概念及分析框架已被应用到家庭、社区、地区（或城市）、国家等不同层次的研究空间，用于分析人群、动植物群落、市场、产业等多种有形或无形客体的脆弱性。②施加在脆弱性客体上的扰动具有多尺度性。系统通常暴露于多重扰动之中，如矿业城市的发展既受到自身资源储量变动的扰动，还受到所在省、国家等发展政策与体制制度的扰动，也受到全球市场变化等因素的扰动。某一脆弱性客体正是在这些来自不同尺度的扰动的共同作用下，显示出脆弱性。③脆弱性总是针对特定的扰动而言。系统并不是针对任何一种扰动都是脆弱的，面对不同的扰动会表现出的脆弱性不同，因此，脆弱性总是与施加在系统上的特定扰动密切相关。④脆弱性是系统固有的一种属性。它是指由于系统（子系统、系统组分）对系统内外扰动的敏感性以及缺乏应对能力，从而使系统的结构和功能容易发生改变的一种属性。它是源于系统内部的、与生俱来的一种属性，只是当系统遭受扰动时这种属性才表现出来。

表 1-1　脆弱性概念

种类	典型界定	侧重点
脆弱性是暴露于不利影响或遭受损害的可能性	（1）脆弱性是指个体或群体暴露于灾害及其不利影响的可能性； （2）脆弱性是指由于强烈的外部扰动事件和暴露组分的易损性，导致生命、财产及环境发生损害的可能性	与自然灾害研究中"风险"的概念相似，着重于对灾害产生的潜在影响进行分析
脆弱性是遭受不利影响损害或威胁的程度	（1）脆弱性是系统或系统的一部分在灾害事件发生时所产生的不利响应的程度； （2）脆弱性是指系统、子系统、系统组分由于暴露于灾害（扰动或压力）而可能遭受损害的程度	常见于自然灾害和气候变化研究中，强调系统面对不利扰动（灾害事件）的结果
脆弱性是承受不利影响的能力	（1）脆弱性是社会个体或群体应对灾害事件的能力，这种能力基于他们在自然环境和社会环境中所处的形势； （2）脆弱性是指社会个体或社会群体预测、处理、抵抗不利影响（气候变化），并从不利影响中恢复的能力	突出了社会、经济、制度、权力等人文因素对脆弱性的影响作用，侧重对脆弱性产生的人文驱动因素进行分析
脆弱性是一个概念的集合	（1）脆弱性包含三层含义：①它表明系统、群体或个体存在内在的不稳定性；②该系统、群体或个体对外界的干扰和变化（自然的或人为的）比较敏感；③在外来干扰和外部环境变化的胁迫下，该系统、群体或个体易遭受某种程度的损失或损害，并且难以复原。 （2）脆弱性是指暴露单元由于暴露于扰动和压力的环境而容易受到损害的程度以及暴露单元处理、应付、适应这些扰动和压力的能力，并且缺乏适应能力而导致的容易受到损害的一种状态	包含了"风险"、"敏感性"、"适应性"、"恢复力"等一系列相关概念，既考虑了系统内部条件对系统脆弱性的影响，也包含系统与外界环境的相互作用特征

资料来源：李鹤等，2008

　　脆弱性与适应性有着密切的联系。脆弱性是对系统受干扰的一种测度和表征，反映了系统在干扰下受到损害的程度，既有内部条件变化引起的脆弱性，也有外部环境变化引起的脆弱性。而适应性则反映了系统对内外条件变化所作出调整的过程和目标，是系统的一种自我发展能力，目的是降低脆弱性，增强系统的可持续性。一般而言，系统的脆弱性越强，其适应能力就越差，反之亦然。开展人地系统相互作用的脆弱性和适应性研究，对于揭示人地相互作用机制、过程与格局，建立生态-生产范式，增强人类生态系统规避风险的能力，促进人与自然和谐发展具有重要的科学意义。

　　2. 弹性

　　"resilience（弹性）"源自拉丁文"resilio"，在韦氏字典中将其解释为收缩的物体在受到压力变形后恢复其尺寸和形状的能力；从不幸或变化中恢复或适应的能力（Webster，2003），现引申为系统受到某种压力后再恢复和回到初始状态的能力（孙晶等，2007）。有关弹性方面的研究多侧重于理论模型方面，且具有明显的生态学和数学的学术背景，与脆弱性和适应性研究联系较弱。在生态学研究领域，Holling（1973）最早将弹性的概念引入生态系统研究中，并将其定义为"生态系统吸收变化并能继续维持的能力量度"。由于生态系统的各组成成分和部分具有非线性动态作用特征，其发展变化是一个渐变与突变相互作用、多尺度时空耦合的动态过程，因此，具有弹性的生态系统受到某种扰动后是不可能完全恢复到与原来一样的状态。从此意义上讲，可以将弹性理解为生态系统"在承受变化压力的过程中吸收干扰、进行结构重组，以保持系统的基本结构、功能、关键识别特征以及反馈机制不发生根本性变化的一种能力"（Walker et al.，2004；方修琦和殷培红，2007）。在社会科学领域，弹性是指人类社会承受外部对基础设施的打击或干扰（如环境变化、社会变革、经济或政治的剧变）的能力及从中恢复的能力，可以用制度变革和经济结构、财产权、资源可获取性以及人口变化来衡量（孙晶等，2007；Adger，1997；Adger，2000b；Walker et al.，2004；欧阳志云等，2000）。在社会-生态系统研究领域，弹性是指系统能够承受且可以保持系统的结构、功能、特性以及对结构、功能的反馈在本质上不发生改变的干扰大小（Walker et al.，2004）。

综上所述，弹性具有三个方面的特点（Adger，1997）：①系统受干扰后在结构和功能方面所发生的变化的数量以及返回到与原来相同的结构、功能、特性和反馈的数量；②系统对变化的自组织能力的大小；③系统所表现的学习和适应能力的大小。一般而言，系统的弹性越大，系统承受扰动的能力也就越强，即在变化不可避免的情况下系统重新组织所必需的适应能力越强。反之，系统的弹性越小，在受到扰动后，系统的脆弱性增大，甚至超过临界值并引起系统的巨涨落，演变为另一性质不同的系统。

相对适应性而言，弹性更多的是侧重于系统维系其原有结构和功能特征的表征，反映的是维护系统基本状态的一种自我调控能力、自我恢复能力和措施，也是系统对某种扰动适应的一种表现，即在某种程度上反映了系统对扰动的适应能力。如果某种扰动过强，超过系统的弹性限度，那么系统要维持持续的发展态势，就必须调整内部组织结构和发展战略，以适应新的发展环境，此种状态下的适应可以说是一种跃迁式的适应，也可称之为转型。因此，从人地相互作用的角度看，适应性是弹性和脆弱性的函数，弹性与脆弱性共同影响着系统的适应能力、适应方式。

3. 敏感性

敏感性是指一个系统对外界环境变化反应的灵敏程度。例如，在气候变化领域，敏感性是指人类生态系统对气候变化因素的响应程度，这种响应可能是有利的，也可能是不利的，而导致产生某种响应的方式也有直接和间接之分；在环境科学领域，敏感性则是指生态系统的部分或整体对自然环境变化和人类活动干扰的反映程度，反映一个区域产生生态失衡与生态环境问题的可能性大小。具体说，就是在同样的人类活动影响或外力作用下，各生态系统出现区域生态环境问题（如水土流失、沙漠化、生物多样性受损和酸雨等）的概率大小（欧阳志云等，2000）。生态敏感性的强弱通常是以不降低或者破坏环境质量为前提，生态因子对外界压力或变化的适应能力以及其遭受破坏后的恢复能力的强弱和快慢来衡量（艾乔，2007）。一般情况下，敏感性高的生态系统，易于发生生态环境问题，是重点修复和保护的对象。而敏感性低的生态系统，在人类活动的干扰下，不容易产生变动，适合于开发。

相对于适应性而言，敏感性仅仅是系统对外界干扰的反应程度的表征，说明系统发生某种变化的可能性或概率大小，并不能表明系统在外界干扰下所作出的选择。而适应性则强调系统对外界环境变化所作出的某种决定，反映了系统在外界环境变化下的一种重组、更新发展的能力。

4. 可持续性

1992 年在巴西里约热内卢召开的联合国环境与发展大会上通过的《21 世纪议程》，标志着可持续发展思想被世界上绝大多数国家和地区接受并付之于实践，可持续发展研究也随之成为学术界关注的焦点。可持续发展理论的形成与提出是对人类传统发展模式的反思，特别是对工业化发展道路的反思。由于内涵极为丰富，不同的学科都可从各自的研究视角对可持续发展加以阐释，根据可持续发展所包括的生态、经济和社会三个系统，可将这些概念分为三类：从生态属性看，认为可持续发展是寻求一种最佳的生态系统以支持生态的完整性和人类愿望的实现，使人类的生存环境得以持续（Forman，1990）；从经济属性看，可持续发展是指在保持自然资源的质量和所提供服务的前提下，使经济发展的净利益增加到最大限度（Barbier，1985），简而言之，可持续发展就是人均效用或福利随着时间的推移不断增加（Pearce and Watford，1993）；从社会属性看，可持续发展的落脚点在于改善人类的生活品质，创造美好的生活环境，即"在生存于不超出维持生态系统涵容能力之情况下，改善人类生活品质（IUCN-UNEP-WWF，1991）"。实质上，可持续发展是一个系统工程，只有生态、经济和社会三个系统实现了同向发展、协调发展，才算真正实现了发展的可持续。生态可持续发展是经济、社会可持续发展的基础和前提，经济可持续发展是生态、社会可持续发展的物质支撑，而社会可持续发展是人类发展的追求目标。生态、经济和社会三个系统相互交织、相互作用、紧密相连，共同构成了可持续发展的全部内容。

从可持续发展的角度看，人类系统对外界环境变化的适应不仅仅是降低脆弱性，而且是一种可持续发展能力的建设，目标是实现经济与环境的全面、协调发展。为此，改变那些破坏生态环境、过度消耗资源的生产生活方式就成为适应的前提，同时对于那些已经发生且不可逆转的变化趋势（如矿业城市矿产资源的枯竭），应尽量设法减轻损失。但无论是趋利还是避害，适应目的都只有一个，促进可持续发展。现有的区域发展模式都是在过去已有资源、市场和政策等条件下形成的，不仅很少考虑到而且很难考虑到未来几十年甚至上百年的变化趋势，如果不能根据发展环境的变化作出相应的调整，那么要实现可持续发展就成为一句空话，所以，只有提高人类生产系统对发展环境变化的适应能力，才能实现人类社会的可持续发展目标。

二、矿业城市产业生态系统适应性的基本内涵

矿业城市产业生态系统是以矿产资源开发利用为依托建立起来的一种特殊类型的产业生态系统。在矿产资源开发生命周期性规律的支配下，矿业的发展也呈现相似的周期性变化的特征，但这并不意味着矿业城市产业生态系统就一定像矿业一样显示出形成、繁荣和衰退的发展历程。只要能够根据矿业的发展周期，以及政策、市场等发展环境的变化，增强矿业城市的产业生态系统的适应性，就一定能实现矿业城市产业生态系统的可持续发展。所谓矿业城市产业生态系统适应性是指根据矿业城市中矿产资源可开采储量、发展阶段以及所处的市场、体制、政策等发展环境的变化对产业生态系统在发展战略或结构等方面的改变，以降低或抵消这些环境变化所造成的产业系统衰退，或者利用这些环境变化所带来的机会。从适应的内容看，矿业城市产业生态系统适应性既有产业系统对矿产资源枯竭的适应，也有产业系统对市场、体制的适应；从适应的对策看，矿业城市产

业生态系统适应性既有对短期市场变化所做的政策调整，也有对资源储量变化所做的长期的发展战略思路和目标的调整。

发展环境的变化对矿业城市产业生态系统的影响并非都是一致的，有些是有利的，有些是不利的。对有利的，应采取什么措施加以利用？对不利的，又应采取何种措施减轻其不利影响？即使是同一发展环境的变化，对不同类型、不同阶段的矿业城市产业生态系统的影响也是不同的，如矿产资源枯竭，造成煤炭城市产业系统的严重衰退，而对石油城市产业系统的影响比较轻微。也就是说，在面对同一发展环境变化时，不同的矿业城市产业生态系统所采取的适应对策是不相同的，这就是矿业城市产业生态系统的适应性问题。因此，可以将矿业城市产业生态系统适应性理解为面对预期或实际发生的环境变化对产业系统的运行或结构产生的影响而采取的一种有目的的响应行为。其目的在于在对实际发生的或预计可能发生的发展环境变化及所造成的影响有充分认识的基础上，通过产业生态系统进行有计划、有步骤的调整，以增强矿业城市产业生态系统的适应能力，特别是要降低矿产资源枯竭所带来的产业系统效率下降。为此，对矿业城市产业生态系统适应性的理解应注意以下四个方面。

（1）发展环境的变化，特别是矿产资源的枯竭虽然是不可避免的，但是可以认识与预测的，而人们对矿产资源枯竭的反应需要一定时间。

（2）适应所针对的主体是产业系统，目的是通过降低产业系统的脆弱性而减轻资源枯竭等发展环境变化的不利影响，强化有利影响，规避产业转型的风险。

（3）从发展效益讲，适应就是以有限的人力、物力、财力投入，换取最大的收益或最小损失。适应所需要的成本和效果因适应方式、适应时机的选择不同而各不相同。一般而言，在矿业城市进入枯竭期之后，再考虑产业系统的适应性调整或转型所付出的代价要比在其兴盛期大得多。

（4）适应行为可以是被动的，也可以是主动的、预防性的。如果在矿产资源枯竭之后，矿业已开始进入衰退阶段，再进行产业系统调整，则是一种被动的适应行为；如果抢在矿产资源可开采储量减少之前，即采取措施进行产业系统调整，则属于预防性适应行为。

三、矿业城市产业生态系统适应性的基本特征

矿业城市产业生态系统适应性具有目的性、方向的不确定性、动态性、整体性和可控性五个基本特征，具体如下。

（一）目的性

系统外部环境的变化引起系统内部组织结构、发展策略的调整，虽然这种调整的方式、程度可能存在差异，但目的都是为了减少系统可能受到的损失，提高系统的生存和发展能力。就矿业城市而言，其以不可再生的矿产资源开发为依托建立起来的产业生态系统，本身具有结构单一、体制刚性等先天的脆弱性，随着矿产资源枯竭等发展环境的变化，不仅出现矿业衰退、生态破坏、环境恶化，而且还诱发失业、贫困等一系列社会问题与矛盾。在产业、生态与社会三个子系统脆弱性的共同压力下，以资源环境承载能力为依据，重组产业生态系统，尽量降低发展环境变化的不利影响或损失，实现产业与环境的协调发展，提高产业生态系统的自我发展能力。可见，矿业城市产业生态系统的适应性是降低产业系统脆弱性的重要手段，目的是提高矿业城市的可持续发展能力，推动矿业城市人与自然的和谐发展、科学发展。

（二）方向的不确定性

按照一般演化规律，城市产业发展先后经历轻工业、重工业、高技术产业等逐次演进的过程。矿业城市产业生态系统的发展往往开始于重工业，而跳过轻工业的发展阶段。伴随矿产资源的枯竭等发展环境的变化，矿业城市产业生态系统适应性调整的目的虽然都是可持续发展，但调整的方向存在很大的不确定性。有的维持原来的矿业主导型产业系统发展态势，只是以另一种矿业主导型产业系统取代原来的矿业主导型产业系统，如抚顺由以油母页岩为依托的石化主导型产业系统取代以煤炭资源为依托的煤炭主导型产业系统；有的沿产业结构高级化演进方向调整，如辽源以高新技术产业主导型取代矿业主导型产业系统；有的则逆向式调整，即向低层次产业发展方向调整，如阜新以现代农业主导型产业系统取代矿业主导型产业系统。无论矿业城市产业生态系统的适应性调整方向如何，都必须与当地的资源环境相适应，从而有利于提高产业生态系统的可持续发展能力。

（三）动态性

矿业城市产业生态系统的发展是一个动态过程。在不同的发展时期，面临着不同的资源环境、市场、政策和体制等发展环境，产业生态系统的适应方式、措施也有差异。在矿业城市的发展初期，产业生态系统调整的措施主要在于增加产量、提高效益、完善服务；在矿业城市发展的兴盛期，产业生态系统的调整措施应集中在维持产量、培育接续产业、加强生态环境整治、提高技术创新能力；在矿业城市的枯竭期，产业生态系统的调整措施应强调壮大接续产业、降低开采成本、强化生态环境保育与修复、实施战略转型等。因此，只有适应不断变化的发展环境，矿业城市产业生态系统才能不断完善，也才能实现产业与环境的和谐发展。

（四）整体性

系统与外部环境要素的适应是整体性的适应，即系统的所有要素要与外界环境整体上相适应、协调发展。如果系统与外界环境只是在某一方面或某一要素相适应，则可能会导致系统的畸形发展，只有整体的适应才能促进系统的整体协调发展。如矿业城市建立之初仅考虑了产业发展与国家需求的适应，而忽视了产业与生态环境、城市发展相适应的问题，最终导致矿业城市产业生态系统显著的结构脆弱性。因此，在以可持续发展为目标、以发展循环经济为核心，开展资源节约型、环境友好型城市建设的大背景下，要提高矿业城市产业生态系统的适应能力，降低其脆弱性，必须坚持全面适应、整体适应的思想，既要考虑产业与生态环境的适应、产业与市场的适应、产业与劳动力资源的适应、产业与政策的适应，也要考虑产业系统内部的原生、外生与共生三个产业子系统的相互适应。可见，整体适应是矿业城市产业生态系统得以持续、协调发展的根本保证，也是矿业城市可持续发展的不竭动力。

（五）可控性

矿业城市产业生态系统对内外发展环境变化的适应、调整，并不是任意适应，也不是随意调整、自由调整，而是必须有利于当地经济发展、环境改善、居民生活质量提高的适应和调整。也就是说产业生态系统的适应性调整必须按照人类的意愿，在人类的控制下进行，即人类可以根据发展环境变化的不同类型、幅度和影响因素，采取不同适应措施、适应手段和适应方式，如矿产品价格上涨，可考虑增加产量，促使产业生态系统朝着有利于矿业城市可持续发展的方向演化，表明矿业城市产业生态系统对外界环境及要素变化的适应是可以控制的。

第三节　矿业城市产业生态系统适应性分析的基本理论

在我国特定的发展政策和市场环境下，矿业城市作为我国经济社会发展的主要能源、原材料供应基地，形成了特殊的产业结构，而且今后仍将承担为国家经济社会发展提供能源、原材料的战略任务。随着部分矿业城市相继进入资源枯竭期，矿业城市原已存在的产业结构畸形、生态环境破坏等问题日益显性化，个别城市甚至显示出"矿竭城衰"的景象。这些现象和问题的出现，促使人们重新审视矿业城市产业生态系统的适应性问题，探索矿业城市可持续发展之路。矿业城市产业生态系统的适应性问题，涉及众多学科领域的理论和方法，从增强矿业城市可持续发展能力的视角看，开展矿业城市产业生态系统适应性研究的基本理论应包括：可持续发展理论、循环经济理论、产业生态学理论和系统科学理论等（图1-7）。其中，可持续发展是矿业城市产业生态系统适应调整的目标，循环经济建设是矿业城市产业生态系统适应调整的方向，产业生态化是矿业城市产业生态系统适应调整的路径，上述研究和探索都必须以系统思想为指导，所以系统科学理论是矿业城市产业生态系统适应调整的思想基础和分析工具。

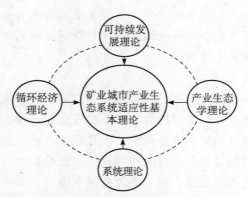

图 1-7　矿业城市产业生态系统适应性基本理论

一、产业生态学理论

产业生态化理论将可持续发展的协调思想提升到可操作性的实践层面，对于推动经济与环境的协调发展具有重大的理论指导价值，因此，一经提出就受到相关学科的普遍关注，并在生产实践中得到迅速推广。

（一）产业生态学理论的形成与发展

工业的发展、工业文明的形成，极大地促进了人类社会的进步，但同时对生态环境产生了极大的破坏，如资源短缺、环境污染、生态破坏、物种灭绝等，导致人类生存与发展空间的相对缩小，严重威胁到人类社会的可持续发展。为解决日益严重的生态环境问题，缓解产业系统与生态环境之间的冲突与矛盾，促进经济与环境的协调发展，推进产业生态化转型，成为促进区域可持续发展大势所趋。产业生态学思想的形成最早可追溯到 20 世纪 50 年代，当时的研究者已认识到，人类活动的生物物理机制同样服从于自然生态系统的规律（苏伦·埃尔克曼，1999；康芒纳，1997），并萌生了从生态学角度，按照自然生态系统的物质循环和能量流动的规律重构产业系统的思想。但直到 20 世纪 70 年代，产业生态学思想才得到较快发展，1972 年 5 月，日本通产省的产业结构咨询委员会发表的题为"产业生态学：生态学引入产业政策的引论"研究报告，提出应以生态学的观点重新审视现有的产业体系的观念，试图以生态学的方法理解与解释产业与环境的互动，控制人类行为，建立产业与环境之间的生态均衡机制（Noble，1998）。1983 年，比利时的政治研究与信息中心出版了《比利时生态系统：产业生态学研究》专著，书中提出用生态学方法来观察产业活动，并认为产业社会是一个由生产力、流与消费、它所用的原料与能源以及所产生的废物等构成的生态系统（Bollen et al.，1983）。尽管该书很清楚地阐明了产业生态学的基本理念，但在当时反响却极为有限（王寿兵等，2006）。20 世纪 90 年代以来，伴随着可持续发展思想的形成和普及，产业生态学理论才真正形成，并迅速在世界范围内推广。1989 年，Frosch 和 Gallopoulos 在 *Scientific American* 发表题为"制造业的战略"（Strategies for Manufacturing）的一文中，提出了产业生态学的概念，并认为产业系统应该向自然生态系统学习，建立类似于自然生态系统的产业生态系统，以最大限度地减少产业活动对环境产生的不良影响（Frosch and Gallopoulos，1989）。这标志着产业生态学的诞生。此后有关产业生态学的研究迅速广泛展开。1991 年美国国家科学院举办首届产业生态学论坛，对产业生态学的概念、内容、方法及应用前景等进行了总结，形成了产业生态学的概念框架（陆宏芳，2003）。1996 年美国前生态学会主席 J. Myeer 在全美生态学会的报告中将生态工程、生态经济、生态设计、产业生态学和环境伦理学列为未来生态学发展的五大前沿方向（欧阳志云，1997）。美国国家科学委员会也将产业生态学列为 21 世纪优先发展领域之一（杨建新和王如松，1998a）。

产业生态学以实现产业与环境互动，建立与生态环境容量相匹配的产业生态系统为己任，是可持续发展思想的实践深化和具体体现。它将可持续发展的理念推广到产业界，真正把企业、产业的发展与经济社会的整体发展紧密联系起来，为人类社会的经济与环境和谐发展提供了一条有效途径和模式。

（二）产业生态学的内涵

作为一门新兴的由自然科学、社会科学和经济学相互交叉而形成的学科，产业生态学的概念、理论和方法都处于争论与探索之中，回顾众多研究者对产业生态学下的定义多是从研究目标、研究目的、研究思想基础、研究任务四个方面进行阐释的。

（1）促进可持续发展是产业生态学的研究目标。从此目标出发，认为产业生态学是研究可持续发展能力特别是产业可持续发展能力的科学（Frosch，1995；王子彦，2002；彭少麟和陆宏芳，2004）。如国际电力与电子工程研究所（IEEE）认为产业生态学是一门探讨产业系统及其与自然系统相互关系的跨学科研究，其研究涉及诸多学科领域，包括能源供应与利用、新材料、新技术、基础科学、经济学、法律学、管理学及社会科学等，是一门研究可持续发展能力的科学（Frosch，1995）。陆宏芳（2003）认为产业生态学是以生态经济基本原则为指导，研究各种尺度的产业生态过程及其相互关系、产业政策、规划、计划方案的制定，以实现各层次产业生态系统整体的可持续发展为目标的交叉学科。

（2）协调好产业与环境的关系是产业生态学研究的直接目的。由此认为产业生态学是探讨产业系统与自然系统、经济社会系统之间关系的综合性交叉学科（Jelinske et al.，1992；Graedel，1994；Bendz，1999；Allenby，2000），是一门研究产业活动与消费活动中的物流与能流及其对环境的影响，以及经济因素、政治因素、法规因素和社会因素对资源的流动、利用与转化的影响的学问。产业生态学的研究目的是更好地在经济活动中统筹兼顾环境问题（Karamanos，1996）。

（3）系统观是开展产业生态研究的思想基础。基于这一认识，认为产业生态学是一门研究社会生产活动中自然资源从源、流到汇的全代谢过程，组织管理体制以及生产、消费、调控行为的动力学机制、控制论方法及其与生命支持系统相互关系的系统科学（杨建新和王如松，1998b）；并认为产业系统与环境系统都是产业环境复合系统的一个子系统；运用系统理论和方法开展产业与环境关系研究是产业生态学的研究核心（Graedel，1995；Sagar and Frosch，1997；DiRodi，1998）。

（4）从降低资源消耗、减少废物排放的研究角度出发，认为产业生态学是一门通过减少原料消耗和改进生产程序以保护生态环境和全部处理生产废料的新学科（杜存纲等，2000），具体而言，就是从局地、地区和全球三个层次上系统地研究产品、工艺、产业部门和经济部门中的能流和物流，其焦点是研究产业界在降低产品生命周期过程环境压力中的作用。产品生命周期包括原材料的采掘与生产、产品制造、产品使用和废弃物管理（陆宏芳，2003）。

目前，虽然国际上对产业生态学的定义尚未取得完全一致，但在如下八个方面取得一些共识（宋涛，2007；邓宁，2006）：

（1）产业生态学是起源于系统科学并用于分析和综合产业发展的一种系统方法，这种系统方法主要用于研究产业系统和生态系统的相互作用；

（2）产业生态学基于产业与环境协调发展视角，探讨产业活动的重新设计，以减少人类活动对生态环境的影响并使之控制在自然系统可以承受的水平之内；

（3）产业生态学是一门多学科交叉的科学，它将多个领域的规划和研究联系在了一起，包括生态学、工程学、经济学、企业管理、公共管理和法律学等；

（4）产业生态学从经济学的角度研究材料和能源流动，范围涉及从一个产业部门到整个地球；

（5）产业生态学试图将人类的生产和消费活动由线性的、不经济的传统模式转变为一个闭环系统模式；

（6）产业生态学使人们在进行短期变革时考虑到了其长期可能产生的影响，同样，它也使人们在进行小范围的区域决策时考虑到对更广阔区域的影响；

（7）产业生态学是平衡环境保护与经济和企业发展关系的一种可行的方法，这种平衡过程必须是动态的，并且在人类产业活动对自然环境施加的影响以及自然系统产生的反应方面，二者应是互动的；

（8）产业生态学是"可持续科学"的重要组成部分，广义而言，它起到了设计工业活动路径的作用，为协调环境和技术领域的公共政策设计提供了客观基础。

（三）产业生态平衡理论（王寿兵等，2006）

生态平衡是生态系统在一定时间内结构与功能的相对稳定状态，其物质和能量的输入、输出接近相等，在外来干扰下，能通过自我调节（或人为控制）恢复到原来的稳定状态（王寿兵等，2006）。

在自然生态系统中，系统结构越复杂，生物种类越丰富，数量越多，系统的稳定性越强，即系统处于平衡状态。产业生态系统作为典型的人工生态系统，其长期稳定发展有赖于整个系统的平衡，关键在于系统内部自调节机制的建立。

当系统的某一组成部分出现异常时，就可能被其他组成成员填补空位或使用新途径的生态链，降低这一异常给系统带来的不利影响。

作为开放系统，产业生态系统的平衡，既包括系统内部各组成成分或要素之间的平衡，也包括系统与外部环境之间的平衡。一般而言，要实现产业生态系统的协调发展，必须处理好以下三方面的关系（王寿兵等，2006）。

（1）内部平衡与外部平衡的关系。产业生态系统作为一个开放系统，其产业链的平衡是开放的平衡，若是内部不能实现平衡，但在与外部的交互作用中能够获得平衡也是可以的。但无论如何产业生态系统中的产业链必须是连续的、平衡的，否则产业生态系统就不能自我发展，就始终需要外部力量干预才能运行。因此，产业生态系统要想获得自我驱动的内涵式发展，就必须建立有序、平衡的产业生态链，使生产者企业群、消费者企业群和分解者企业群在规模上、数量上和产品质量方面形成耦合关系，获得产业共生网络自我协调发展的活力。

（2）产业生态系统内部产业链平衡与不平衡的循环。产业生态系统中产业生态链的平衡是动态的、发展的，原有平衡的打破，即可能意味着产业链的失衡，也可能意味着一次发展的飞跃。产业生态系统中产业共生网络的发展需要外部力量的干预，旧的平衡被打破，意味着新的平衡将确立，这本身就是一个自和谐、自组织和自发展的过程。

（3）平衡、稳定和发展的关系。对于产业生态系统中产业生态链而言，平衡与稳定是条件，发展是最高目标。只有维持产业生态链和系统内部产业共生网络的平衡与稳定，产业生态系统才能获得可持续发展。

（四）产业生态学理论对矿业城市产业生态系统适应性研究
　　　的作用

　　1. 矿业城市产业生态系统演化的特殊性

　　1）系统演化的阶段性

　　前已述及，矿业城市产业生态系统可分为资源环境子系统、原生产业子系统、外生产业子系统和共生产业子系统四个子系统，其中原生产业子系统是矿业城市参与区域分工的体现，也是矿业城市形成、存在和发展的根本原因。任何产业都有自己产生、发展、成熟和消亡的过程，表现出明显的阶段性特征，矿业城市的原生产业子系统也不例外。原生产业子系统发展的阶段性决定于矿产资源的可开发条件，大致经历资源的勘探开发、发展、繁荣、成熟和衰退等阶段。由此也导致矿业城市产业生态系统整体经历相似的阶段性变化过程。在矿业城市产业生态系统形成的初期，产业系统仅由少数几个矿产资源开采企业组成，结构简单，对生态环境的破坏尚不显著。随着原生产业子系统的繁荣和成熟，以原生产业子系统产品为原料的外生产业子系统逐步形成、发展，与之相伴随的共生产业子系统也趋于繁荣，但这时无论外生还是共生产业子系统都是围绕原生产业子系统发展的，即资源开采业及相关的加工、服务业仍是产业生态系统的主体，"一业独大"的结构非常显著，同时对环境的破坏也在加剧，局部地区已严重威胁居民的生活，整个产业生态系统处于相对稳定状态。由于持续的高强度开发，矿产资源可开发储量日趋减少，直接导致原生产业子系统的衰落，进而诱发整个产业生态系统进入衰退期。此时，如果没有能够适应新的发展条件的产业产生、兴起，整个矿业城市则开始衰落，直至消亡；如果有能够适应新的发展条件的产业兴起，产业生态系统将会转型到新的状态，促使矿业城市向综合性城市演变。

　　2）系统效益的递减性

　　矿业城市产业生态系统的效益包括经济效益、社会效益和环境效益。由于产业生态系统经济效益的高低取决于矿业，而矿业由于其自身特点，一般遵循"先上后下，先易后难"的资源开发原则，在初级阶段，开采成本相对比较低，效益较好。随着矿业发展，资源开采难度加大，成本上升，矿业经济的效益下降。这一时期。如果非矿产业不能得到快速发展，就会导致整个产业生态系统经济效益的递减（图1-8a）。如果非矿产业发展迅速，并替代矿业成为主导产业，产业生态系统就会转换为另一种新的质态（图1-8b）。产业生态系统社会效益最直接的表现就是对社会就业的贡献，随着矿业的衰退，所需从业人员迅速减少，导致失业增加，并诱发贫困等问题，同时经济效益的递减，也使得教育、社会保障等事业的发展缺乏必要的资金支持，导致社会效益下降。与矿业发展相伴随，资源枯竭、生态破坏、环境污染等资源环境问题日趋严重，而且随着矿业的衰退，发展资金的短缺，生态环境整治更是步履维艰，环境效益持续下降。

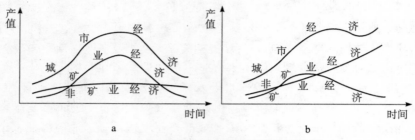

图 1-8　矿业城市产业系统发展规律示意图

资料来源：杨彦平和金瑜，2006

3）系统结构脆弱性

系统论认为，系统的结构越复杂，弹性越大，稳定性越强。就矿业城市而言，其产业生态系统多是由一个或几个大型、特大型国有企业居于主导地位，引领着矿业城市的发展。在专业化模式的影响下，这些企业利用自身在资源开发、技术、人才和资本等方面的垄断优势，进一步吸引劳动力、资金等生产要素向资源开发及加工行业集聚，导致其他非矿业产业发展缓慢、规模小，从而使矿业城市产业生态系统显示出单一的畸形结构特征。这种单一的产业生态系统结构特征具有明显的脆弱性和不稳定性，表现为对资源储量变化、市场变化、政策变化等缺乏适应能力，如资源枯竭可导致整个产业系统的衰退，因此，产业系统的结构脆弱性是造成整个城市经济发展弹性和回旋能力低下的根本原因。

4）过度资源依赖性

矿产资源是矿业城市得以形成、发展的物质基础和依托，因此，矿产资源开发及其加工业也就成为矿业城市产业生态系统的主体，支配着矿业城市的发展。例如，2006 年大庆市的石油和天然气开采业工业增加值占全市工业增加值的 81.47%，鞍山市的钢铁、矿产品加工、轻纺和装备制造业的工业增加值占该市工业增加值的 94.17%，盘锦市的石油天然气开采业、石油加工及炼焦业、化学原料及医药制造业的工业增加值占该市工业增加值的 92.11%，等等。因此，矿业城市的产业生态系统具有非常突出的资源依赖性特征。

5）矿业产业消亡的不可逆性

受产业技术周期性的制约，一般产业都具有生命周期性。而且随着技术创新能力的提升，处于衰退期的产业也可以起死回生。而矿业则不同，矿业的生命周期性受制于自然资源的储量变化。矿产资源的可耗竭性是导致矿业消亡的根本原因，这是一个不可逆的过程，即使技术再先进，也只能在一定时期内降低生产成本，而不可能阻止矿业的消亡。矿业发展的这一特征，要求在矿业城市发展过程中，一方面要通过科学规划和技术创新，适度延长矿业生命周期；另一方面要推动产业多样化，增加产业生态系统的适应转换能力（于光，2007）。

2. 产业生态化转型是矿业城市产业生态系统适应性调整之核心

根据产业生态学原理，以及矿业城市产业生态系统所具有的阶段性、效益递减性、结构脆弱性、矿业消亡的不可逆性等特征，要提高矿业城市产业生态系统的适应能力，其核心就是要促进产业生态化转型，既包括产业系统与环境系统之间和谐生态关系的构建，也包括产业系统内部良好生态关系的建立。具体如下。

1）坚持产业环境适应性调整之主旨

城市产业生态系统是由多种因素相互交织而成的复杂大系统，任何一个产业的形成、存在与发展，都是经济、社会、生态和文化等诸多因素共同作用的结果，也只有那些与区域条件相适应的产业，才能持续存在和发展。矿业城市产业生态系统多是因矿产资源的发现，在外来先进技术、大量资本的支撑下建立起来的，与当地经济融合性不紧密，具有明显的"外来植入性"，在发展过程中，造成大量的资源环境问题。为此，推进矿业城市产业系统生态化转型，必须在产业与环境均有利的前提下，以产业生态学为指导，立足于已有的产业基础逐步进行。不同类型、不同阶段的矿业城市因其资源条件、社会经济基础和生态系统特征相异，产业生态系统适应性调整路径和模式也各具特色，但目的都在于增强产业生态系统对根植于区域资源环境条件的适应性，提高矿业城市发展的生态经济效率。

2）明确产业结构适应性调整的方向

矿业城市产业系统的最大特征或症结就在于结构畸形、单一，过度依赖矿业。提高产业生态系统的适应能力，就是要改变产业系统畸形，通过产业间的耦合来延长产业链，使产业链上每个节点能够产生新的价值、新的经济机会，形成新的经济生态位，并使它们相互联系、互利共生（刘军，2006），构成完善的区域产业网络系统。因矿业衰退而导致的矿业城市发展困难往往使人们将焦点放在经济增长上，尤其注重投资对经济增长的拉动，而忽视了产业系统的网络化建设。产业生态学理论告诉我们，延长产业链，由链组网，一方面，可以促进物质循环利用，降低产业发展对环境的影响，另一方面，可以增强产业系统的弹性，提高应对发展环境变化的能力。

二、循环经济理论

人类社会特别是工业社会以来，对自然资源的掠夺式、高强度开发，不仅造成了资源短缺，而且生产过程中大量废弃物排放到自然环境中，造成了温室效应、环境污染、生态破坏等生态环境问题，促使人们重新审视、反思传统发展模式的弊端，寻求、探索新的可持续发展之路。在这一大背景下，循环经济思想应运而生。1962 年卡逊的《寂静的春天》一书的出版发行，引发了人们对经济增长与环境关系的激烈争论，唤醒了人们对工业社会环境危机的认识。1966 年美国经济学家鲍尔丁首次提出了循环经济的概念，认为传统的"资源—产品—排放"单程式的经济发展模式，是导致环境污染和资源枯竭等问题的根源，倡导构建"资源—产品—再生资源"的循环型发展模式，以消除环境污染、资源消耗和经济增长的尖锐冲突，推动经济的可持续发展。随后，循环经济得到了较快的发展（图1-9）。1972 年罗马俱乐部发表了《增长的极限》一书，该书通过对经济增长与人口、自然资源、生态环境和科学技术进步之间关系的系统考察，指出如果资源消耗像现在这样持续下去，世界经济增长最终将会趋于停滞、甚至崩溃。避免这一情况发生的最好办法是实现经济零增长（梅多斯，1984）。此种观点虽然过于片面和悲观，但其提出的资源供给无法满足粗放式经济增长需求的观点，引起了世人的广泛关注。2002 年世界环境与发展大会决定在世界范围内推行清洁生产，并制定了行动计划。至此，循环经济发展理念和实践在世界范围内普遍展开。

（一）循环经济的内涵

循环经济（circular economic）是物质闭环流动型经济的简称（姜国刚，2007）。发展循环经济，目的是建立一种"资源—产品—再生资源"的闭环式发展模式，使所有物质和能量在不断往复的循环中得到充分、合理和持续的利用，从而将人类经济活动对生态环境的不利影响降低到最小限度。

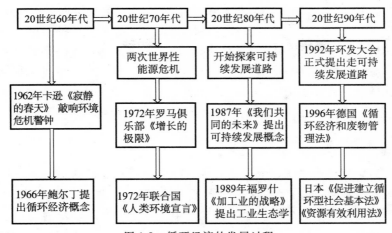

图 1-9　循环经济的发展过程

资料来源：李昕，2007

何谓循环经济，目前学术界还没有取得一致的意见，通过总结已有的循环经济的有关定义，大致可归纳为以下三种观点（李昕，2007）：一是从人与自然和谐发展的理念出发，认为循环经济是指运用生态学规律来指导人类社会的经济活动，控制废弃物的产生，建立起反复利用自然资源的循环机制，把人类的生产活动纳入到自然循环中去，维护自然生态平衡，本质上是一种生态经济；二是认为循环经济是一种新的经济发展模式，是把清洁生产和废弃物的综合利用融为一体的经济，它要求运用生态学的规律来指导人类的经济活动，按照自然生态系统物质循环和能量流动规律重构经济系统，使经济系统和谐地纳入到自然生态系统的物质循环过程中，建立起的一种新形态的经济；三是从技术范式的角度看，循环经济本质上是技术范式的革命，强调通过清洁生产和环境保护，使生产过程的技术范式从"资源→产品→废物排放"开放（或称为单程）型物质流动模式转向"资源—产品—再生资源"闭环型物质流动模式。这类观点认为循环经济是一种技术层面上的物质循环模式，而没有涉及生产关系和生产要素问题。

综上所述，循环经济是以经济与环境协调发展为准则，以可持续发展为目标的新型经济发展模式。它通过模拟自然生态系统的运行规律，按照"资源—产品—消费—再生资源"的物质反复循环模式重组经济活动，使各种物质和能量在这一循环模式中得到持续、高效、综合利用，以获取最大的经济、社会和环境效益，从根本上消解经济与环境之间的严重冲突和矛盾，实现人类社会经济的科学发展。

（二）循环经济的基本原则

循环经济是以物质与能量的梯次使用、废弃物的低排放为特征的，要求按照自然生态物质循环模式组织人类社会的经济生产，是实现可持续发展的途径选择。在发展实践中，判定循环经济，一般遵循"3R"原则，即减量化原则（reducing）、再利用原则（reusing）和再循环原则（recycling）。

1. 减量化原则

该原则要求通过减少生产和消费过程中物质和能源的输入量，达到节约资源和减少污染的目的，即通过预防的方式而不是末端治理的方式来减少或避免污染物的产生。例如，在生产中，在保证产品质量的前提下，生产企业可以通过重新设计生产工艺，减少每个产品的原料使用量，以节约资源和减少污染物的排放；在生活中，人们可以通过减少或拒绝使用一次性物品，选择包装物较少和可循环使用的物品，以减少垃圾的产生，这将在客观上，减少自然资源的消耗压力，降低人类生产生活对生态环境的不良影响。

2. 再利用原则

该原则要求产品和包装容器能够被多次或多种方法使用，而不是用过一次即成为垃圾。通过再利用，可有效地延长产品和服务的使用周期，减少资源消耗和垃圾产生。对生产企业而言，要尽量使产品标准化，一是有利于产品的更新换代，二是当产品损坏时，只需更换零部件，而不必更换整个产品。对于消费者而言，当物品损坏时，首先应确认是否可以通过维修使其继续恢复原有功能，而不是废弃，更换新产品；对于自己不需要且仍具有使用价值的物品，应通过市场供别人使用或捐献。

3. 再循环原则

该原则的实质就是促进废弃物资源化，即将完全失去使用功能的物品重新变成可利用的资源，以减少最终处理量。废弃物资源化包括原级资源化和次级资源化两种类型，原级资源化是指将被废弃的物品用来生产与原来相同的产品；次级资源化是指将被废弃的物品转化为与原来不同类型的产品。对生产者而言，应尽量使用再生资源替代自然资源；对消费者而言，应尽量购买和使用再生物品，以缓解经济活动的环境压力。

上述三个原则在循环经济中的作用并不是并列的。从循环经济的本义看，避免和减少经济流程中的废物产生是其本质要求，而废物再生利用只能作为减少废物的最终处理方式。因此，减量化、再利用与再循环三个原则本身就暗含了循环经济在对待废物处理问题上的优先次序。减量化原则是从输入端，减少生产和消费过程的物质输入量，目的在于减少或避免废物产生；再循环原则，是从经济过程角度，延长产品和服务的使用寿命；再利用原则，是从输出端，将完全失去使用价值的物品再次变成资源，减少最终处置量。

（三）循环经济是矿业城市产业生态系统适应性调整的方向

循环经济对矿业城市产业生态系统适应性调整的指导作用主要表现在路径引导、产业引导等方面。

1. 对矿业城市产业生态系统适应性调整的路径引导

矿产资源的可耗竭性和不可再生性，决定了矿业产业从形成到消亡的必然性，如果没有非矿业产业的兴起，矿业城市发展的最终结果也是衰亡。循环经济理论告诉我们，构建"资源—产品—再生资源"的物质循环利用的发展模式，一方面可以促进非矿产业的发展，形成企业、产业和区域不同尺度的经济循环网络，优化产业生态系统结构，促使矿业城市向综合性城市发展方向演变；另一方面，也可通过延长产业链，增加新的产业生长点，提高资源利用效率，促进矿业城市的可持续发展。

2. 对矿业城市产业生态系统适应性调整的产业引导

循环经济对矿业城市产业系统发展的引导作用主要体现在完善产业系统网络方面。产业链短、结构单一是矿业城市产业系统的主要特征。根据循环经济理论，增加产业节点，拓延产业链条，修补矿业与非矿业之间的产业断层，促进矿业与非矿业协调发展，将大大提升产业生态系统的适应能力，有利于矿业城市循环型经济的发展。

三、可持续发展理论

走可持续发展的道路是人类通过对传统的"先污染、后治理"发展模式重新审视、反思之后，对人与自然关系及人类前途作出的理性选择。1987 年世界环境与发展委员会在《我们共同的未来》报告中首次阐述了可持续发展的概念，1992 年在巴西里约热内卢举行的世界环境与发展大会通过了《21世纪议程》，标志着可持续发展作为一种全新的经济社会发展模式，已被世界各国普遍接受并付诸实践，是人类面向21世纪保证经济社会持续、永久发展的共同选择。开展矿业城市产业生态系统适应性研究的目标就是探索矿业城市实现可持续发展的途径和模式。

（一）可持续发展概念

可持续发展问题的提出源于美、英、日等发达国家工业社会的高度发展所带来的资源枯竭、环境污染、生态破坏、食品安全等一系列关系到人类生存和发展的问题。为解决经济增长与环境的冲突，人类开始反思自己的经济行为，探索新的发展理念和思路。

1972年在斯德哥尔摩召开的人类环境大会提出了人类在开发利用自然资源的同时，也要履行相应的保护环境、维护生态的责任和义务，其主要贡献是将资源环境的持续性与经济发展联系起来综合考虑。1980年联合国大会又向世界呼吁："必须研究自然的、社会的、经济的以及利用自然资源过程中的基本关系，确保全球的持续发展"（聂华林等，2006）。1987年世界环境和发展委员会发表的《我们共同的未来》研究报告，明确提出可持续发展是指"既满足当代人的需要，又不对后代人满足其需求能力的构成危害的发展"，这一概念的提出标志着可持续发展理念的形成。其后，学者们从不同的角度对可持续发展的概念和内涵进行了深入探讨，认为可持续发展是一个内涵极为丰富的概念，涉及人口、资源、环境、经济和社会五个子系统，其核心是发展问题，既包括发展规模的扩张，也包括发展质量的提高；既有各子系统的发展，也有系统整体的发展，关键是人口、资源、环境与经济社会的协调发展。

据此，研究认为可持续发展将整体协调与有效管理人类活动的两种思路，即追求发展与控制人类活动对资源环境的不利影响有机结合，构建起适度管理与干预下的经济发展与人口、资源、环境等高度协调、统一的发展模式。它在时间上，体现了当前利益和未来利益的统一；在空间上，体现着全局利益与地方利益的统一；在文化上，体现着工具理性与价值理性的统一（朱传耿等，2007a）；在利益分配上，体现着公平与效率的统一。

（二）可持续发展的原则

尽管目前人们对实现可持续发展应遵循的原则还没有取得共识，但获得普遍公认的原则主要有三条，即公平性原则、持续性原则和共同性原则。

（1）公平性原则。这主要指代内公平、代际公平和有限资源的公平分配。其中，代内公平强调消除贫富差距，实现穷人和富人在接受教育、享受生活和民主等方面的公平；代际公平强调当代人的发展不能危及后代人的发展能力，不能剥夺后代人获取资源等的机会；有限资源的公平分配，强调"各国拥有按本国的环境与发展政策开发本国自然资源的主权，并负责确保在其管辖范围内或在其控制下的活动不损害其他国家或地区的环境责任"。

（2）可持续性原则。所谓可持续性是指一种持久延续的过程，一方面体现自然资源的永续利用，另一方面体现生态环境容量的保持，亦即人类社会经济活动保持在资源环境承载能力限制之内，这是可持续性原则的核心，也是人类社会可持续发展的前提和基础。

（3）共同性原则。尽管世界各国的历史文化背景、经济基础等存在差异，采取的发展政策和措施也各不相同，但大家都生活在一个地球上，追求可持续发展是各国共同的目标。因此，在对待生态环境问题等事关人类生存和发展的重大问题时，世界各国只有采取联合行动，密切合作，才能实现人类经济社会的可持续发展。

（三）可持续发展的基本目标

区域性是可持续发展的一个基本特征，不同类型、不同发展阶段的国家和地区虽然实施可持续发展的政策和措施不同，但最基本的目标是一致的。归纳起来，区域可持续发展的目标有以下四点。

（1）发展的目标。区域整体发展水平不断提升，包括经济发展、社会进步，以及文化素质和生活质量逐步得到改善。

（2）公平的目标。消除贫富差距，实现当代人之间在享受生活等方面的平等；有序、合理开发利用资源，实现当代人与后代人在利用资源环境方面的平等，即当代人的发展不应以剥夺后代人的发展机会为代价。

（3）空间的目标。发达国家与发展中国家之间、一国之内的不同地区之间，应遵循合作、互补、互惠、平等的原则，进行经济交流与合作，促进区域之间生产要素的合理、有序流动，消除区域之间在物质、能量、信息甚至心理上的差距，实现各区域的共同繁荣。

（4）和谐的目标。不断优化区域生态经济系统的组织结构和运行机制，实现人口、资源、环境与经济社会的协调发展，为人类营造更加有序、更加健康、更加愉悦的生产生活环境。

（四）可持续发展是矿业城市产业生态系适应性调整的目标

可持续发展理论为人类正确处理经济活动与自然生态环境之间的关系

提出了全新的理念,其核心就是协调好人口、资源、环境与经济社会发展的关系。矿业城市因其产业生态系统对不可再生资源的高度依赖性,产业系统发展与资源环境破坏的剧烈冲突、反向演化,严重背离可持续发展的基本要求。为促使产业系统与资源环境对立关系的逆转,在对矿业城市产业生态系统进行适应性调整时必须以可持续发展理论为指导。

随着矿产资源的逐步枯竭,矿业产业也逐步趋于衰落、消亡,矿业城市也面临着"矿竭城衰"的困境。为防患于未然,实现矿业城市可持续发展,要根据矿产资源的开采周期,对产业生态系统进行适应性调整、转型,在开发初期,要坚持实施矿业发展与生态环境整治一体化战略,尤其要注重拓展资源型产业链;在开发中期,要注重实施产业生态系统网络化战略,弥补矿业与非矿产业之间的断层;在开发后期或枯竭期,要注重实施产业替代战略。只要能够根据矿业城市资源环境条件的变化,适时确定产业生态系统适应性调整的方向、途径和措施,矿业城市可持续发展的目标一定能够实现。

四、系统理论

(一) 系统理论原理

系统理论主张从整体出发,分析、揭示系统与组成部分、系统与系统以及系统与环境之间的相互联系机制。系统理论的开放性、协同性、非平衡性、自组织性等基本原理已被广泛地应用于自然科学和社会科学的各个领域,成为认识系统、分析系统的重要理论基础和有效分析工具,具体阐述如下(聂华林等,2006)。

1. 系统原理

系统论认为,系统是一个由一系列要素或子系统构成的相互联系、相互影响、相互作用的体系。作为一个整体,系统是有序的和有目标的。系统依其不同的结构实现其一定的功能,而系统的特定功能的实现要具备一定的结构。因此,若要调整系统的结构,就有可能会改变系统的功能,而要改变系统的功能,就必须改变系统的结构。系统论十分重要的论断是,系统的整体功能大于各部分之和,这是系统整体性的基本体现。控制论应用的是黑箱方法,通过系统的输入和输出进行调控,它的一个基本原理就是依据系统运行过程中的输出反馈信号,对系统的整体目标进行调节与控制。

产业生态系统是一个多种要素和多种条件相互影响、相互作用的系统，对其任一要素或任一部分（子系统）的干扰和破坏，均会使其作出反应，如对其资源环境子系统的破坏和干扰，结果或导致生产能力下降或系统解体。

2. 开放原理

产业生态系统是开放系统，该系统要不断地与环境系统进行物质、能量和信息的交换，其功能和稳定性与系统外部环境的相互联系相互作用的程度关系很大。一般地说，与环境系统相互影响相互作用的开放系统，只有不断地与外界进行物质、能量、信息的交换，才能充实和发展自己，也才能保持系统本身的演化、有序和稳定性。不与外界环境系统进行物质、能量、信息交换的系统被称为封闭系统，按照热力学第二定律，封闭系统只能处于最终的熵增状态，处于低水平的退化发展状态。依据开放原理，应从产业系统和资源环境系统两个方面对产业生态系统进行科学有效的管理，应当注意资源环境系统的发展变化对产业系统本身所造成的有利和不利影响及其对产业系统的约束，设计、规划和建立以可持续发展为目标的产业生态系统，提高产业生态系统的应变能力。

3. 协同原理

系统的开放性，使系统处于发展的非平衡状态。系统的这种非平衡状态，使系统内部产生非线性的协同放大作用。也就是说，系统内部的各子系统会围绕系统目标产生协同作用。只有通过对系统内部的各个子系统的协调与管理，才能实现其围绕系统目标产生协同作用，从而才能使系统具有整体的有序性和对外界环境的适应性。系统的协同性可以产生功能放大的作用，以增强系统的适应能力和竞争能力，使系统处于发展状态。由于一个开放的非平衡复杂系统是一个多变量、多要素、多层次和多能级的系统，故要谋求系统的整体放大作用就应当考虑到以下几个问题，即多变量、多要素的互补放大和要素的不同排列放大、同能级同层次的协同放大、多能级多层次的协同放大、多功能的综合放大等。总之，非线性作用导致协同放大，协同作用导致系统有序结构的形成。从此可以看出，协同原理是进行产业生态系统设计、调控与管理的重要理论基础。

4. 非平衡原理

在系统理论看来，系统内部组分的多样化非均匀性表现为系统的非平衡性。系统内部由于结构的互补性、非线性及其差异性，使系统处于动态的发展状态之中。非平衡理论对于指导人们认识产业生态系统的结构并对其进行科学合理的设计与控制具有非常重要的意义。过去人们在处理产业生态系统问题时,往往将产业生态系统看作是一个内部无差异的均匀分布的线性作用的平衡系统,而且似乎产业生态系统是不与环境系统发生作用的,这种理解在具体探索产业生态系统的现实问题时常常碰壁。事实上,这与产业生态系统的实际是不符合的。因为非平衡原理指出,一个远离平衡态的开放系统(产业生态系统即是这样的系统),当环境系统的条件变化达到某一阈值时,通过系统的涨落而发生突变,自动产生一种自组织现象,即由原来的无序状态转变成为一种时空的有序结构,或者系统由亚稳态跃迁为稳态或混沌状态。应当指出的是,非平衡的稳定态和平衡稳定态是具有不同结构的系统状态,非平衡的稳定态是一种有序结构,而平衡的稳定态则并非如此。

5. 自组织原理

具有自组织功能的系统被称为自组织系统,它具有自适应、自调节、自繁殖的功能。生态系统是自组织系统,而产业生态系统是按自组织特性来进行设计的。产业生态系统在适宜环境条件下,一般具有很强的自组织能力,显示出很强的内部聚合力。由于整个自然界的能量处于不断地转化、流动之中,物质处于不断地合成、转移、还原与催化的循环过程之中,因此一切生态系统都是在生物群落与无机环境之间所构成的能量转化与物质、信息循环过程中形成的自组织系统。从这一意义上说,产业生态系统被破坏,实际上是破坏了产业生态系统的自组织能力。产业生态系统的控制重点是维系能力。自组织是一种时空有序的功能结构。生态系统的自组织结构,一方面表现为历史的"记忆"的特点,具有相似性或称为遗传性,另一方面又具有与环境相适应的变异性,而这种与环境变化有关的相异性实际上是一种进化性。所以,产业生态系统的自组织正是相似性与相异性辩证统一作用的结果。

(二) 系统理论是矿业城市产业生态系统适应性调整之思想基础

系统论从整体出发,分析、揭示系统各组成部分之间、系统与系统之间以及系统与环境之间相互作用、相互联系的机理、演化过程及趋势,为开展产业生态系统适应性研究提供了坚实的理论基础和有效分析手段。我国矿业城市产业生态系统多是在能源原材料基地定位的战略思想指导下建立起来的,在产业生态系统发展中重视产业系统特别是原生产业系统(采矿业)的建设，忽视非矿业发展和资源环境的保护与修复，导致系统结构失衡、弹性和稳定性差、自组织能力不强等问题突出。在矿业城市产业生态系统适应性研究中，以系统理论为指导，就是要树立整体性理念。产业生态系统的适应，不仅仅是某一产业的适应，也不是产业系统的适应，而是由产业系统与环境系统所构成的整个复合系统整体发展过程的适应。故系统理论为矿业城市产业生态系统适应性调整方向、途径和模式的选择提供思想指导。

第四节 矿业城市产业生态系统适应性分析的理论框架

一、适应性分析框架概述

适应性是指通过调整或改变使系统与其环境更协调的过程。一般而言，适应性分析应包括图 1-10 所示的四个要素（Smit et al.，1999）。首先是"适应什么？"的问题。适应性是指对最近的、当前的或预期的可能环境（条件）变化的反应，可以是对不利响应或脆弱性的反应，也可以是对机会的反应。其次，还要考虑"谁或什么适应？"，是人、社会和经济部门，管理或非管理的、自然的或生态的系统，或系统的实际、过程或结构，一旦被确定，系统将按照适应性或脆弱性特征被区分开来。再次，适应是如何发生的？适应既指适应过程也指结果或条件。多数学者将适应性定义为对新条件的更好的适应，不能降低脆弱性的改变被称为"不良适应"。适应过程或措施可以是反应的或预料的，自发的或计划的。最后，

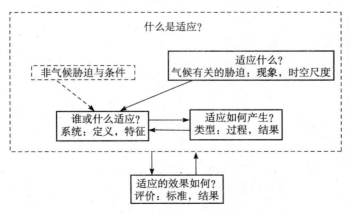

图 1-10　适应性分析框架
资料来源：Smit et al.，1999

适应的效果如何？适应性通常以成本、利益、效率和资产净值为标准来加以衡量。

二、矿业城市产业生态系统适应性分析框架

根据 Smit 的适应分析框架和矿业城市产业生态系统适应性的内涵，可以认为对矿业城市产业生态系统适应性分析应从以下三个方面展开，即适应对象、适应者（适应能力与适应机制）和适应行为（图 1-11）。

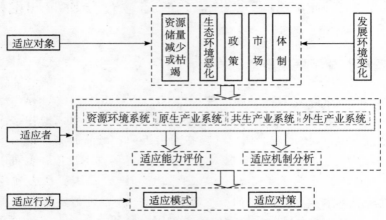

图 1-11 矿业城市产业生态系统适应性理论分析框架

（一）适应对象

矿业城市产业生态系统的适应对象是指可能对产业系统造成影响的发展环境变化，包括资源储量、生态环境以及政策、体制、市场等方面的变化，其中最为重要的是资源储量的减少或增加。

资源储量减少或枯竭对矿业城市产业生态系统的影响大致可分为四个层次。第一层次是改变了资源的供需关系，改变了自然系统本底的脆弱性，从而改变了资源环境承载能力；第二层次是直接导致以资源为生产对象的原生产业系统（采矿业）以及以其为原料的外生产业系统（制造业和农业）的变化；第三层次是引起矿业城市生产和消费关系的改变和调整；第四层次是对矿业城市社会系统产生重大影响，主要表现为失业加剧、贫困、社会保障程度低下等问题突出，并在一定程度上破坏了社会秩序、激化了社会矛盾。矿业城市资源储量的减少或枯竭不仅引起产业系统的改变，更引起资源环境承载能力，甚至整个矿业城市社会经济系统的变化。

当然有些影响是比较直观、易于识别的，称为直接影响；有些影响是比较隐蔽的、不易觉察的，属于间接影响。

不同类型、不同区位的矿业城市因其属性差异对资源储量减少或枯竭的反映是不同的，因而采取的适应策略也是不同的。一般而言，煤炭城市因资源枯竭反应比较突出，多采用产业替代战略；石油城市相对不明显，发展石化工业等产业，延长产业链是其主要策略选择。从不同区位看，东北和中西部地区的矿业城市反应较为明显，而沿海发达地区的矿业城市反应相对较弱，基本上没有表现出产业衰退迹象。

（二）适应者

就矿业城市而言，适应是指产业生态系统整体的适应，包括资源环境系统、原生产业系统、外生产业系统和共生产业系统，其中，资源环境系统反映发展基础支撑系统，原生产业系统反映发展特征，外生产业系统反映发展能力，共生产业系统反映发展质量。适应在这些系统中都有发生。只有与新的发展环境相适应，产业系统才有持续发展的可能。

1. 适应能力

适应能力是指系统的各组成部分应对干扰（异常）情况而不至于丧失将来发展机会的能力。对矿业城市产业生态系统而言，适应能力是指在矿产资源储量减少或枯竭等发展环境变化下，系统能够重新自我组织而使产业系统效益、经济发展水平和就业等关键功能不发生显著降低的能力。产业生态系统适应能力的衡量一般有两种方法：一是基于矿业城市产业生态系统的特点来度量的，即通过易损性、敏感性、稳定性和弹性等来评价产业生态系统适应能力的高低；二是基于适应目的角度的评价方法。矿业城市产业生态系统的适应目标是产业和环境的可持续性。从产业发展的角度看，适应应有利于提高产业收益；从资源环境的角度讲，适应是为了降低生态环境的脆弱性；从社会的角度讲，适应应有利于增加就业、提高生活水平，促进社会的稳定和发展。总之，产业生态系统的适应就是要有利于综合效率的提高，即生态经济效率的提高，因此，生态经济效率的高低是判定产业生态系统适应能力强弱的标准。

2. 适应机制

适应机制是指产业生态系统适应能力的产生机制及驱动因素。对矿业城市来说，产业生态系统进行适应调整的根本动因主要来自资源储量减少或枯竭，直接促动产业生态系统发生质态变化，可称之为压力动因。此外，压力动因还包括生态环境恶化、失业严重等。矿业城市的发展战略定位对产业生态系统的适应性调整起着引导作用，而矿业城市自身的学习能力、创新能力、产业系统升级能力等因素也是影响产业生态系统适应性调整的重要因素。在这些因素的共同驱动下，产业生态系统沿着有利于矿业城市可持续发展的方向进行调整、演化，包括产业布局合理化、产业发展市场化、产业系统网络化，产业生态系统功能从满足国家需求转向为当地居民创造舒适、富裕的生活条件，推进区域产业与环境协调、和谐发展。

（三）适应行为

矿业城市产业生态系统的适应行为在产业系统和资源环境系统都有发生，从根本上讲，适应的目的是为了趋利避害，因此，主动性和预防性的适应行为对矿业城市产业生态系统显得更为重要。通常情况下，矿业城市产业生态系统的适应行为分为适应性发展模式和适应性对策两个方面。从理论上看，适应性发展模式按照推动力的不同分为政府主导型、市场主导型和政府与市场共同主导型；按照产业系统的适应类型，分为产业替代型和延伸产业链型。不同类型、不同发展阶段和不同区位矿业城市因所处的发展环境不同，应采取不同的适应政策、措施和行动。

第二章

东北地区矿业城市产业生态
系统的形成与演化

第一节 东北地区矿业城市发展概况

一、矿业城市研究对象选取

矿业城市是指因当地矿产资源开发而兴起，或在一段时期内主要依靠矿业支持整个城市经济发展的特殊城市类型。根据中国矿业联合会矿业城市工作委员会的衡量标准，东北地区共有矿业城市33座（表2-1），占东北地区县级及以上城市总数（90座）的1/3，是我国矿业城市分布最为密集的地区之一。从地区分布看，辽宁省15座，吉林省10座，黑龙江省8座；从行政级别看，地级矿业城市14座，县级矿业城市19座。

表 2-1 东北地区矿业城市的数量及类型

项目		城市级别	数量/座	城市名称
所属省份	辽宁	地级	6	鞍山、本溪、葫芦岛、阜新、抚顺、盘锦
		县级	9	大石桥市、海城市、调兵山市（铁法）、瓦房店市、南票区、北票市、清原县、宽甸县、凤城市
	吉林	地级	3	辽源、白山、松原
		县级	7	磐石市、桦甸市、舒兰市、珲春市、蛟河市、九台市、通化县
	黑龙江	地级	5	鸡西、鹤岗、双鸭山、七台河、大庆
		县级	3	阿城市、嫩江县、呼玛县
资源类型	煤炭类	地级	6	阜新、抚顺、鸡西、鹤岗、双鸭山、七台河
		县级	5	调兵山市（铁法）、南票区、北票市、舒兰市、珲春市
	石油类	地级	3	盘锦、大庆、松原
	冶金类	地级	2	鞍山、本溪
	有色	地级	1	葫芦岛
		县级	3	磐石市、通化县、嫩江县
	黄金	县级	3	清原县、桦甸市、呼玛县
	化工	县级	2	宽甸县、凤城市
	非金属类	县级	6	大石桥市、海城市、瓦房店市、蛟河市、九台市、阿城市
	综合类	地级	2	辽源、白山

续表

项目	城市级别	数量/座	城市名称
发展阶段	老年 地级	4	抚顺、阜新、鸡西、鹤岗
	老年 县级	4	南票区、北票市、清原县、呼玛县
	中年 地级	8	鞍山、本溪、葫芦岛、盘锦、白山、辽源、大庆、双鸭山
	中年 县级	14	大石桥市、海城市、瓦房店市、宽甸市、凤城市、磐石市、桦甸市、舒兰市、珲春市、蛟河市、九台市、通化县、阿城市、嫩江县
	幼年 地级	2	松原、七台河
	幼年 县级	1	调兵山市

资料来源：根据中国矿业城市分区数据库整理

2006 年东北地区矿业城市面积为 $27.91 \times 10^4 \mathrm{km}^2$，占东北地区总面积 35.387%；人口总计为 3663.99×10^4 人，约占东北地区总人口的 33.87%；GDP 为 7784.69×10^8 元，占东北地区的 39.54%。其中，14 座地级矿业城市的人口、GDP 分别占东北地区矿业城市的 72.73% 和 78.58%，且覆盖所有资源类型、发展阶段及不同规模的矿业城市，可以代表东北地区矿业城市的整体发展概况和趋势（图 2-1），同时也考虑数据的可获得性，故本书以此 14 座地级矿业城市为样本探讨东北地区矿业城市产业生态系统适应能力、适应模式和适应对策。

二、矿业城市发展概况与趋势

（一）类型齐全、规模大

东北地区矿产资源储量丰、类型多，围绕这些矿产资源开发及加工形成了各种类型的矿业城市。矿业城市发展所依托的主导资源类型，大致可分为煤炭类、石油类、冶金类和综合类四种类型，其中以煤炭类城市居多，达 11 座，集中分布黑龙江和辽宁 2 省；石油类城市黑、吉、辽 3 省各 1 座；冶金类城市 2 座，均分布于辽宁省；有色金属类城市 4 座，黄金类城市 3 座；化工类 2 座，非金属矿城市 6 座；综合类城市全部分布在吉林省。从以市区人口计算的城市规模看，东北地区拥有鞍山、抚顺、大庆 3 座特大城市，本溪、阜新、葫芦岛、盘锦、辽源、白山、鸡西、鹤岗、七台河 9 座大城市，松原和双鸭山 2 座中等城市。其中抚顺、本溪、鹤岗 3 市市区人口分别占各市总人口的比重均在 60% 以上，因此，东北地区矿业城市不仅类型多、规模大，而且也是区域经济社会发展的增长中心。

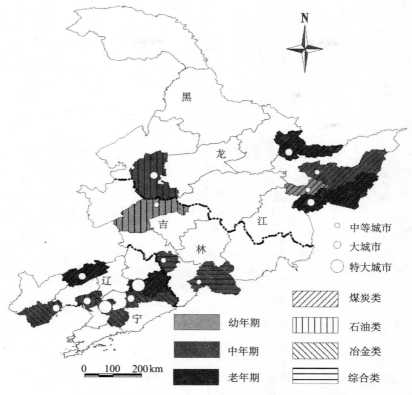

图 2-1　东北地区矿业城市（地级市）类型及分布图

（二）发展阶段分异显著

　　东北地区矿产资源的开发始于晚清时期的洋务运动（1882 年金州骆马山煤矿、1886 年望宝山煤矿、1898 年阜新新邱煤矿）。日伪时期，日本侵略者对东北地区矿产资源进行了大规模掠夺，一些矿业城市初步形成，如抚顺、鞍山。新中国成立后，因东北地区有较好的工业基础，在优先发展重工业战略的指导下，国家对东北地区煤炭、铁矿和石油等矿产资源进行了大规模开发。随着新的矿藏的发现和开发，一批新兴的矿业城市也不断出现，如大庆、盘锦等。受矿产资源不可再生性的影响，资源型产业也呈现明显的生命周期特征，即存在开发建设期、稳产期、成熟期和衰退期等不同发展阶段，相应地，矿业城市发展也呈现出显著的由幼年到中年再到老年的阶段性发展规律。幼年期城市如松原、七台河等，正处于资源开发初期，资源产业快速扩张，经济效益呈增长趋势，生态环境问题尚不突出；中年期城市如鞍山、盘锦等，正处于资源开采的旺盛期，开采成本比较低，资源型产业发展进入鼎盛期，生态环境问题逐步凸显；老年期城市如阜新、抚顺、鸡西等，资源趋于枯竭，开采成本上升，资源产业开始衰退，经济效益下降，失业、贫困、生态环境问题突出，促进经济转型正成为东北矿业城市面临的迫切任务。

（三）矿业城市可持续发展是东北振兴的关键

矿业城市作为资源型城市的主体，是东北老工业基地的重要组成部分，对东北三省经济社会发展发挥了重要作用。为促进东北矿业城市的可持续发展，党的十六大报告提出支持资源枯竭型城市发展接续产业和振兴东北等老工业基地。2007 年国务院通过《国务院关于促进资源型城市可持续发展的若干意见》（国发〔2007〕38 号），指出东北地区是资源型城市较为集中的区域，促进资源型城市可持续发展不仅是振兴东北地区等老工业基地的一项重要任务，也是当前保障能源资源供给、保持国民经济持续健康协调发展的重要举措。

1. 矿业城市可持续发展面临着急需克服的困境和矛盾

以资源开采为依托发展起来的矿业城市，随着资源的日趋枯竭，以及体制机制、市场等因素的变化，需要进行产业结构的调整与转型，以适应新的城市发展要求。这是世界上许多国家矿业城市经历的过程。

新中国成立以来，东北地区矿业城市作为国家经济建设的原料和能源供应基地，为支撑国民经济运行作出了巨大贡献。但由于种种原因，在资源产业发展过程中，没有重视资源环境保护与治理，没有相应地发展非矿产业，造成城市基础设施建设滞后，社会事业发展缓慢，失业、贫困问题突出等一系列问题，使矿业城市陷入衰退的困境，主要表现为以下六点。

（1）经济发展缓慢，经济地位下降。2000～2006 年矿业城市 GDP 年均增长速度为 11.63%，低于东北地区 GDP 年均增长速度（12.44%）近一个百分点，而 GDP 占东北地区的比重也由 2000 年的 32.45% 下降到 2006 年的 31.07%。

（2）产业结构畸形，增长方式粗放。受长期计划经济体制的影响，东北矿业城市产业结构缺乏系统性，往往形成资源型产业"一业独大"的畸形结构，城市轻重工业比例失调，产业结构单一，采掘业和原材料工业比重过大，加工业比重小。例如，盘锦市 2007 年采矿业产值占工业 GDP 的 71.59%，七台河 2005 年煤炭采选业占工业总产值的 62.61%。单一的产业结构导致产业系统完善程度较低，各产业发展难以形成有效的资源综合利用网络，造成资源利用程度低，2006 年抚顺工业产值消耗 1.65t 标准煤/10^4 元，远高于全国 0.55t 标准煤/10^4 元的平均水平。

（3）接续产业发展举步维艰。多数资源型企业技术落后，资源的回采率和利用率都比较低。因此，东北地区资源型产业发展的可持续性差（房艳刚和刘继生，2004）。煤炭业仍然是阜新的支柱产业，作为主要接续产业扶植的现代农业，尽管近年来发展迅速，但辐射带动能力较弱、总量过小，仍未担当起支柱产业的作用（孟辉和葛正美，2005）。

（4）失业现象突出，就业压力大。一方面，伴随经济市场化的深入发展、技术的进步以及资源枯竭现象的出现，长期以来一直以劳动密集为特征的国有大型资源型企业，面临停产、转产甚至破产的困境，减少了对劳动力的需求，引发了大量失业；另一方面矿业城市的非矿产业极不发达，吸纳就业能力有限，进一步加大了就业压力。全国地级市中城镇失业率超过 20% 的 6 个城市（阜新、抚顺、本溪、辽源、鸡西和鹤岗）（"资源枯竭城市就业问题研究"课题组，2005），全部为东北地区的矿业城市，表明严重的失业问题已成为制约矿业城市可持续发展的主要问题。

（5）城市空间布局不合理，城市功能不完善，城市与区域互动发展机制尚未完全建立。主要表现为：矿业城市因矿而建，而矿产资源开采的空间依赖性使得城市空间布局较为松散，从而造成城市公共服务与市政建设难以配套，各项社会事业难以形成规模效应。同时城矿相连，城矿相互交错的分布格局，使城市产业转型、扩展失去低成本空间支撑，大大增加了城市基础设施建设成本。长期以来矿业城市仅仅作为资源型企业的生活和后勤保障区来发展，没有将其视为区域发展的核心，导致矿业城市生产功能远强于商务、生活、服务等功能，同时因资源型产业作为矿业城市的专门化发展方向，其产品市场和技术、设备等支撑性产业市场都在区外，使得资源型产业具有植入式的"飞地经济"特征，即资源开发与城市发展互动机制缺失，城市与区域发展联系不紧密，因此，矿业城市发展活力不足、竞争能力不强。

（6）生态环境问题突出。生态破坏、环境污染严重是全国矿业城市共同存在的突出问题，东北矿业城市也是如此。据调查，大庆油田因采油废弃草地达 $0.2 \times 10^4 hm^2$ 以上，鸡西、鹤岗、双鸭山和七台河四大煤城因采煤造成地表塌陷面积达 $3.5 \times 10^4 hm^2$，且每年仍以 $4 \sim 7km^2$ 的速度增加，同时还形成 4000 余座煤矸石山，历年堆积面积达 $1200 \times 10^8 m^3$，压占土地

$3800hm^2$（国家环境保护总局，2005）。在矿业发展过程中，还产生大量废水、废气、废渣等污染物，造成严重的水环境和大气环境污染，破坏了矿业城市赖以生存和发展的资源环境基础。

2. 矿业城市在东北发展中具有重要地位和作用

矿业城市的发展，为建成独立、完整的工业体系和国民经济体系，为我国改革开放和现代化建设作出了历史性的重大贡献（金凤君等，2006）。首先，矿业城市的兴起和发展，对东北地区经济社会发展发挥着巨大的作用，2006 年 14 座地级矿业城市 GDP 总量占东北地区的 31.07%，工业总产值达 7844.38×10^8 元，占东北地区的 32.2%。由于矿业城市多位于经济相对落后地区，其经济发展对带动区域经济发展、改变区域发展面貌起着巨大促进作用，客观上，优化了区域经济发展格局。其次，矿业城市的兴起和发展，大大推进东北地区的城市化进程。仅地级矿业城市的非农业人口就占东北地区非农业人口的 22.96%（表 2-2）。再次，矿业城市为我国经济建设提供了大量的能源和矿物原料，是我国重要的能源原材料供应基地。据不完全统计，新中国成立以来，东北三省为国家累计提供原油 $20 \times 10^8 t$ 以上、煤炭 $50 \times 10^8 t$ 以上（国务院振兴东北办工业组，2006），还是镁矿、硼矿、石墨矿等非金属矿产的主要提供者。2006 年东北地区原煤 $2.07 \times 10^8 t$、原油产量 $6247.32 \times 10^4 t$，分别占全国的 8.72% 和 33.81%。其中大庆原油产量 $4340.5 \times 10^4 t$，占全国的 23.49%，因此，没有大庆油田提供的原油，我国经济建设将受到很大影响（朱训，2004）。在当前国际能源原材料市场变幻不定的形势下，保持东北矿业城市能源原材料稳定供应，是保证国民经济持续、稳定、健康发展的根本举措。此外，矿业城市还在促进就业等方面发挥着重要作用，2006 年 14 座地级矿业城市从业人员总计达 1272.89×10^4 人，占东北地区的 24.65%，特别是辽宁省矿业城市从业人员占全省的 32.91%。因此，矿业城市可持续发展不仅是东北振兴能实现的关键，更是关系到全国现代化建设所需能源原材料能够安全保障的重大问题。

表 2-2　14 个地级矿业城市在东北地区的地位（2006 年）

	人口/10^4 人	非农业人口/10^4 人	GDP/10^8 元	工业总产值/10^8 元
东北地区	10 817	6 007.20	19 689.30	24 360.84
矿业城市	2 664.75	1 379.28	6 117.16	7 844.38
占东北地区比重/%	24.63	22.96	31.07	32.20

资料来源：根据《中国统计年鉴》（2007 年）、《中国城市统计年鉴》（2007 年）整理

第二节　矿业城市产业生态系统发展环境及演化

发展环境是矿业城市产业生态系统适应性最重要的影响因素。矿业城市产业生态系统的适应性演化是为了适应发展环境的变化。相对于一般城市，矿业城市发展环境变化具有明显的特殊性。此处矿业城市产业生态系统的发展环境包括资源环境基础、经济体制环境、宏观战略环境等方面。由于矿业城市产业生态系统的适应性是一个动态的、整体的概念，因此，分析其发展环境的演化特征是开展矿业城市产业生态系统适应性研究的前提和基础。

一、资源环境基础：优势趋于劣化

（一）优越的资源环境是矿业城市产业生态系统形成与发育的前提

世界发达国家的经验表明，丰富的自然资源特别是煤炭、铁矿与石油资源是一个国家和地区开始工业化进程的前提和必要条件，如德国的鲁尔地区、法国的洛林地区，其资源指向性产业生态系统的形成均是以当地丰富的煤、铁等矿产资源为依托的。东北地区矿业城市产业生态系统的形成与发展也不例外，颇丰的矿产资源及其与生态环境的恰当组合是其形成与发展的前提和基础。

东北地区储量丰、类型多、分布集中的矿产资源特征，为矿业城市的孕育、发展提供了坚实的物质基础。东北石油储量占全国的 $1/2$，铁矿石保有储量 $1241.6 \times 10^8 t$，占全国的 $1/4$，潜在能源资源油页岩 $211.4 \times 10^8 t$，约占全国的 68%，煤炭资源储量 $669.1 \times 10^8 t$，约占全国的 $1/10$，菱镁矿储量占全国的 80%，滑石储量占全国的 50%，石墨储量占全国的 60%，等等。这些矿产资源为开启东北地区的工业化进程提供了资源支撑，也为我国现代化建设的能源原材料需求提供了重要保障。主要矿产资源在地域上相对集中分布的特点，不仅有利于开采、加工和运输，而且这种产、加、销等生产过程在空间的集聚，更推动了矿业城市的形成、发展。例如，铁矿资源集中分布在鞍山、本溪，为掠夺钢铁资源，日本侵略者于 1918 年设立鞍山制铁所，1937 年设立鞍山市，1939

年设立本溪湖市。煤炭资源集中分布在辽中、辽西和黑龙江东部地区。随着煤炭资源的开采先后形成了抚顺、阜新、鸡西、鹤岗、双鸭山、七台河等煤炭城市。石油资源集中分布在松嫩平原和辽河中下游地区，在石油资源开发的基础上，形成了大庆、盘锦和松原等石油城市。可见，矿产资源的分布与开发直接影响到东北地区城镇的发展和布局，如果没有矿产资源的开发，东北地区的工业化和城市化进程就很难达到现在的水平。

一个地区自然资源是一个复杂的生态系统，任何一种自然资源的开发都离不开其他资源的配合。同样，东北地区矿产资源的开发及矿业的发展也需要其他资源环境要素的支持。相对平坦的地貌条件为各种设施建设提供了必要的空间场所；较为丰富的水资源（多年平均水资源总量为 $1990 \times 10^8 m^3$）为东北地区各种产业和城市发展提供了可靠的水资源保障；良好的光热水土匹配格局为现代机械化大农业发展奠定了优越的生态环境基础，较高的资源环境承载能力也为东北工业化和城市化建设提供了优越的资源环境支撑。

总之，东北地区由矿产资源、水资源、土地资源、气候资源和生物资源等组成，且时空组合相对协调的资源环境系统，为东北地区各种产业发展和城市建设提供丰厚的自然物质基础，而资源环境系统的整体性也要求对任一种资源的开发必须考虑到对其他资源要素的影响，即要做到整体开发、利用、整治与保护，坚持开发与保护并举，只有这样，才能保证资源系统与产业系统、城镇系统的协同发展。

（二）探明可采资源储量的枯竭引发矿业城市产业生态系统的衰退

东北地区矿产资源经历近一个世纪的持续开发，特别是新中国成立以来60余年的高强度开发，有些矿产资源已趋于枯竭。同时也由于投入不足，地质勘探工作进展缓慢，导致可供后续开发的探明储量不足，又进一步加剧了资源枯竭的速度。辽宁省的7个主要产煤区中除铁法区外都是萎缩矿区，煤炭产量逐年下降，阜新、北票等市因煤炭资源枯竭、矿业衰退、于20世纪90年代中末期进入衰退期；黑龙江省的鹤岗、鸡西、双鸭山、七台河四大煤城也面临煤炭资源枯竭或大量关井的局面；吉林省营城、蛟河煤矿等12个资源枯竭、扭亏无望的煤炭企业实行矿井关闭并宣告企业破产（金凤君，2006）。截至2004年东北地区已有抚顺、阜新、北票、鹤岗、鸡西5个矿业城市进入资源枯竭期，占东北地区矿业城市总数的15%。即使是处于鼎盛期的矿业城市，也有不少产量开始下降。由于可采后备资源不足，迫使一些矿业城市不得不限产减产。如黑龙江大庆油田也只剩下可采储量的30%，近几年每年新增探明储量只有 $3000 \times 10^4 t$ 左右，急需寻找替代资源基地，否则，到2020年年产量只能维持在 $2000 \times 10^4 t$ 左右，而且开采成本也将大大提高（于光，2007；金凤君等，2006）。矿产资源可采储量的减少直接造成矿业特别是采掘业的萎缩、衰退，进而引起与之相关的加工及服务业的萎缩（图2-2），如果没有新的非矿产业的兴起，甚至可导致整个矿业城市的衰落。

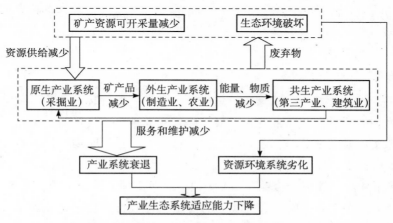

图2-2　资源环境基础变化对产业生态系统的影响

（三）　生态环境恶化对矿业城市产业生态系统的约束性增强

东北地区矿业的发展在增强区域经济实力的同时，也带来了环境污染、生态破坏等问题。据统计，2006年黑龙江省石油天然气开采业、煤炭采选业、火力发电三个行业的废水、废气排放总量分别占全省工业废水、废气排放总量的37.5%和52.1%，煤炭采选业、火力发电两个行业的固体废物产生量占全省工业固体废物产生量的69.1%，表明矿业特别是煤炭及初加工业的发展是造成矿业城市环境污染的主要原因。而粗放式的资源开发模式也带来了严重的生态破坏。目前东北地区国有重点煤矿采煤沉陷区面积已达 $990 km^2$，受影响人口超过 90×10^4 人（张国宝，2008）。阜新城区及周边地区现有大小矸石山23处，压占土地约 $32 km^2$，沉陷区13个，大型露天矿2个，共破坏土地面积 $184 km^2$。矿业活动在破坏土地资源的同时，还严重破坏了地表植被。鞍山市东南部山区1950年初森林覆盖率达60%以上，而现在不足20%，树种也由高大针叶和乔木变为现在的灌木次生林。大庆市因为石油生产供水，自 1960 年年末开始大规模开采地下水，现已形成东、西两大地下水降落漏斗，总面积达 5560km² （国家环境保护总局，2005）。生态环境质量的下降，不仅导致水资源出现质量型短缺、工农业用水困难，也引起农产品质量下降，使得生态环境对矿业城市发展的约束性显著增强。

二、经济体制环境：由计划体制转向市场体制

新中国成立以来，东北矿业城市产业生态系统发展演化的经济体制环境大致经历了计划体制时期、计划向市场转型期、市场体制时期三个阶段。

（一） 计划体制时期

新中国成立初期，国家实行集中统一的计划管理体制。为加快我国的工业化进程，实行重工业优先发展战略。东北地区由于能源、原材料工业基础较好，成为实施这一战略的重点地区。"一五"时期国家重点建设的 156 个项目中 24 项安排在东北矿业城市进行建设，其中抚顺 8 项、阜新 4 项、鹤岗 4 项、锦西（今葫芦岛）2 项、鸡西 2 项、鞍山 1 项、本溪 1 项、辽源 1 项和双鸭山 1 项。这些项目的实施与建成，强化了矿业城市作为能源原材料的供应基地的地位。"二五"及以后的几个五年计划，国家持续推行的重工业优先发展的政策，使矿业城市的产业结构持续沿重工业路径发展。这一战略的持续实施，很大程度上限制了轻工业、农业及第三产业的发展，造成矿业城市的非矿产业发展严重滞后，导致了产业系统严重失衡的不良后果（图 2-3、图 2-4）。同时，由于一直强调经济增长，严重忽视资源环境保护及治理问题，导致资源大量消耗，生态破坏持续加重，产业系统与环境系统的矛盾日趋显化。

（二） 计划向市场转型期

19 世纪 80 年代以来，我国经济进入由计划经济向市场经济的转型期，经济运行机制的市场化取向，大大增强了企业的自主经营能力。矿业城市因其过重的产业结构以及长期计划管理体制的影响，一时难以适应市场化的经济运行机制，使矿业城市发展遇到前所未有的困难。为适应国家优先发展轻工业的政策变化，矿业城市开始了发展轻工业及改造传统工业的适应性调整进程，但由于新兴的轻工业等部门发展缓慢，导致产业结构调整

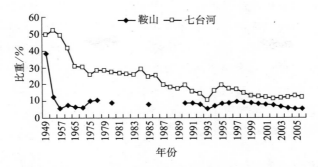

图 2-3 鞍山市、七台河市第一产业产值占 GDP 比重变化图（1949～2006）

资料来源：根据《鞍山五十年》、《七台河五十年》和《中国城市统计年鉴》

（1999～2007）有关数据整理

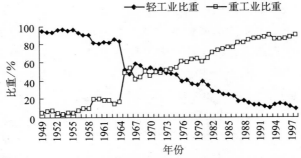

图 2-4 七台河市轻重工业比重变化变化图（1949～1998）

资料来源：根据《七台河五十年》有关数据整理

效果不理想，以高物耗、高能耗、高污染为特征的资源型产业仍然主导着矿业城市的发展，即产业系统的畸形结构仍没有实质性的改变（图 2-4）。此时，虽然人们已经意识到环境问题的重要性，但尚未引起足够的重视，再加上经济增长就是经济发展的片面认识，使得产业发展对生态环境的破坏更加严重，产业与环境的矛盾进一步加剧。

（三）市场体制时期

1990 年以来伴随着我国市场经济体制的确立，以及经济全球化的深入推进，市场在资源配置中的基础性作用得以强化，开放性成为制约产业生态系统持续发展的重要因素。由于矿业城市以国有经济为主体，且许多战略资源受国家控制，导致矿业城市产业系统缺乏活力；非矿产业的不发达，城市基础设施的不完善，导致投资环境较差，缺乏对外资的吸引力，产业系统的外向化程度较低，一定程度上限制了矿业城市产业系统的高级化进程。在可持续发展战略深入推进的背景下，虽然各矿业城市加大了对生态环境的整治力度，并制定了资源有序开发和生态城市发展战略，但由于生态破坏和环境污染的累积效应，使得产业与环境冲突更加突出。总体来看，随着市场经济体制的完善，矿业城市产业系统逐步完善，而技术创新能力的增强，也降低了产业的物质资源消耗，减少了污染物排放，促使产业发展呈现向生态化转型迹象。

三、宏观战略环境：区域均衡战略—重点发展战略—统筹区域发展

从矿业城市的发展过程看，外力是影响和干扰东北地区矿产资源开发的最大因素。从日伪时期到计划经济时期再到现在的市场经济时期，均是如此。新中国成立之初，国家为推进生产力布局均衡化，根据各地的资源状况、经济基础等条件，确定各地的发展方向和发展重点，东北地区矿业城市因其丰富的煤、铁、石油等矿产资源成为我国能源原材料基地，也是国家重点投资的地区，"一五"时期国家重点建设的 156 个重点项目中，东北地区有 55 个项目列入，总投资达 89×10^8 元，其中鞍山多达 26.85×10^8 元，占总投资额的 30.17%。直到改革开放前，东北地区矿业城市一直是国家重点投资的地区，大大促进了矿业的快速发展，经济发展高于全国平均水平；改革开放以来，国家实施了重点发展战略，投资的重点转向沿海地区，由能源原材料产业转向轻工业，矿业城市因国家投资减少、自身财力不足，矿业发展缓慢、效益低下，而非矿产业发展乏力，与东南沿海相比，矿业城市经济发展呈衰退趋势，在全国的经济地位日趋下降。进入 21 世纪以来，随着科学发展观的提出，统筹区域发展成为国家推进区域协调发展的重大战略举措。在这一时期，为推动东北发展，国家先后实施了东北振兴、促进资源型城市转型等战略措施，2001 年阜新被列为国家首个资源型转型试点城市。之后，相继有辽源、白山、盘锦 3 市被列为资源型城市经济转型试点城市。随着一系列有关资源型城市转型优惠政策、措施的实施，东北矿业城市的非矿产业得到较快发展，自主创新战略的实施，提高产业的技术创新能力，降低了产业系统的能耗、物耗，减少污染物排放，同时加大了对煤矿塌陷区等生态环境破坏区域的整治力度，一定程度上促进产业生态系统的可持续发展。因此，宏观战略环境的变化，引导着矿业城市产业生态系统的演化方向，规定了产业生态系统适

应性调整的措施。

第三节 矿业城市产业生态系统现状特征及演化

一、现状特征

（一）以采掘业及初加工业为优势产业种群，结构单一

　　丰富的矿产资源是矿业城市形成的前提，矿产资源的持续开发是矿业城市存在和发展的基础。由此以矿产资源开发为依托发展起来的资源采掘业及初加工业就成为矿业城市的主导或支柱产业，是矿业城市产业生态系统组成中的优势产业种群。图 2-5、表 2-3 显示，2006 年东北地区矿业城市的矿业（包括采掘业、石油加工及炼焦业、黑色金属冶炼及压延加工业、有色金属冶炼及压延加工业、电力等）产值比重在 50% 以上，其中大庆更是高达 85% 以上，不仅高于东北地区 44.57% 的平均水平，更高于全国 29.71% 的平均水平。可见，"一业独大，结构单一"是东北矿业城市产业生态系统的典型特征。这一特征虽然表明矿业城市在国家和区域经济发展分工中具有重要的地位和作用，但也反映了矿业城市产业生态系统的不稳定性，以及对发展环境变化的反应敏感性和易损性。

表 2-3 东北地区部分矿业城市矿业产值所占比重（2006 年）

城市名称	工业行业名称	工业中矿业产值/10⁴ 元	矿业占全部国有及规模以上非国有工业总产值的比重/%
鞍山	采矿业、黑色金属冶炼及压延加工业	6 949 808	65.45
葫芦岛	采矿业、有色金属冶炼及压延加工业、黑色金属冶炼及压延加工业、石油加工及炼焦业	17 611 691	67.80
盘锦	采矿业、石油加工及炼焦业	6 316 025	66.87
大庆	采矿业，石油加工及炼焦业	22 554 222	85.63
黑龙江省	采矿业、石油加工及炼焦业、黑色金属冶炼及压延加工业、有色金属冶炼及压延加工业、电力	33 619 356	61.80
吉林省	采矿业、石油加工及炼焦业、黑色金属冶炼及压延加工业、有色金属冶炼及压延加工业、电力	11 241 041	23.65

续表

城市名称	工业行业名称	工业中矿业产值/10^4元	矿业占全部国有及规模以上非国有工业总产值的比重/%
辽宁省	采矿业、石油加工及炼焦业、黑色金属冶炼及压延加工业、有色金属冶炼及压延加工业、电力	63 716 727	44.97
全国	采矿业、石油加工及炼焦业、黑色金属冶炼及压延加工业、有色金属冶炼及压延加工业、电力	940 596 900	29.71
东北地区	采矿业、石油加工及炼焦业、黑色金属冶炼及压延加工业、有色金属冶炼及压延加工业、电力	108 577 124	44.57

资料来源：根据 2007 年的《中国统计年鉴》，鞍山、葫芦岛、盘锦、大庆 4 市统计年鉴及黑龙江、吉林和辽宁 3 省统计年鉴的有关数据整理

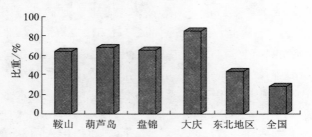

图 2-5   东北地区部分矿业城市与全国矿业产值比重比较（2006）

资料来源：同表 2-3

（二）系统简单网络化，具有明显的结构脆弱性

从物质资源和能量流动的视角看，经过长期的发展，东北矿业城市产业系统也存在多样化的趋势，各行业之间不再是完全独立的，而是通过物质和能量的流动将多个行业企业连接成密切联系的网络。从图 2-6 可以看出，现阶段矿业城市产业生态系统网络是以产品为节点进行连接的，是一种单向的线性耦合关系，即资源经开采、加工后形成产品，再经消费者（居民和政府）消费后，又以报废品的形式回归到环境系统中。而在没有产品交叉的行业企业之间缺乏有效的物质、能量联系，使得整个产业生态系统没有形成物质和能量梯级利用和循环利用的覆盖面广的交叉网络，这种形式的产业系统，一方面是从资源系统中获取物质和能量，形成以资源开采、初加工为主体的产业，导致产业链短，而其他产业发展不足；另一方面，资源的单向利用，导致资源的大量消耗，形成资源的快速枯竭，同时，大量副产品和生产废弃物排放到生态环境

系统，造成生态破坏和环境污染。因此，现有产业生态系统的网络化程度仍比较简单，各组成企业还没有形成比较复杂的物质和能量的多级层次利用网络，对矿业城市内外发展环境变化的适应能力仍比较低，呈现出较强的结构脆弱性。

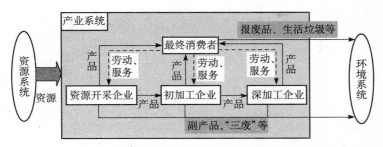

图 2-6　东北矿业城市产业生态系统物质和能量代谢现状模型

（三）资源高消耗特征显著

东北地区矿业城市产业生态系统是在矿产资源开发的基础上形成的，产业系统对资源的高度依赖性，引发对资源的过度消耗，同时由于技术层次低，资源利用方式粗放，资源利用效率低下，更是加剧了资源消耗。2006 年东北地区工业增加值能耗平均值为 2.65t 标准煤/10^4 元，而抚顺、本溪、盘锦、鞍山、葫芦岛、大庆 6 个矿业城市的工业增加值能耗分别为 7.42t 标准煤/10^4 元、4.78t 标准煤/10^4 元、2.66t 标准煤/10^4 元、3.97t 标准煤/10^4 元、11.79t 标准煤/10^4 元和 2.58t 标准煤/10^4 元（图 2-7），分别是东北地区的 2.8 倍、1.804 倍、1.004 倍、1.498 倍、4.449 倍和 0.974 倍，分别是上海（1.2t 标准煤/10^4 元）的 6.183 倍、3.983 倍、2.217 倍、3.308 倍、9.825 倍和 2.15 倍。此外，产业系统的资源高消耗特征还表现为对废弃物的利用很少。虽然现有产业系统对某些易于回收利用的废物进行了再循环、再利用，并部分地实现了能量的多级利用，但整个产业系统尚未形成如自然生态系统中那样普遍的"分解者"，也就不能将产业系统运行过程中产生的副产品和废弃物加以广泛的再利用，难以实现循环经济建设物质减量化的要求。这些均表明东北地区矿业城市产业系统具有明显的资源高消耗特征和不可持续性，同时也说明建设资源节约型城市的必要性和紧迫性，特别是在当前贯彻和落实科学发展观，推进循环经济建设的背景下，降低矿业城市产业系统的资源消耗更显得刻不容缓。

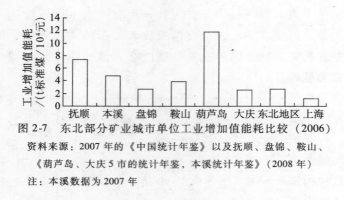

图 2-7 　东北部分矿业城市单位工业增加值能耗比较（2006）

资料来源：2007 年的《中国统计年鉴》以及抚顺、盘锦、鞍山、

《葫芦岛、大庆 5 市的统计年鉴，本溪统计年鉴》（2008 年）

注：本溪数据为 2007 年

（四）可利用矿产资源的有限性，导致产业生态系统的功能脆弱性

依托矿产资源建立起来的矿业城市产业生态系统除具有经济功能之外，还具有生态功能和社会功能。在长期计划经济体制下，东北地区矿业城市产业生态系统的主要功能是通过矿产资源的开发利用，向社会提供能源原材料等矿产品和服务，以满足矿业城市内外对矿产品的消费需求并发挥对矿业城市生态系统发展的主导作用和驱动作用。但由于矿产资源是可耗竭的不可再生资源，具有数量的有限性特点，即随着开采技术的进步、开采强度的加大，矿产资源最终将趋于枯竭，由此导致矿业城市产业生态系统经济功能的弱化。而同时由于长期忽视生态功能建设，导致矿业城市原有自然生态系统组成和结构发生改变，破坏了自然生态平衡，促使自然生态功能遭到严重削弱甚至失效（晚春东等，2002）。对社会功能建设的忽视，则引发了矿业城市就业结构畸形，社会结构单一，下岗失业激增等社会矛盾和问题。因此，可利用矿产资源的有限性，使得矿业城市产业生态系统具有明显的功能脆弱性。

二、演化特征

（一）产业生态系统演化的理论模式

产业生态系统是由产业系统与生态系统相互耦合而成的复合系统，与自然生态系统相类似，产业生态系统的发展也经历了由简单到复杂的不断演化过程，大致可分为三个发展演化阶段（艾伦比，2005；邓南圣和吴峰，2002；于秀娟，2005）。

1. 一级产业生态系统

产业生态系统形成之初，资源存量足够大，产业发展可选择利用的资源是无穷无尽的；同期环境容量也足够大，产业生产过程中所产生的废物对环境的影响几乎可以忽略不计，即废物可以无限地产生，因此，一级产业生态系统是一种开采资源、抛弃废物的线性运行模式（图2-8）。行业部门和企业数量少、生产规模小、系统组成简单，物质和能量单向线性流动，各生产过程相互独立，是一级产业生态系统的主要特征。这种构筑于资源异常丰富条件下，不考虑资源利用效率的系统运行方式，造成了资源的极大浪费，引起资源短缺、供应危机，也引发了严重的生态环境问题。

图2-8　一级产业生态系统示意图

资料来源：于秀娟，2005

2. 二级产业生态系统

经济规模的扩大、人口的增长带来了资源需求的增大，导致资源日益稀缺，使得一级产业生态系统越来越难以维持，于是更为复杂的二级产业生态系统逐渐形成（图2-9）。与一级产业生态系统相比，二级产业生态系统的组成和结构更趋复杂和庞大，各组成成分之间的联系也更为密切，并形成简单的物质和能量流动网络。资源利用实现了局部循环，其系统运行模式就是有限的资源投入和有限的废物输出，即通过系统内部的反馈和循环机制的建立，使得系统各组成单元的物质、能量投入量和废物产生量减少了，尤其是物质利用效率的提高，降低了经济活动的成本，延长了物质、能量在系统中的流动时间。但从可持续发展角度看，由于物质和能量

图2-9　二级产业生态系统示意图

资料来源：于秀娟，2005

的使用量依然保持很高，且呈单向流动，其结果必然导致资源消耗不断增加，资源存量日趋减少，而废物则持续增加，因此，此类产业生态系统也不具有可持续性。

3. 三级产业生态系统

物质和能量的完全循环是自然生态系统的最终运行模式，系统在这一状态下，没有完全的废物，只有不被完全利用的资源，即对一种生物来说的废物，对另一种生物来说则是资源，太阳能是整个生态系统与外界联系的最主要能量来源。在这样的自然生态系统之内，物质和能量循环既以独立的方式，也以关联的方式运行。Allenby（1992）将此类系统称为三级生态系统。但就产业生态系统而言，在现有经济和技术条件下，要实现系统内部的完全循环是极其困难的。这是因为有些产业过程必须使用消耗性原材料产品，也就是说有些产品仅经过一次正常使用就在经济系统中退化了，甚至消失了。随着技术的进步和经济信息化、市场化的深入推进，新的资源不断被纳入产业活动范围，产业系统网络不断完善，物质和能量的循环、梯级利用水平不断提高，废弃物产生及排放量不断减少。当资源消耗速度低于资源再生速度，污染物排放速度低于环境净化速度，即资源环境利用控制在资源环境承载能力之内时，产业生态系统处于可持续发展状态，这种产业生态系统为三级产业生态系统，也称为理想产业生态系统（图 2-10）。

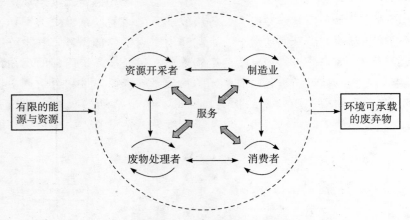

图 2-10　三级产业生态系统示意图

资料来源：王寿兵等，2006

（二）东北矿业城市产业生态系统演化阶段

矿业城市的发展是矿产资源丰裕地区城市化和工业化过程中的一种阶段性状态。矿业城市产业系统的形成和发展也是不断系统化的过程。19世纪下半叶在国外资本、官僚资本和民族资本的共同作用下东北地区矿业快速发展起来，特别是日、俄攫取了在东北修筑铁路、开港和建矿权之后，东北铁路的建设，对于推动东北现代矿业的发展和城市化、工业化进程起着非常重要的作用。"九一八"事变后，日本对东北地区的殖民统治，加快了东北地区具有殖民经济特征的矿山开发、原材料和军事工业发展格局的形成，客观上促进了矿业城市的快速建立和发展，呈现出明显的突发性（表2-4）。但这种殖民经济的掠夺性，使很多矿山遭到破坏，甚至停产（楚颖，2007）。东北解放后，尤其是在计划经济体制建立后，出于国家重工业优先发展的需要，加强了对东北地区的地质勘探工作，寻找到新的矿产资源储备，使东北地区率先成为国家重要的能源和原材料基地。由于矿产资源分布的空间不均衡性和相对集中性，随着矿业快速发展，东北矿业城市迅速成长，然而矿产资源的可耗竭性和经济发展需求的稀缺性，使矿业城市必然面临着发展的危机。目前，东北矿业城市由于矿产资源的逐渐枯竭，大多数进入中老年期。以煤炭资源为例，辽宁省已有7个煤矿区属于萎缩矿区，煤炭产量逐年下降。阜新矿区近年有6个矿井闭坑，受影响矿工 11×10^4 人。吉林省辽源、通化、舒兰、珲春4个矿务局共20个煤矿中有14个即将或已经关闭破产。黑龙江省双鸭山、鸡西、鹤岗和七台河四大煤城的40个国有煤矿中已有12个枯竭（振兴东北办，2005）。因此，东北地区矿业城市的发展具有明显的形成的突发性、布局的分散性和发展的周期性。

表2-4　东北矿业城市（地级）矿业开发与设市时间一览表

序号	城市名称	省别	开矿时间	设市时间
1	鞍山	辽宁	1917	1937
2	抚顺	辽宁	1907	1937
3	本溪	辽宁	—	1939
4	阜新	辽宁	1905	1940
5	盘锦	辽宁	1971	1984
6	葫芦岛	辽宁	—	1989
7	辽源	吉林	1927	1948
8	白山	吉林	—	1959
9	松原	吉林	1959	1992（1987 抚余市）

续表

序号	城市名称	省别	开矿时间	设市时间
10	鸡西	黑龙江	1926	1957
11	鹤岗	黑龙江	1918	1949
12	双鸭山	黑龙江	1929	1956
13	大庆	黑龙江	1959	1979（1960 安达市）
14	七台河	黑龙江	1958	1970

注：表中"—"表示相应数据不详。

东北地区矿业城市发展的周期性和阶段性，是由矿产资源开发的阶段性决定的。具体而言，东北地区矿业城市产业生态系统发展经历了以下四个阶段（表2-5）。

表 2-5　东北地区矿业城市产业生态系统发展演化特征表

演化阶段	资源环境系统	原生产业系统	外生产业系统	共生产业系统	企业生态行为方式
单一产业发展阶段	以矿产资源开发为主，造成生态破坏，环境污染	矿产资源开采业规模不断扩大	农业，制造业以矿产品初加工为主	建筑业，设备维修、生活服务业	污染物自由排放，末端治理
产业链发展阶段	以矿产资源开发为主，生态破坏、环境污染加剧	矿产资源开采业规模持续扩大，达到稳定发展发展阶段	农业，矿产品—初加工—深加工—最终消费者，农产品—农副产品加工—有机化肥—农田，等等	建筑业，设备维修、生活服务业。金融、保险、社会服务等生产服务业	末端治理、清洁生产
产业简单网络化发展阶段	以矿产资源开发为主，可再生资源开发；生态破坏、环境污染得到局部控制	矿产资源开采业衰退	农业，矿产品深加工业，农副产品加工，机械，化工等	建筑业，设备维修、生活服务业。信息服务、金融、保险、社会服务等生产服务业，环境保护	清洁生产、末端治理、区域副产品交换
循环型产业网络发展阶段	以可再生资源开发为主，生态环境趋于改善	农业，高新技术等非矿产业为主导产业	农业，高新技术等非矿产业为主导产业	建筑业，生产、生活服务业，科技教育，废物再利用产业等第三产业为主	绿色产业链管理、区域副产品交换、清洁生产、末端治理

1. 单一产业发展阶段

受计划经济体制和国家区域发展分工的影响，1980年以前的东北矿业城市多处于该阶段。该阶段矿业城市产业系统的主要特征是矿产资源采掘业即原生产业系统的大规模发展，部分矿业城市还发展了资源初加工业，这一产业的兴起导致矿业城市迅速崛起，也是矿业城市经济建设的重心和形成标志。同期，一批为原生产业系统提供生产、生活服务的产业也得到较快发展，这些产业部门的发展为矿业可持续发展起着维护功能，也为矿业城市的经济社会起着平衡、协调作用。从产业系统的角度看，这一时期产业结构单一，产业部门、层次较少，企业数量少，布局分散，企业之间缺乏物质能量联系，彼此独立，处于城市产业系统发展的低级阶段。从产业系统的资源环境影响看，该阶段的资源开发规模尚处于扩张阶段，产业活动对生态环境的破坏尚不足以影响自然生态系统的正常运行，同时企业的污染物产生量较少，排放量也少，处于环境可承受容量之内，产业与生态环境继续保持相对协调状态。总之，该阶段处于东北矿业城市产业系统的形成和建立阶段，原生产业发展迅速，而以原生产业产品为原料的外生产业系统以及为整个产业系统提供维持、保护和服务功能的共生产业系统发展严重滞后，产业系统不完善，结构畸形，产业与生态环境总体上处于低水平协调发展阶段。

2. 产业链发展阶段

20世纪80年代至90年代末期，伴随着国家改革开放战略的实施，以及经济结构的战略性调整，东北矿业城市产业系统发展也进入调整优化阶段，主要表现为：一是依托已有资源型产业优势，发展矿产品深加工产业，延长产业链，提高产品附加值，增加经济效益；二是在国家优先发展轻工业战略指引下，促进了农副产品加工业的发展，在一定程度上缓解结构单一的矛盾；三是共生产业系统进一步完善，除了提供有关基础设施维护的建筑业，以及交通运输、批发零售、金融等生产生活服务业得到发展外，有关环境保护的产业也得到发展，重点是环境末端治理类产业。从企业体制方面看，这一时期地方工业得到较快发展，包括地方矿业及矿产品加工业以及第三产业等，但地方企业尚未与国有企业形成有效的互补、协调共生的产业体系，存在争资源、争市场等问题和矛盾。

随着制造业、农业等外生产业系统以及建筑、交通运输、房地产、批发零售、教育科技等共生产业系统的完善，矿业城市产业部门和企业数量增多，企业规模扩大，消费型企业大量涌现，企业之间的物质能量联系开始出现，资源开采—初加工—深加工—最终消费者的产业链初步形成，这是矿业城市产业系统发展的繁荣期。从产业活动的环境影响看，虽然绝大多数企业采取末端治理，部分企业基于市场效益目的进行了副产品交换，少数企业开始了清洁生产，但经济规模快速扩张，技术水平低下，导致资源消耗急剧增加，环境污染持续加重，资源环境对产业发展的约束性明显增强，整个矿业城市产业生态系统处于高增长、高污染的方向发展阶段。

值得注意的是，此阶段东北矿业城市产业系统的发展主要是由矿产资源开发诱发引起的产业前向联系，促使矿产品深加工工业的形成、发展，进一步强化了以矿业为主导的产业群在矿业城市发展中的地位和作用，增强了对矿产资源的依赖性；非矿业部门虽然得到进一步发展，但仍属于次要部门。矿业部门的过度繁荣排挤了其他产业的发展，也使矿业城市可持续发展面临着资源枯竭的潜在威胁，扶持和发展市场需求大、技术创新能力强和环境安全的产业应成为矿业城市产业系统可持续发展的必然选择。

3. 产业简单网络化发展阶段

进入 21 世纪以来，东北大部分矿业城市进入中老年期发展阶段，矿业呈衰退发展趋势，随着资源城市转型战略的实施，非矿产业逐步兴起，促使矿业城市逐渐向综合性城市转化、过渡。一般而言，在此阶段，矿业城市开始约束资源型产业的发展，特别是资源开采业和初加工的发展，重点选择那些符合当地资源优势、技术优势、有较大市场需求，且能提供更多就业岗位的产业加以扶持，以推进产业结构多元化和高级化。当然，由于各个矿业城市资源类型不同、发展基础不同、区位也不相同，在推进产业多元化、网络化方面不可能也不应该使用统一的模式，应体现因地制宜的原则，塑造各具特色的城市经济，如辽源选择发展高新技术产业，大庆选择石油深加工和高新技术产业，阜新选择发展现代农业，等等。通过产业多元化，从根本上克服矿业城市发展"资源优势陷阱"以及产业结构单一、畸形的不合理状况，实现产业系统网络化、高级化，提高矿业城市在国家经济发展中的综合竞争能力和参与区域分工的能力，推动矿业城市可持续发展。

实际上，在这一阶段矿业城市产业系统的变化，除了原生产业系统的衰退、制造业多元化之外，随着人们环境意识的增强以及资源节约型、环境友好型城市建设目标的提出，产业生态转型也成为矿业城市产业系统变化的一大趋势。在产业布局方面，各类企业开始向开发区集中布局，但由于各企业之间缺乏有机的关联关系，各企业独立实施生态化发展战略，清洁生产技术得到推广，少数企业之间开始进行区域副产品交换，但由于技术、管理、体制和市场等方面的原因，资源利用效率还有待提升，环境污染虽然整体上得到遏制，但还存在局部恶化趋势，产业发展与生态环境之间总体上趋于改善，处于相对协调发展的阶段。

4. 循环型产业网络发展阶段

随着循环经济和资源型城市转型战略的实施，矿业城市产业系统实现了由以矿业为主导向以非矿业为主导的转变，城市经济实现了由专业性城市向综合性城市的转变。企业的种类和数量大量增加，分解型企业迅速增多，企业之间开始出现具有生态意义的产业关联，清洁生产技术得到广泛推广，绿色产业链管理和区域副产品交换正在被推广，大大提升了社会处理、处置生产生活废弃物的能力，产业发展实现资源减量化、环境影响最小化。整个产业系统建立起纵向闭合、横向耦合、区域整合的交叉网络，物质和能量利用效率得到极大提高，企业废弃物得到最大限度的再利用，使产业发展与生态环境之间的关系进入良性循环发展阶段。该阶段是矿业城市产业生态系统发展演化的最终目标。

第四节　矿业城市产业生态系统发育评价

产业生态系统发育状态是确定产业生态系统适应性调整方向的基础和前提，也是选择发展模式和制定对策措施的依据。要弄清产业生态系统发育的整体状态和特征必须要开展产业生态系统发育评价，为达此目的，需要借助一般自然生态系统的评价理论和方法，根据第二章矿业城市产业生态系统组成模型。本节主要围绕资源环境子系统、原生产业子系统、外生产业子系统和共生产业子系统四个子系统开展东北矿业城市产业生态系统发育评价及发展风险分析。

一、资源环境系统发育评价

资源环境系统为矿业城市产业系统发育提供物质能量和空间场所，决定着矿业城市产业系统的发展方向、规模和生命周期。因此，在对作为产业生态系统组成成分的资源环境系统进行评价时，重点是要评价矿业城市的资源环境本底及对未来发展安全的保障程度，其中资源环境本底提供了产业系统发育的可能性，而资源环境安全保障程度的评价有利于明了矿业城市产业系统的未来发展规模和方式。

（一）评价方法

矿业城市资源环境系统是一个由矿产资源、土地资源、水资源及生物资源等相关要素相互作用组成的有机整体。在对其进行评价时，评价方法的选择必须考虑系统的整体性、综合性，以便对资源环境系统做出科学、合理的评价。基于此，在对资源环境系统进行评价时，主要采用张雷等提出的方法对矿业城市资源环境系统进行系统性评价，具体评价方法如下（张雷等，2004；张雷，2007）。

1. 资源环境安全保障评价

评价的目的主要是确定资源环境系统的总体状态及其对产业系统发展的支撑保障能力。因此，该评价不是对单资源要素的评价，而是对各资源要素相互作用所形成的资源环境系统的整体判断。根据这一评价要求，首先要确定矿业城市资源环境系统的地—地现实对应关系状态，计算公式为

$$RF_i = f_i/t \tag{2.1}$$

式中，RF_i 为矿业城市资源环境要素的基础指标；f_i 为资源环境要素的表征值（$i = 1, 2, 3, 4, \cdots$），包括土地资源、水资源、矿产资源、森林资源等；t 为矿业城市市域面积。

其次，要确定背景区域（这里指全国或东北地区）资源环境的地-地对应关系状态，计算公式为

$$NF_i = F_i/t \tag{2.2}$$

式中，NF_i 为背景区域资源环境要素的基础指标，F_i 为背景区域资源环境要素的表征值（$i = 1, 2, 3, 4, \cdots$），包括土地资源、水资源、矿产资源、森林资源等；t 为背景区域面积。

根据式（2.1）和式（2.2），矿业城市资源环境系统安全状态评价公式为

$$RCER = \sum (RF_i/NF_i) \tag{2.3}$$

式中，RCER 为矿业城市单位国土面积的资源环境各要素指标与背景区域相应指标的比值之和，反映了矿业城市资源环境系统的安全保障程度。

2. 资源环境开发效益评价

在长期资源环境开发利用的基础上，矿业城市建立了具有自身特点的

人类社会生态系统。尽管目前要对人类社会生态系统发育状态做出全面和系统的评价还有很大难度，但可以从人地关系的概念出发，采用相对简单的方法来衡量人类社会生态系统的发育状态，以反映资源环境开发效益，具体计算公式为

$$ER = HA/RCER \qquad\qquad (2.4)$$
$$HA = (P+E)/2 \qquad\qquad (2.5)$$

式中，ER 为矿业城市资源环境开发效益指数；HA 为人类活动系数，其中，P 为矿业城市人口密度与背景区域人口密度的比值，E 为矿业城市经济密度与背景区域经济密度的比值，经济密度通常指单位国土面积的 GDP；RCER 为矿业城市资源环境系统安全状态指数，即资源环境本底指数。

（二）矿业城市资源环境系统发育状态分析

根据上述公式，计算出矿业城市资源环境系统安全状态指数和开发效益，通过对计算结果的分析，认为东北矿业城市资源环境系统发育状态具有如下特征。

1. 总体规模大，类型分异明显

从表 2-6 可以看出，2006 年 14 个地级矿业城市以占东北地区 23.40% 的土地面积，集中了全地区 24.21% 的耕地资源、26.75% 的水资源、30.32% 森林资源、71.92% 的铁矿资源、69.42% 的煤炭资源和几乎全部的石油资源。从主体矿产资源的分布看，类型差异显著，煤炭资源集中分布在黑龙江东部的鸡西、鹤岗、双鸭山和七台河 4 大煤炭城市，探明储量占东北地区的 61% 以上；石油资源集中分布在大庆、盘锦和松原 3 市，尤以大庆储量最丰，占全地区总储量的近 65%；铁矿资源集中分布在鞍山市，储量占全地区的 47% 以上。主体矿产资源储量丰富且分布集中的特点，有利于资源的集中开发、规模开发，为矿业城市的产生、发展奠定了资源基础。

表 2-6　东北矿业城市资源环境要素占东北地区总体规模的比重比较（2006 年）

（单位：%）

地区名称	土地面积	耕地资源	水资源	主体矿产资源	森林资源
鸡西	2.86	3.49	2.87	20.92	1.81
鹤岗	1.86	2.20	2.15	9.56	0.78
双鸭山	2.85	3.82	2.44	25.74	2.52
七台河	0.79	1.06	0.39	5.45	0.95

地区名称	土地面积	耕地资源	水资源	主体矿产资源	森林资源
大庆	2.69	2.93	0.96	64.97	0.62
白山	2.22	0.22	5.89	3.45	4.31
松原	2.67	4.40	1.16	17.27	1.31
辽源	0.65	0.74	0.67	0.45	0.50
鞍山	1.17	1.11	2.13	47.38	1.22
抚顺	1.43	0.59	4.08	4.54	2.19
本溪	1.07	0.32	2.57	24.54	1.91
阜新	1.31	1.70	0.50	3.21	11.27
盘锦	0.52	0.60	0.25	17.77	0.02
葫芦岛	1.32	1.02	0.69	0.58	0.90
东北矿业城市	23.40	24.21	26.75		30.32
东北地区	100.00	100.00	100.00	100.00	100.00

资料来源：土地、耕地、水和森林资源的数据来自 2007 年各矿业城市统计年鉴及东北三省的统计年鉴，矿产资源储量数据来自各矿业城市的 2006 年年鉴

2. 资源环境保障程度高，以矿产资源最为显著

从东北地区背景看（表 2-7、图 2-11），矿业城市资源环境系统安全状态综合指数平均为 14.138，分别是辽宁、吉林、黑龙江 3 省的 1.38 倍、3.25 倍和 2.67 倍，表明矿业城市资源环境系统对于产业系统发育的保障能力远高于东北各省的平均水平。从各资源要素的组成看，矿产资源对矿业城市资源环境系统安全保障程度的贡献率平均达 75% 以上，其中盘锦、大庆、鞍山 3 市更高，达到 90% 以上，说明矿业城市资源环境系统组成结构不协调，具有一定的脆弱性。从各资源类型城市看，以冶金城市资源环境系统保障程度最高，如鞍山资源环境安全保障指数达 44.214，其次为石油城市，如盘锦。需要说明的是盘锦的资源环境安全保障指数之所以高于大庆，是因为盘锦的面积远小于大庆，使其主体矿产资源密度比远高于大庆。而煤炭城市的资源环境安全保障指数均低于矿业城市的平均水平。从全国背景看（表 2-8、图 2-12），上述各特征表现得更为显著，特别是大庆、盘锦、松原等石油城市和鞍山、本溪等冶金城市的资源环境系统安全保障指数与其他矿业城市的差距更大，显示出东北的石油和铁矿在全国的特殊地位。相对于石油、铁矿资源而言，煤炭资源在经过长期开发之后，在全国的地位并不突出。

表 2-7 东北矿业城市资源环境系统安全状态评价指数 RCER（以东北地区为背景）

地区名称	水资源	矿产资源	森林资源	耕地资源	综合指数
鸡西	1.004	7.332	0.634	1.222	10.192
鹤岗	1.159	5.155	0.418	1.184	7.916
双鸭山	0.855	9.039	0.885	1.340	12.119
七台河	0.491	6.918	1.209	1.349	9.968
大庆	0.357	24.157	0.231	1.090	25.835
白山	2.658	2.221	1.946	0.101	6.926
松原	0.434	6.459	0.489	1.646	9.027
辽源	1.036	0.690	0.775	1.141	3.641
鞍山	1.819	40.401	1.043	0.951	44.214
抚顺	2.854	4.037	1.536	0.410	8.837
本溪	2.411	23.624	1.791	0.296	28.122
阜新	0.384	2.445	8.586	1.299	12.714
盘锦	0.485	34.436	0.043	1.161	36.125
葫芦岛	0.523	0.646	0.683	0.774	2.627
东北矿业城市	1.143	10.664	1.296	1.035	14.138
辽宁	1.038	7.241	0.931	1.034	10.244
吉林	1.111	1.141	1.009	1.093	4.355
黑龙江	0.942	2.384	1.019	0.950	5.296

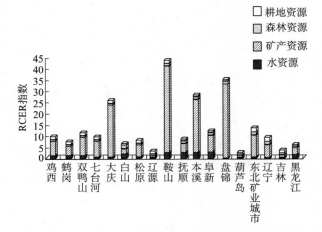

图 2-11 各矿业城市资源环境系统安全状态综合评价比较（以东北为背景）

表 2-8 东北矿业城市资源环境系统安全状态评价指数 RCER（以全国为背景）

地区名称	水资源	矿产资源	森林资源	耕地资源	综合指数
鸡西	0.648	2.704	1.509	2.461	7.322
鹤岗	0.748	1.901	0.994	2.384	6.027

续表

地区名称	水资源	矿产资源	森林资源	耕地资源	综合指数
双鸭山	0.551	3.334	2.107	2.699	8.691
七台河	0.317	2.552	2.880	2.717	8.465
大庆	0.230	102.007	0.551	2.195	104.984
白山	1.714	5.979	4.633	0.203	12.529
松原	0.280	27.275	1.163	3.315	32.033
辽源	0.668	0.254	1.844	2.298	5.065
鞍山	1.173	148.918	2.484	1.915	154.490
抚顺	1.841	4.338	3.658	0.825	10.662
本溪	1.555	85.082	4.263	0.597	91.497
阜新	0.247	0.902	20.443	2.616	24.209
盘锦	0.313	145.412	0.101	2.339	148.165
葫芦岛	0.337	0.931	1.627	1.559	4.455
东北矿业城市	0.737	31.304	3.086	2.084	37.212
辽宁	0.669	23.503	2.217	2.082	28.471
吉林	0.717	3.521	2.402	2.202	8.842
黑龙江	0.608	5.274	2.426	1.914	10.222
东北三省	0.645	8.278	2.381	2.014	13.318

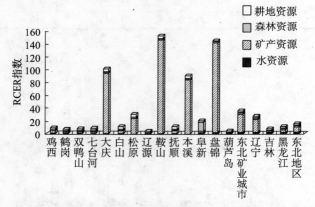

图 2-12　各矿业城市资源环境系统安全状态综合评价比较（以全国为背景）

3. 开发效益整体较低，各城市差异较大

开发效益指数的高低反映人类对矿业城市资源环境系统的开发状态或程度。从东北地区背景看（表 2-9、图 2-13），矿业城市资源环境系统开发效益指数为 0.084，仅仅是东北地区平均水平的 0.45，辽宁省和吉林省的 0.37，黑龙江省的 0.77，表明矿业城市资源环境系统开发效益比较低，导致这一现象主要原因是在人类活动系数相对固定的情况下，资源环境本底指数较大所致。但各矿业城市资源环境开发效益差异较大，葫芦岛资源环境开发效益最高，达 0.622，是最低的双鸭山（0.033）的 18.85 倍。这主要是由于各矿业城市的人类活动系数差异较大所致。从全国背景看（表 2-10、图 2-14），东北矿业城市资源环境系统开发效益与东北地区平均水平的差距更明显，各矿业城市之间资源环境系统开发效益的差距也更大。

表 2-9　资源环境开发效益区域比较（以东北地区为背景）

地区名称	人口密度比	经济密度比	ER	地区名称	人口密度比	经济密度比	ER
鸡西	0.618	0.420	0.051	本溪	1.355	1.907	0.058
鹤岗	0.544	0.356	0.057	阜新	1.359	0.614	0.078
双鸭山	0.486	0.302	0.033	盘锦	2.277	5.012	0.101
七台河	1.044	0.735	0.089	葫芦岛	1.931	1.339	0.622
大庆	0.926	3.060	0.077	东北矿业城市	1.053	1.328	0.084
白山	0.542	0.440	0.071	辽宁	2.105	2.505	0.225
松原	0.962	0.900	0.103	吉林	1.062	0.911	0.227
辽源	1.749	1.338	0.424	黑龙江	0.614	0.546	0.110
鞍山	2.751	4.920	0.087	东北地区平均	1.260	1.321	0.187
抚顺	1.449	1.628	0.174				

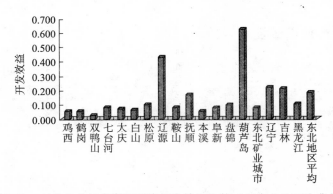

图 2-13　东北矿业城市资源环境开发效益比较（以东北地区为背景）

表 2-10　矿业城市资源环境开发效益区域比较（以全国为背景）

地区名称	人口密度比	经济密度比	全国 ER	地区名称	人口密度比	经济密度比	全国 ER
鸡西	0.619	0.477	0.075	白山	0.543	0.500	0.042
鹤岗	0.545	0.404	0.079	松原	0.963	1.022	0.031
双鸭山	0.487	0.343	0.048	辽宁	2.108	2.846	0.087
七台河	1.046	0.835	0.111	鞍山	2.755	5.590	0.027
大庆	0.927	3.476	0.021	抚顺	1.451	1.849	0.155

续表

地区名称	人口密度比	经济密度比	全国 ER	地区名称	人口密度比	经济密度比	全国 ER
本溪	1.356	2.167	0.019	盘锦	2.280	5.694	0.027
阜新	1.361	0.697	0.043	吉林	1.063	1.034	0.119
辽源	1.751	1.520	0.323	黑龙江	0.615	0.621	0.060
葫芦岛	1.933	1.522	0.388	东北地区	1.001	1.136	0.080
东北矿业城市	1.054	1.509	0.034				

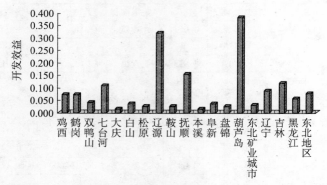

图 2-14　东北矿业城市资源环境开发效益比较（以全国为背景）

二、原生产业系统发育评价

东北矿业城市原生产业系统的发育经历了一个不断发展演化的过程，但不同资源类型矿业城市的原生产业系统的演化过程表现出显著的差异。下面以煤炭、石油、冶金三类城市为例来分析东北矿业城市原生产业系统的发育过程与特点。

（一）煤炭城市原生产业系统发育过程与特点

1. 发育过程

东北地区煤炭城市的形成始于 19 世纪末煤炭资源的开发，但 20 世纪 50年代以来，煤炭资源持续地大规模开发促使煤炭城市快速发展，也导致现代煤炭城市原生产业系统的快速发育。纵观新中国成立以来 60 多年的发展历程，东北煤炭城市原生产业系统发育过程大致经历四个阶段（图 2-15）。

图 2-15　东北原煤产量增长变化（1949～2007 年）

资料来源:《中国统计年鉴》以及黑龙江、吉林和辽宁 3 省统计年鉴

（1）快速发育阶段（1949～1960 年）。新中国成立初期，原生产业系统发育基础比较薄弱，但东北煤炭城市原生产业系统发育程度要好于全国。1949 年东北原煤产量为 1251×10^4 t，占全国总产量的 39.11%。到 1960 年原煤产量增加到 9647×10^4 t，占全国总产量的比重却下降到 24.30%。这主要是由于经过 10 年的国民经济恢复和建设，华北等地区的煤炭生产能力大大提升，导致东北煤炭产量占全国的比重下降。

（2）快速下降阶段（1960～1967 年）。该阶段受三年自然灾害的影响，国家经济严重衰退，煤炭生产因经济需求及投资等因素的影响，生产能力呈现下降趋势。东北原煤产量由 1960 年的 9647×10^4 t 下降到 1967 年的 4590×10^4 t，同期占全国的比重也由 1960 年的 24.30% 下降到 1967 年的 22.28%，下降了近两个百分点。

（3）稳步发育阶段（1967～1990 年）。20 世纪 60 年代中期以后，随着"三线"建设战略的实施，特别是 80 年代以来，改革开放所带来的国民经济的迅速发展，导致煤炭需求的快速增加，原煤产量由 1967 年的 4590×10^4 t 增加到 1990 年的 $16\,975 \times 10^4$ t，年均递增率为 5.85%，由此带来了煤炭开采业及煤炭城市的快速发展和繁荣。同期，随着煤炭勘探工作的深入，内蒙古等地煤炭资源不断被发现、开发，致使东北煤炭生产在全国地位进一步下降，到 1990 年，东北原煤产量占全国的比重下降到 15.72%。

（4）徘徊（波动）发育阶段（1990～2007 年）。进入 20 世纪 90 年代以来，受市场、体制改革、社会转型以及煤炭资源枯竭等因素的影响，东北煤炭采选业发展呈现波动性发展的特征，特别是 20 世纪 90 年代末期，原煤产量迅速下降，到 2000 年原煤产量仅为 $11\,066 \times 10^4$ t，是 1983 年以来的最低值，之后，煤炭采选业呈现稳步发展提升之势。随着内蒙古、陕西、新疆等地煤炭资源的开发，全国煤炭资源开发的空间格局进一步分散化发展，东北地区原煤产量占全国的比重由1990年的15.72%下降到2007年的6.93%，表明东北地区煤炭采选业在全国的优势逐渐劣化，煤炭城市的转型与可持续发展正成为东北老工业基地振兴面临的重大课题。

2. 发育特点

（1）空间格局。从大区尺度看，全国煤炭生产格局发生较大变化，中西部地区煤炭生产能力逐步提升，而东北地区煤炭生产在全国的地位和作用呈现逐步下降趋势，其产量占全国的比重由1949年的39.11%下降到2007年的6.93%，表明全国煤炭生产格局趋于均衡化；从省域尺度看（图2-16），东北地区煤炭产量由高到低的顺序由1949年的辽宁、黑龙江和吉林，变为1980年的黑龙江、辽宁和吉林，之后一直维持这一生产格局，表明黑龙江省的煤炭生产已成为东北煤炭产业发展的主导；从城市尺度看（表2-11），1995年以来，抚顺、鸡西2市的煤炭产量及其占东北地区煤炭总产量的比重均呈现逐年下降趋势，老年煤炭城市的资源枯竭特征日趋明显。而同期阜新、鹤岗、双鸭山和七台河4市的煤炭产量经历了先下降再增加的趋势，而其占东北地区总产量的比重则经历了先上升后降低的过程。

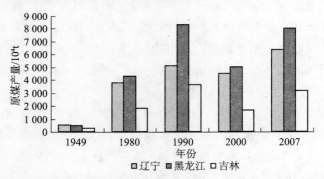

图2-16　东北地区煤炭生产格局变化（省级，1949～2007年）

资料来源：同图2-15

表2-11　东北煤炭城市原煤生产空间格局变化（地级市）

地区名称	1995年		2000年		2006年	
	产量/10^4 t	占东北的比重/%	产量/10^4 t	占东北的比重/%	产量/10^4 t	占东北的比重/%
抚顺	841.8	5.19	577.0	5.21	593.9	3.31
阜新	1 280.7	7.90	1 058.6	9.57	1 649.2	9.18

续表

地区名称	1995 年		2000 年		2006 年	
	产量/10^4t	占东北的比重/%	产量/10^4t	占东北的比重/%	产量/10^4t	占东北的比重/%
鸡西	2 908.0	17.94	1 324.0	11.96	1 960.3	10.92
鹤岗	1 456.9	8.99	1 245.0	11.25	1 865.2	10.39
双鸭山	1 223.0	7.55	1 015.0	9.17	1 437.2	8.00
七台河	1 462.0	9.02	1 369.1	12.37	1 459.6	8.13
东北地区	16 208.3	100.00	11 066.0	100.00	17 959.4	100.00

资料来源：1996 年、2001 年和 2007 年的黑龙江、吉林、辽宁 3 省的统计年鉴

（2）不同阶段煤炭城市原生产业系统发育特征。长期以来，幼年期煤炭城市的煤炭产量呈现快速增加趋势，如七台河煤炭产量由 1957 年的 4×10^4t 增加到 2006 年的 1459.6 $\times 10^4$t，增加了近 365 倍，年均增加 12.79%；老年期煤炭城市（如抚顺、鸡西）的煤炭产量经历了先增加后减少的变化过程，只是增加阶段的持续时间存在差异，抚顺在 1970 年以后转入减少阶段，而鸡西则在 1997 年转入减少阶段（图 2-17）；中年期煤炭城市（如鹤岗、双鸭山）的煤炭产量处于稳步提高阶段，鹤岗、双鸭山的煤炭产量分别由 1986 年的 1671 $\times 10^4$t 和 881 $\times 10^4$t，增加到 2006 年的 1865 $\times 10^4$t 和 1437 $\times 10^4$t，年均递增率分别为 0.55% 和 2.48%。

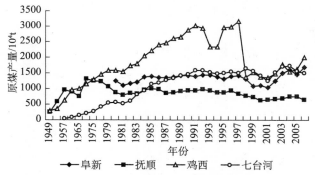

图 2-17　抚顺、阜新、鸡西和七台河 4 市原煤产量变化（1949～2006 年）
资料来源：《抚顺五十年》、《鸡西五十年》、《七台河五十年》以及阜新市"六五"至"十五"经济社会统计资料汇编，2000～2007 年的黑龙江、吉林、辽宁 3 省的统计年鉴

（二）石油城市原生产业系统发育过程与特点

1. 发育过程

东北地区石油城市现代原生产业系统的发育始于 20 世纪 60 年代，至

今已有近50年的发展历史。总体而言，东北石油资源的开发大致经历了三个发育阶段（图2-18）。

图2-18　东北地区原油产量变化趋势（1949～2007年）
资料来源：1990～2007年的黑龙江、吉林、辽宁3省的统计年鉴

（1）初期发育阶段（1949～1978年）。该阶段东北原油产量由1949年的 $5.1×10^4 t$ 迅速增加到1978年的 $5604×10^4 t$，年均递增率高达27.31%，主要是由于大庆油田和辽河油田的发现和开发，促使东北地区原油产量快速提升。这一时期虽然东北原油产量占全国的比重有下降趋势，但占全国总产量的比重仍达到53.86%，东北地区石油资源开发对于全国经济发展具有举足轻重的地位。

（2）平稳发育阶段（1978～1997年）。随着改革开放深入推进和技术的进步，原油产量逐步提高，由1978年的 $5604×10^4 t$ 提高到1995年的 $7518×10^4 t$，年均递增率为1.56%。石油资源的大规模开发带来石油城市经济的持续增长。

（3）趋于衰退阶段（1997～2007年）。20世纪90年代中期以来，随着石油资源可开采储量减少，同时也为延长石油开采年限，逐步减少了石油产量，由1995年的 $7497×10^4 t$ 减少到2007年的 $6001×10^4 t$，年均递减率为2.23%。同期，东北石油产量占全国的比重也由1997年的46.77%下降到2007年的32.21%，表明随着华北、西北等地石油资源的开发，东北地区的石油生产在全国的地位呈下降趋势，但其产量仍占全国的近1/3，因此，保持东北地区石油资源的可持续开发对于支撑我国国民经济的可持续发展仍具有十分重要的战略地位。

2. 发育特点

1）空间格局

从大区尺度看，新中国成立以来伴随着华北、西北等地以及海洋石油资源的开发，东北地区石油产量占全国总产量的比重自 1964 年以来总体上呈现递减趋势（图 2-18），说明国家石油生产格局有均衡化之势，但东北地区石油生产仍具有战略价值；从省域尺度看，辽宁、黑龙江、吉林 3 省的石油生产格局保持稳定，黑龙江省的石油生产居于支配地位（图 2-19）；从城市尺度看，20 世纪 90 年代中期以来大庆、盘锦 2 市的石油产量占东北地区的比重呈下降趋势，而松原则呈上升趋势（表 2-12）。

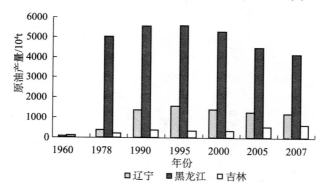

图 2-19　东北地区石油生产格局变化（省级，1960～2007 年）

资料来源：同图 2-18

表 2-12　东北石油城市石油生产空间格局变化（地级市）

	1995 年		2000 年		2006 年	
	产量/10⁴t	比重/%	产量/10⁴t	比重/%	产量/10⁴t	比重/%
大庆	5600.6	74.71	5300.1	75.11	4340.5	72.33
盘锦	1552.0	20.70	1401.1	19.86	1201.5	20.02
松原	342.7	4.57	348.5	4.94	570.9	9.51

资料来源：同图 2-18

2）不同阶段石油城市原生产业系统发育特征

东北地区石油城市（地级市）共有 3 座，即大庆、盘锦和松原。其中大庆、盘锦处于中年期，松原处于幼年期。图 2-20 显示，中年期石油城市原生产业系统先后经历了上升、稳产、相对衰退三个阶段，大庆、盘锦 2 市分别在 20 世纪 70 年代中期和 80 年代中期之前处于上升期，而在 20 世纪 90 年代中期之后因资源可开采量的减少二者均进入了相对衰退期。处于幼年期的松原市则一直处于发育上升期，表现为原油产量持续增加。

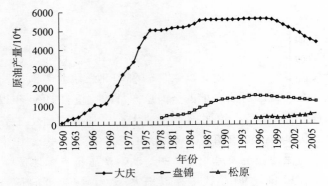

图 2-20　大庆、盘锦和松原三市原油产量变化（1960～2006 年）

资料来源：同图 2-18

（三）冶金城市原生产业系统发育过程与特点

1. 发育过程

东北地区铁矿的规模开采始于 20 世纪初期，至今已有近百年的历史，但现代原生产业系统的发育则始于新中国成立以后。由于东北地区的铁矿主要分布在鞍山—本溪地区，特别是鞍山地区，其铁矿石产量大致占东北地区的 50% 以上，因此，以鞍山铁矿开采业来分析东北冶金城市原生产业系统的发育过程。图 2-21 表明，鞍山铁矿石生产大致可分为六个阶段。①缓慢发育阶段（1949 年以前）。主要是日伪和民国时期，铁矿石产量基本上维持在 100×10^4t 以内。②较快发育阶段（1949～1960 年）。铁矿石产量由 16.36×10^4t 增加到 1965.54×10^4t，增加了 119 倍，特别是 1958～1960 年由于"大炼钢铁"畸形政策的影响，使得铁矿生产迅猛提升。③徘徊发育阶段（1961～1968 年）。20 世纪 60 年代初期是我国的经济调整期，鞍山铁矿石生产进入徘徊发展期，产量基本上维持在 1100×10^4t。④稳步提升阶段（1969～1997 年）。此阶段鞍山铁矿的开采受国民经济的拉动，呈现稳步上升态势，铁矿石产量由 1594.42×10^4t 上升到 3092.6×10^4t，年均增加 2.39%。⑤快速下降阶段（1998～2002 年）。由于受东南亚金融危机的影响，国际铁矿价格较低，进口铁矿具有更大的竞争优势，导致鞍山铁矿生产下滑，而国内经济低速发展，又加剧了这一趋势，从而导致铁矿石产量迅速下降。2002 年铁矿石产量不到 1997 年的 42%。⑥快速上升阶段（2003～2006 年）。2003 年以来伴随经济的快速发展以及国际铁矿石价格的上涨，鞍山铁矿石产量迅速提高，2006 年铁矿石产量是 2002 年的 3.75 倍，表明鞍山铁矿生产受国际市场影响显著。

图 2-21　鞍山铁矿石产量变化（1919～2006 年）

资料来源：鞍山五十年，1999～2007 年的鞍山统计年鉴，

1990～2007 年的黑龙江、吉林、辽宁 3 省的统计年鉴

2. 发育特点

东北地区冶金城市原生产业系统发育具有如下特点：①鞍山市铁矿石生产在东北地区居于主导地位。新中国成立 60 多年来，除个别年份外，鞍山铁矿石产量占东北地区的比重均在 40% 以上，表明鞍山铁矿开采业在东北乃至在全国都具有举足轻重的地位；②鞍山铁矿石生产的优势有趋于劣化之势。虽然新中国成立以来鞍山的铁矿石产量在不断提高，但其占东北地区的比重则呈下降趋势，主要是因为本溪等地铁矿资源的开发规模日趋扩大。

三、外生产业系统发育评价

矿业城市外生产业系统是原生产业系统产品的主要消费者，其发展水平是衡量矿业城市向综合性城市转型的主要标尺。根据第二章关于矿业城市产业生态系统的实际结构模型可知，外生产业系统包括农业和制造业两个子系统，由于无法获取各矿业城市历年的制造业产值数据，本部分主要以从业人员来分析东北矿业城市外生产业系统的发育过程。

（一）发育过程

20 世纪 90 年代中期以来，东北矿业城市外生产业系统从业人员总体上呈下降趋势，由 1997 年的 711.69 × 10⁴ 人下降到 2007 年的 141.79 × 10⁴ 人，下降了 80.08%。同期，外生产业系统从业人员占总从业人员的比重也由 55.26% 下降到 36.68%，下降了近 19 个百分点（图 2-22）。表明随着技术的进步、生产效率的提高，外生产业系统的发展所需要劳动力的数量趋于减少，但对懂技术的高素质劳动力需要量增加，这也是产业发展的世界性趋势。从外生产业系统的内部结构看（图 2-23），制造业和农业从业人员的比重呈反向增减趋势，1997～1999 年制造业从业人员占外生产业系统的比重由 36.75% 增加到 72.59%，而农业从业人员的比重由 63.25% 下降到27.41%。而 1999～2007 年制造业从业人员占外生产业系统的比重由 72.59%降低到 57.73%，同期，农业从业人员的比重则上升了 14.86%。这与全国制造业从业人员占外生产业系统的比重持续上升，而农业从业人员的比重持续下降的趋势完全不同，这也从另一个方面说明，进入 20 世纪 90 年代末期以来，东北矿业城市由于资源优势的渐失，导致以资源加工为主的制造业萎缩，进而导致该产业从业人员的减少，同时由于部分矿业城市转型过程中，大力发展现代农业，造成从事第一产业的人员呈增长态势。

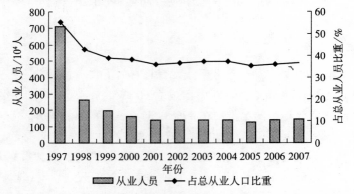

图 2-22　东北矿业城市外生系统从业人员数量变化（1997～2007 年）

资料来源：1998～2008 年的《中国城市统计年鉴》

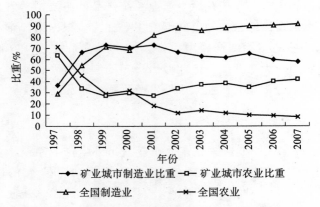

图 2-23　东北矿业城市外生系统内部结构变化（1997～2007 年）

资料来源：1998～2008 年的《中国城市统计年鉴》

（二）发育特点

1. 空间格局

表 2-13 显示，1997～2007 年东北矿业城市外生产业系统从业人员占全国外生产业系统的比重由 2.18% 增加到 3.50%，且波动不大，表明东北矿业城市外生产业系统在全国的地位呈稳步发展态势。从东北地区看，矿业城市外生产业系统的从业人员占东北地区外生产业系统的比重由 25.54% 增加到 30.26%，说明矿业城市外生产业系统在东北地区占有重要地位，且其作用有增强趋势，也说明矿业城市外生产业持续发展是推动东北振兴的关键，可以说没有矿业城市外生产业系统的振兴，东北振兴的目标就难以实现。

从省域尺度看（表 2-13），辽宁省矿业城市外生产业系统从业人员占全省的 1/3 以上，且存在上升趋势；黑龙江省矿业城市外生产业系统从业人员占全省的比重为 1/5～1/4，且近年来呈上升趋势。而吉林省矿业城市外生产业系统从业人员不仅是东北三省中最低的，且呈下降趋势，表明矿业城市在辽宁和黑龙江经济发展中的地位呈上升之势，而在吉林省经济发展中的地位呈下降态势。

表 2-13　东北矿业城市外生产业系统从业人员占全国及东北地区的比重变化

（单位：%）

	1997 年	1998 年	1999 年	2000 年	2001 年	2002 年	2003 年	2004 年	2005 年	2006 年	2007 年
辽宁	30.58	33.06	25.21	39.75	27.65	39.46	39.56	39.72	38.98	38.83	38.88
吉林	20.70	13.01	13.32	12.78	14.02	13.76	16.41	16.88	12.98	14.63	14.54
黑龙江	22.18	21.84	22.60	22.55	18.56	20.77	19.79	21.10	19.19	25.84	27.70
东北地区	25.54	27.63	22.94	28.43	22.72	27.08	26.64	27.64	25.98	29.43	30.26
全国	2.18	2.89	3.42	2.85	3.29	3.78	3.64	3.68	3.17	3.49	3.50

资料来源：1998～2008 年的《中国城市统计年鉴》，黑龙江、吉林和辽宁 3 省统计年鉴

从城市尺度看（表 2-14），盘锦、本溪、鞍山 3 市外生产业系统发育水平最高，1997 年以来外生产业系统从业人口占总从业人口比重的平均值分别为 49.54%、49.50% 和 49.26%，而最低的七台河市仅为 17.59%；从发展趋势看，绝大部分矿业城市外生产业系统从业人口占从业总人口的比重呈下降趋势，仅有盘锦、鹤岗、双鸭山 3 市呈上升趋势。

表 2-14　东北矿业城市外生系统从业人员占总从业人口比例的变化

（单位：%）

	1997 年	1998 年	1999 年	2000 年	2001 年	2002 年	2003 年	2004 年	2005 年	2006 年	2007 年	平均
鞍山	60.87	57.85	53.81	49.94	48.41	48.37	46.16	45.47	43.96	43.40	43.65	49.26
抚顺	52.48	41.91	41.34	41.06	40.03	39.02	39.72	39.77	39.20	39.69	39.87	41.28
本溪	57.47	52.60	55.16	53.68	54.36	45.95	47.14	46.52	44.21	44.03	43.37	49.50
阜新	58.25	56.93	30.90	25.71	23.40	20.17	18.37	20.00	21.36	20.21	20.29	28.69
盘锦	43.89	43.39	44.13	50.90	51.24	52.29	52.16	51.85	52.50	51.28	51.33	49.54
葫芦岛	62.81	46.60	45.67	46.57	45.32	45.65	43.14	43.69	43.46	41.43	44.00	46.21
辽源	62.16	32.62	31.35	29.39	27.94	25.74	22.52	22.34	21.80	19.12	19.06	28.55
白山	39.06	21.11	21.80	19.29	20.47	19.29	42.42	41.19	41.16	33.85	29.25	29.90
松原	72.47	22.41	22.55	23.28	25.08	25.75	21.96	20.77	21.79	19.28	19.97	26.85
鸡西	50.45	31.37	32.38	33.06	33.40	34.01	35.63	36.13	37.49	34.40	35.45	35.80
鹤岗	38.43	38.73	48.33	35.39	37.59	38.10	40.73	36.99	36.45	38.30	40.22	39.02
双鸭山	52.38	40.31	42.67	46.93	17.07	46.16	47.30	46.16	19.00	48.56	53.42	41.72
大庆	49.83	23.36	23.51	25.20	23.58	24.10	23.21	23.03	22.99	22.13	22.93	25.81
七台河	40.05	16.15	14.52	14.34	13.14	14.99	15.48	15.02	14.72	16.92	18.20	17.59
东北地区	59.49	45.48	44.28	39.05	45.66	38.48	40.23	39.74	38.67	38.63	38.94	42.60
全国	65.43	51.31	43.19	42.45	37.48	34.94	35.64	34.92	34.83	35.33	35.54	41.01

资料来源：同表 2-14

2. 不同类型矿业城市外生产业系统的发育

从不同资源类型看（图 2-24），冶金类城市外生产业系统从业人口占城市从业总人口的比重呈持续下降趋势；而煤炭、石油、综合三类城市外生系统从业人口比重虽然总体上均呈下降态势，但也均表现出明显的阶段性变化。其中煤炭类城市在 2001 年前呈下降趋势，之后呈上升趋势；石油类城市在 1997～1998 年呈下降趋势，之后变化则比较平稳；综合类城市在 2002 年外生产业系统从业人口比重降到最低点（21.77%），2003 年又跃升到 34.78%，之后再次呈持续下降趋势，到 2007 年下降到 25.28%。以上说明，在受到同样的市场、政策变化影响时，不同资源类型城市外生产业系统的响应程度存在差异，因此，在进行产业转型时，应针对不同的资源类型城市采取不同策略。从不同发展阶段看（图 2-25），中年期矿业城市外生产业系统发育水平最高，其次为老年期矿业城市，发育程度最低的为幼年期矿业城市，1997～2007 年三者外生产业系统从业人口占总从业人口的比重平均值分别为 41.95%、37.55% 和 23.77%；从发展趋势看，各阶段矿业城市外生产业系统从业人口比重均呈现降低趋势，尤以幼年期矿业城市为最，下降幅度达 45.64 个百分点，表明幼年期矿业城市因资源产业处于扩张期，技术创新能力不强，使得其制造业发展水平较低，且抵御市场变化能力不强，特别是近 10 年来因受东南亚金融危机等因素的影响，使得幼年期矿业城市制造业发展非常艰难，基本上呈萎缩状态。

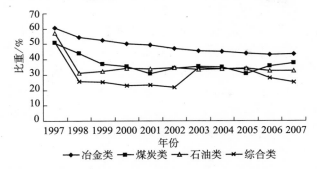

图 2-24　东北不同类型矿业城市外生系统从业人口占从业总人口比重的变化

资料来源：1998～2008 年的《中国城市统计年鉴》

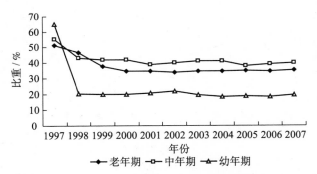

图 2-25　东北不同阶段矿业城市外生系统从业人口占从业总人口比重的变化

资料来源：1998～2008 年的《中国城市统计年鉴》

四、共生产业系统发育评价

（一）发育过程

　　矿业城市共生产业系统承担整个产业生态系统的维护任务，包括基础设施等支撑系统的建设和维修以及各类废弃物的处理，主要由建筑业和第三产业构成。东北矿业城市共生产业系统是随着矿产资源的开发逐步建立起来的，但在重生产轻生活的资源开发和城市经营理念下，共生产业系统发展一直比较缓慢。综观新中国成立以来，东北矿业城市共生产业系统的发展演化大致可分为两个阶段。

1. 缓慢发育阶段

该阶段主要指新中国成立初期到 20 世纪 80 年代初期。在国家重工业优先发展的战略指导下，矿业城市将发展的重点放在矿产资源开发方面，而对生产生活服务等产业的发展很不重视，导致共生产业系统发展缓慢。图 2-26 至图 2-28 分别显示了老年（鸡西）、中年（鞍山）和幼年（七台河）三个发展阶段矿业城市共生产业系统产值的变化。1952～1985 年鸡西市共生产业系统产值年均增长率为 9.51%，1949～1985 年鞍山和七台河共生产业系统产值年均增长率分别为 12.87% 和 10.86%。而同期鞍山和七台河 2 市的 GDP 年均增长率分别为 13.41% 和 12.10%，表明共生产业系统的发展速度低于 GDP 增长速度，由此导致共生系统的维护作用难以发挥。

图 2-26　鸡西市共生产业系统产值变化（1952～2007 年）

资料来源：《鸡西五十年》，1998～2008 年的《中国城市统计年鉴》

图 2-27　鞍山市共生产业系统产值变化（1949～2007 年）

资料来源：《鸡西五十年》，1998～2008 年的《中国城市统计年鉴》

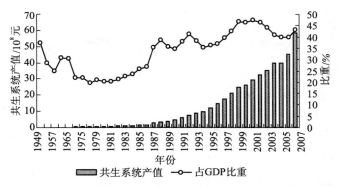

图 2-28　七台河市共生产业系统产值变化（1949～2007 年）

资料来源：《鸡西五十年》，1998～2008 年的《中国城市统计年鉴》

2. 较快发育阶段

进入 20 世纪 80 年代中期以来，随着我国产业发展战略的调整，产业结构调整、优化、升级成为区域经济发展的战略重点，特别是第三产业发展成为繁荣城市经济的关键，为此，国内各城市均强调服务业发展的重要性，矿业城市也不例外，在这一背景下，东北矿业城市共生产业系统得到较快发展，1986～2007 年鸡西、鞍山、七台河 3 市的共生产业系统产值增长率分别为 15.54%、18.44% 和 18.72%，同期 3 市的 GDP 年均增长率分别为 13.15%、15.89% 和 16.02%，均低于共生产业系统的发展速度，一方面说明矿业城市的维护、服务功能大大增强，另一方面也说明矿业城市产业系统的多元化，促使矿业城市逐渐转出单一功能的畸形发展格局，有利于矿业城市可持续发展能力的增强。

（二）发育特点

1. 各矿业城市共生产业系统演化进程差异明显

从表 2-15 可知，2007 年各矿业城市共生产业系统产值占 GDP 比重由高到低的顺序是鸡西、阜新、鞍山、抚顺、辽源、七台河、葫芦岛、鹤岗、白山、本溪、双鸭山、松原、盘锦、大庆，而 1990 年各矿业城市共生产业系统产值占 GDP 比重由高到低的顺序是盘锦、双鸭山、阜新、七台河、鸡西、葫芦岛、辽源、白山、鞍山、鹤岗、抚顺、本溪、松原、大庆。其中，排位上升的城市有鸡西、阜新、鞍山、抚顺、辽源、鹤岗、本溪、松原 8 市，特别是抚顺市上升明显，由第 11 位上升到第 4 位；排位下降的城市有盘锦、双鸭山、七台河、葫芦岛、白山 5 市，尤其是盘锦市排位下降显著，由第 1 位下降到第 13 位；排位不变的城市有大庆市。以上表明 1990 年以来，东北各矿业城市共生产业系统演化程度和速度都存在明显的不同，主要是由于各城市对市场的响应不同所致，如由于国民经济对石油资源的需求增加导致石油城市的原生产业系统较快发展，引发采掘业的快速扩张，一定程度导致共生产业系统的相对萎缩，如盘锦市 1990 年共生产业系统产值占 GDP 比重为 38.27%，而到 2007 年则下降到 22.15%。

表 2-15　东北矿业城市共生产业系统产值比重变化（1990～2007 年）

（单位：%）

年份	辽源	白山	松原	鸡西	鹤岗	双鸭山	大庆	七台河	鞍山	抚顺	本溪	阜新	盘锦	葫芦岛
1990	33.69	31.99	16.42	34.42	30.85	37.84	13.20	34.78	30.87	27.17	22.26	37.20	38.27	34.41
1991	37.78	32.37	14.62	40.16	43.22	46.52	12.62	37.89	33.13	30.54	24.66	39.22	38.80	35.39
1992	42.38	35.72	17.40	40.64	33.38	46.32	13.33	41.15	35.01	27.91	26.20	39.32	30.52	36.40
1993	43.92	38.80	16.84	43.00	35.81	39.80	12.83	38.22	31.75	28.67	31.36	35.29	23.01	36.45
1994	41.28	39.51	19.92	38.31	37.37	37.75	11.31	35.27	37.61	28.67	36.27	36.97	22.00	37.61
1995	47.41	37.97	19.50	36.55	38.92	36.01	12.15	36.21	39.59	32.28	41.69	38.83	23.28	36.25
1996	43.94	37.21	18.04	36.82	38.92	35.62	12.72	37.09	39.84	32.75	39.75	42.74	22.37	37.90
1997	47.77	37.31	22.48	37.59	39.39	36.17	14.63	39.43	40.07	33.07	41.08	47.69	22.39	38.04
1998	44.88	39.28	21.49	38.83	42.74	37.91	17.15	42.38	40.04	36.37	41.31	43.54	24.28	39.05
1999	44.12	38.96	24.18	39.70	43.08	39.55	16.13	46.60	40.41	36.98	42.28	50.39	22.68	42.92
2000	45.02	39.29	27.68	39.31	41.55	38.32	11.80	46.26	41.57	36.48	45.77	55.40	19.55	44.41
2001	53.39	40.76	27.43	39.62	41.46	39.44	12.52	47.39	42.67	36.95	46.52	55.46	21.23	42.72
2002	52.45	38.73	28.36	41.45	42.39	38.27	14.24	44.34	43.41	37.78	46.28	52.66	21.93	42.80
2003	50.86	39.28	28.55	39.03	40.34	38.22	15.01	44.04	44.18	37.45	42.56	48.59	22.61	41.94
2004	49.88	35.91	27.22	36.26	38.97	34.33	15.54	40.95	44.18	37.45	41.20	44.78	22.73	41.92
2005	47.84	41.20	24.33	42.12	38.01	37.79	13.38	39.42	43.03	43.60	38.91	47.25	21.43	42.30
2006	46.17	40.56	23.47	41.70	37.46	37.71	13.42	39.75	43.77	43.30	38.15	47.18	21.21	42.02
2007	43.42	38.44	29.10	46.84	39.61	33.76	17.21	43.17	43.89	43.46	36.87	45.00	22.15	40.65
平均	45.34	37.96	22.61	39.59	39.12	38.30	13.83	40.93	39.66	35.13	37.95	44.86	24.45	39.62

资料来源：1991～2008 年的《中国城市统计年鉴》

2. 共生系统产值占 GDP 比重缓慢提高，而近年来从业人员比重略有下降

图 2-29 可以看出，自 1990 年以来，东北矿业城市共生产业系统产值快速增长，年均增长速度达到 16.51%，而同期共生产业系统产值由占 GDP 比重的 26.53% 增加到 33.04%，年均增加约 0.38 个百分点，可见共生产业系统产值的提高促进了矿业城市产业系统结构的改善。但从就业结构看（图 2-30），共生产业系统从业人员占总从业人口的比重从 1997 年的 33.38% 提高到 2001 年的 45.17%，之后又下降到 2007 年的 42.75%，表

明近年来东北矿业城市共生产业系统产值与从业人员呈反向增减的趋势，这与库兹涅茨所揭示的产业结构演变规律不相一致，可能是由于近年来国家振兴东北战略、资源型城市转型战略等有关促进东北矿业城市发展政策的实施，带来原生、外生产业系统对劳动力吸引力增加所致。

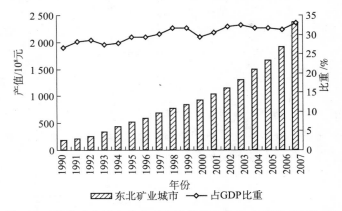

图 2-29　东北矿业城市共生产业系统产值变化（1990～2007 年）

资料来源：1998～2008 年的《中国城市统计年鉴》

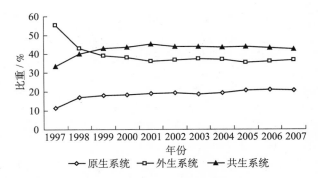

图 2-30　东北矿业城市产业系统构成变化（从业人口）

资料来源：1998～2008 年的《中国城市统计年鉴》

3. 不同类型矿业城市共生产业系统发育差异显著

从图 2-31 可以看出，1990 年以来东北三省矿业城市共生产业系统的发育程度由高到低的顺序为辽宁、吉林、黑龙江，1990～2007 年共生产业系统产值占 GDP 比重平均值分别为 36.27%、31.83% 和 21.54%。从演化趋势看，辽宁、吉林、黑龙江 3 省矿业城市的共生产业系统发育均呈现缓慢提高态势，辽宁、吉林、黑龙江 3 省矿业城市共生产业系统产值占 GDP

比重分别由 1990 年的 31.14%、25.91% 和 20.74%，增加到 2007 年的
39.10%、34.11% 和 24.26%，其中吉林增幅最大，达 8.2 个百分点，黑
龙江增幅最低，仅为 3.52 个百分点。黑龙江矿业城市共生产业系统发育程
度及增幅之所以最低主要是因为黑龙江煤炭、石油资源开发较晚，如七台
河和大庆的能源资源开发均是在进入 20 世纪 60 年代后才开始的，并且在
高度重视生产忽视生活和服务的时代背景下共生产业系统发育滞后，而进
入 90 年代后，虽然实施了产业结构调整战略，促进了加工业和服务的发
展，但由于市场对石油、煤炭资源的需求持续增加，导致资源开采业规模
的快速扩大，从而使得共生产业系统一直处于较低的水平。同样，因辽宁
省矿业城市形成较早，产业系统的发育较为完善，使得共生产业系统发育
水平较高，这正是城市产业系统演进规律的具体体现，也是矿业城市由单
一职能向综合职能转型的衡量标尺。

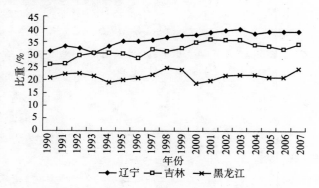

图 2-31 辽宁、吉林、黑龙江 3 省矿业城市共生
产业系统产值比重变化（1990～2007 年）

资料来源：1991～2008 年的《中国城市统计年鉴》

从资源类型看（图 2-32），1990～2007 年煤炭、石油、冶金和综合四
类矿业城市共生产业系统产值占 GDP 比重的平均值分别为 38.42%、
17.29%、39.29% 和 41.19%，综合类城市共生产业系统发育程度最高，
其次为冶金类和煤炭类城市，最低的为石油城市。综合类城市之所以最高
主要是由于综合类城市因多种资源同时开发，对各类维护和服务业发展均
有需求，从而引起共生产业系统的发育，石油城市之所以最低主要是因为
现代国民经济发展对石油的需求极大增加，带来石油开采业的发展，这一
行业的快速发展，一定程度上限制了共生产业发展，对共生产业有很大排
斥作用，从而造成石油城市共生产业系统发育程度最低，这在很大程度上
制约着石油城市的可持续发展。

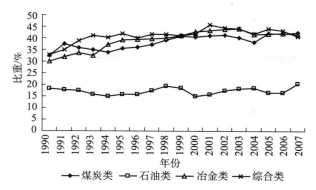

图 2-32　不同资源类型矿业城市共生产业系统产值比重变化（1990～2007 年）

资料来源：1991～2008 年的《中国城市统计年鉴》

　　从发育阶段看（图 2-33），老年、中年和幼年三个阶段的矿业城市共生产业系统发育程度以老年阶段最高，其后依次为中年、幼年阶段。从发展趋势看，三个发展阶段矿业城市共生产业系统发育均呈现逐步提高趋势，尤以老年阶段增加幅度最大，中年阶段最小。这主要是因为老年阶段的矿业城市可开采资源储量逐渐减少，从而诱发原生产业系统的相对萎缩，而外生产业系统有所增强，20 世纪 90 年代以来，产业结构调整、升级成为国家产业发展的主题，特别是"十五"以来，资源型城市转型战略的实施，不仅带来了外生产业系统的发展，更带来共生产业系统的大发展，使老年阶段的矿业城市成为共生产业系统发育最高的城市；幼年阶段的矿业城市因处于资源产业的扩张阶段，虽与之相关的维护和服务业已有所发展，但发展程度远远低于老年和中年阶段。

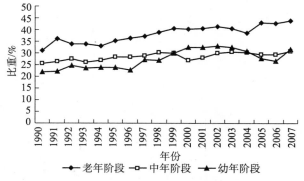

图 2-33　不同发展阶段矿业城市共生产业系统产值比重变化（1990～2007 年）

资料来源：1991～2008 年的《中国城市统计年鉴》

五、产业系统总体发育评价

从产业生态系统发育的角度看,东北矿业城市现代产业生态系统的形成始于 20 世纪 50 年代中国大规模工业化发端时期。此后,随着国家重工业化战略的实施,大规模的资源开发,促使产业生态系统快速发展,进入 20 世纪 90 年代,东北矿业城市产业系统进入重组、调整时期,相应地,产业生态系统发育也进入了一个新的发育阶段。为了更清楚地了解东北矿业城市产业系统的发育状态及特征,需要开展矿业城市产业系统发育状态评价。

(一) 评价方法

本研究主要根据矿业城市产业生态系统结构模型,围绕原生、外生和共生三个产业子系统及其耦合作用,开展矿业城市的产业系统发育评价,具体评价方法如下 (张雷,2007)。

根据自然生态系统投入产出公式,矿业城市产业系统演进状态的基本评价公式为

$$ECE = I + E + C \tag{2.6}$$

式中,ECE 为矿业城市产业系统发育系数;I 为原生产业系统发育状态;E 为外生产业系统发育状态;C 为共生产业系统发育状态。其中:

$$I = \sum i_{1-n} \Big/ \sum i_{1-n} \tag{2.7}$$

$$E = \sum e_{1-n} \Big/ \sum i_{1-n} \tag{2.8}$$

$$C = \sum c_{1-n} \Big/ \sum i_{1-n} \tag{2.9}$$

式中,i_{1-n} 为原生产业系统的部门 $1 \sim n$;e_{1-n} 为外生产业部门 $1 \sim n$;c_{1-n} 为内生产业部门 $1 \sim n$。

(二) 产业系统发育特征

矿业城市产业系统的发育状态是一种相对的概念,是相比较而言的。图 2-34 显示,东北矿业城市产业系统发育指数平均为 3.41,不仅低于东北地区平均水平 (8.38),更低于全国平均水平 (20.29),表明东北矿业城市产业系统具有显著的资源依赖性,发育层次较低,提高产业系统发育水平是矿业城市转型面临的重大战略任务。

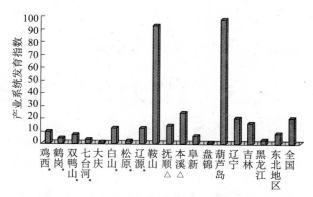

图 2-34　东北矿业城市产业系统发育程度指数

* 为 2005 年数据；△ 为 2007 年数据；其余为 2006 年数据

　　从不同资源类型矿业城市看（图 2-34），煤炭、石油、冶金和综合四类矿业城市的产业系统发育指数平均值分别为 8.07、1.89、71.99、12.86，表明石油类城市产业系统发育程度最低，而冶金类城市产业系统发育程度最高，制造业是其主导产业部门。

　　从不同省份看（图 2-34），黑龙江、吉林和辽宁 3 省矿业城市的产业系统平均发育指数分别为 5.55、9.36 和 40.01，而同期黑龙江、吉林、辽宁 3 省的产业系统发育指数分别为 3.78、16.8 和 20.38，说明矿业城市的产业系统发育程度与各省的产业系统发育程度基本一致，也表明矿业城市产业的发展直接影响并制约着东北各省的产业系统发育。

　　从不同发育阶段看（图 2-34），老年期、中年期和幼年期的矿业城市产业系统的发育指数平均值分别为 9.07、31.65 和 3.19，表明幼年期矿业城市产业系统发育程度最低，中年期矿业城市产业系统发育程度最高，主要是因为中年期矿业城市制造业发展迅速，是矿业城市经济的主体，由此带来了矿业城市的繁荣。而老年期矿业城市因以矿产品加工为主的制造业的衰退，造成矿业城市产业系统发育程度的降低，使之低于中年期矿业城市产业系统的发育程度。幼年期矿业城市则由于处于矿产资源开发初期，采掘业迅速壮大，而与之相关的加工制造业相对弱小，导致此类矿业城市产业系统发育程度低下。

　　从矿业城市个体看，因资源类型、发展阶段以及区位的差异，导致各矿业城市产业系统发育程度差异极大。产业系统发育程度最高的矿业城市为葫芦岛，发育指数达 98.2，是最低的 66.8 倍（大庆市产业系统发育指数为 1.47）。

第三章

东北地区矿业城市产业生态系统适应能力评价

矿业城市是城市发展过程中的特定历史阶段,随着矿产资源的枯竭,矿业城市逐渐向综合性城市嬗变,而矿业城市产业生态系统的学习能力、调整能力即适应能力,是制约和影响矿业城市转型进程的关键和核心。因此,科学地判定矿业城市产业生态系统的适应能力是进一步推进矿业城市产业生态系统转型的决策依据。为此,本章着重探讨东北地区矿业城市产业生态系统适应能力评价的意义与基本思路;弄清东北矿业城市产业生态系统适应能力的变化特征;揭示不同类型、不同发展阶段矿业城市产业生态系统适应能力的表现特征。

第一节　适应能力评价的意义、原则及总体框架

适应性是全球变化研究领域新近出现的一个科学术语,也为区域可持续发展等研究提供了新的研究视角。适应能力评价作为适应性研究的核心,为区域可持续发展研究提供了新的分析框架和有效工具,对于提升区域可持续发展研究的实践操作性具有重要意义。

一、适应能力评价的意义

矿业城市产业生态系统的适应能力是其产业生态系统对环境变化(包括外部环境和内部环境)作出相应调整的能力。目前,矿业城市产业生态系统转型已成为矿业城市可持续发展中急需解决的问题,很多矿业城市试图通过规划来安排产业生态系统转换,以促进矿业城市的持续发展。实际上,在矿业城市转型过程中,要适时确定矿业城市产业生态系统适应性调整的方向和重点,必须正确把握矿业城市产业生态系统的适应能力。因此,开展矿业城市产业生态系统适应能力评价具有十分重要的意义,主要

表现为以下四点。

一是通过适应能力评价实现对矿业城市产业生态系统转型工作的考核。对矿业城市而言，实现可持续发展的根本途径就是促进产业结构的多元化，根据矿业城市不同的发展阶段实施差别化的适应性产业结构调整战略。要衡量矿业城市在多大程度上进行了产业结构调整，需要通过产业生态系统适应能力评价作出评判。因此，开展矿业城市产业生态系统适应能力评价是衡量矿业城市产业转型的重要标尺。

二是通过适应能力评价检测矿业城市转型规划的实施效果。矿业城市经济转型规划的核心就是矿业城市产业系统的适应性调整，而规划的跟踪检测与评估是保证规划顺利实施的关键性环节。只有对规划实施过程进行持续不断的检测，才能了解规划实施过程中遇到的问题，从而不断修改、完善规划内容，使之更符合不断变化的矿业城市的发展实际。因此，对矿业城市产业生态系统适应能力的评价，实质就是对规划实施效果的评价，以此为依据，可以评判矿业城市经济转型进程，也可以作为矿业城市走可持续发展之路的评价依据。

三是通过适应能力评价揭示矿业城市产业生态系统现状及演化特征。通过适应能力评价反映矿业城市产业生态系统运行状态，测度其产业生态系统发展水平及存在问题，而且通过长时段连续的适应能力评价，还可以全面揭示产业生态系统的演化趋势，找出影响矿业城市产业生态系统变化的制约因素，为政府有关职能部门、企业了解矿业城市发展现状及制定科学合理的转型政策、措施提供依据。

四是为推进矿业城市产业生态系统的科学发展决策提供依据。通过矿业城市产业生态系统适应能力评价了解产业生态系统的适应性调整状况，弄清适应性演化过程中的不利条件和障碍性因素，为管理决策的优化提供理论支持。

总之，无论是从管理决策、规划实施，还是从工作考核的角度，矿业城市产业生态系统适应能力评价都具有十分重要的作用，是各级政府及有关职能部门推进矿业城市产业生态系统适应性调整过程中不可缺少的政策性工具，也是企业、公众等社会主体自觉参与矿业城市经济转型的重要信息支撑。

二、适应能力评价的特点和内容

（一）适应能力评价的特点

适应能力评价是对某一系统自身结构和功能对内外环境变化的恢复、

调整和重组能力进行探讨，评估与预测系统自身应对环境变化的能力，以使系统尽快适应新的生存环境，减少环境变化给系统的生存和发展带来的不利影响，目的是维持并促进系统的可持续发展，为系统的有序调控、整治提供有效的决策依据。当前有关适应能力评价的研究主要集中于人类活动对气候变化、自然灾害等自然环境变化的适应能力的评估（Smit and Wandel，2006；Gilberto，2006）。与适应能力评价相比较，脆弱性评价主要侧重于预测和评价外部胁迫（自然的和人为的）对系统可能造成的影响，以及系统自身对外部胁迫的抵抗力和从不利影响中恢复的能力（李鹤，2009），强调了外部环境变化下对系统自身脆弱性程度的表征，这一点是与适应能力评价不同的。当然，与脆弱性评价相类似，适应能力评价作为适应性研究的核心，也是用一套特有的科学术语来描述评价对象的状态和属性，如敏感性、稳定性、恢复力和易损性等。适应能力评价研究的出现使人类对全球环境变化的研究呈现由阻止到减缓再到适应的演变过程，体现了人类对全球环境变化认识的深化，也是对研究的深入和拓展。就矿业城市产业生态系统而言，矿产资源的枯竭是不以人的意志为转移的必然趋势，矿业城市的发展也必然呈现向综合性城市的嬗变，那么其产业生态系统如何根据矿产资源可开发量的变化做出适应性调整，以及调整转换的能力如何，都需要做出科学、客观的评价。因此，采用适应性研究框架，以产业生态系统为对象，探讨矿业城市的适应性调整、转型能力，将以往仅关注全球环境变化的适应问题拓展到产业与环境相互作用的复合系统的适应能力评价，表明适应能力评价分析框架的前瞻性特点。

（二）适应能力评价的主要内容

总结国内外已有的研究成果，适应能力评价主要表现为对以下问题的关注：①评价对象面临何种环境变化？②评价对象具有什么样的结构和功能特征？③研究区域内各评价对象适应能力的时空格局特征？④影响适应能力时空格局的关键因素及作用机制？⑤如何调控、提升评价对象的适应能力？基于这一研究视角开展适应能力评价研究可为决策者进行有关提高区域可持续发展能力的决策提供有效的信息支持。

三、适应能力评价原则

适应能力是系统应对其内外环境变化的学习能力、调整能力，同时由于适应的目的不同、适应的环境不同以及系统自身的特征不同，导致系统适应能力的评价所应遵循的原则也存在差异，总体而言，一般在开展适应能力评价时，应遵循目的性原则、整体最优原则、动态性原则和主导因素原则等。

（一）目的性原则

对于一般系统而言，其对内外环境变化的适应是以存在为最大的前提，但这种适应基本上是自发的。矿业城市产业生态系统作为矿业城市经济社会发展的基础支撑，其发展演化必须符合当地居民的生存和发展要求，即以提高居民的生活水平和质量为目的，因此，其适应能力评价也必须遵循这一目的，只有符合这一目的的适应，才能保证矿业城市的可持续发展。遵循目的性原则开展矿业城市产业生态系统适应能力评价，首先要明确适应什么，即适应对象；其次要明确适应者，即谁适应；最后要明确适应目的，对矿业城市产业生态系统而言，适应的目的就是产业规模持续扩大、产业结构不断优化、就业结构多元而充分、生态环境持续改善。只有这样，才能设计出切实可行的适应能力评价指标体系和评价模型，也才能得出符合客观实际的评价结论。

（二）整体最优原则

矿业城市产业生态系统是一个由产业系统与生态环境系统构成的复合系统，产业系统又可分为原生、外生和共生三个产业子系统。其各子系统又由不同的要素组成，各个子系统或要素之间相互作用、相互影响和相互制约而耦合成一个有机的整体，而整体最优，是系统可持续发展的前提和基础。因此，矿业城市产业生态系统的适应性不是某一子系统或要素的适应，而是系统整体的适应，开展适应能力评价也必须以此为依据。不仅要评价各子系统或关键要素的适应能力，而且更重要的是要评价由各子系统或要素组成的系统整体的适应能力，只有这样，才能准确揭示矿业城市产业生态系统应对环境变化的调整、优化、重组能力。

（三）动态性原则

系统论认为，任何系统都处于不断发展变化之中，不仅系统自身的结构、组成和功能在不断调整、变化，而且系统所处的外部环境也处在动态演化过程之中。例如，矿业城市由于所处发育阶段不同，其产业生态系统组成结构和功能也在不断变化，包括各行业占经济总量的比重，等等，同时，国家有关矿业的发展政策、市场环境以及矿业城市的发展战略等也都在不断变化。因此，在开展适应能力评价时，应利用动态的视角根据矿业城市产业发展阶段、演化趋势以及外部政策环境、制度环境、市场环境、区域环境和技术环境等的变化趋势，把握其产业生态系统的适应能力，以不断提升矿业城市产业生态系统的适应性调整能力、竞争能力，进而为矿业城市可持续发展能力的不断增强提供科学依据。

（四）主导因素原则

系统是由多个子系统或要素相互作用而形成的复杂的有机整体，其中一个子系统或要素的变化必然会影响其他子系统或要素的变化，甚至系统整体的演化。但在这一过程中，并不是所有的要素都起着同等重要的作用，必然有一个或几个要素居于主导地位，支配着系统整体结构和功能的变化。因此，在进行矿业城市产业生态系统适应能力评价时，必须要区分主要矛盾和次要矛盾，特别是要找出主要矛盾中的主导因子，以揭示影响矿业城市产业生态系统适应性驱动机制，为提高矿业城市产业生态系统适应能力提供决策依据。

四、适应能力评价的总体框架

（一）总体思路

系统对环境变化适应能力的高低，不仅与环境变化强度、速度及幅度有关，而且与系统自身的结构、功能等关系密切，因此对系统适应能力的评价应主要从环境变化及系统自身来考虑。系统自身组成的复杂性及其与环境作用的非线性、多维性，使得要对系统适应能力评价做出准确的判断异常艰难，而且在现有条件下也是难以做到的。因此为了对系统对环境变化的适应能力作出科学地评价，首先要确定适应什么；其次要明确适应的目标取向；最后要弄清自身的结构和功能现状。例如，东北矿业城市产业生态系统当前面临着国家投资重点区域的转移、经济市场化与全球化的深入推进、经济增长方式的集约化转变以及发展政策的调整，同时也面临着自身优势资源的弱化等内外发展环境的变化，为推进矿业城市转型，促进可持续发展成为矿业城市发展的目标选择，而矿业城市自身则呈现出结构单一、功能单一等问题，严重制约着发展可持续性能力的提升。通过对上述三个方面的认识，本研究认为可从两个方面考虑矿业城市产业生态系统的适应能力评价（图3-1）。一是将系统组成"简单化"，即按照适应性要素来设计系统适应能力的分析评价框架。一般情况下，系统

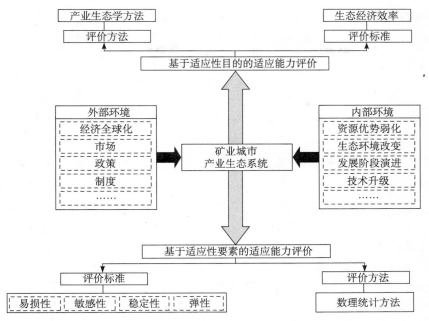

图 3-1　矿业城市产业生态系统适应能力评价基本思路框架

适应能力与其自身的易损性、敏感性、稳定性和恢复力等特点有关。就矿业城市产业生态系统而言，其产业生态系统适应能力不仅与产业系统的结构、资源支撑能力和生态环境基础等紧密相关，而且，更重要的是与市场、政策、体制以及政治环境变化的应对能力等也联系密切，甚至起到决定作用。因此，可以围绕产业生态系统的易损性、敏感性、稳定性和弹性等特点设计其适应能力评价指标体系，选择适宜的评价模型，然后判定产业生态系统对环境变化的适应能力的高低。这一思路也是与当前全球环境变化科学有关适应性的研究相一致的。二是将系统作为"黑箱"处理，不去考虑其内部的组成，而是直接考虑系统的产出效果。例如，对矿业城市来说，特别是东北地区的矿业城市均形成于计划经济时期，然后过渡到市场经济时期，同时，高强度的资源开发也加速了资源的枯竭，从而促使矿业呈现衰退的趋势，这些均使得矿业城市产业生态系统不得不做出适应性调整，这种调整也不是个别产业、个别部门的调整，而是整个产业生态系统的转型、重组和再生。因此，在进行矿业城市产业生态系统适应能力评价时，不仅要考虑其产业生态系统经济产出的增加，更要考虑生态环境效益的提高，做到经济与生态的协调共赢、互促共生。也就是说，生态经济效率越高，系统的适应能力也就越强，反之，就越弱。可见，生态经济效率的提高不仅是矿业城市产业生态系统适应性调整的目标，也是衡量矿业城市产业生态系统适应能力的标准。

（二）评价方法

系统适应能力的评价方法是开展适应性研究必须探索的科学性问题。目前在全球环境变化科学领域，有关适应性的评价主要集中于适应性对策或方案评估，而对适应能力评价方法体系的研究尚处于探索阶段，结合矿业城市产业生态系统的特点，其适应能力评价方法主要应包括数理统计方法和产业生态学方法两种。

1. 数理统计分析方法

数理统计分析方法是用来揭示各种地理事物相关关系及空间—格局—过程的一种非常有效的分析工具。矿业城市产业生态系统是一个复合系统，其适应能力评价涉及众多随机变量，要理清各变量之间的关系，必须借助数理统计分析方法这一有效工具。主要是通过对矿业城市产业生态系统结构和功能特征的分析，从系统的易损性、敏感性、稳定性和弹性四个方面构建适应能力评价指标体系，进而借助一系列数理统计分析方法，如相关分析、回归分析和数值模拟等方法，对矿业城市产业生态系统的适应能力做出科学的、客观的分析与判断。

2. 产业生态学方法

产业生态系统是一类具有协同、循环和自生功能的复合型生态经济系统，不仅具有合理的经济效益、高效的物质利用效率，还具有和谐的生态功能。因此，产业生态系统具有对其内外环境变化的适应能力，即不断维持并提高产业生态系统综合效益的能力。通过产业生态学研究方法如物质代谢分析、能值分析和生态足迹等的综合运用，正确揭示产业系统与生态环境系统之间的作用关系，科学分析产业生态系统与外部环境（市场、政策和区域等）之间的互动机制，准确评判产业生态系统生态经济效率的真实水平，以便对产业生态系统的学习、调整及重组能力作出科学评价，有利于矿业城市的转型和可持续发展科学决策的形成。

第二节　基于适应性要素的矿业城市产业生态系统适应能力评价

适应性是系统与环境变化相协调的过程，是系统本身的一种属性。而适应能力是系统为适应变化了的环境而应具备的学习调整能力，它不仅与环境变化的速度、强度有关，更与系统自身的发展水平、结构和功能等特征直接相关，因此，可以通过对系统适应性影响要素的分析，构建系统适应能力评价指标体系，定量评价系统对环境变化的适应能力，揭示各因素对系统适应能力的贡献及适应能力的类型分异特征。

一、评价指标体系设计

指标是反映系统要素特征的抽象概括，也是刻画、描述系统属性的主要标度。构建科学、合理的综合性评价指标体系是对矿业城市产业生态系统适应能力做出客观、准确评价的基础和前提。为此，通过对评价指标体系构建原则的探讨，从易损性、敏感性、稳定性和弹性四个方面构建矿业城市产业生态系统适应能力评价指标体系。

（一）设计原则

影响产业生态系统适应能力的因素众多，造成在进行产业生态系统适应能力评价时，可供选择的指标有很多，当然，选择的指标越多，评价的结果也就越准确，但如果指标过多，反而难以体现关键性要素对产业生态系统适应能力的作用和贡献。因此，在进行矿业城市产业生态系统适应能力评价指标体系设计时必须分清影响系统适应能力的主要矛盾和次要矛盾，找出影响矿业城市产业生态系统适应能力的关键因子，用尽可能少的指标表达出矿业城市产业生态系统适应能力的本质特征，达到评价的目的和要求。

根据矿业城市产业生态系统适应性的内涵、特征以及东北矿业城市产业生态系统的发展实际和适应能力评价要求，参照有关研究成果（李昕，2007；张欲非，2007），本书认为东北矿业城市产业生态系统适应能力评价指标体系设计应遵循如下原则。

1. 系统性与代表性兼顾原则

矿业城市产业生态系统适应能力的强弱既受系统自身结构和功能要素

的影响又受内外环境的制约，这些要素相互联系相互制约形成一个复杂的体系。因此，适应能力评价指标体系的设计必须遵从系统性原则，既要从系统自身也要从系统与环境的关系等多个侧面考虑指标的选择。但这也并不是说要面面俱到，尽可能多地选择指标，而是要注意所选择指标的代表性，尽可能选择那些反映产业生态系统适应性关键过程的核心指标，以揭示产业生态系统适应能力的关键影响因素。可见，只有遵循系统性与代表性兼顾的原则，才能保证设计出的产业生态系统适应能力评价指标体系既符合适应性研究的共性又符合矿业城市产业生态系统的个性。

2. 实用性与科学性兼顾原则

遵循实用性原则，就是要求设计出的产业生态系统适应能力评价指标体系必须符合矿业城市产业生态系统的结构和功能特征，能客观地反映为适应内外发展环境变化，矿业城市产业生态系统所进行的调整、优化等实践工作，以便能够对矿业城市经济可持续发展实践起到指导作用。同时，也必须坚持科学性原则，使所设计出的评价指标体系能充分体现和反映矿业城市产业生态系统的发展特征和规律，这是保证评价结果真实、客观的前提。

3. 可操作性与可比性兼顾原则

矿业城市产业生态系统的适应性调整是各种因素共同作用的结果，其评价指标体系的构建在遵循系统性和科学性原则的前提下，也必须考虑到数据获取的可靠性以及量化的可行性，即评价指标体系所涉及的数据必须是通过统计、监测和调查等方法可以获取的。同时，还必须注意各指标之间的可比较性，所运用的计算方法和模型要科学规范，以便能够进行各指标之间、不同矿业城市的同一指标之间的比较分析，识别出关键性影响因素，为指导和推动产业生态系统发展、优化、升级提供科学依据，为此，评价指标体系中的每一项指标都应该是可测度、可比较和易获得的，这是评价工作顺利开展的重要保证。

（二）评价指标体系的基本框架

遵循上述原则，按照矿业城市产业生态系统结构及适应性概念模型所揭示的各子系统或要素之间的相互关系，设计出了东北矿业城市产业生态系统适应能力评价指标体系（表3-1）。该评价指标体系共分四个层次，其中第一层次为目标层，反映矿业城市产业生态系统适应能力的总体水平，由矿业城市产业生态系统适应能力综合指数1个指标组成。第二层次为分

表 3-1　东北矿业城市产业生态系统适应能力评价指标体系

一层	二层	三层	具体指标	单位	权重
产业生态系统适应能力综合指数	产业系统适应能力评价指数 (0.539 2)	易损性 (0.295 3)	X_1：原生产业增加值占 GDP 比重	%	0.021 9
			X_2：资源型加工业产值占制造业产值比重	%	0.024 3
			X_3：国有及国有控股工业产值占工业总产值比重	%	0.018 7
			X_4：亏损企业数比例	%	0.020 8
			X_5：外贸依存度	%	0.024 7
			X_6：产业系统结构熵		0.018 8
		敏感性 (0.169 6)	X_7：原生产业增长弹性系数		0.018 3
			X_8：外生产业增长弹性系数		0.015 2
			X_9：矿产品产量增长率	%	0.020 0
			X_{10}：规模以上工业企业资产利润率	%	0.016 8
			X_{11}：规模以上工业企业资产负债率	%	0.018 9
		稳定性 (0.275 7)	X_{12}：产业系统发育程度指数		0.023 3
			X_{13}：港澳台及外商企业工业产值占工业总产值比重	%	0.020 8
			X_{14}：非资源型产业产值占工业总产值比例	%	0.019 6
			X_{15}：共生产业系统产值比重	%	0.020 9
			X_{16}：物质利用效率	元/t	0.022 8
			X_{17}："三废"综合利用产值占 GDP 比重	%	0.019 0
		弹性 (0.259 4)	X_{18}：产业结构转换速率	%	0.018 4
			X_{19}：人均 GDP	元/人	0.019 3
			X_{20}：人均固定资产投资额	元/人	0.017 2
			X_{21}：人均地方财政收入	元/人	0.025 7
			X_{22}：科技\教育支出占 GDP 比重	%	0.020 8
			X_{23}：人均实际利用外资	美元/人	0.021 8
			X_{24}：个体私营从业人员占全部从业人员比例	%	0.022 2
	环境系统适应能力评价指数 (0.460 8)	易损性 (0.335 6)	X_{25}：优势矿产资源占资源利用的比例	%	0.020 6
			X_{26}：土地利用程度指数	%	0.024 6
			X_{27}：单位 GDP 资源消耗量	t/10^4 元	0.025 4
			X_{28}：工业废水排放密度	t/km^2	0.018 6
			X_{29}：工业 SO_2 排放密度	t/km^2	0.019 3
			X_{30}：化肥施用强度	kg/hm^2	0.024 5
			X_{31}：人均耕地面积	hm^2/人	0.022 5
			X_{32}：人均水资源量	m^3/人	0.0191
		敏感性 (0.166 6)	X_{33}：单位 GDP 资源消耗量变化率	%	0.0180
			X_{34}：废水排放密度变化率	%	0.019 3
			X_{35}：SO_2 排放密度变化率	%	0.019 5
			X_{36}：化肥施用强度变化率	%	0.020 4
			X_{37}：人均耕地面积变化率	%	0.018 0
		稳定性 (0.183 1)	X_{38}：万元 GDP 占地面积	hm^2/10^4 元	0.022 9
			X_{39}：可再生资源利用程度	%	0.017 9
			X_{40}：森林覆盖率	%	0.021 1
			X_{41}：建成区绿化覆盖率	%	0.019 4
			X_{42}：全年降水量	mm	0.020 7
			X_{43}：人均绿地面积	m^2/人	0.017 1
		弹性 (0.314 7)	X_{44}：环境治理投资占 GDP 的比重	%	0.020 4
			X_{45}：工业废水达标排放率	%	0.025 8
			X_{46}：工业 SO_2 去除率	%	0.021 5
			X_{47}：工业固体废物综合利用率	%	0.019 9
			X_{48}：市外支持力度		0.033 1

目标层，主要用来揭示矿业城市产业生态系统各子系统的适应能力水平。矿业城市产业生态系统主要由资源环境子系统、原生产业子系统、外生产业子系统和共生产业子系统四个产业子系统组成，考虑评价指标数据的可获得性，在进行矿业城市产业生态系统适应能力评价时，将原生、外生和共生三个子系统合并，称为产业系统，这样，第二层次中指标就仅包括产业系统和环境系统两个二级指标。第三层次为要素层，主要反映系统适应能力的影响因素，包括易损性、敏感性、稳定性和弹性四个因素指标。其中易损性也称脆弱性，是指系统内存在的风险因素，主要用来反映系统在内外环境变动作用下遭受损失的可能性或损失的程度（李鹤，2009），易损性程度越高，适应环境变化的能力也就越低。敏感性是指系统对内外环境变化反应的敏感程度，不同类型的区域系统因其自身结构组成及相互作用关系的不同，对同一环境变化的反应也是不同的。一般情况下，敏感性越大，系统的适应能力越弱。稳定性是指系统在内外环境变化时，保持原有状态的能力（邓华，2006；肖忠东，2002），是系统本身所固有的一种属性。一般而言，系统的稳定性取决于系统自身的状况（王广成和闫旭骞，2006），包括结构复杂程度、各组成要素或成分的相互作用关系等。不同类型区域系统对环境变化所表现出来的抵御能力是不同的，稳定性大的系统对环境变化的适应能力就强，反之则弱。弹性是指系统在承受变化压力的过程中吸收干扰、进行结构重组，以保持系统的基本结构、功能、关键识别特征以及反馈机制不发生根本性变化的一种能力（Walker et al.，2004）。这一概念强调了系统在承受环境变化时所表现出的学习能力、转换能力和创新能力，即吸收干扰和重组的能力（Folke，2006），是系统适应能力的主要表征，因此，弹性越强的系统，适应能力也就越高。第四层次为基础指标层，主要由48个具体指标组成，这些指标数据大部分是可以通过统计年鉴和实地调研获得的，部分指标数据需要经过简单计算获取。

（三）指标解释

1. 产业系统适应能力具体评价指标

1）易损性指标

矿业城市产业系统的易损性主要来自对某一种矿产资源的高度依赖性、产业系统结构的畸形、所有制结构单一以及对外开放程度低下等方面。因此，在评价指标选择时，主要选取原生产业增加值占 GDP 比重（X_1）和资源型加工业产值占制造业产值比重（X_2）两个指标反映产业系统对某种优势资源的依赖性，此处资源型加工业包括石油加工及炼焦、化学原料及化学制品业、非金属矿物制品业、黑色金属冶炼及压延加工业、有色金属冶炼及压延加工业、电力等；选取国有及国有控股工业产值占工业总产值比重（X_3）反映产业运行的所有制结构；选择亏损企业数比例（X_4）反映产业系统当前的运行状态；选取外贸依存度（X_5）反映产业系统的对外开放程度；选取产业系统结构熵（刘刚和沈镭，2007）（X_6）反映产业系统的整体发育程度。

其中

$$外贸依存度 = \frac{进出口总额}{GDP} \times 100\% \tag{3.1}$$

$$X_6 = -\sum_{i=1}^{n} P_i \cdot \ln P_i \tag{3.2}$$

式（3.2）中，X_6 为产业系统结构熵；P_i 为第 i 种产业的比重；n 为第 n 种产业。

2）敏感性指标

矿业城市产业系统敏感性主要是指其产业系统对市场、政策等宏观发展环境变化做出反应的敏感程度，选取的主要指标有原生产业增长弹性系数（X_7）、外生产业增长弹性系数（X_8）、矿产品产量增长率（X_9）、规模以上工业企业资产利润率（X_{10}）和规模以上工业企业资产负债率（X_{11}）等。其中原生产业增长弹性系数用采掘业产值增长率与 GDP 增长率的比值来表示，反映采掘业发展与经济增长的相对变化，弹性系数越大，说明采掘业增长超过经济增长速度，对经济发展起带动作用，反之，就会抑制经济发展。外生产业增长弹性系数反映以资源产品为原料的产业的发展状况，系数越大，外生产业的带动作用越大，一般用外生产业产值增长率与 GDP 增长率比值表示；矿产品产量增长率反映矿产资源的开发规模变化；规模以上工业企业资产利润率反映工业企业的经营管理情况，间接反映了工业企业的市场适应能力和竞争能力，以利润总额与资产总额的比值表示；规模以上工业企业资产负债率反映工业企业的发展风险，以工业企业负债总额与资产总额比值表示。

3）稳定性指标

矿业城市产业系统的稳定性是指在内外发展环境变化的情况下，系统维持原有状态的能力，主要取决于系统自身状况，系统结构越复杂，稳定性越强。据此，选取产业系统发育程度指数（X_{12}）、港澳台及外商企业工业产值占工业总产值比重（X_{13}）、非资源型产业产值占工业总产值比例（X_{14}）、共生产业系统产值比重（X_{15}）、物质利用效率（X_{16}）和"三废"综合利用产值占 GDP 比重（X_{17}）6 个指标来衡量矿业城市产业系统的稳定性。其中，产业系统发育程度指数反映产业系统的整体发育状况，具体计算方法见第三章第四节；港澳台及外商企业工业产值占工业总产值比重反映产业系统开放性及参与经济全球化的程度；非资源型产业产值占工业总产值的比例反映产业系统的多元化调整状况；共生产业系统产值比重不仅反映产业系统的维护和修复能力，也反映产业系统的升级演化趋势和发达程度；物质利用效率和"三废"综合利用产值占 GDP 比重两个指标反映产业系统的物质代谢、清洁生产能力，代表产业系统的生态化趋向。其中物质利用效率是 GDP 与直接物质投入量的比值，直接物质投入量采用物质流分析方法求得（Qiu et al.，2009）。

4）弹性指标

矿业城市产业系统的弹性是产业系统在环境变化胁迫下的吸收干扰和重组能力，反映了产业系统的转型能力、学习能力。选取的主要指标有产业结构转换速率（X_{18}）、人均 GDP（X_{19}）、人均固定资产投资额（X_{20}）、人均地方财政收入（X_{21}）、科技＼教育支出占 GDP 比重（X_{22}）、人均实际利用外资（X_{23}）和个体私营从业人员占全部从业人员比例（X_{24}）7 项。其中，产业结构转换速率反映了产业系统对环境变化的调整能力，计算公式（王春枝，2005）

$$X_{18} = \sqrt{\sum \frac{(A_i - A_j)^2 K_i}{A_j}} \qquad (3.3)$$

式中，X_{18} 为产业结构转换速率系数；A_i 和 A_j 为 i 产业和 GDP 年均增长速度；K_i 为 i 产业占 GDP 的比重。

选取人均 GDP 反映产业系统发展的经济基础支撑；选取人均固定资产投资额和人均地方财政收入两项指标反映产业系统应对外部变化的投资劳动和资金支撑能力；选取科技＼教育支出占 GDP 比重反映产业系统应对发展环境变化的科技支撑和智力支撑能力；选取人均实际利用外资反映产业系统应对发展环境变化的外部支持能力；选取个体私营从业人员占全部从业人员比例反映产业系统应对发展环境变化的活力。

2. 生态环境系统适应能力具体评价指标

1）易损性指标

矿业城市生态环境系统的易损性是指内外发展环境变化所导致的生

态环境产生风险的可能程度。造成矿业城市生态环境系统产生风险的主要因素有自然本底匹配结构不和谐、矿产资源的大规模开发、土地的不合理利用以及工农业生产过程产生的废弃物等，本研究中主要选取优势矿产资源占资源利用的比例（X_{25}）、土地利用程度指数（X_{26}）、单位GDP资源消耗量（X_{27}）、工业废水排放密度（X_{28}）、工业SO_2排放密度（X_{29}）、化肥施用强度（X_{30}）、人均耕地面积（X_{31}）和人均水资源量（X_{32}）8项指标反映矿业城市生态环境系统的易损性。其中人均耕地面积、人均水资源量两项指标反映了生态环境系统的本底状况，如水资源越丰富，生态环境自净能力就越强；优势矿产资源占资源利用总量的比例、土地利用程度指数、单位GDP资源消耗量三项指标反映了自然资源的开发程度、结构，开发程度越高、结构越单一，造成生态破坏风险的可能性也就越大。这里优势矿产资源占资源利用总量的比例为优势矿产资源产量与直接物质投入量的比值，单位GDP资源消耗量为直接物质投入量与GDP总量的比值。土地利用程度指数主要用来反映土地的非农业开发程度，因此，用建设用地面积与土地面积之比来表示；工业废水排放密度、工业SO_2排放密度、化肥施用强度三项指标反映了工农业生产过程对生态环境造成风险的可能性，也是当前矿业城市生态环境易损性最主要的表征方式。

2）敏感性指标

矿业城市生态环境系统的敏感性系指生态环境系统因内外干扰的变化所产生的反应能力或反应的敏感程度。主要用资源年消耗量或环境污染物年排放密度的变化率来反映生态环境系统对干扰的敏感性程度，选取的主要指标有单位GDP资源消耗量变化率（X_{33}）、废水排放密度变化率（X_{34}）、SO_2排放密度变化率（X_{35}）、化肥施用强度变化率（X_{36}）和人均耕地面积变化率（X_{37}）五项。

3）稳定性指标

矿业城市生态环境系统的稳定性是指生态环境系统在受到干扰时，保持原有状态的能力，是生态环境系统所固有的一种自我调节能力。一般而言，资源开发程度越低、植被覆盖率越高，资源开发多元化程度越高，生态环境系统的稳定性也就越强。依此，主要选取万元GDP占地面积（X_{38}）、可再生资源利用程度（X_{39}）、森林覆盖率（X_{40}）、建成区绿化覆盖率（X_{41}）、全年降水量（X_{42}）、人均绿地面积（X_{43}）6项指标来表征系统的稳定性。

4）弹性指标

矿业城市生态环境系统的弹性是指在内外干扰因素胁迫下，生态环境系统的学习、重组能力，反映了生态环境系统的可持续发展能力。主要选取环境治理投资占 GDP 的比重（X_{44}）、工业废水达标排放率（X_{45}）、工业 SO_2 去除率（X_{46}）、工业固体废物综合利用率（X_{47}）、市外支持力度（X_{48}）五项指标来反映生态环境系统的弹性。其中，环境治理投资占 GDP 的比重（X_{44}）反映环境重塑的经济支撑能力；工业废水达标排放率（X_{45}）、工业 SO_2 去除率（X_{46}）、工业固体废物综合利用率（X_{47}）三项指标反映环境污染治理能力和废物综合利用能力；市外支持力度（X_{48}）则反映了国家、省等有关职能部门对研究区域生态环境整治在资金、技术和政策等方面的支持力度。主要采用李鹤（2009）提出的赋值方法对市外支持力度进行赋值，即依据各矿业城市受国家和所在省份的重视程度对各矿业城市接受的市外援助力度进行定性打分，对国家级试点城市、省级重点城市、一般城市分别赋予 3、2、1 的分值，以近似反映各矿业城市所接受的市外援助力度（表 3-2）。

表 3-2   东北矿业城市接受域外援助力度的定性打分表

城市	级别	市外援助力度	城市	级别	市外援助力度
鞍山	一般类矿业城市	1	白山	国家级转型试点、循环经济试点城市	3
抚顺	省级优化经济增长试点	2	松原	一般类矿业城市	1
本溪	一般类矿业城市	1	鸡西	一般类矿业城市	1
阜新	国家级转型试点	3	鹤岗	一般类矿业城市	1
盘锦	国家级转型试点	3	双鸭山	"两个机制"试行城市	3
葫芦岛	辽宁沿海经济带中心城市	3	大庆	国家级转型试点	3
辽源	国家级转型试点	3	七台河	国家级循环经济试点城市	3

资料来源：李鹤，2009

二、评价方法及模型构建

（一）数据标准化

在指标体系确定之后，对各指标数据进行标准化处理便成为开展定量评价研究的重要内容。由于各指标数据量纲不同、属性不同、大小不一，给计算结果带来很多"噪声"，为消除量纲及数据大小的不良影响，需要对各指标数据进行"消音"处理，即标准化处理。目前，常用的数据标准化方法有极差标准化、标准差标准化和模糊隶属度等方法。由于本研究是同一年度不同评价对象之间的比较，因此，选用线性数据标准化方法，同时考虑到指标的效益不同，有些是越大越好型指标，有些是越小越好型指标，从而确定模糊隶属度方法适宜于本研究数据标准化处理。模糊隶属度方法计算公式如下。

$$X'_{ij} = \frac{X_{ij} - X_{j\min}}{X_{j\max} - X_{j\min}} \tag{3.4}$$

$$X'_{ij} = \frac{X_{j\max} - X_{ij}}{X_{j\max} - X_{j\min}} \tag{3.5}$$

当评价指标为正指标，即越大越好型指标时，采用式（3.4）进行数据标准化；当评价指标为逆指标，即越小越好型指标时，采用式（3.5）进行数据标准化。式（3.4）和式（3.5）中，X_{ij} 为指标的观测值；$X_{j\max}$、$X_{j\min}$ 分别为同一指标的最大值和最小值；i 为样本数；j 为指标数（王春枝，2005）。

（二）权重确定

科学地、客观地确定各指标的权重是开展系统适应能力评价的关键步骤，直接影响到评价结果的准确性。综合有关研究成果，通过采用的指标权重确定方法有两种，即主观性权重确定方法和客观性权重确定方法。其中主观性权重确定方法有 AHP 法、Delphi 法等，该类方法比较成熟，应用比较广泛，但难以避免主观性因素影响，客观性较差；客观性权重确定方法有均方差、离差、信息熵和主成分分析等方法，该类方法利用数据本身的离散程度赋权，避免了主观性因素带来的偏差，客观性较强，且计算方便，因而具有较为广泛的应用价值。基于此，本研究拟采用均方差赋权方法来分别确定矿业城市产业生态系统适应能力评价指标体系各层次具体指标的权重。具体计算步骤如下。

1. 基础指标权重的确定

均方差赋权方法以各具体指标为随机变量，各指标的标准化值为随机变量的取值。其基本思路是：首先求出这些随机变量的均方差，然后将这些均方差进行归一化处理，其结果即为各指标的权重系数。主要计算步骤（王明涛，1999）如下。

（1）计算随机变量的均值 AV（x_j）：

$$AV(X_j) = \frac{1}{n}\sum_{i=1}^{n} X_{ij} \tag{3.6}$$

（2）计算均方差 σ_j：

$$\sigma(X_j) = \sqrt{\sum_{i=1}^{n} (X_{ij} - AV(X_j))} \tag{3.7}$$

（3）计算 X_j 指标权重 W_j：

$$W_j = \frac{\sigma_j}{\sum_{j=1}^{m} \sigma_j} \tag{3.8}$$

2. 要素层指标权重的确定

在矿业城市产业生态系统适应能力评价中，不仅具体指标权重对评价结果的正确与否起着重要作用，而且第二层次（B_k）和第三层次（C_r）指标的权重也起着较为重要的作用。为提高评价结果的客观性，本研究拟采用客观赋权方法进行较高层次指标权重的计算。主要计算步骤（戴全厚等，2005）如下。

1）计算第二、三层次指标的属性值

较高层次指标属性值的确定是成功采用客观赋权方法的前提和关键，为此，首先采用线性加权求和方法来计算第二、三层次指标的属性值。计算公式为

$$C_r = \sum X_{ij} W_j \tag{3.9}$$

$$B_k = \sum C_r W_r \tag{3.10}$$

式中，C_r 为第三层次指标属性值；B_k 为第二层次指标属性值；W_j 为具体指标权重；W_k 为第三层次指标权重；其他变量含义同上。

2）计算第二、三层次指标权重

分别以第二、三层次指标属性值为随机变量，采用均方差赋权方法（计算步骤与具体指标权重计算方法相同），分别计算出第二、三层次指标的权重值 W_k 和 W_r。

（三）评价模型

矿业城市产业生态系统适应能力评价指数反映了矿业城市产业生态系统的调整能力、重组能力以及适应性发展能力，是矿业城市可持续发展能力的具体体现。在运用均方差赋权方法计算各指标权重的基础上，进一步构建了矿业城市产业生态系统适应能力评价指数的计算模型，首先计算出子系统的适应能力评价指数，即矿业城市产业系统适应能力评价指数和生

态环境系统适应能力评价指数，然后再运用加权求和计算出矿业城市产业生态系统适应能力综合指数。

1. 计算子系统适应能力指数

按照矿业城市产业生态系统适应能力评价指标体系结构层次特征，采用递阶多层次综合评价方法对子系统适应能力评价指数（AC_k）即第二层次评价指数进行计算，计算公式为（戴全厚等，2005；李永富和李葆文，1992）

$$AC_k = \prod \left[\sum (X_{ij} W_j) \right]^{W_r} \qquad (3.11)$$

式中，AC_k 为子系统适应能力指数，k 为产业系统、环境系统；X_{ij} 为各具体指标的标准化值；W_j 为各具体指标的权重值；W_r 为第三层次指标的权重值。

2. 计算系统适应能力综合指数

矿业城市产业生态系统由产业系统和生态环境系统两个子系统复合而成，二者相互作用、相互制约而表征出产业生态系统的整体特征，因此，矿业城市产业生态系统的适应能力也是产业系统与生态环境系统两个子系统适应能力的耦合效应和"集体体现"，但由于各子系统对系统整体适应能力的贡献不同，故采用加权求和方法计算矿业城市产业生态系统适应能力综合指数，公式为

$$AC = \sum_{k=1}^{2} (AC_k W_k) \qquad (3.12)$$

式中，AC 为矿业城市产业生态系统适应能力综合指数；W_k 为第二层次（子系统）指标权重；其他指标含义同上。

（四）数据来源

本研究计算所涉及的经济、社会、生态和环境等有关数据主要来源于 2001 年和 2007 年的《中国城市统计年鉴》、《辽宁统计年鉴》、《吉林统计年鉴》、《黑龙江统计年鉴》以及鞍山、抚顺、本溪、阜新、盘锦、葫芦岛、辽源、白山、松原、鸡西、鹤岗、双鸭山、大庆、七台河 14 个矿业城市的统计年鉴。此外，还有部分数据通过实地调研获得。

（五）计算结果

采用上述评价指标体系和评价模型，计算出了东北地区 14 座矿业城市（地级）产业生态系统各子系统及系统整体适应能力评价指数，结果如表3-3 所示。

表 3-3　东北矿业城市产业生态系统适应能力评价指数

	适应能力得分	产业系统					生态环境系统				
		易损性	敏感性	稳定性	弹性	小计	易损性	敏感性	稳定性	弹性	小计
鞍山	0.057 2	0.078 8	0.042 0	0.064 3	0.071 8	0.065 4	0.045 2	0.055 7	0.066 8	0.038 1	0.047 6
抚顺	0.072 2	0.081 7	0.056 7	0.074 7	0.067 8	0.071 4	0.080 5	0.058 1	0.079 1	0.071 2	0.073 1
本溪	0.056 0	0.069 8	0.041 2	0.029 2	0.079 7	0.052 0	0.061 9	0.071 1	0.078 5	0.047 3	0.060 8
阜新	0.065 8	0.090 0	0.044 2	0.061 0	0.071 0	0.067 4	0.069 8	0.070 5	0.039 5	0.072 9	0.063 9
盘锦	0.056 2	0.050 6	0.058 2	0.024 4	0.058 1	0.044 0	0.063 1	0.058 6	0.052 5	0.103 7	0.070 5
葫芦岛	0.066 5	0.079 8	0.045 0	0.071 6	0.029 9	0.054 6	0.095 8	0.056 2	0.066 2	0.090 1	0.080 4
辽源	0.058 8	0.092 1	0.024 0	0.056 2	0.061 2	0.057 9	0.080 1	0.051 0	0.045 0	0.055 4	0.059 7
白山	0.059 4	0.091 4	0.040 0	0.042 0	0.047 9	0.054 2	0.108 1	0.066 4	0.043 0	0.043 6	0.065 4
松原	0.053 3	0.072 7	0.052 4	0.024 5	0.046 3	0.045 4	0.125 1	0.049 5	0.058 3	0.035 4	0.062 6
鸡西	0.051 5	0.078 5	0.035 0	0.045 8	0.037 5	0.048 7	0.119 7	0.081 1	0.040 4	0.023 2	0.054 8
鹤岗	0.044 7	0.075 2	0.042 5	0.023 7	0.030 2	0.039 2	0.111 7	0.047 3	0.043 6	0.025 5	0.051 2
双鸭山	0.055 3	0.088 9	0.050 0	0.025 2	0.028 9	0.042 6	0.128 5	0.045 5	0.035 0	0.069 7	0.070 3
大庆	0.054 1	0.016 3	0.076 2	0.022 3	0.073 4	0.034 1	0.105 4	0.048 2	0.061 4	0.081 4	0.077 4
七台河	0.044 8	0.044 8	0.052 2	0.021 8	0.029 5	0.033 8	0.089 2	0.030 0	0.047 7	0.057 4	0.057 8

三、矿业城市产业生态系统适应能力特征分析

（一）总体特征

根据东北矿业城市产业生态系统适应能力综合指数数值的分布特征，按照等距离间隔分级方法将东北矿业城市产业生态系统适应能力分为高、中、低 3 个等级（表 3-4、图 3-2）。表 3-4 显示，适应能力高的矿业城市有 3 座，占 21.4%，且全部分布在辽宁省，其中，1 座属于特大城市且处于老年发展阶段，2 座属于大城市且处于中年期发展阶段。适应能力中等的矿业城市有 7 座，占 50.0%，且全部处于中年期发展阶段，其中，辽宁省有 3 座，吉林和黑龙江各 2 座；特大城市 1 座，大城市和中等城市各 3 座。适应能力低的矿业城市有 4 座，占 28.6%，其中，1 座分布在吉林省，2 座分布在黑龙江省；2 座属于中等城市且处于幼年期发展阶段，2 座属于大城市且处于老年期发展阶段。从资源类型看，适应能力高

的矿业城市中，有煤炭城市2座，占66.7%，冶金城市1座，占33.3%；适应能力中等的矿业城市中有煤炭城市1座，石油城市2座，冶金城市2座，综合城市2座；适应能力低的矿业城市中有煤炭城市3座，占75.0%、石油城市1座，占25.0%。

表3-4　东北矿业城市产业生态系统适应能力等级划分表

城市	适应能力等级	省份	城市规模	发展阶段	资源类型	城市	适应能力等级	省份	城市规模	发展阶段	资源类型
鞍山	中	辽宁	特大	中年	冶金	白山	中	吉林	中等	中年	综合
抚顺	高	辽宁	特大	老年	煤炭	松原	低	吉林	中等	幼年	石油
本溪	中	辽宁	大	中年	冶金	鸡西	低	黑龙江	大	老年	煤炭
阜新	高	辽宁	大	老年	煤炭	鹤岗	低	黑龙江	大	老年	煤炭
盘锦	中	辽宁	大	中年	石油	双鸭山	中	黑龙江	中等	中年	煤炭
葫芦岛	高	辽宁	大	中年	冶金	大庆	中	黑龙江	大	中年	石油
辽源	中	吉林	中等	中年	综合	七台河	低	黑龙江	中等	幼年	煤炭

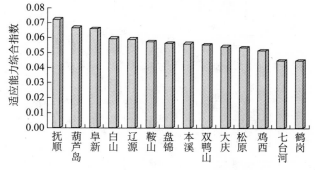

图3-2　东北矿业城市产业生态系统适应能力分级图

（二）东北矿业城市产业生态系统适应能力呈现由沿海向内陆逐渐递减趋势

从整个东北地区看，辽宁、吉林、黑龙江3省的矿业城市产业生态系统适应能力存在较大的空间差异（图3-3）。从适应能力综合指数看，辽宁省矿业城市产业生态系统适应能力综合指数平均值为0.062，而吉林、黑龙江2省则分别为0.057和0.050，总体上，呈现辽宁＞吉林＞黑龙江的特征。从适应能力等级看，辽宁省矿业城市均处于高、中等级，而吉林、黑龙江2省的矿业城市均处于中、低等级，特别是黑龙江省有60%的矿业城市处于低等级。造成这一状况的主要原因是辽宁、吉林、黑龙江 3 省矿业城市产业系统和环境系统两个子系统适应能力的差异所致。从产业系统看,辽宁、吉林、黑龙江 3 省矿业城市适应能力指数的平均值分别为 0.059、0.052 和 0.040,从环境系统看,三者的平均值分别为 0.066、0.063、0.062,可见,无论从产业系统还是从环境系统看,东北矿业城市适应能力均呈现由辽宁到吉林再到黑龙江的依次递减趋势(图 3-4),也表明辽宁省矿业城市依靠临海的区位优势,获得了比吉林、黑龙江 2 省矿业城市更多的发展机遇,从而呈现出较高的发展适应能力,使整个东北地区矿业城市产业生态系统适应能力显示出明显的由沿海到内陆的递减态势。

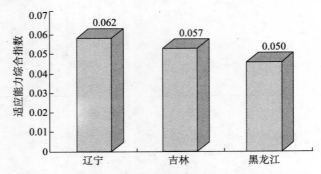

图 3-3   东北矿业城市产业生态系统适应能力空间差异

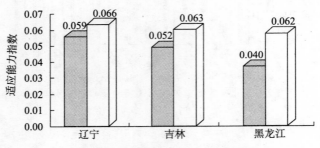

图 3-4   辽宁、吉林、黑龙江 3 省矿业城市产业生态系统子系统适应能力平均值比较

从城市尺度看,辽宁省多数矿业城市产业和生态环境两子系统的适应能力较强(图 3-5),导致该省矿业城市产业生态系统整体适应能力高于吉林、黑龙江 2 省。下面分别从产业子系统和生态环境子系统两个方面进行深入分析。

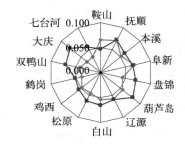

—●—产业子系统适应能力 —■—环境子系统适应能力

图 3-5 东北矿业城市产业生态系统子系统适应能力比较

首先，从产业子系统适应能力看，辽宁省各矿业城市产业子系统适应能力普遍偏高。从图 3-5 可以看出，辽宁省矿业城市除盘锦外，鞍山、抚顺、本溪、阜新、葫芦岛 5 市的产业子系统适应能力指数均超过东北地区平均水平，主要是因为辽宁省矿业城市产业子系统弹性和稳定性高于吉林、黑龙江 2 省，而易损性和敏感性分别低于吉林、黑龙江（图 3-6）。

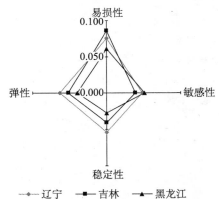

—●—辽宁 —■—吉林 —▲—黑龙江

图 3-6 辽宁、吉林、黑龙江 3 省矿业城市产业子系统适应能力要素比较

第一，辽宁省矿业城市产业子系统稳定性明显增强，表现为产业子系统开放性、多元化和高级化得到提升。由于辽宁省矿业城市形成较早，发展历史相对较长，且均已进入中、老年期发展阶段，虽然受计划体制影响比较深，但由于矿业城市产业结构性问题出现比较早，有关产业结构调整、转型的战略、政策实施比较早，产业结构多元化程度相对较高，主要表现为：港澳台及外商企业工业产值占工业总产值的比重平均为 5.92%，高于黑龙江（3.88%），但低于吉林省（6.12%）。非资源型产业发展相对较好，非资源产业产值占工业总产值比重的平均值为 18.83%，低于吉林

（24.7%），但高于黑龙江（16.59%），其中辽源最高达 59.09%，其次为阜新达到 44.4%（表 3-5），主要是因为辽源和阜新 2 市可开发矿产资源均趋于枯竭，且矿竭城衰的现象出现比较早，经济转型起步早。2003 年辽源市被吉林省政府列为资源枯竭型城市发展接续产业试点城市，2005 年又被国务院列为资源型城市转型试点城市，以发展附加值高、科技含量高的强势高端产业、新材料产业为突破口，大力促进产业结构调整、重组。阜新市 2001 年即被列为国务院资源型城市经济转型试点城市，并立足当地比较优势，以绿色农产品精深加工业为主攻方向，在上级财政、政策等的强力扶持下，快速推进非矿产业发展。共生产业子系统（第三产业和建筑业）是矿业城市产业子系统转型中吸收劳动力就业最主要的部门，同时也在矿业城市产业子系统发育演化过程中起着维护、服务功能，反映了城市的发展水平和发达程度，因此，各矿业城市均非常重视共生产业特别是第三产业的发展，如旅游、信息服务、物流和房地产等，新兴第三产业发展较快。2006 年辽宁省矿业城市共生产业子系统产值占 GDP 的比重平均为39.27%，高于吉林（36.73%）、黑龙江（34.01%），其中阜新最高达到47.18%，同时，辽宁矿业城市产业子系统的技术创新能力也有较大提高，表现为物质资源利用效率、"三废"综合利用产值占 GDP 比重均高于吉林、黑龙江，特别是抚顺市物质资源利用效率和"三废"综合利用产值占GDP 比重都是最高的，分别达到 3840 元/t 和 2.39%，分别是最低值的6.25 倍（七台河）和 79.67 倍（本溪）（表 3-5）。正是由于非矿产业、共生产业、外资产业以及产业技术创新能力的增强，辽宁省矿业城市产业子系统表现出比吉林、黑龙江 2 省矿业城市产业子系统更强的稳定性。

表 3-5　东北矿业城市产业子系统稳定性主要指标（2006 年）

	产业子系统发育程度指数	港澳台及外商企业工业产值占工业总产值比重/%	非资源型产业产值占工业总产值比例/%	共生产业系统产值比重/%	物质利用效率/（元/t）	"三废"综合利用产值占GDP 比重/%
鞍山	93.76	5.29	19.28	43.77	2 049.55	0.35
抚顺	14.85	6.58	16.94	43.3	3 840.45	2.39
本溪	24.02	2.15	7.58	38.15	1 464.25	0.03
阜新	7.32	17.96	44.4	47.18	635.89	0.49
盘锦	1.88	1.62	10.21	21.21	2 901.87	0.08
葫芦岛	98.2	1.89	14.56	42.02	2 884	1.23
辽源	13.33	5.93	59.09	46.17	1 471.18	0.1
白山	—	8.08	—	40.56	1 298.46	0.21
松原	2.33	4.31	13.14	23.47	2 124.97	0.07
鸡西	9.71	15	19.5	41.7	1 116.79	0.14

续表

	产业子系统发育程度指数	港澳台及外商企业工业产值占工业总产值比重/%	非资源型产业产值占工业总产值比例/%	共生产业系统产值比重/%	物质利用效率/(元/t)	"三废"综合利用产值占GDP比重/%
鹤岗	4.41	1.32	20	37.46	625.79	0.25
双鸭山	8.09	0	24.49	37.71	867.04	0.07
大庆	1.47	1.27	10.55	13.42	3 146.06	0.25
七台河	4.05	1.8	8.39	39.75	614.74	0.34

资料来源：中国城市统计年鉴2007，辽宁统计年鉴2007，吉林统计年鉴2007，黑龙江统计年鉴2007

第二，辽宁省矿业城市产业子系统的弹性较强，与吉林、黑龙江相比，表现出较强的创新能力、学习能力。图3-6、图3-7显示，辽宁、吉林、黑龙江3省矿业城市产业子系统的弹性指数平均值分别为0.063、0.052和0.040，呈现辽宁＞吉林＞黑龙江的递变特征。主要是辽宁省各矿业城市除葫芦岛外，鞍山、抚顺、本溪、阜新和盘锦5市的弹性指数均在东北矿业城市平均水平（0.052）以上，而吉林、黑龙江2省矿业城市除辽源、大庆外均在平均值以下，表明辽宁省大多数矿业城市产业子系统的自我调整能力高于东北的平均水平。对反映产业子系统弹性的指标进一步分析表明，辽宁省矿业城市产业子系统的经济基础支撑能力比较雄厚，投资拉动能力强，财政支持力度大（图3-8），表现为辽宁省矿业城市人均GDP、人均固定资产投资额、人均地方财政收入平均值分别为吉林省的1.52倍、1.68倍和2.23倍，黑龙江省的1.06倍、2.64倍和1.49倍。特别是近年来，在振兴东北老工业基地及资源型城市经济转型政策的支持下，辽宁省对矿业城市产业调整的投资力度持续加大，阜新市作为国家级资源型城市转型试点城市更是投资的热点，2006年其人均固定资产投资额达52365元/人，是最低投资城市的20.82倍（鸡西，2516元/人）（表3-6）。这是推动辽宁矿业城市产业子系统适应能力提升的动力基础和前提。辽宁省矿业城市产业子系统弹性力的增强还表现为产业子系统开放度的扩大及所有制结构的优化（图3-9），2006年辽宁省矿业城市人均实际利用外资平均值为20.67×10^4美元/人，分别高于吉林省、黑龙江省；个体私营企业从业人员占总从业人员的比重平均值为44.24%，而吉林、黑龙江分别为36.83%和26.77%。上述分析表明，矿业城市产业子系统弹性力的强弱是经济水平、投资力度、开放性、以及技术智力等因素综合作用的结果，辽宁省矿业城市产业子系统正是得益于这些因素的协同作用，使其表现出比吉林、黑龙江2省矿业城市更强的弹性。

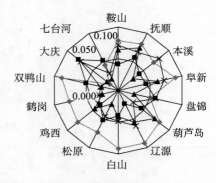

—◆— 易损性　—■— 敏感性　—▲— 稳定性　—✕— 弹性

图 3-7　东北矿业城市产业子系统适应能力要素比较

表 3-6　东北矿业城市产业子系统弹性主要指标

	产业结构转换速率	人均 GDP /（元/人）	人均固定资产投资额 /（元/人）	人均地方财政收入 /（元/人）	科技\教育支出占 GDP 比重 /%	人均实际利用外资 /（10⁴ 美元/人）	个体私营从业人员占全部从业人员比例/%
鞍山	0.057	32 644	10 845	1 610	0.89	38.78	41.74
抚顺	0.064	20 426	8 968	1 231	1.62	23.58	60.42
本溪	0.082	25 619	9 645	1 714	1.95	32.24	45.26
阜新	0.101	8 227	52 365	465	2.68	9.56	61.3
盘锦	0.06	39 316	15 833	2 042	0.93	16.15	15.52
葫芦岛	0.027	12 672	4 458	651	1.64	3.7	41.17
辽源	0.191	13 918	11 051	515	2.24	9.88	52.25
白山	0.075	14 746	10 057	601	2.39	18.5	34.37
松原	0.129	17 049	9 333	614	1.61	24.65	23.85
鸡西	0.125	12 360	2 516	505	2.15	6.05	31.01
鹤岗	0.05	11 863	3 962	644	2.73	1.88	21.78
双鸭山	0.039	11 275	5 568	434	3.18	0	22.41
大庆	0.094	60 493	14 396	1 923	0.63	16.45	33.42
七台河	0.014	12 870	5 750	805	2.54	0.72	25.23

资料来源：国家统计局城市社会经济调查司，2008

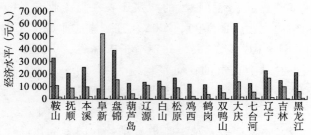

■ 人均GDP　　■ 人均固定资产投资额　　■ 人均地方财政收入

图 3-8　东北矿业城市产业子系统经济基础支撑能力比较

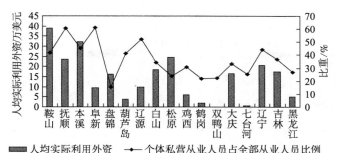

图 3-9　东北矿业城市产业子系统开放性及所有制结构比较

　　第三，易损性和敏感性是抑制矿业城市产业子系统适应能力提升的主要制约因素。东北矿业城市产业子系统易损性和敏感性的空间分异还比较显著。从图 3-6 可知，辽宁、吉林和黑龙江 3 省矿业城市产业子系统的易损性指数平均值分别为 0.075、0.086 和 0.061，敏感性指数平均值分别为 0.048、0.039 和 0.051，表明东北矿业城市产业子系统易损性呈现吉林 > 辽宁 > 黑龙江的空间递变趋势，而敏感性则呈现黑龙江 > 辽宁 > 吉林的空间变化特征，其中，辽宁省矿业城市产业子系统的易损性和敏感性始终处于中等地位。东北矿业城市产业子系统的易损性主要表现为对矿产资源的高度依赖性，国有经济比重过高，企业亏损面大以及开放程度低等方面。图 3-10 显示，辽宁、吉林和黑龙江 3 省原生产业（采掘业）增加值占 GDP 比重平均值分别为 21.97%、20.62% 和 28.31%，尤以大庆市为最，高达 68% 以上。同时在制造业中，资源型加工业的比重辽宁为 75.88%、吉林为 42.34%、黑龙江为 58.38%，其中鞍山（80.19%）、抚顺（81.73%）、本溪（91.92%）、葫芦岛（85.03%）和大庆（87.71%）5 市均在 80% 以上，可见，以采掘业和资源型加工业为主的矿业是矿业城市经济的主体，支配着矿业城市的经济发展，而这种单一的产业结构也是造成矿业城市产业子系统易损性的主要原因。从所有制结构看，辽宁、吉林和黑龙江 3 省国有工业产值占工业总产值比重平均值分别为 22.91%、21.54% 和 55.79%，特别是大庆市这一比重达到 92.54%，国有经济比重过高，一定程度上限制了矿业城市经济发展的灵活性，对市场的适应能力比较差，使得矿业城市产业发展缺乏活力。图 3-11 显示了东北矿业城市产业子系统的企业亏损面和外贸依存度，其中辽宁、吉林、黑龙江 3 省矿业城市的工业企业亏损面平均值分别为 23.25%、13.19% 和 28.26%，外贸依存度平均值分别为 13.82%、3.33% 和 4.47%，不仅低于辽宁（40.87%）、吉林（14.46%）、黑龙江（16.16%）和东北地区平均水平（27.37%），更低于全国的平均水平 65.69%，表明东北三省矿业城市的对外开放程度差异是与其所属省份相一致的。东北矿业城市产业子系统较低的开放程度使之具有很大的封闭性，参与区域经济一体化、经济全球化程度比较低，从而使其通过区域之间经济循环获取经济资源要素的能力低下，因此，对经济环境变化的适应能力也就难以提升。

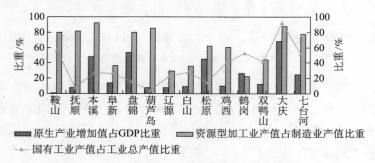

图 3-10　东北矿业城市产业子系统结构易损性比较

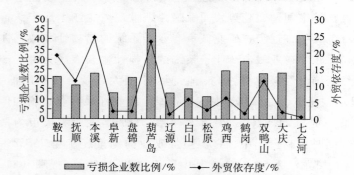

图 3-11　东北矿业城市企业亏损面与外贸依存度比较

　　东北矿业城市产业子系统的敏感性主要表现为资源型产业的增长弹性系数和工业企业的经营风险。从资源型产业的增长弹性系数看（图 3-12），辽宁、吉林和黑龙江 3 省矿业城市原生产业的增长弹性系数平均值分别为3.64、12.31 和 0.77，说明辽宁、吉林 2 省矿业城市原生产业发展快于经济增长速度，即辽宁、吉林 2 省矿业城市的经济增长主要是由原生产业发展托起的，黑龙江省矿业城市原生产业发展速度低于经济增长，表明该省矿业城市经济增长是依赖外生产业和共生产业推动的。需要说明的是，阜新、白山和七台河 3 市原生产业增长弹性系数为负值，说明三市原生产业已呈现负增长。原生产业在矿业城市经济中地位的下降，显示出矿业城市经济转型试点工作的成效显著。另外，辽源市本已属于资源枯竭型城市，但其原生产业增长弹性系数却高达 34.37，可能是由于辽源矿业集团异地开矿，带来辽源市

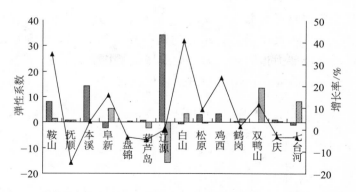

图 3-12　东北矿业城市原生、外生产业增长弹性系数与矿产增长率比较

原生产业较快发展。从工业企业经营风险看（图 3-13），辽宁、吉林和黑龙江 3 省矿业城市规模以上工业企业资产利润率平均值分别为 2.97%、8.22%和 14.01%，规模以上工业企业资产负债率平均值分别为 57.18%、54.75%和 64.64%，表明黑龙江省矿业城市工业企业虽然营利能力最高，但其经营风险程度也是最高的，而辽宁省矿业城市工业企业虽营利能力最低，但经营风险却较高，说明辽宁省矿业城市工业发展比其他两省面临更大压力。

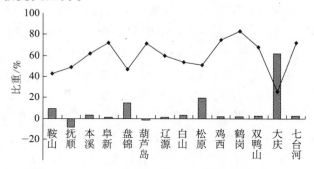

图 3-13　东北矿业城市工业经营风险比较

上述分析说明，东北矿业城市产业子系统适应能力的最终表现是其易损性、敏感性、稳定性和弹性耦合作用的结果。辽宁省矿业城市产业子系统具有较强的稳定性和弹性，使其比其他矿业城市显示出更强的产业子系统适应能力。

其次，从环境子系统的适应能力看，辽宁、吉林和黑龙江 3 省环境子系统适应能力指数平均值分别为 0.066、0.063 和 0.062（图 3-4），呈现由辽宁到吉林再到黑龙江矿业城市环境子系统适应能力逐渐减小的变化趋势。从城市尺度看，辽宁省的葫芦岛、抚顺、盘锦和阜新四市的环境子系统适应能力指数超过东北矿业城市平均值，而黑龙江仅有大庆、双鸭山2市，吉林省仅白山市超过平均值（图3-5）。

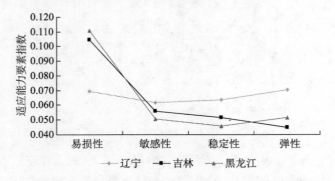

图 3-14 东北矿业城市环境子系统适应能力要素分省比较

从适应能力影响要素看（图3-14）。第一，东北矿业城市环境子系统的易损性空间差异显著，辽宁、吉林、黑龙江3省矿业城市环境子系统易损性指数平均值分别为0.069、0.105和0.111（表3-7），说明辽宁省矿业城市环境子系统易损性最小，在受到干扰时，环境破坏的风险可能性较小，而黑龙江省矿业城市环境子系统易损性最大，在受到干扰时，环境破坏的可能性也较大。从易损性的表现讲，资源开发利用程度与结构、工业污染物排放是导致环境子系统易损性程度不同的主要因素。2006年辽宁、吉林、黑龙江3省优势矿产资源资源利用量占资源总利用量的比例平均值分别为64.18%、61.78%和83.79%，资源利用结构较为单一；经济发展资源利用方式粗放，辽宁、吉林、黑龙江3省矿业城市万元GDP物质资源消耗量平均值分别为 $6.16t/10^4$ 元、$6.40t/10^4$ 元、$11.18t/10^4$ 元，说明辽宁省矿业城市经济发展资源集约化程度较高，而黑龙江省矿业城市资源利用最为粗放，易于导致大量的资源生态问题；工业污染物排放以辽宁省矿业城市最为显著，工业废水排放密度、工业 SO_2 排放密度、化肥施用强度平均值分别为 $5207.92t/km^2$、$8.54t/km^2$、$788.12kg/hm^2$，分别是吉林省矿业城市的5.58倍、2.99倍和1.17倍，黑龙江省矿业城市的2.86倍、3.32倍和4.46倍。较高的工业污染物排放强度是辽宁省矿业城市环境子系统易损性较高的主要动因。

表 3-7　东北矿业城市环境子系统易损性指标

	优势矿产资源占资源利用的比例/%	土地利用程度指数/%	单位 GDP资源消耗量/(t/10⁴ 元)	工业废水排放密度/(t/km²)	工业 SO₂排放密度/(t/km²)	化肥施用强度/(kg/hm²)	人均耕地面积/(hm²/人)
鞍山	87.58	22.44	4.88	5 621.49	11.16	916.67	0.069
抚顺	50.11	16.95	2.6	5 294.54	7.23	682.54	0.056
本溪	73.47	5.34	6.83	11 903.46	16.28	588.24	0.043
阜新	66.11	10.94	15.73	1 007.24	5.86	662.13	0.190
盘锦	68.48	21.8	3.45	4 411.69	3.03	1 015.5	0.101
葫芦岛	39.31	2.65	3.47	3 009.12	7.65	863.64	0.080
辽源	74.32	9.37	6.8	1 115	4.93	822.2	0.129
白山	85.4	1.35	7.7	716.04	2.11	585.54	0.037
松原	25.61	3.36	4.71	970.6	1.51	615.46	0.341
鸡西	92.68	3.17	8.95	683.5	0.57	115.8	0.393
鹤岗	89.79	1.52	15.98	1 606.36	2.14	119.63	0.433
双鸭山	73.64	3.12	11.53	273.98	1.15	115.4	0.548
大庆	84.28	3.62	3.18	3 762.67	2.9	342.97	0.234
七台河	78.55	3.51	16.27	2 784.12	5.54	189.35	0.257

第二，东北矿业城市环境子系统敏感性由强到弱的顺序依次为黑龙江、吉林、辽宁。矿业城市环境子系统的敏感性主要表现为生态环境子系统受到外界干扰时的反应能力，考虑数据的可获得性，采用主要物质资源消耗及环境污染物排放的年际变化率来反映环境对外界影响的敏感性。图 3-15 显示，辽宁、吉林和黑龙江 3 省矿业城市万元 GDP 物质消耗量变化率均为负值，尤以黑龙江省最为显著，表明该省资源利用技术进步快，导致经济发展的物质消耗，快速减少；工业废水排放密度年际变化率差异较大，辽宁省矿业城市的工业废水排放呈减少趋势，而吉林省呈大幅度增加，黑龙江省增幅较小；辽宁、吉林和黑龙江 3 省矿业城市工业 SO₂ 排放密度均呈现增加态势，但以辽宁省的增幅最小，黑龙江省的增幅最大。可见，工业污染物排放的大量增加是导致黑龙江省矿业城市环境子系统敏感性较强的主要因素。

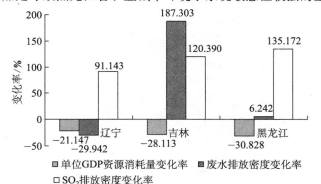

图 3-15　东北矿业城市物质消耗及主要污染物排放的省际比较

　　第三，东北矿业城市环境子系统的稳定性由高到低的顺序为辽宁、吉林、黑龙江。矿业城市环境子系统的稳定性受制于环境子系统的开发状态、植被覆盖状况等，由表3-8可知，辽宁、吉林、黑龙江3省矿业城市万元 GDP 占地面积平均值分别为 $0.262hm^2/10^4$ 元、$0.552\ hm^2/10^4$ 元和 $0.817\ hm^2/10^4$ 元，辽宁省矿业城市土地资源开发强度较大，地表结构破坏比较严重，而黑龙江省矿业城市的开发强度相对较小，易于修复；从资源利用结构看（图3-16），辽宁、吉林、黑龙江3省矿业城市可再生资源占物质资源利用总量的比重平均值分别为 13.03%、31.37% 和 10.00%，吉林省矿业城市可再生资源的利用程度最高，表明其经济发展对不可再生资源的依赖性降低，有利于环境子系统的保护和修复；从环境子系统的服务功能看，吉林省矿业城市的森林覆盖率平均值高达 45.10%，高于辽宁（42.15%）和黑龙江（33.72%）；矿业城市建成区绿化覆盖率平均值以辽宁省最高，达 40.03%，其次为黑龙江省（33.22%），吉林省最低，仅为23.77%。第四，环境子系统的弹性反映了环境子系统吸收干扰和自我恢复的能力，弹性越大，环境子系统的自适应能力就越强。不同类型的环境子系统因自身状况不同，其弹性也存在差异。图3-14表明，东北矿业城市环境子系统的弹性呈现辽宁、黑龙江和吉林逐渐递减的变化特征。东北矿业城市环境子系统弹性的强弱主要受制于环境治理的投资能力和修复能力。表3-9显示，辽宁、吉林和黑龙江3省矿业城市环境治理投资占 GDP 的比重平均值分别为 2.33%、1.89% 和 1.63%，辽宁省矿业城市工业废水排放达标率平均值和工业 SO_2 去除率平均值分别为 93.29% 和 62.47%，而吉林省分别为 76.63% 和 4.34%，黑龙江省分别为 84.04% 和 4.30%（图3-17）。表明辽宁省矿业城市环境治理投资能力和工业废水、工业 SO_2 处理能力都是东北三省矿业城市最强的，由此导致辽宁省矿业城市环境子系统弹性力高于吉林、黑龙江2省。

表 3-8　东北矿业城市环境子系统稳定性指标

	万元 GDP 占地面积 /(hm²/万元)	可再生资源利用程度/%	森林覆盖率/%	建成区绿化覆盖率/%	全年降水量/mm	人均绿地面积 /(m²/人)
鞍山	0.081	4.45	48	35.93	694.9	33.61
抚顺	0.246	12.68	67.6	39.44	867.2	33.1
本溪	0.21	2.34	72	42.62	736.7	48.75
阜新	0.653	11	21.7	43.24	300.4	25.34
盘锦	0.08	13.68	8.2	36.52	529.5	32.82
葫芦岛	0.299	34.03	35.4	42.45	603.3	27.48

续表

	万元 GDP 占地面积/（hm²/万元）	可再生资源利用程度/%	森林覆盖率/%	建成区绿化覆盖率/%	全年降水量/mm	人均绿地面积/（m²/人）
辽源	0.299	16.27	33.2	20.96	531.5	17.37
白山	0.911	7.33	83	7.38	906.9	16.35
松原	0.445	70.5	19.1	42.97	300.4	26.19
鸡西	0.954	13.26	29.7	32.26	577.9	25.18
鹤岗	1.127	4.8	43	38.4	605.9	28.27
双鸭山	1.329	13.38	38.4	32.14	507.5	32.99
大庆	0.131	13.21	9.3	35.03	424.7	108.89
七台河	0.545	5.37	48.2	28.29	516	30.43

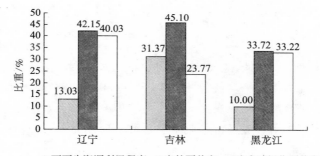

图 3-16 东北矿业城市环境子系统稳定性主要指标的省际比较

表 3-9 东北矿业城市环境子系统弹性主要指标 （单位:%）

	环境治理投资占 GDP 的比重	工业废水达标排放率	工业 SO_2 去除率	工业固体废物综合利用率
鞍山	2.1	95.02	25.34	15.3
抚顺	2.56	93.23	33	65.41
本溪	2.63	98.33	4.92	39.71
阜新	1.12	81.78	44.75	100
盘锦	3.13	92.15	59.58	84.07
葫芦岛	2.43	99.2	83.9	70.32
辽源	2.04	73.3	1.18	69.19
白山	1.47	76.52	6.46	24.16
松原	2.16	80.07	5.37	86.44
鸡西	1.4	75.97	9.71	79.96
鹤岗	1.21	83.13	0	78.06
双鸭山	1.51	91.88	3.75	71.24
大庆	2.03	95.8	6.46	79.02
七台河	2.01	73.44	1.57	77.77

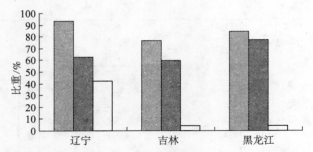

图 3-17　东北矿业城市环境系统弹性主要指标省际比较

（三）从资源类型看，东北矿业城市产业生态系统适应能力呈现 冶金类＞综合类＞煤炭类＞石油类之趋势

图 3-18 表明，东北地区煤炭、石油、冶金和综合四类矿业城市产业生态系统的适应能力指数平均值分别为 0.056、0.055、0.060 和 0.059，呈现出由冶金类到综合类再到煤炭类、石油类城市产业生态系统适应能力逐次递减的规律。其中冶金类城市产业生态系统适应能力最强，石油类城市适应能力最弱。

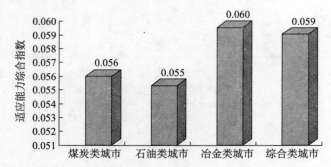

图 3-18　不同资源类型矿业城市产业生态系统适应能力比较

与其他资源类型矿业城市相比（图 3-19），冶金类城市产业子系统适应能力最强，且其环境子系统适应能力也较强，二者耦合作用下致使冶金类城市产业生态系统适应能力相对较强；石油类城市产业子系统适应能力最低，而其环境子系统适应能力最强，呈现产业子系统与环境子系统的明显冲突与对立，从而导致石油类城市产业生态系统适应能力低下。

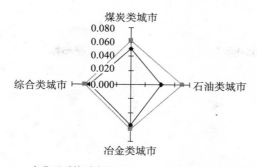

——◆—— 产业子系统适应能力　——■—— 环境子系统适应能力

图 3-19　不同资源类型矿业城市产业生态系统子系统适应能力比较

首先，从产业子系统适应能力看，冶金类城市产业子系统的稳定性和弹性相对较高；石油类城市的敏感性相对较高，稳定性则相对较低（图 3-20）。冶金类城市包括鞍山、本溪和葫芦岛 3 市，该类城市由于矿产品加工产业链长，相关深加工产业发育较为发达，整个产业系统发育程度远高于其他资源类型城市（图 3-21），尤以葫芦岛、鞍山为最。同时，冶金类城市物质利用效率及共生产业系统发育也相对较高（图3-22、图3-23），从而导致整个冶金类城市整个产业子系统稳定性相对较高。相反，石油类城市由于原生产业过于发育（大庆、盘锦和松原 3 市原生产业产值占 GDP 比重分别为 68%、53.11% 和 45.11%），非资源型工业发育水平极低，共生产业特别是服务业发展缓慢，开放程度不高，使得整个产业子系统的层次结构、高级化和开放性等方面都劣于其他矿业城市，造成石油类城市产业子系统敏感性较高而稳定性较低，严重制约着其适应能力的提升。

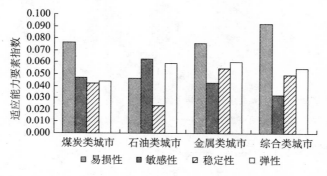

图 3-20　不同资源类型矿业城市产业子系统适应能力要素比较

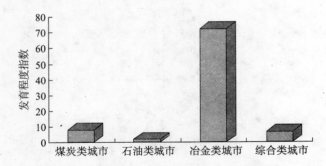

图 3-21　不同资源类型矿业城市产业系统发育程度比较

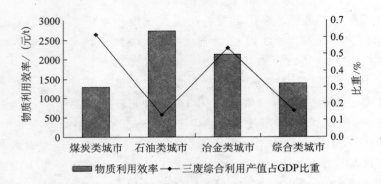

图 3-22　不同资源类型矿业城市物质利用效率及"三废"综合利用情况比较

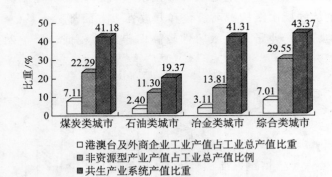

图 3-23　不同资源类型城市产业子系统稳定性主要指标比较

其次，从环境子系统适应能力看，石油类城市环境子系统适应能力最高，但与其他资源类型矿业城市差距较小，优势并不明显（图 3-19）。

第一，从环境子系统易损性看，煤炭、石油、冶金和综合四类矿业城市环境子系统易损性指数平均值分别为 0.100、0.098、0.068 和 0.095，呈现煤

炭 > 石油 > 综合 > 冶金的变化特征（图 3-24）。煤炭城市环境子系统之所以最高，主要因为煤炭资源的大规模开发，对地表景观及生物的破坏较大，同时煤炭资源的利用过程中排放大量的废水、废气，导致较为严重的生态破坏和环境污染（表 3-10）。此外，资源利用结构单一、利用方式粗放也是导致环境子系统易损性高的主要原因。

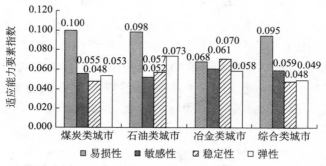

图 3-24　不同资源类型矿业城市环境子系统适应能力要素比较

第二，从环境子系统敏感性看，呈现冶金 > 综合 > 煤炭 > 石油的变化特征（图 3-24）。冶金城市的环境子系统敏感性高主要是因为金属矿产的开发对地表破坏的比较严重，造成微地貌的变化、植被的破坏，同时由于近年来伴随着进口铁矿石价格的上涨，带来当地铁矿资源开发的进一步加强，引起工业废物的增加，使得环境子系统敏感性增强。

第三，从环境子系统稳定性看（表 3-8），煤炭、石油、冶金和综合四类矿业城市环境子系统稳定性指数平均值分别为 0.048、0.057、0.070 和 0.048，煤炭和综合类城市环境子系统稳定性相对较低，而冶金城市的稳定性相对较高（图 3-24）。煤炭城市虽然土地开发程度相对较低，土地生态系统破坏相对较轻（图 3-25），部分煤矿塌陷地开展了修复、整治，但由于资源开发仍以不可再生的矿产资源为主，可再生资源开发程度相对较低，森林覆盖率和建成区绿化覆盖率相对较低（图3-26），致使环境子系统修复能力不高，而降水量的偏少（图 3-27），又进一步弱化了其自然环境系统的自净功能，因此，使其环境子系统稳定性相对较低；综合类城市虽然土地开放程度低，森林覆盖率高，但可再生资源没有得到充分利用，建成区绿化覆盖率较低，也使其环境子系统稳定性较低；冶金城市由于其土地资源开发程度中等，生态系统相对比较完善，可再生资源开发程度相对较高，同时其森林覆盖率、建成区绿化覆盖率和降水量等生态要素时空组合、匹配较为合理，城市生态系统结构和功能均比较完善，故其环境子系统稳定表现最优。

第四，从环境子系统弹性看（表3-9），即从环境子系统治理、修复、重塑的能力看，石油城市弹性最强，其次为冶金城市，再次为煤炭城市，最后是综合类城市（图3-24）。石油城市之所以表现出较强的弹性在于其较强的环境治理投资能力，以及环境修复和重塑能力，2006年石油城市环境治理投资占GDP比重平均值为2.44%，不仅高于冶金城市（2.39%），更高于综合类城市（1.76%）和煤炭城市（1.64%）（图3-28）。工业废水达标排放率和工业SO_2去除率虽均低于冶金城市，但高于其他两类矿业城市，工业固体废物综合利用率最优（图3-29）。但环境治理能力和较强的资金支撑能力的良好组合，使其呈现出最强的环境子系统弹性，这是石油城市环境子系统适应能力较强的主要表征。

表3-10 不同资源类型矿业城市环境子系统易损性主要指标比较

	优势矿产资源占资源利用的比例/%	土地利用程度指数/%	单位GDP资源消耗量/(t/10⁴元)	工业废水排放密度/(t/km²)	工业SO_2排放密度/(t/km²)	化肥施用强度/(kg/hm²)	人均耕地面积/(hm²/人)	人均水资源量/(m³/人)
煤炭类城市	75.15	6.54	11.84	1 941.62	3.84	314.14	0.313	1714
石油类城市	59.46	9.59	3.78	3 048.32	2.48	657.98	0.225	384
冶金类城市	66.79	10.14	5.06	6 844.69	11.70	789.52	0.064	1205
综合类城市	79.86	5.36	7.25	915.52	3.52	703.87	0.083	3060

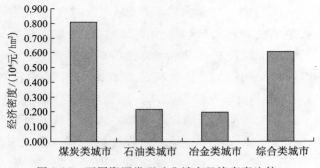

图3-25 不同资源类型矿业城市经济密度比较

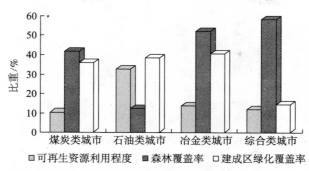

图 3-26 不同资源类型矿业城市稳定性主要指标比较

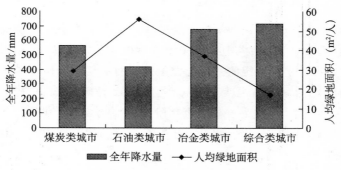

图 3-27 不同资源类型矿业城市年降水量和人均绿地面积比较

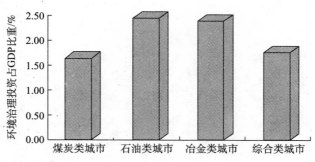

图 3-28 不同资源类型矿业城市环境治理投资能力比较

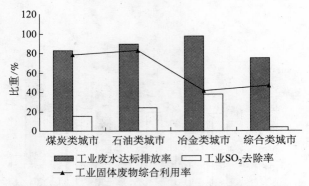

图 3-29   不同资源类型矿业城市环境治理能力比较

（四）从发展阶段看，东北矿业城市产业生态系统适应能力呈现由老年期到中年期再幼年期依次递减的态势

从不同发展阶段看，老年阶段的矿业城市产业生态系统适应能力指数平均值为 0.059，高于中年阶段的 0.058 和幼年阶段的 0.049，表明老年阶段矿业城市产业生态系统的适应能力最强，而幼年阶段矿业城市产业生态系统的适应能力最弱，且与老年、中年阶段的矿业城市存在较大差距（图 3-30）。从城市尺度看，处于老年阶段的矿业城市产业生态系统的适应能力呈现明显的两极分化，处于产业生态系统的适应能力高、低等级的矿业城市各占 50%，同样，处于中年阶段的矿业城市除葫芦岛市属于高等级外，其余均处于中等，而处于幼年阶段的矿业城市产业生态系统的适应能力均属于低等级之列。

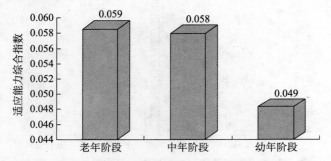

图 3-30   不同发展阶段矿业城市产业生态系统适应能力比较

与中、老年阶段矿业城市相比，幼年阶段矿业城市产业、环境子系统的适应能力都是最低的（图 3-31），从而使其产业生态系统整体适应能力较低。

首先，从产业子系统看，幼年、中年和老年三个阶段矿业城市产业

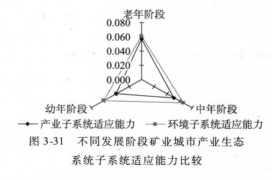

图 3-31　不同发展阶段矿业城市产业生态
系统子系统适应能力比较

子系统适应能力指数平均值分别为 0.040、0.051 和 0.057，表明幼年阶段矿业城市产业子系统适应能力相对较弱，如七台河市产业子系统适应能力指数仅为 0.034，是 14 个地级矿业城市中最低的（图 3-32），而老年阶段矿业城市相对较强，如抚顺、阜新 2 市产业子系统适应能力远高于其他矿业城市。幼年阶段矿业城市产业子系统适应能力之所以最低是因为该类矿业城市正处于资源型产业扩张期，如松原市原生产业弹性系数为 3.15（2005 年），矿产品增长率达 9.36%，导致产业子系统的敏感性较强，而同时该类矿业城市非资源型产业不发达，具有维护和服务功能的共生产业发育程度较低，资源利用效率不高（图 3-33），再加上自身经济实力不强，科技创新能力不强，产业结构单一，从而导致幼年阶段矿业城市产业子系统稳定性和弹性最弱（图 3-34）。例如，七台市 2005 年非资源型产业仅占工业总产值的 8.39%，物质利用效率仅为 615 元/t，规模以上工业企业资产负债率高达 71.88%，人均实际利用外资仅 0.72×10^4 美元（表 3-7、表 3-8）。老年阶段矿业城市虽然

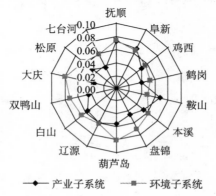

图 3-32　不同发展阶段矿业城市产业生态系统子
系统适应能力比较

长期受计划经济体制的影响，国有经济仍占较大比重，资源型加工业在制造业中仍居于主导地位，但随着近年来经济转型战略的实施，产业结构调整步伐加快，非矿产业得到较快发展，非国有经济比重大大提高，产业结构高级化、多元化趋势不断推进（表 3-11，图 3-34），从而使得老年阶段矿业城市产业子系统的敏感性不断下降，稳定性和弹性持续增强（图 3-35）。

表 3-11　不同发展阶段矿业城市产业子系统结构性指标（单位：%）

	港澳台及外商企业工业产值占工业总产值比重	非资源型产业产值占工业总产值比例	共生产业系统产值比重	科技\教育支出占GDP比重	个体私营从业人员占全部从业人员比例
老年阶段	10.22	25.21	42.41	2.30	43.63
中年阶段	3.28	18.22	35.38	1.73	35.77
幼年阶段	3.06	10.77	31.61	2.08	24.54

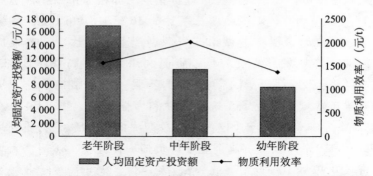

图 3-33　不同发展阶段矿业城市人均固定资产投资额和物质利用效率

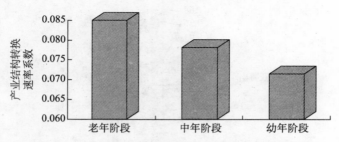

图 3-34　不同发展阶段矿业城市产业结构转换速率比较

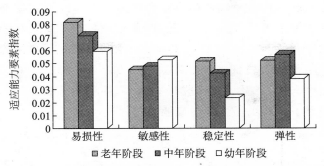

图 3-35　不同发展阶段矿业城市产业子系统适应能力要素比较

其次，从环境子系统看，不同发展阶段矿业城市产业子系统适应能力均弱于环境子系统，其中，中年阶段矿业城市环境子系统适应能力强于老年和幼年，而老年与幼年两个阶段矿业城市环境子系统适应能力差异较小（图 3-31）。从影响因素看，易损性和敏感性越高，环境子系统适应能力则越弱，反之则越强；而环境子系统稳定性和弹性越高，系统适应能力越强，反之，越弱。图 3-36 显示，中年阶段矿业城市环境子系统的稳定性和弹性平均值均高于老年及幼年阶段矿业城市，而其易损性却低于老年、幼年阶段矿业城市，敏感性低于老年阶段矿业城市。易损性、敏感性、稳定性和弹性四要素的耦合作用使中年阶段矿业城市环境子系统显示出较强的适应能力。这主要是因为：中年阶段的矿业城市矿产资源开发正处于相对稳定期，矿业稳步发展，对生态环境的破坏和污染没有老年阶段的范围广，随着 20 世纪 90 年代中期可持续发展战略的实施，特别是近年来科学发展观的贯彻和落实，生态修复和环境污染治理的力度进一步加大，生态环境整治能力也进一步增强（表 3-8、表 3-9）。而老年阶段矿业城市则往往因资源型产业衰退，导致地方财政困

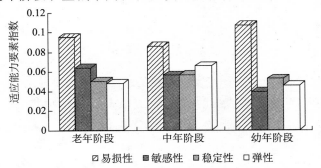

图 3-36　不同发展阶段矿业城市环境子系统适应能力要素比较

难，生态环境整治资金短缺，使得生态修复和环境治理能力弱化；幼年阶段矿业城市则由于处于发展初期，产业规模快速扩大，经济活动对环境的影响广度和深度也在扩大，而城市财政尚没有足够的资金用于环境整治，环境治理能力较低（图3-37、图3-38）。正是由于环境治理能力的低下，使得老年、幼年二阶段的矿业城市环境子系统稳定性和弹性较弱，进而限制了其环境子系统适应能力的提升。

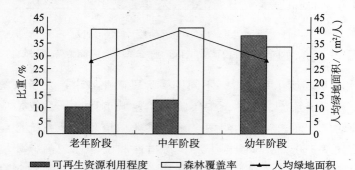

图 3-37 不同发展阶段矿业城市环境子系统稳定性主要指标比较

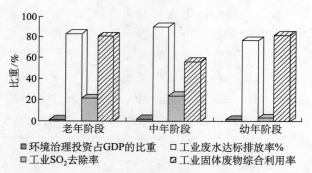

图 3-38 不同发展阶段矿业城市环境治理能力比较

（五）从城市规模看，东北矿业城市产业生态系统适应能力呈现特大城市 > 大城市 > 中等城市之趋势

不同规模的矿业城市产业生态系统的适应能力也存在差异，图3-39表明，特大城市产业生态系统的适应能力最高，其适应能力指数平均为0.065，而大城市和中等城市的适应能力平均值分别为0.056和0.054，二者相差较小，但与特大城市产业生态系统适应能力相差较大，这也说明城市规模越大，其产业生态系统适应能力越强。从产业生态系统子系统看（图3-40），特大城市产业子系统适应能力强于环境子系统，而大城市和中

等城市则表现为产业子系统弱于环境子系统，正是由于特大城市较强的产业子系统适应能力才使其具有较强的产业生态系统整体适应能力。

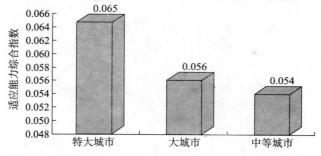

图 3-39 不同规模矿业城市产业系统适应能力比较

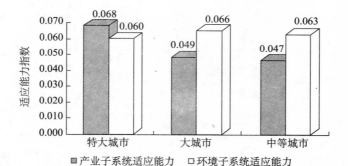

■产业子系统适应能力 □环境子系统适应能力

图 3-40 不同规模矿业城市产业生态系统子系统适应能力比较

从产业子系统看，特大、大型和中等三种规模矿业城市产业子系统适应能力指数平均值分别为 0.068、0.049 和 0.047，呈现矿业城市产业子系统适应能力随城市规模扩大而递增的变化特征（图 3-40）。从城市尺度看，鞍山、抚顺 2 座特大城市的产业子系统适应能力指数分居东北矿业城市（地级）的第一、三位，七台河、双鸭山、松原、白山和辽源等中等城市产业子系统适应能力指数分别是居第一位鞍山的 47.38%、59.7%、63.54%、75.98% 和 81.16%。显然，特大城市与其他规模的矿业城市产业子系统适应能力存在较大差距。

与其他规模矿业城市产业子系统相比，特大型矿业城市之所以具有较强的适应能力，主要是因为特大型矿业城市产业子系统具有很强的稳定性和弹性，而其易损性和敏感性则与其他规模矿业城市差距较小（图 3-41）。一般而言，特大型矿业城市资源开发历史比较长，经济实力较强（图 3-42），原生、外生和共生产业发育比较完善，特别是原生产业在城市中发展的作用和地位逐渐被制造业和第三产业所取代，非资源型产业也有较

大发展，经济外向化程度提高（图 3-43），物质资源得到较充分利用（图
3-44），产业系统网络初步形成。例如，鞍山市随着产业结构调整战略的
实施，提高加工深度，延长产业链，逐步形成了从铁矿开采、炼钢、机械
加工的产业链，且机械工业占工业总产值的比重由 1995 年的 4.19% 增加
到 2006 年的 6.65%，表明以产品、副产品互为原料的产业系统网络正逐
步形成，产业链的延伸及网络化的出现大大降低了产业子系统的易损性和
敏感性，提高了其稳定性和弹性，即增强了产业子系统的转型重组能力。

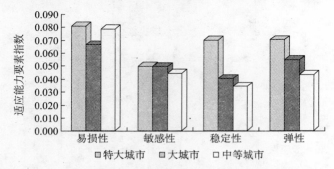

图 3-41   不同规模矿业城市产业子系统适应能力要素比较

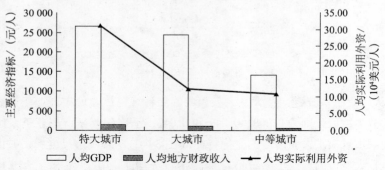

图 3-42   不同规模矿业城市产业子系统调整的经济支撑能力

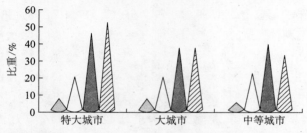

图 3-43   不同规模矿业城市产业子系统结构性指标比较

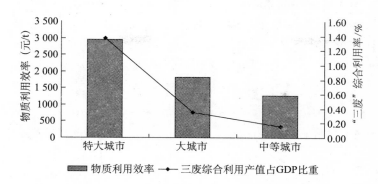

图 3-44 不同规模矿业城市物质利用效率和三废综合利用水平

从环境子系统看，特大城市、大城市和中等城市环境子系统适应能力指数平均值分别为 0.060、0.066 和 0.063（图 3-40），特大城市环境子系统适应能力相对较低，而大、中等城市相对较高，但三种规模矿业城市之间的环境子系统适应能力差异较小。近年来，在循环经济建设逐步推进的大背景下，各矿业城市均加大了生态环境建设力度，促使各矿业城市生态环境质量恶化趋势得到有效遏制，但由于各矿业城市规模、经济实力、技术创新能力、环境治理投资等方面的差异，使之生态环境整治、重塑能力呈现差异，进而使各矿业城市生态环境系统的易损性、敏感性、稳定性和弹性也各不相同。特大城市由于自身生态本底脆弱，土地开发程度高，生态环境累积效应显著，使其生态环境系统表现出显著的易损性（表 3-12），同时由于特大型矿业城市自然环境本底较优（图 3-45），环境整治能力较强（图 3-46），环境治理投资能力也相对较高（图 3-47），从而使特大型矿业城市环境子系统稳定性相对较高，环境重塑能力仅次于大型矿业城市。中等城市由于产业规模的快速扩大，带来工业污染物排放量增多，导致其环境子系统敏感性相对较高。而自身因环境治理资金缺乏，环境基础设施建设滞后，技术水平低下，环境防治能力较低，使环境子系统抵御外界干扰能力较弱。大型矿业城市资源开发程度和规模以及环境污染物排放量的变化均处于特大型矿业城市和中等矿业城市之间，但其自然生态环境本底相对较好，环境治理能力相对较强，导致其环境子系统具有较强的修复能力和抗干扰能力，即具有较强的弹性。

表 3-12　不同规模矿业城市环境子系统易损性和敏感性主要指标

	土地利用程度指数 /%	工业废水排放密度 /（t/km²）	工业SO₂排放密度 /（t/km²）	化肥施用强度 /（kg/hm²）	人均水资源量 /（m³/人）	工业废水排放密度增长率/%	工业SO₂排放密度增长率/%	化肥施用强度增长率 /%
特大城市	19.70	5 458.02	9.20	799.61	1 093.94	−46.15	62.16	9.65
大城市	7.01	3 769.15	5.49	529.70	1 272.52	−16.75	108.45	12.93
中等城市	4.14	1 171.95	3.16	465.59	2 014.99	124.61	140.08	5.63

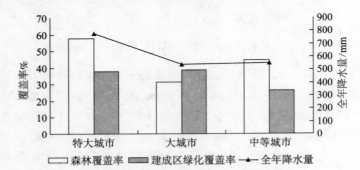

图 3-45　不同规模矿业城市环境子系统稳定性主要指标

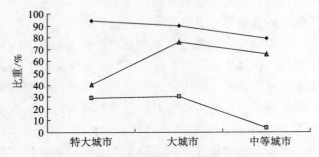

图 3-46　不同规模矿业城市环境子系统主要指标

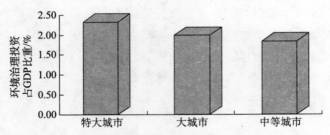

图 3-47　不同规模矿业城市环境治理投资占 GDP 比重

四、矿业城市产业生态系统适应能力类型划分

东北各矿业城市因自身自然环境本底特征、产业结构等特征各不相同，对国内外经济、社会、生态等发展环境变化的反应速度、程度及调控也存在差异。从国家或东北地区尺度上讲，要对每一个矿业城市都制定出相应的产业生态系统适应性调控政策几乎是不可能的，也是不现实的。只有根据各矿业城市的特征总结、概括出不同的类型，才能分类指导、因地制宜的为矿业城市产业生态系统适应性调控政策的制定提供理论依据。本节拟根据各矿业城市产业、环境两个子系统的适应能力属性值，采用系统聚类方法，对东北矿业城市产业生态系统适应性进行类型划分，以揭示东北矿业城市产业生态系统适应能力的类型分异特征。

(一) 类型划分方法的选择

类型研究是地理学用于诠释地理事物或现象发展演化特征和规律的基本研究方法，主要是通过对各个别地理事物或现象特征的归纳、概括，总结、提炼出不同地理事物或现象的共同属性，以揭示某一类地理事物或现象的发展规律特征。随着研究的深入，地理事物或现象类型划分方法也逐渐由以定性分析方法为主，转向以定量分析方法为主。目前，聚类分析方法是进行地理事物或现象分类与分区的最常用方法。其基本原理是，根据样本自身的属性，用数学方法按照某些相似性或差异性的指标，定量地确定样本之间的亲疏关系，并按照这种亲疏关系程度对样本进行聚类。常见的聚类分析方法有系统聚类法、动态聚类法和模糊聚类法（徐建华和段舜山，1994）。其中，系统聚类分析方法应用最为广泛，该方法通过选择不同的距离聚类方法将具有数值特征的样本，逐个地合并成一些子集，直至全部样本都合并在一个集合之内为止。根据研究对象的不同，系统聚类又分为 Q 型和 R 型两类，其中 Q 型是对样本进行分类处理，R 型是对变量进行分类处理。根据本节研究问题的性质，选择系统聚类中的 Q 型聚类开展东北矿业城市产业生态系统适应能力类型划分研究。

(二) 系统聚类分析步骤

系统聚类分析的基本思路是在无须事先知道研究对象的分类结构的情况下，选取一批能够反映地理事物属性的数据，并依据这些数据之间的相似程度，按照类间差异最大、类内差异最小的原则，将地理事物归纳为不

同的类型。该分类方法的具体步骤如下。

1. 聚类变量的标准化

由于各聚类变量的量纲不同、数量级不同，使得各聚类变量之间缺乏比较性，因此需采用一定的数据处理方法，来消除因变量量纲、数量级不同对计算结果造成的不良影响。目前，常用的数据标准化方法有极差标准化、标准差标准化和极大值标准化等。考虑到本研究以产业、环境子系统适应能力指数作为对矿业城市产业生态系统适应性类型划分的变量，采用极差标准化方法对其进行标准化处理，经标准化处理后，每列最大值为 1，最小值为 0，其余数据取值为 0 ~ 1。极差标准化计算公式为

$$X_{ij}^{'} = \frac{X_{ij} - X_{j\min}}{X_{j\max} - X_{j\min}} \quad\quad (3.13)$$

式中，X_{ij} 为数据标准化后的变量值；X_{ij} 为聚类变量；$X_{j\max}$、$X_{j\min}$ 为观测变量的最大值和最小值；i 为聚类变量个数；j 为聚类样本数。14 个矿业城市的聚类变量标准化结果如表 3-13 所示。

表 3-13　聚类变量的标准化结果

	产业子系统适应能力指数	环境子系统适应能力指数		产业子系统适应能力指数	环境子系统适应能力指数
鞍山	0.840	0.000	白山	0.543	0.543
抚顺	1.000	0.777	松原	0.309	0.457
本溪	0.484	0.402	鸡西	0.396	0.220
阜新	0.894	0.497	鹤岗	0.144	0.110
盘锦	0.271	0.698	双鸭山	0.234	0.692
葫芦岛	0.553	1.000	大庆	0.008	0.909
辽源	0.641	0.369	七台河	0.000	0.311

2. 聚类统计量的计算

距离和相似系数是用来衡量各样本之间关系疏密程度的数量指标，也是进行分类计算的主要统计变量。相似系数是样本之间相似性的测度，性质越接近，样本之间相似系数越接近 1，反之，关系越疏远，样本之间相似系数越趋近于 0；距离则是样本之间差异性的测度，距离越近的样本可归为同一类，距离越远的样本分属不同类别。本研究采用欧氏距离方法来反映样本之间的疏密程度，计算公式为（徐建华和段舜山，1994）

$$d_{ij} = \left[\sum_{k=1}^{n} (X_{ik} - X_{jk})^2 \right]^{\frac{1}{2}} \qquad (3.14)$$

式中，i、j代表不同的样本；X_{ik}、X_{jk}分别为样本i、j的第k个表征指标。

3. 选择聚类方法

在前两步计算的基础上，采用离差平方和方法进行归并聚类，得到东北矿业城市产业生态系统适应性聚类树状谱系图（图3-48）。

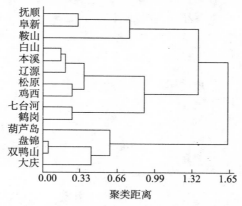

图 3-48 东北矿业城市产业生态系统适应性聚类树状谱系图

（三）类型特征分析

按照上述计算步骤，运行 DPS3.01 专业版软件，根据类间最大差异性、类内最大相似性原则，先将距离相近的样本合并为一类，然后根据样本间距离由近及远逐次合并，直至全部样本合并为一个整体。并根据距离测度值的突变点确定最佳分类数。图3-48 显示，东北矿业城市产业生态系统适应性最佳分类数为以下四类。

第一类：高适应能力，协调发展类型。包括抚顺、阜新和鞍山 3 市。该类矿业城市不仅产业生态系统总体适应能力高，而且产业与环境两个子系统适应能力均比较高（图3-49）。其中抚顺、阜新 2 市处于老年发展阶段，资源开发历史较长。资源型产业的挤出效应和沉淀效应，使得大量人力、资本、技术等生产要素在采矿业、资源加工业等行业过度集中，为城市经济转型带来沉重负担。但近年来随着经济转型战略的实施，阜新市依托当地资源优势，以现代农业为重点大力发展替代产业。依托传统能源优势，发展电力及煤化工业，同时，以皮革、液压、林产品、铸造、氟化工、新型电子和玛瑙加工等产业集群为重点，大力推进特色优势产业建设。通过替代产业发展和煤炭深加工产业发展，大大优化了阜新市产业系统结构，增强适应能力，但由于区域产业网络不够完善，物质利用效率仅为 636 元/t，仅高于鹤岗和七台河。抚顺市则以经济开发区建设为载体，以石油化工、精细化工及精深加工、新型建材、现代农业等产业发展为突破口，以现代服务业为重点，大力推进产业结构的多元化、高级化，大大提高了产业子系统的适应能力。鞍山市处于中年发展阶段，原生产业（采矿业）在城市发展中的地位下降已形成铁矿开采—炼钢——一般机械—精密机械的产业链条，产业系统的易损性和敏感性较低，稳定性和弹性较大，使得适应能力较强。

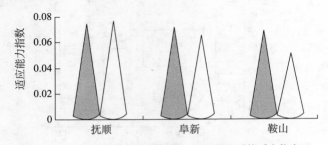

图 3-49　抚顺、阜新、鞍山产业生态系统适应能力比较

从环境子系统适应性看，虽然长期的高强度资源开发对生态环境造成很大破坏，但近年来矿业城市可持续发展问题受到中央的高度关注，特别是加大了煤炭塌陷地的整治力度，开展资源型企业的循环经济试点等工作，减轻了环境压力。同时加强环境污染防治能力，工业废水达标排放率、工业 SO_2 去除率、工业固体废物综合利用率等大大提高，从而降低了环境子系统的易损性、敏感性，提高了稳定性和弹性，增强了其适应能力。

第二类：中适应能力，基本协调类型。包括白山、本溪、辽源、松原和鸡西 5 市。该类矿业城市产业生态系统适应能力仅次于第一类，产业与环境两个子系统的适应能力基本协调（图 3-50）。其中，白山市煤炭资源趋于枯竭，林、铁及非金属矿产资源丰富，属于综合类矿业城市。近年来，白山市在稳步发展煤、铁等资源型产业的同时，大力发展绿色健康、旅游、新型建材等替代产业，产业结构持续优化，产业子系统适应能力较强；与此相适应，白山地处长白山自然保护区，森林覆盖率高，水资源丰富，工业污染物排放密度低，环境子系统适应能力高于东北矿业城市平均水平。本溪市处于中年期发展阶段，资源型产业向下游产业链延伸趋势较为明显，旅游等新兴第三产业发展较快，产业子系统易损性和敏感性趋于

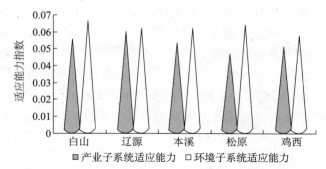

图 3-50 白山、辽源、本溪、松原和鸡西产业生态系统适应能力

下降；在生态环境方面，煤、铁等矿产资源的开发，破坏了地表景观，工业废水及 SO_2 的排放污染了环境，但较强的环境治理能力（工业废水达标排放率达 98.33%），提升环境子系统弹性，增强适应能力。辽源市在煤炭等传统产业衰退的形势下，以新材料等高新产业为主导，发展替代接续产业，大大减轻了城市经济发展对矿产资源的依赖程度，增强了城市产业子系统的稳定性和弹性。因产业结构的优化，辽源市的环境质量也趋于改善，环境子系统适应能力基本上与产业子系统处于协调发展状态。松原市是新兴的石油城市，处于幼年发展阶段，原生产业在城市经济中居于支配地位，产业结构相对单一，产业子系统易损性和敏感性相对较高，适应能力与白山、本溪、辽源等城市相比较低。同时松原市虽然地处半湿润半干旱区的温带大陆性气候区，生态环境本底脆弱，水资源短缺，但由于环境治理投资力度大，防治能力强，使其环境子系统稳定性和弹性较强。鸡西市已进入老年矿业城市发展阶段，矿业开始衰退，非矿业在城市经济发展中的地位在递增，优化了产业系统结构，增强产业系统调整、重组能力，但经济基础薄弱，技术创新能力不强，发展资金短缺，高素质人才匮乏，一定程度上降低了产业子系统的适应能力。与产业子系统发展相适应，鸡西市的环境子系统适应能力相对较高，主要表现为土地开发利用程度低，工业三废排放密度低，生态环境易损性和敏感性低，而稳定性和弹性相对较高。

第三类：低适应能力、环境优先类型。包括七台河、鹤岗 2 市。该类矿业城市产业生态系统整体适应能力低下，且环境子系统适应能力优于产业子系统适应能力（图 3-51）。从环境子系统看，七台河、鹤岗 2 市水资源丰富、森林覆盖率高、生态环境各要素组合匹配合理，环境本底易损性低，且土地利用程度低，生态环境敏感性较低，弹性相对较高，从而增大环境子系统的适应能力。从产业子系统看，七台河市尚处于幼年期发展阶段，资源型产业是产业系统的主体，原生产业占 GDP 的比重达 24.67%，资源型加工业占制造业产值比重达 77.56%，规模以上工业企业资产利润率和负债率分别为 2.35% 和 71.88%，表明该市产业子系统易损性和敏感性较高，稳定性和弹性较低；鹤岗市处于老年期发展阶段，原生产业仍占较大比重，国有经济在城市经济发展中仍占有主导地位，但随着非资源型产业、非国有经济的发展壮大，该市产业子系统的适应能力有了较大提高。

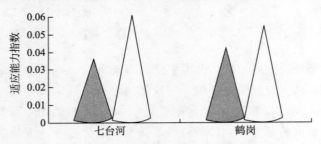

图 3-51　七台河、鹤岗产业生态系统适应能力

　　第四类：中适应能力、环境优先类型。包括葫芦岛、盘锦、双鸭山和大庆 4 市。该类矿业城市产业生态系统整体适应能力中等，且产业子系统适应能力严重滞后于环境子系统（图 3-52）。从产业子系统看，盘锦、大庆 2 市均属石油城市，且处于中年期发展阶段，资源型产业处于稳步扩张期，产业结构单一，产业子系统易损性和敏感性较高，2006 年原生产业占GDP 的比重分别为 53.11% 和 68%，资源型产业占制造业产值比重分别为79.66% 和 87.71%。双鸭山市矿产品产量增长较快，煤炭开采及加工业在城市经济中占重要地位，工业企业经营状况不佳，2006 年规模以上工业企业资产负债率达 67.94%，大大增加了产业子系统易损性和敏感性，降低了产业子系统的适应能力。葫芦岛市资源型加工业占制造业比重达85.03%，企业亏损面大（44.95%），产业系统持续发展结构性矛盾突出，近年来，工业企业经营效益不高，经营风险较高，2006 年规模以上工业企业资产利润率和负债率分别为 −1.34% 和 71.28%，导致产业系统易损性和敏感性增大，但由于经济实力低，接续产业发展缓慢，产业子系统稳定性不高，适应能力处于中等级别。从环境子系统看，盘锦、大庆 2 市生态环境本底条件较差，森林覆盖率低，水资源较少，资源利用结构单一，工业废水排放密度与工业 SO_2 排放密度较高，导致环境易损性和敏感性高，但由于环境治理能力强，使得环境子系统修复能力较强。双鸭山市水资源

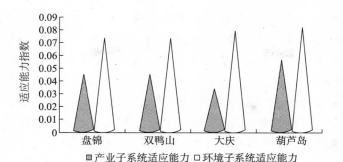

图 3-52 盘锦、双鸭山、大庆、葫芦岛产业生态系统适应能力

相对丰富，森林覆盖率，环境污染治理能力较强，2006 年工业废水达标排放率达 91.88%，工业固体废物综合利用率 71.24%，表明该市环境子系统适应能力较强。葫芦岛市可再生资源利用程度较高，森林覆盖率较高，环境治理投资占 GDP 的比重达 2.43%，工业废水达标排放率达 99.2%，工业 SO_2 去除率 83.9%，工业固体综合利用率 70.32%，说明该市生态环境保护与治理能力较强，稳定性与弹性较高。

第三节 基于适应性目标的矿业城市产业生态系统适应能力评价

　　矿业城市产业生态系统的适应性既不是生产过程的适应，也不是消费过程的适应，更不是某一环节的适应，而是从生产、消费到产品废弃整个系统的适应，因此，对产业生态系统适应能力的评价，不仅要从适应性要素的角度分析、判断系统适应能力的高低，而且也应该从适应性发展目标的视角揭示系统的整体适应能力，以便对系统的整体适应状况做出准确判断。基于此，本节基于能值分析、物质流分析和生态足迹模型整合而成生态经济效率方法，来评价东北矿业城市产业生态系统的适应能力。

一、矿业城市产业生态系统适应性目标取向

(一) 生态经济效率的内涵

　　推进经济增长、实现物质减量化，是矿业城市产业生态系统适应性重组的目标追求，核心是生态经济效率的提高。生态经济效率作为产业生态

学研究的主要方法，是推进循环经济建设、实现可持续发展的切入点。1990 年生态效率由德国学者 Schaltegger 和 Sturm 首次提出（商华，2006）。随后在世界可持续发展委员会（World Business Council on Sustainable Development，WBCSD）的推广下，生态经济效率研究逐渐成为产业生态化和循环经济研究领域的热点，其内涵不断丰富、完善。1996 年 WBCSD 提出，生态经济效率明确的定义，即通过提供能满足人类需要和提高生活质量的竞争性定价商品和服务，同时使整个寿命周期的生态影响与资源强度逐渐降低到一个至少与地球的估计承载能力一致的水平（WBCSD，1996），以达到经济与环境共同发展之目的。欧洲环境署也指出生态经济效率指数从宏观层次上量化了可持续发展进程，并将其定义为从更少的自然资源中获得更多的福利，并且认为生态效率来自于资源使用和污染排放与经济发展的脱钩。综观不同的生态经济效率概念，基本上包括以下几层含义：一是强调了企业经济效益与环境效益的双赢，即以较少的物质投入、较低的生态成本，创造质量高、价格优、竞争力强的产业和服务；二是强调了产品整个生命周期内的环境影响最小化，即从资源开采、产品制造、运输、销售、使用、回收、再利用等产品的生命全过程，将能源和原材料的使用、废弃物和污染的排放降到最低；三是生态经济效率为衡量工商业可持续发展提供有力分析工具，将工业商业纳入整个社会可持续发展演化进程之中；四是生态经济效率强调的是单位产品和服务对环境的影响，最终目标是增强产业的经济品质，而不是将更多的原材料变为废物。

随着发展阶段的演进，可持续发展思想的普及，以及我国发展观的变化，矿业城市产业生态系统适应性的目标不再是单纯的经济增长和物质财富的增加，而是生态与经济的协同发展，即生态经济效率（eco-economic efficiency）的提高。虽然不同组织、学者对生态经济效率的定义各不相同，但有关生态经济效率的评价均涉及经济社会发展的价值量和环境影响，即生态经济效率是产品或服务的价值与环境影响的比值，计算公式（孙鹏等，2007）为

$$生态经济效率 = \frac{产品或服务的价值}{环境影响} \qquad (3.15)$$

在实际的应用中，联合国国际会计和报告标准还推荐了五个生态效率指标（表3-14）。这些生态效率指标分别从经济发展对不可再生资源的消耗、淡水资源的消耗及经济增长所引起的全球变暖、废弃物排放、臭氧层破坏等方面（商华，2006），进行生态经济效率评价，揭示经济增长的资源环境影响。

表 3-14 联合国推荐的五个生态效率指标

生态效率指标	对应的环境问题
初级能源消耗量/增加值	不可再生能源的耗竭
用水量/增加值	淡水资源的耗竭
气体排放量/增加值	导致全球变暖
固体和液体废弃物排放量/增加值	固体和液体废弃物排放量
臭氧层气体排放量/增加值	臭氧层损耗破坏

资料来源: Dyckhoff, 2001

上述各生态经济效率指标均反映了经济增长与生态压力的关系，是城市产业生态系统适应能力的重要体现，可用于计算区域或城市产业生态系统的生态经济效率。生态经济效率的提高意味着区域经济增长与物质消耗、环境影响的降低同步发展，反向增减，即人类社会经济发展、生活质量提高的同时，环境污染降低。

运用生态经济效率开展城市产业生态系统适应性评价，将环境因素纳入区域经济发展系统，实现经济发展外部影响内部化，有利于真正体现经济发展真实成本，符合经济学中稀缺资源配置的理论；同时，由于生态经济效率多与经济结构、技术水平、资源分配体制等因素紧密联系，开展生态经济效率评价有利于识别出区域产业生态系统适应性发展的制约因素，并提出合理的建议。

（二）生态经济效率与矿业城市产业生态系统适应性

传统的经济发展模式以高消耗、高污染、高增长为特征，即允许在经济增长过程中产生并排放废弃物，以降低经济发展的生态成本。这一发展模式不仅导致资源的粗放式利用，大量消耗，而且也带来严重的环境污染。面对经济全球化、市场化以及全球环境变化等新的发展环境，以及中国自身的资源环境本底特征，中国必须走科学发展之路，实现经济增长与资源环境消耗的脱钩，即在经济水平和社会福利不断提高的同时，实现物质资源消耗少增长、零增长甚至负增长，最大限度地减少环境污染物排放，尽量做到少排放甚至零排放。实现这一目标的前提和核心是产业生态系统的适应性调整、重组，即增强产业系统的生态亲和性。生态经济效率是实现产业生态系统这一发展方向转变的最佳体现，代表产业生态系统适应性重构的战略目标和实现途径（图 3-53）。

1. 生态经济效率是矿业城市产业生态系统适应性发展的方向和目标

与自然生态系统一样，产业生态系统也是一个由简单到复杂、由低级

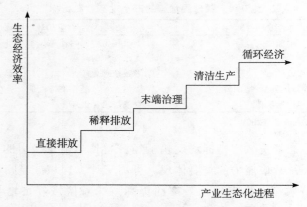

图 3-53　产业生态化进程和生态经济效率变化

资料来源：刘军，2006

向高级不断发展、进化的过程。其进化过程大致可分为三个阶段，即在产业生态系统的初级阶段，由于生产力落后、技术水平低下，经济规模相对较小，以及认识上资源环境的无限性，在产业发展上，形成物质资源进入产业系统，然后以废物的形式排出，系统各组分之间呈现简单的线性关系，即资源—产品—废物发展模式。随着企业数量、类型的增多，产业生态系统内各组分之间的关系变得复杂起来，并通过相互作用组成一个复杂的网络关系，形成二级产业生态系统。与初级产业生态系统相比，该阶段资源利用效率虽然大大提高，但由于资源的单向流动，使得资源数量减少，废物增加，从而增加系统的脆弱性和不可持续性。技术的进步特别是清洁生产技术的推广和应用、静脉产业[①]的发展，使得产业生态系统结构进一步复杂化、网络化，系统内部资源得到充分、循环利用，废物也实现资源化，即系统已没有废物输出，只有资源、原材料输入以及产品、服务输出。具体而言，就是企业之间及企业内部各生产环节之间建立起共生网络关系，实现废物、副产品的相互利用，以降低物质资源的消耗，促使生产活动的环境影响最小化。这是产业生态系统演化发展的理想阶段，也是产业生态系统适应性发展的方向和目标，实质就是提高生态经济效率，因此生态经济效率为产业生态系统的适应性调整指明了方向，是产业生态

---

① 静脉产业（venous industry）：资源再生利用产业是以保障环境安全为前提，以节约资源、保护环境为目的，运用先进的技术，将生产和消费过程中产生的废物转化为可重新利用的资源和产品，实现各类废物的再利用和资源化的产业，包括废物转化为再生资源及将再生资源加工为产品两个过程。

系统适应性重构的目标追求。

对矿业城市而言，其产业生态系统是在矿产资源开发的基础上形成、建立起来的，没有矿产资源，也就没有矿业城市产业生态系统的存在。在矿产资源开发的初期，产业生态系统是以资源开采业为主导，资源加工业及与之相关的资源环境保护等产业尚未形成，因此，资源开发—矿产品—生态破坏的产业发展模式是其特点。随着资源开采业的发展，资源初加工业以及相关服务业逐渐形成，产业系统结构趋于复杂，资源利用效率逐渐提高，生态破坏及环境污染有所遏制，但由于资源开发的累积效应，资源环境问题仍趋于显现。随着矿产资源储量降低，矿业城市产业生态系统中的优势产业快速衰退，而非资源型产业尚未完全形成，导致整个产业生态系统生态经济效率降低。为此，发展生态亲和性强的非资源型产业，提高矿业城市产业生态系统的生态经济效率，成为矿业城市产业生态系统适应性发展的方向和目标。

2. 生态经济效率是矿业城市产业生态系统适应性的衡量标尺

矿业城市产业生态系统适应性不仅包括产业系统与外部市场环境的适应，还包括产业系统与资源环境基础的适应，即矿业城市产业生态系统适应性重构必须同时兼顾经济效益与生态效益，二者协同发展是矿业城市产业生态系统适应性的关键。生态经济效率作为一个对区域生态经济系统发展效率度量的标尺，同时考虑了经济与生态两个方面，一方面强调提高产业生态系统的产出能力，特别是使用较少的物质资源生产出又多又好的商品，降低经济生产的物质投入成本，提高资源生产力和产品竞争力；另一方面，资源消耗少、环境污染小的产品，即生态经济效率高的产品，符合产业生态化转型以及循环经济建设的要求，更接近矿业城市科学发展之目标。因此，生态经济效率既反映了产业生态系统适应性的经济效益也反映了生态效益是矿业城市产业生态系统适应性的表征，所以也就成为矿业城市产业生态系统适应性的衡量标尺。

二、生态经济效率评价模型构建

（一）物质流分析

物质流分析（material flow analysis，MFA）方法自 1990 年提出以来，在西方发达国家得到广泛应用和发展。该方法从实物质量出发，通过经济系统中物质输入、输出与储存等物质流指标，测度人与自然环境之间的物质交换，探讨二者之间相互关系的协调问题，是衡量区域发展可持续性的主要方法（王如松等，2004；彭建等，2006）。其基本原理是：人类活动所产生的环境影响在很大程度上取决于进入经济系统的自然资源和物质的数量与质量，以及从经济系统排入环境的资源和废弃物的数量与质量，前者导致环境退化，后者引起环境污染（Bouman et al.，2000；陈效述等，2003）。从研究层次看，一般可将物质流分析分为经济系统物质流分析、产业部门物质流分析和产品生命周期评价三个层次，其中，经济系统和产业部门的物质流分析对区域可持续发展研究具有重要意义（彭建等，2006）。目前，着眼于经济系统和自然环境的界面，对整个经济系统的物质输入输出进行分析的经济系统物质流分析方法发展尤为迅速，越来越广泛地应用于区域可持续发展研究中（夏传勇，2005）。国外主要围绕经济系统的国家尺度开展有关物质流的分析研究（陶在朴，2003；Mathews et al.，2000；Krausmann et al.，2004；Hoffren et al.，2000；Scansny et al.，2003；Schutz，1999；Maenpaa and Juutinen，2001；Bringezu and Schutz，2001；Palm and Jonsson，2003；De Marco，2001），自 2000 年陈效述等学者将物质流分析方法引入国内并应用于对中国经济系统物质流的分析研究以来，国内对物质流分析的研究主要集中于对国家（陶在朴，2003；陈效述等，2003；刘敬智等，2005；李刚，2004；徐明和张天柱，2005；王青等，2005；孙启宏等，2007）、省级尺度（徐明等，2006；黄晓芬和诸大建，2007；张思锋和雷娟，2006；刘伟等，2006）经济系统的分析，但市（徐一剑等，2004）、县（黄和平等，2006）、开发区等中小尺度区域生态经济系统物质流分析研究还比较少，本研究采用物质流分析，对东北矿业城市产业生态系统的物质输入输出特征和转化效率进行研究，揭示物质、资源流动、转化的内在机制。

根据"欧盟导则（Economy-wide material flow accounts and derived indicators—A methodological guide）"及有关文献（陶在朴，2003；陈效述等，2003；黄晓芬和诸大建，2007），将进入经济系统的自然物质分为可再生固体物质、不可再生固体物质、水、空气和非直接投入使用的物质（即隐藏流）五类，而输出经济系统的物质分为固体废弃物、废水、废气及其他气体物质等。研究中各类物质的具体统计范围如表 3-15所示。

表 3-15 矿业城市产业生态系统输入和输出物质类型及统计指标

物质输入		物质输出	
项目	统计范围	项目	统计范围
区内可再生的固体物质输入	农业、林业、渔业等生物产量	固体废弃物输出	工业及生活废弃物排放量,农用化肥、农药及地膜施用量
区内不可再生固体物质输入	化石燃料、金属、非金属矿物产量		
区内水输入	用水量或供水量	区内废水输出	工业废水和生活废水排放量
区内气体物质输入	氧气和二氧化碳	废气及其他气体输出	工业废气、二氧化碳及氧气排放量
隐藏流	区内物质输入移动的表土量及所引起的水土流失量等	隐藏流	区内物质输出移动的表土量及所引起的水土流失量等
区外物质输入	原材料调入量	区内输出物质	原材料调出量

(二) 能值分析方法

20 世纪 80 年代中期,美国著名生态学家 H. T. Odum 创立的能值分析理论,以太阳能值作为能值研究的标准尺度,通过能值转换率将生态系统与经济系统中的诸要素转换为同一的太阳能值,实现了不同质量的能量统一评价,架起了区域生态系统与经济系统的耦合作用桥梁,为定量分析社会经济发展状况和生态环境之间的关系提供了有力工具 (奥德姆,1993;李双成等,2001;李海涛等,2003)。能值理论认为,能值是产品或劳务形成过程中直接和间接投入应用的一种有效能量 (丁国勇,2005)。太阳能是地球上各种形式能量的根本来源,故以太阳能为基准来衡量不同形式、类别的能量。各种形式产品或劳务形成所需要的太阳能的数量,称之为太阳能值。单位产品或劳务所有的太阳能值为能值转换率 (单位为 sej/J),即单位产品或劳务由多少太阳能焦耳的能值转化而来。产品或劳务的能值转换率越高表明该产品或劳务的能量等级越高。因此,在进行复杂系统发展效益研究时,无论生态系统还是经济系统的效益均可转换为具有同一量纲的能值,为揭示生态与经济之间的关系提供了有效分析工具和衡量标准。矿业城市产业生态系统是一个由产业系统与环境系统复合而成的复杂系统,其内部的产业系统与环境系统是两个性质迥异的子系统,通常指标如 GDP 只能反映系统的经济效益,而难以反映系统的生态效益。利用能值为标准不仅可以衡量人类经济活动的效益,而且也可以衡量经济活动的物质资源投入及生态环境效益。据此，可以构建出矿业城市产业生态系统评价的能值指标体系（表3-16）。

表3-16   产业生态系统能值综合指标体系

能值指标	计算表达式	意义
能值流量		
可更新资源能值流流量 R		城市系统自有财富基础
不可更新资源能值流量 N		城市系统自有财富基础
输入能值 IMP		输入资源、商品财富
输出能值 EXP		输出资源、商品财富
能值总量 U	$Em_U = Em_R + Em_N + Em_I$	系统拥有的总能值财富
能值来源指标		资源利用结构
能值自给率 ESR	$(Em_R + Em_N)/Em_U$	评价自然环境支持能力
购入能值比率	Em_P/Em_U	对外界资源的依赖程度
系统循环能值比率	Em_C/Em_U	产业共生关系及其稳定性
可更新资源能值比率	Em_R/Em_U	判断自然资源的潜力
输入能值与自有能值比率	$Em_I/(Em_R + Em_N)$	评价产业竞争力
社会亚系统能值评价指标		
人均有效能值产出量	$(Em_Y - Em_W)/P$	生活水平和质量的标志
能值功率密度	Em_U/A	评价能值集约度和强度
人口承载量	$(Em_R + Em_I)/(Em_U/P)$	目前环境水准条件下可容人口量
人均石化燃料能值	Em_{fuel}/P	对石化资源的依赖程度
人均煤炭燃料能值	Em_{fuel}/P	对煤炭资源的依赖程度
人均电力能值	Em_{el}/P	反映城市的发达程度
经济亚系统能值评价指标		
煤炭燃料能值比	Em_{fuel}/Em_U	反映煤炭能源能值结构
电力能值比	Em_{el}/Em_U	反映工业化水平
能值交换率	Em_U/Em_O	评价对外交流的得失利益
能值货币比率 EMR	Em_U/GDP	城市经济现代化程度
有效能值产出货币-价值(Em$)	$(Em_Y - Em_W)/(Em_U/GDP)$	
自然亚系统能值评价指标		
可更新资源能值比	Em_R/Em_U	城市系统的环境潜力
废弃物与可更新资源能值比	Em_W/Em_R	废弃物对系统环境的压力
能值废弃率	Em_W/Em_U	城市系统排放废弃物的可利用价值
环境负荷率 ELR	$(Em_U - Em_R)/Em_R$	产业经济活动对环境的压力
系统生态效率指标		
系统环境负载率	E_I/E_R	对系统环境的压力程度
生态环境负荷率	$(Em_N + Em_S + Em_F + Em_{N1})/(Em_R + Em_{R1})$	对整个自然生态环境的压力程度
有效能值产出率（EEYR）	$(Em_Y - Em_W)/Em_I$	
废弃物与产出比	Em_W/Em_Y	资源利用程度
可持续发展能值	EEYR/ELR	城市系统发展的可持续性

注：Em_R 为可更新资源能值；Em_N 为不可更新资源能值；Em_I 为输入能值；Em_O 为输出能值；Em_Y 为系统总产出能值；Em_U 为能值总量；Em_C 为城市系统循环能值；P 为城市人口量；A 为城市面积；Em_{fuel} 为燃料能值；Em_{el} 为电力能值；GDP 为国内生产总值；Em_W 为工业废弃物能值；Em_{N1} 为输入的不可更新资源能值；Em_{R1} 为输入的可更新资源能值。

资料来源：蓝盛芳等，2002

（三）　生态足迹

自 1992 年 William Rees 提出生态足迹概念以来，生态足迹的研究逐渐成为可持续发展研究的热点领域。所谓生态足迹，William 将其形象地比喻为"一只负载着人类与人类创造的城市工厂……的巨脚在地球上留下的脚印"，是能够持续地提供资源或消纳废物，具有生物生产力的地域空间（Wackernagel et al.，1997）。生态足迹是一种可以将全球关于人口、收入、资源应用和资源有效性汇总为一个简单、通用的能够进行国家间比较的便利手段———一种账户工具（Wackernagel et al.，1999）。生态足迹分析方法将生态生产性土地作为统一度量各类自然资本的基础和标尺，测度人类消费需要的商品和服务所消耗的生态成本（Wackernagel et al.，1999；Wackernagel and Rees，1996；Rees，1992）。这里生态生产性土地是指具有生产能力的土地或水体，在生态足迹计算中，根据生物生产力和适于生长的生物种类，生态生产性土地可分为耕地、牧草地、林地、建设用地、水域和化石能源用地六类（Wackernagel and Rees，1996）。由于生态足迹分析方法将人类经济活动与生态环境相互作用复杂关系的简单化、定量化，计算结果明了且易于交流，因此，一经提出即被广泛应用，目前已被应用于从全球、国家到城市、社区等不同尺度的空间单元，从商业企业到家庭、个人等不同组织水平（杨海波等，2009）。生态足迹的计算可有效揭示区域自然资源的利用状态，反映区域生态可持续发展水平。

生态足迹模型基于如下基本假设（中国 21 世纪议程管理中心，2007）：一是人类能够估算、追踪自身所消费的资源、能源及所排放的废弃物数量，并能够找到其生产区和消纳区；二是这些资源、能源和废弃物能够转化为提供或消纳这些物质的生态生产性面积；三是不同类型土地在空间上是互斥的；四是人类对土地面积需求可以超过自然可提供的土地面积。根据以上假设，生态足迹的计算公式（李静，2004）为

$$EF = N \times (ef) = N\sigma \sum A_i = N_a \sum (C_i / P_i) \tag{3.16}$$

式中，EF 为某地生态足迹；N 为总人口；ef 为人均生态足迹；σ 为等价因子；A_i 为生产第 i 项消费项目人均占用的实际生产性土地面积；P_i 为响应的生物生产性土地生产第 i 项消费项目的年平均生产力；C_i 为第 i 项的人均年消费量。但是在计算生态承载力时，必须考虑产量因子，其计算公式为：人均生态承载力 = 各类生物生产性土地面积 × 均衡因子 × 产量因子

（李静，2004）。

（四）基于物质流-能值分析-生态足迹的生态经济效率指标体系构建

物质流分析揭示了生态经济系统运行过程物质代谢状况，反映了物质消耗的重量；能值分析则从价值的角度揭示了生态经济系统运行过程中能量变化状态；生态足迹模型主要是以生态生产性土地的形式揭示人类活动所占用的面积大小。形象地讲，如果生态足迹表示一只承载着人类与人类所创造的城市、工厂……的巨脚踏在地球上留下的脚印，那么生态足迹研究注重的是这只脚的大小，物质流分析则研究这只脚的重量，而能值分析则研究的是这只脚走过之后所产生的包括生态环境及脚所创造的全部价值（刘军，2006）。因此，整合能值分析、物质流分析和生态足迹方法构建包括价值、重量和面积在内的三维的生态经济效率评价指标体系，将拓展产业生态系统研究的方法体系。

式（3.15）中，环境影响包括资源利用和环境负荷状况，因此，相应的生态经济效率包括资源效率（RE）和生态效率（EE）。借鉴式（3.15）的思路，将能值-物质流-生态足迹整合构建出生态经济效率新的表达方法。由于传统的GDP指标在反映社会价值量时，不能体现资源环境对经济增长的贡献，也不能反映社会福利水平的增加，因此，需要寻求新的范式作为测度财富的标准。能值分析理论所提供的能值指标作为反映产品或服务消耗能量的指标，是将产业生态系统中物流、能流和经济流联系起来的桥梁和纽带，能够为产业生态系统生态经济效率评价提供一个理想平台和标尺。

首先，本研究将分析物质流与能值分析相结合，以直接物质投入（DMI）为资源消耗量指标，以能值货币价值（Enmy）为价值量指标，构建资源效率（RE）指标，来评价矿业城市产业生态系统的资源综合利用情况和可持续能力，用公式表示为

$$RE = \frac{Enmy}{DMI} \tag{3.17}$$

其次，将能值分析与生态足迹相结合，以能值货币价值（Enmy）为价值量指标，以生态足迹总量（EF）为环境消耗指标，构建生态效率（EEf）指标，来反映人类活动对环境的影响，公式表示为

$$EEf = \frac{Enmy}{EF} \tag{3.18}$$

三、基于生态经济效率的矿业城市产业生态系统适应能力评价指标体系构建

以生态经济效率为基础指标，遵循科学性、系统性、典型性以及数据的可获得性等原则，同时考虑矿业城市产业生态系统适应性的关键影响因素，基于矿业城市产业生态系统适应性的目标追求，设计出矿业城市产业生态系统适应能力评价指标体系。该指标体系包括目标层、状态层和指标层三个层次（图 3-54）。目标层反映矿业城市产业生态系统适应能力的总体水平，代表矿业城市产业生态系统适应性调整的情况和效果。状态层反映矿业城市产业生态系统适应性各影响要素的发展状态，包括产业系统循环性、开放性、生态经济效率以及环境压力等状况。指标层是指描述系统发展状态的各具体变量，对各子系统发展状态的定量刻画。这一指标体系既考虑矿业城市产业系统结构的完善程度，即系统结构的适应性，又考虑了矿业城市产业生态系统的环境适应状况，即产业系统的生态亲和性，因此，以此为依据开展矿业城市产业生态系统适应能力评价，更具有科学性。

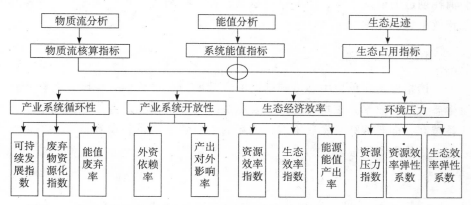

图 3-54 基于生态经济效率的矿业城市产业生态系统适应能力指标体系设计思路

矿业城市产业生态系统适应性评价指标体系主要包括如下指标。

1. 系统可持续发展能值（ESID）

可持续发展能值是系统有效能值产出率（EEYR）与环境负荷率（ELR）的比值，是同时考虑经济效益与生态环境效益，反映系统可持续性的综合性指标。系统可持续发展能值越高，其单位环境负荷下的经济效益越高，系统的经济与生态环境发展协调性越强，可持续发展能力也就越

高。计算公式为

$$ESID = \frac{EEYR}{ELR} \qquad (3.19)$$

2. 废弃物资源化指数 (WRR)

该指标为工业三废综合利用产值能值占能值总量的比率，反映了系统对废弃物的综合利用情况，以此来表示系统物质循环利用水平，以及产业生态系统之间的共生联系。计算公式为

$$WRR = \frac{WR \times EMR}{U} \qquad (3.20)$$

式中，WR 为系统三废综合利用产值；EMR 为能值货币率；U 为系统能值总量。

3. 资源效率指数

该指标是指单位直接物质投入 (DMI) 创造的有效能值货币价值，反映了系统内部物质资源的利用效率。该指标越大，表示系统内部单位物质消耗创造的财富越多、经济效益越高，物质集约化利用程度越高，即减量化效果越明显。

4. 生态效率指数

该指标是指单位生态足迹创造的有效能值货币价值，反映了系统内部生态占用的效率。该指标越大，表示系统内部单位生态占用创造的经济效益越高，即经济社会发展所需要消耗的生态资源越低，是经济社会发展生态占用的衡量标准。

5. 能源能值产出率

该指标表示单位能源消耗所创造的有效能值货币价值。其值越大，则能源产出效率越高，反之，则能源产出效率越低。该指标是揭示产业系统节能效果的主要指标。

6. 资源压力指数

表示单位生态足迹需要消耗的物质直接投入的重量，即单位面积上承担的物质消耗重量，反映系统的物质消耗强度，表示产业生态系统发展的物质资源消耗所导致的生态压力。

7. 资源效率弹性系数

表示资源效率增长率与经济产出增长率之间的比值。弹性系数越大，说明在产出增长一定的情况下，资源效率增长越快，物质资源消耗下降的越快。反之，当弹性系数变小时，则表明资源效率增长缓慢或降低，物质消耗增加。

8. 生态效率弹性系数

表示生态效率增长率与经济产出增长率之间的比值。弹性系数大于 1 时，表明经济产出增长一定的状态下，生态效率增长率越高，生态占用消耗降低越快；弹性系数小于 1 时，表明在经济产出一定时，生态效率增长率较小，生态占用较高，且随着生态效率的下降，生态占用有增大趋势。

四、基于生态经济效率的矿业城市产业生态系统适应能力特征分析

（一）矿业城市物质流分析

1. 研究方法

1）物质流分析指标的选择

物质流分析方法自 20 世纪 90 年代提出以来，在西方发达国家得到广泛应用和发展。该方法通过定量测度经济系统与自然系统之间的物质交换量，来反映经济活动对生态环境造成的压力。其中，直接物质投入（DMI）是表征经济系统物质代谢特征的关键指标之一，反映由于人类社会及其经济活动而导致的资源环境影响，DMI 是指那些具有经济价值并在生产和消费过程中直接使用的物质，包括不可再生和可再生两种类型，其中不可再生物质包括原油、原煤和天然气等化石燃料，各种黑色、有色和贵重金属矿物，原盐等工业矿物，平板玻璃、砂石、水泥等建筑材料；可再生物质包括农作物及副产品、木材、鱼类、蜂蜜、蘑菇、干果等生物物质。一般情况下，DMI 的计算不计入水和空气（European Communities，2001），同时，由于缺乏矿业城市与市外物质输入、输出的统计资料，本研究中 DMI 的计算也没有考虑矿业城市与市外的物质交换量。

2）数据来源

本研究计算所需原始数据主要来源于：①1996~2007 年的辽宁、吉林

和黑龙江 3 省的统计年鉴和《中国城市统计年鉴》；②1996~2005 年的鞍山、本溪、抚顺、阜新、盘锦和葫芦岛 6 市的年鉴，以及 1996~2002 年《鹤岗年鉴》；③2007 年《大庆统计年鉴》、1996~2004 年《双鸭山统计年鉴》、《鸡西五十年》和《七台河五十年》。此外，还包括部分调研数据。

3）减量化模型

国内外学术界对减物质化的理解主要有四种：①减物质化是经济发展的必然结果，表现为最终产品物质重量随时间逐渐减少（Colombo，1988；Heman et al.，1989）；②减物质化是经济活动中，物质使用强度降低，其测度指标为物质消耗与国内生产总值的比值（Bernardini and Galli，1993）；③减物质化是指工业发展过程中，低质量物质被高质量物质或者技术更强的物质材料所取得代的过程（张思锋和雷娟，2006）；④减物质化是指单位经济产值的物质使用或经济活动过程中排出的废弃物数量绝对或者相对减少（陈效述等，2003；Wernick and Ausbel，1996），这也是本研究所遵循的理念。

以 DMI 表示区域经济系统的物质资源消耗，并定义 RPC = DMI/GDP 为资源消耗强度，则有恒等式：

$$DMI = RPC \times GDP \tag{3.21}$$

经推导，可得

$$\Delta DMI = \frac{DMI}{GDP} \times \Delta GDP + \Delta \frac{DMI}{GDP} \times GDP \tag{3.22}$$

式（3.22）中右侧第一项反映由于经济增长所带来的反弹效应，第二项表达了物质消耗强度下降所带来的减量效应，二者之和称为增长效应。要实现物质消耗的绝对减量，就必须降低物质消耗强度，使得增长效应小于零，即使物质减量效应绝对值大于经济增长所带来的反弹效应。

以上各量之间的关系可以用图 3-55（张思锋和雷娟，2006）表示。

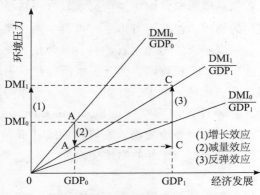

图 3-55　减物质化的增长效应和反弹效应

2. 东北矿业城市 DMI 效率与强度

1）DMI 增长趋势分析

由表 3-17 可得，1995～2006 年煤炭、冶金和综合类城市的 DMI 分别以 0.96%、1.82% 和 4.77% 的速度增长，而 GDP 分别以 10.59%、11.52% 和 11.92% 的速度增长，表明随着经济的快速增长，刺激了物质消耗的较快增加，但增速远小于 GDP 增速。同期，石油城市的 GDP 以 12.54% 的速度增加，而 DMI 则以年均 0.22% 的速度递减，说明石油城市经济增长与物质消耗呈现"脱钩"态势。从变化过程看，由于国内经济发展和国际矿产资源市场周期性波动以及矿产资源可开采量变动的影响，东北地区煤炭、石油、冶金三类城市的 DMI 均经历了增加-减少-再增加的变化过程，而综合类城市则经历了减少-增加的"U"形演变过程。特别是 2000 年前后东北各类矿业城市的 DMI 相继达到最低值，初现"矿竭城衰"的景象，其后在国家资源型城市转型及东北振兴等政策的引导下，经济发展加速，物质资源需求增加，从而驱动 DMI 的快速增加。

2）DMI 投入强度

图 3-56 表明，2006 年东北地区煤炭、石油、冶金、综合四类矿业城市的人均 DMI 分别为 12.23t/人、13.54 t/人、8.90 t/人和 10.44 t/人，同时，与发达地区相比，东北地区矿业城市的物质投入强度依然较大，人均 DMI 分别为 2005 年广东省（张音波等，2007）的 1.95 倍、2.16 倍、1.58 倍和 1.66 倍，2002 年全国（刘敬智等，2005）平均水平的 3.79 倍、4.19 倍、3.07 倍和 3.23 倍，表明矿业城市发展具有明显的资源驱动特征。从变化趋势看，1995～2006 年煤炭、冶金和综合三类矿业城市的物质投入强度总体上呈上升趋势，其中以综合类矿业城市增长最为显著，增长幅度达 65.85%，表明该类矿业城市资源压力最为严峻，而石油类矿业城市则以每年 1.14% 的速率递减，显示出经济发展对石油资源依赖性有减低趋向。

表 3-17　不同类型矿业城市 DMI 及社会经济指标

年份	煤炭类城市			石油类城市		
	DMI/10^4 t	GDP/10^8 元	人口/10^4 人	DMI/10^4 t	GDP/10^8 元	人口/10^4 人
1995	10 520.11	418.34	943.88	9 360.38	709.65	609.30
1996	10 831.93	472.03	950.43	9 679.16	807.93	618.50
1997	10 957.70	531.64	953.88	9 311.03	924.19	626.46
1998	9 159.32	564.22	953.41	9 780.03	979.00	633.49
1999	8 328.46	586.29	957.04	9 558.43	1 112.67	638.55
2000	7 838.02	625.17	963.05	8 760.32	1 484.14	646.20

续表

年份	煤炭类城市			石油类城市		
	DMI/10^4 t	GDP/10^8 元	人口/10^4 人	DMI/10^4 t	GDP/10^8 元	人口/10^4 人
2001	7 678.07	687.74	963.18	9 032.23	1 556.78	650.72
2002	8 798.00	760.26	963.26	9 086.29	1 577.97	656.24
2003	9 945.74	867.40	961.85	8 922.14	1 689.04	661.72
2004	10 641.03	1 034.85	961.02	8 824.47	1 893.39	667.78
2005	10 735.81	1 096.36	957.09	9 054.20	2 207.59	667.76
2006	11 689.38	1 266.03	956.04	9 134.00	2 603.16	674.61

年份	冶金类城市			综合类城市		
	DMI/10^4 t	GDP/10^8 元	人口/10^4 人	DMI/10^4 t	GDP/10^8 元	人口/10^4 人
1995	6 335.87	462.87	752.84	1 583.46	206.20	251.45
1996	6 401.50	505.56	756.38	1 555.28	232.25	254.10
1997	6 582.26	552.48	760.00	1 578.30	257.19	256.55
1998	6 175.28	604.57	761.25	1 313.91	280.38	256.31
1999	5 000.74	658.27	763.18	1 468.72	291.22	256.55
2000	4 426.42	739.54	769.92	1 477.23	312.47	255.59
2001	4 370.67	818.82	770.46	1 507.07	341.36	256.99
2002	4 086.33	890.50	772.13	1 560.85	376.11	257.20
2003	4 445.31	1 025.03	773.29	1 924.00	431.50	257.17
2004	7 160.67	1 299.60	776.45	2 200.33	522.05	254.64
2005	7 422.40	1 361.30	777.70	2 316.23	597.08	253.67
2006	7 729.70	1 536.35	780.90	2 644.39	711.62	253.20

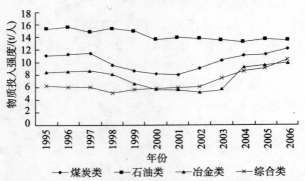

图 3-56 1995~2006 年东北地区矿业城市物质投入强度变化

3）DMI 利用效率

图 3-57 显示，2006 年东北地区煤炭、石油、冶金和综合四类矿业城市的物质利用效率分别为 1083 元/t、2850 元/t、1988 元/t 和 2691 元/t，分别是 2005 年广东省（张音波等，2007）的 3.75%、9.87%、6.89% 和 9.32%，2002 年全国（刘敬智等，2005）平均水平的 43.55%、114.60%、79.94% 和 108.20%，表明东北矿业城市的物质利用十分粗放，尤以煤炭

类矿业城市为最；从变化趋势看，1995～2006 年煤炭、石油、冶金和综合四类矿业城市的物质利用效率整体上均呈现提升趋势，尤以石油类矿业城市上升速度最快，年均递增率达 12.79%，表明近年来石油城市在循环经济发展模式探索方面已加快了步伐。

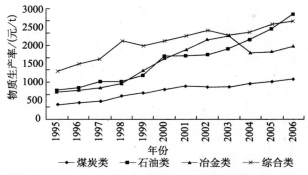

图 3-57　1995～2006 年东北地区矿业城市物质生产效率变化

3. 东北矿业城市物质减量化分析

1）物质减量化的效应分解

运用式（3.22）计算出 1995～2006 年各类矿业城市的反弹效应和减量效应（表 3-18），从表 3-18 可知，1996～2006 年东北地区矿业城市由经济增长所导致 DMI 的反弹效应总体上呈增加趋势，2006 年煤炭、石油、冶金和综合四类矿业城市的反弹效应分别比 1996 年增长了23.04%、25.15%、63.34% 和 122.14%，其中综合类矿业城市经济增长对物质消耗拉动作用最为显著。同期，因单位 GDP 物质消耗强度的降低，石油、冶金类矿业城市的减量效应分别比 1996 年增长了52.35%、20.74%，而煤炭、综合类矿业城市的减量效应则分别降低了 33.40% 和51.89%。由于减量效应与反弹效应作用相反，从而导致石油类矿业城市的增长效应比 1996 年降低了 28.21%，但仍未达到绝对减物质化所期望的小于零的状态，而冶金城市由于反弹效应增长过快，导致增长效应比1996 年提高了 2.48 倍；煤炭和综合类矿业城市则因减量效应减弱与反弹效应的增加相叠合而驱动物质消耗的增加，其中煤炭类城市的增长效应提高了 1.44 倍，综合类城市的增长效应由 -2.59×10^4 t 增加到346.86×10^4 t，即经济发展由绝对物质减量化状态转变为相对物质减量化状态，是一种质的变化。

表 3-18　东北地区矿业城市 DMI 减量化效应分析　　（单位：10^4t）

年份	煤炭类城市			石油类城市		
	减量效应	反弹效应	增长效应	减量效应	反弹效应	增长效应
1995~1996	-920.35	1 350.30	429.95	-858.66	1 296.36	437.70
1996~1997	-1 102.82	1 367.85	265.03	-1 539.39	1 392.78	-146.61
1997~1998	-2 327.30	671.57	-1 655.74	-78.59	552.24	473.66
1998~1999	-1 144.39	358.29	-786.10	-1 369.84	1 335.27	-34.57
1999~2000	-977.88	552.30	-425.59	-2 990.77	3 191.14	200.37
2000~2001	-858.44	784.39	-74.05	-149.53	428.75	279.23
2001~2002	280.63	809.71	1 090.34	-68.00	122.99	54.99
2002~2003	-80.69	1 239.80	1 159.11	-750.86	639.57	-111.29
2003~2004	-1 026.60	1 920.07	893.47	-1 050.06	1 079.43	29.36
2004~2005	-507.52	632.47	124.95	-1 058.93	1 464.38	405.46
2005~2006	-612.96	1 661.38	1 048.42	-1 308.18	1 622.39	314.21
1995~2006	-20 148.0	21 317.28	1 169.27	-25 202.1	24 975.68	-226.37

年份	冶金类城市			综合类城市		
	减量效应	反弹效应	增长效应	减量效应	反弹效应	增长效应
1995~1996	-474.90	584.32	109.42	-202.60	200.02	-2.59
1996~1997	-378.29	594.17	215.88	-130.05	167.04	36.99
1997~1998	-939.03	620.58	-318.45	-373.05	142.29	-230.76
1998~1999	-1 582.48	548.49	-1 033.98	100.13	50.81	150.93
1999~2000	-1 060.77	617.42	-443.35	-91.91	107.13	15.22
2000~2001	-478.93	474.54	-4.40	-97.73	136.60	38.87
2001~2002	-613.26	382.61	-230.65	-90.43	153.42	62.99
2002~2003	-224.43	617.32	392.88	116.18	229.86	346.04
2003~2004	1 202.49	1 190.76	2 393.25	-105.35	403.78	298.43
2004~2005	-74.69	339.96	265.27	-175.15	316.22	141.07
2005~2006	-573.41	954.45	381.04	-97.47	444.33	346.86
1995~2006	-13 300.3	14 694.12	1 393.82	-2 820.22	3 881.15	1 060.93

上述分析说明，东北地区煤炭、冶金、综合三类城市均因经济发展带来日趋严峻的资源环境压力，且有增强的趋势；只有石油类城市的资源环境压力随经济增长呈现减弱趋势，表现出较为明显的可持续性发展态势。

2）基于物质减量化的可持续发展状态判定

实现经济增长与物质消耗的"脱钩"，不仅要减少经济系统的物质输入量，而且要降低物质消耗强度，这是开展物质减量化研究的目的所在。根据增长效应及物质消耗强度的关系，可将矿业城市可持续发展状态分为三种类型：①当 $\Delta DMI < 0$ 且 $\Delta \dfrac{DMI}{GDP} < 0$ 时，即经济发展所需要消耗的物质绝对减少时，称为强可持续发展；②当 $\Delta DMI > 0$ 且 $\Delta \dfrac{DMI}{GDP} < 0$ 时，即经济发展所需要消耗的物质处于相对减少状态时，称为弱可持续发展；③当

$\Delta DMI > 0$ 且 $\Delta \dfrac{DMI}{GDP} > 0$ 时，随着经济增长，物质利用粗放，使得物质消耗总量和物质消耗强度均处于增长趋势，称为不可持续发展。

比较表 3-18、图 3-58 可知，在 1996～2006 年的研究时段内，煤炭、石油、冶金和综合四类城市处于弱可持续发展状态的年份分别为 6 年、8 年、5 年和 7 年，分别占整个研究时段的 54.5%、72.7%、45.5% 和 63.6%。表明近 10 年来东北地区矿业城市基本上处于弱可持续发展运行状态。

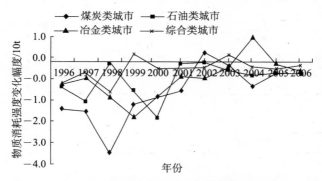

图 3-58　东北地区矿业城市物质消耗强度变化幅度演变图

（二）能值分析

1. 东北矿业城市能值流动系统图

图 3-59 显示了东北矿业城市产业生态系统能值流动基本情况。从自然界获取不可再生资源和可再生资源，发展原生产业和农业，并以原生产业和农业产品及副产品为原料，发展制造业和共生产业，而制造业的发展又为原生产业和农业发展提供必要的设备、技术和资金支持；共生产业的发展又为其他产业的发展提供维护和服务功能。整个产业生态系统向区外提供产品并排放废物。

2. 能值分析指标的选择

在运用能值分析方法对产业生态系统进行分析时，由于指标众多，因此研究者无须局限于已有的指标，可以结合具体的研究对象，按照具体问题具体分析的原则，根据实际需要去探索有助于反映系统变化规律及其特征的新的能值指标（蓝盛芳等，2002）。根据东北矿业城市产业生态系统的形成特征，本研究选取能值产出率、能值废弃率等指标反映矿业城市

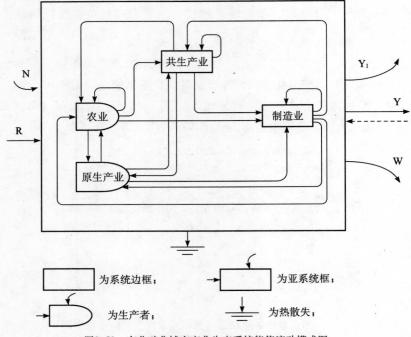

图3-59　东北矿业城市产业生态系统能值流动模式图

N为不可更新自然资源投入量；R为可更新自然资源投入量；

Y为产出；Y_1为输出货物与服务；W为废弃物；⟶为能值流动方向

产业生态系统的资源与能源利用效率，即产业生态系统的循环性；选取能值投资率反映产业生态系统自然与社会经济资源投入结构比例；选取环境负载率即产业生态系统资源投入构成中不可更新资源能值与可更新资源能值的比率，来衡量产业生态系统发展对当地生态环境造成的压力；选取能值密度和人均能值使用强度来反映产业生态的发育水平和状态；选取实际利用外资能值比重和出口能值比重来衡量产业生态系统的开放性。

3. 东北矿业城市产业生态系统能值变化特征

1）能值产出率

能值产出率是系统能值产出与经济反馈投入能值之比值。这里经济反馈投入是指来自经济社会系统的燃料、生产资料以及劳务等，由此，能值产出率相当于经济学上的产出与投入比，是能值分析中最常用的指标之一。2006 年东北矿业城市产业生态系统能值产出率平均为 1.244，白山、鹤岗和七台河 3 市能值产出率位居前 3 位，分别为 2.411、1.843 和 1.552，位居后 3 位的城市为松原、大庆和阜新（表 3-19），说明在相同经济投入下，白山、鹤岗和七台河 3 市产业系统能够获得较高的经济产出，而松原、大庆、阜新则存在投入效率低下问题。从不同资源类型看，综合、煤炭、冶金和石油四类城市的能值产出率分别为 1.908、1.342、1.03 和 0.822，呈现逐次递减的趋势（图 3-60），综合类城市因总是资源的综合开发，使得资源投入产出效率较高，而石油城市过于重视石油产业的发展，导致产业结构过于单一，使得生产要素投入过于集中，难以产生应有的效益。从发展阶段看，老年、中年和幼年三个发展阶段矿业城市产业生态系统的能值产出率分别为 1.289、1.257 和 1.104（图 3-61），呈现由高到低的递减趋势，老年阶段矿业城市产出率较高，主要是因为老年阶段矿业城市产业网络系统相对完善，不同产业之间资源相互利用程度要高于中、幼年阶段矿业城市。

表 3-19　东北矿业城市产业生态系统能值产出率变化表（2000～2006 年）

	2000	2001	2002	2003	2004	2005	2006
鞍山	0.964	1.043	0.926	0.982	0.936	0.991	0.955
抚顺	1.128	1.175	1.156	1.235	1.165	1.238	1.202
本溪	1.432	1.530	1.334	1.450	1.362	1.323	1.225
阜新	1.151	1.141	1.119	1.197	1.099	1.041	0.839
盘锦	1.233	1.129	1.056	1.111	1.343	1.187	1.048
葫芦岛	0.983	0.862	0.857	0.882	0.852	0.926	0.910
辽源	1.668	1.624	1.615	1.965	2.024	1.835	1.404
白山	2.666	2.123	2.689	2.555	2.140	2.391	2.411
松原	0.752	0.701	0.679	0.704	0.742	0.800	0.656
鸡西	1.454	1.155	1.485	1.070	1.211	1.209	1.273
鹤岗	2.568	2.168	3.164	2.366	1.811	2.169	1.843
双鸭山	2.037	1.786	2.477	1.825	1.405	1.569	1.340
大庆	0.894	0.869	0.866	0.862	0.830	0.863	0.762
七台河	2.226	1.851	3.007	1.876	1.902	1.401	1.552

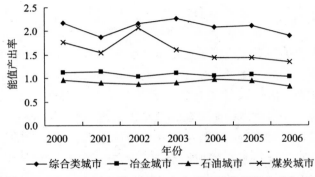

图 3-60　东北不同资源类型城市产业生态系统能值产出率变化

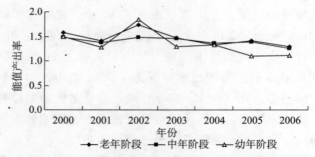

图 3-61　东北不同发展阶段矿业城市产业生态系统能值产出率变化

　　从能值产出率的变化趋势看，2000 年以来，除抚顺市呈上升趋势外，东北各矿业城市产业生态系统能值产出率整体上呈下降趋势，其中尤以双鸭山市下降最为显著，2006 年能值产出率仅为 2000 年的 65.78%，下降了34.22%。从资源类型看，各类矿业城市产业生态系统能值产出率下降幅度由大到小的顺序为煤炭、石油、综合和冶金；在发展阶段方面，能值产出率下降幅度由大到小的顺序为幼年、老年和中年。由于近年来随着东北振兴战略的实施，各矿业城市均加大了产业发展的投资力度，过多的资源投入反而降低产业生态系统应有的发展效率。

　　2）能值废弃率

　　按照产业生态学观点，没有完全无价值的物质和能量，因此，也就没有污染和废弃物的概念，只有放错地方的资源。但由于人类认识和技术的局限性，产业生态系统还不能完全利用所有的物质和能量投入，而造成大量不可利用物质和能量的产生，影响产业生态系统的发展效率。能值废弃率是产业生态系统所排放的废弃物能值与能值总量之比，反映了生产过程中不可利用物质和能量的产生情况，是衡量产业生态系统物质资源利用程度的有效标尺。表 3-20 显示，2006 年东北矿业城市产业生态系统能值废弃率平均为 0.0755，本溪市最高为 0.225，约为平均水平的 3 倍，是最低值的 9.4 倍（盘锦为 0.024），表明各矿业城市产业生态系统能值废弃率差距明显。从资源类型看，各类矿业城市产业生态系统能值废弃率由高到低的顺序为冶金、石油、煤炭和综合，冶金类城市能值废弃率之所以较高是因为金属矿开采、冶炼及加工过程中，产生大量固体废物以及废水、废气，导致能值废弃率较高，而综合类城市因考虑资源的综合利用，在产业发展过程中不可利用物质产生较少。从发展阶段看，老年、中年和幼年三阶段矿业城市产业生态系统能值废弃率分别为 0.0653、0.0881 和 0.0455，呈现由中年、老年到幼年逐渐递减趋势，说明中年阶段矿业城市正处于发展兴盛期，资源开发规模和矿业发展均处于发展旺盛期，同时生产过程中也产生大量不可利用物质，使得该阶段矿业城市能值废弃率较高，反观老年和幼年阶段矿业城市因资源开发规模相对较小，生产过程产生的"三废"相对低于中年阶段矿业城市。

表 3-20　东北矿业城市产业生态系统能值废弃率变化表（2000~2006 年）

	2000	2001	2002	2003	2004	2005	2006
鞍山	0.106	0.099	0.117	0.120	0.128	0.122	0.171
抚顺	0.064	0.063	0.055	0.061	0.064	0.060	0.064
本溪	0.139	0.097	0.106	0.103	0.132	0.222	0.225
阜新	0.057	0.042	0.065	0.041	0.038	0.035	0.055
盘锦	0.041	0.027	0.022	0.025	0.026	0.028	0.024
葫芦岛	0.036	0.033	0.040	0.032	0.047	0.058	0.062
辽源	0.014	0.033	0.025	0.026	0.025	0.030	0.029
白山	0.043	0.044	0.033	0.034	0.034	0.034	0.031
松原	0.064	0.052	0.042	0.032	0.039	0.040	0.044
鸡西	0.041	0.048	0.032	0.044	0.038	0.038	0.094
鹤岗	0.066	0.070	0.045	0.056	0.061	0.050	0.048
双鸭山	0.034	0.039	0.027	0.035	0.042	0.039	0.038
大庆	0.151	0.148	0.131	0.125	0.128	0.113	0.128
七台河	0.049	0.059	0.039	0.042	0.040	0.051	0.047

　　从能值废弃率发展趋势看，2000~2006 年石油城市产业生态系统能值废弃率总体上呈下降趋势，由 0.0853 下降到 0.0643，下降幅度达 24.6%。冶金、煤炭和综合三类矿业城市产业生态系统能值废弃率均呈现上升趋势，上升幅度分别为 62.99%、11.25% 和 5.26%（图 3-62），说明石油城市废物回收和处理产业发展较好，而其他资源类城市则相对落后；幼年阶段的矿业城市产业生态系统能值废弃率也呈现下降趋势，而老年和中年阶段的矿业城市产业生态系统均呈现上升趋势，其中中年阶段矿业城市上升最快，达 25%（图 3-63），表明在资源开发规模扩大以及矿业扩张的同时，资源利用技术没有进步，而且废物回

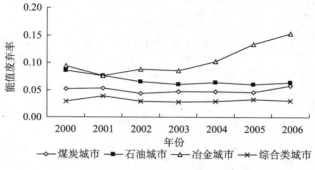

图 3-62　东北不同资源类型产业生态系统能值废弃率变化

收与处理产业发展缓慢，导致中年阶段矿业城市能值废弃率快速提升，幼年阶段城市由于注意废物的回收利用，能值废弃率反而下降。

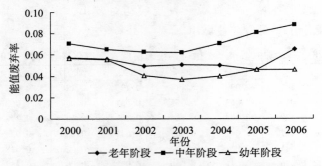

图 3-63   东北不同发展阶段类型产业生态系统能值废弃率变化

3）能值投资率

能值投资率为经济能值与环境能值之比率，即产业生态系统中的经济反馈投入能值与来自自然界的土地、矿产、雨、水和太阳能等环境能值之比值。该指标反映了产业生态系统的发展程度和环境影响程度，其值越大，说明系统发展程度越高，对生态环境依赖性越小，反之，则经济发展水平低而环境依赖性强。表 3-21 表明，2006 年东北各矿业城市产业生态系统能值投资率差距较大，最大的松原的能值投资率为 5.821，是最小的白山（0.603）的 9.65 倍。从资源类型看，煤炭、石油、冶金和综合四类型矿业城市产业生态系统能值投资率分别为 2.152、4.419、4.461 和 0.8715（图 3-64），呈现由冶金、石油到煤炭再到综合的递减变化特征；从发展阶段看，老年、中年和幼年三阶段矿业城市产业生态系统能值投资率分别为 2.577、2.978 和 3.5825（图 3-65），显示出由幼年、中年到老年阶段矿业城市能值投资率逐渐减小趋势，这是因为幼年阶段矿业城市产业生态系统正处于形成时期，各种基础设施都处于不断完善之中，各种经济要素的反馈投入比重较大。

表 3-21   东北矿业城市产业生态系统能值投资率变化表（2000～2006 年）

	2000	2001	2002	2003	2004	2005	2006
鞍山	5.152	3.639	5.546	4.281	5.509	4.636	5.410
抚顺	4.357	3.770	3.880	3.026	3.935	3.100	3.419
本溪	1.885	1.613	2.400	1.905	2.455	2.843	3.661
阜新	2.880	2.760	2.136	1.961	2.243	2.255	4.197
盘锦	1.682	2.420	3.179	2.673	1.716	1.812	3.238
葫芦岛	3.325	4.865	4.847	4.160	4.517	4.306	4.312
辽源	0.852	0.880	0.861	0.668	0.639	0.730	1.140
白山	0.504	0.677	0.494	0.535	0.694	0.611	0.603

	2000	2001	2002	2003	2004	2005	2006
松原	4.129	4.458	4.468	4.251	4.146	3.558	5.821
鸡西	1.252	2.090	1.277	2.573	1.911	1.882	1.827
鹤岗	0.546	0.684	0.408	0.595	0.962	0.707	0.864
双鸭山	0.741	0.892	0.527	0.816	1.177	1.014	1.265
大庆	3.604	3.575	2.875	3.111	3.548	3.031	4.197
七台河	0.689	0.915	0.437	0.880	0.896	1.721	1.344

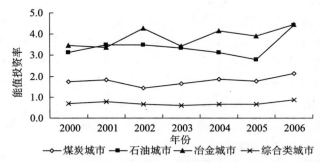

图 3-64　东北不同资源类型矿业城市产业生态系统能值投资率变化

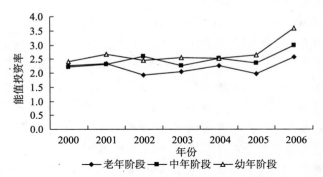

图 3-65　东北不同发展阶段矿业城市产业生态系统能值投资率变化

从能值投资率的发展趋势看，东北各矿业城市产业生态系统能值投资率除抚顺外均处于提高阶段，即各矿业城市发展水平均呈现不断提升趋势，其中本溪市提升最快，2006 年是 2000 年 1.93 倍。抚顺市能值投资率处于下降趋势，2006 年仅为 2000 年的 78.5%，可能与该市不可更新资源反馈投入的减少有关。从资源类型看，煤炭、石油、冶金和综合四类矿业城市产业生态系统投资率分别比 2000 年增加 23.42%、40.8%、29.15%和 28.54%，增长幅度由大到小的顺序为石油、冶金、综合和煤炭，煤炭城市多处于资源枯竭或有枯竭趋势发展阶段，造成反馈性经济投入提升相对较慢，而石油城市则由于国家石油价格的上涨，引发各类反馈性投入的快速增加；在发展阶段方面，表现为处于老年、中年和幼年三个阶段的矿业城市产业生态系统能值投资率均呈现上升趋势，以幼年阶段上升最快，是因为幼年阶段矿业城市的产业系统规模快速扩张，经济反馈投入快速增加，导致其能值投资率大幅提升，2006年比2000年增加48.71%，远高于老年阶段14.08%的增加幅度。综合以上分析，表明东北矿业城市产业生态系统对经济社会反馈性投入的依赖性在增加，受人类影响程度在加深。

　　4）环境负载率

　　环境负载率是系统投入的不可更新资源能值与可更新资源能值之比，是衡量系统环境压力的主要指标，该指标越大，系统所承受的环境压力越大，反之，所承受的环境压力越小。2006年东北各矿业城市中环境负载率最高的城市为鞍山（4.035），最低的为白山（0.45），仅为鞍山市的1/9，表明各城市环境负载率差异较大（表3-22）。从不同资源类型看，2006年煤炭、石油、冶金和综合四类矿业城市产业生态系统环境负载率分别为1.55、2.435、3.433和0.523（图3-66），显示出冶金大于石油大于煤炭大于综合的递变特征，冶金城市环境负载率最高，表明该类城市产业生态系统环境压力最大，主要是因为冶金产业属于高物耗、高能耗、高污染型产业，给当地生态环境造成较大压力。就不同发展阶段矿业城市而言，老年、中年和幼年三个阶段矿业城市产业生态系统环境负载率分别为1.88、2.066和1.951，呈现老年小于幼年小于中年的变化特征（图3-67），老年阶段矿业城市产业系统中的矿业比重大大降低，矿业在城市发展中的主导地位已经削弱，同时环境整治工作的重视，使得老年矿业城市的环境负载率保持在相对较低的水平，与此相比，中年阶段矿业城市产业系统中的资源型产业处于稳步扩张期，因强调资源开发的经济价值，忽视资源环境保护，促使此类城市环境负载率保持较高水平。

表3-22　东北矿业城市产业生态系统环境负载率变化表（2000~2006年）

	2000	2001	2002	2003	2004	2005	2006
鞍山	3.935	2.763	4.037	3.135	4.006	3.440	4.035
抚顺	3.902	3.407	3.463	2.722	3.551	2.811	3.086
本溪	1.688	1.441	2.180	1.739	2.272	2.655	3.407
阜新	2.312	2.147	1.388	1.346	1.463	1.347	2.519
盘锦	1.064	1.724	2.343	1.961	1.296	1.141	2.378
葫芦岛	2.240	3.138	3.109	2.628	2.795	2.876	2.858
辽源	0.420	0.428	0.390	0.310	0.290	0.337	0.596
白山	0.343	0.435	0.325	0.364	0.482	0.457	0.450
松原	2.105	2.123	2.033	1.991	2.076	1.846	2.816

续表

	2000	2001	2002	2003	2004	2005	2006
鸡西	0.821	1.414	0.893	1.750	1.311	1.272	1.324
鹤岗	0.401	0.483	0.289	0.407	0.740	0.532	0.591
双鸭山	0.509	0.592	0.305	0.488	0.651	0.591	- 0.695
大庆	2.201	2.092	1.481	1.668	1.929	1.573	2.112
七台河	0.533	0.693	0.314	0.651	0.703	1.411	1.085

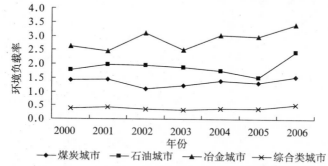

图 3-66　东北不同资源类型矿业城市产业生态系统环境负载率变化

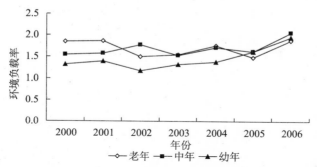

图 3-67　东北不同发展阶段矿业城市产业生态系统环境负载率变化

从发展趋势看，抚顺和大庆 2 市产业系统的环境负载率总体上呈下降趋势，其他各矿业城市均呈增大趋势，说明东北矿业城市产业系统的环境压力整体上呈加大趋势，主要是因为伴随着振兴东北优惠政策的实施，以及国家对资源、能源需求的增加，加大了不可更新资源的需求和开发力度，增加了环境压力。从不同资源类型看，2006 年煤炭、石油、冶金和综合四类矿业城市产业系统的环境负载率分别比 2000 年增加了 9.6%、36.05%、30.99% 和 37.09%，综合类城市的环境负载率增加幅度最大，石油城市次之，煤炭城市最小；从不同发展阶段看，老年、中年和幼年三个阶段矿业城市产业系统环境负载率分别比 2000 年提高了 1.13%、33.31% 和 47.88%，幼年阶段矿业城市环境压力提高幅度最大，与该阶段城市资源开发规模迅速扩大有直接关系，而老年阶段城市基本保持稳定，是与此阶段矿业城市产业系统转型有关，如阜新转变为向现代农业发展，由此大大降低了对不可更新资源的开发程度。

5）产业生态系统发展程度

人均能值用量和能值密度是衡量矿业城市产业生态系统发展程度的主要指标。人均能值用量不仅体现了产业系统的经济价值，还包括市场无法货币化的自然环境所提供的价值和服务能值。因此，比单纯以经济价值来衡量产业系统发展水平更具有全面性、科学性和客观性。从表3-23可以看出，2006年东北各矿业城市产业生态系统人均能值用量差异非常显著，七台河市人均能值用量最高，达2.47×10^{18} sej/人，是最低值的420倍（松原仅为5.88×10^{15} sej/人）。从资源类型看，煤炭、石油、冶金和综合四类矿业城市的人均能值用量平均分别为42.15×10^{16} sej/人、1.11×10^{16} sej/人、1.90×10^{18} sej/人和1.22×10^{18} sej/人，呈现煤炭＞冶金＞综合＞石油的变化特征；从发展阶段看，老年、中年和幼年三个阶段矿业城市产业生态系统人均能值用量平均值分别为1.28×10^{16} sej/人、1.46×10^{16} sej/人、123.79×10^{16} sej/人，显示出幼年＞中年＞老年的变化特征。

从人均能值用量变化趋势看，2000～2006年东北各矿业城市（阜新除外）的人均能值均呈现增大趋势，其中尤以盘锦增加幅度最大，是2000年的1.66倍，阜新市人均能值用量呈递减趋势，2006年比2000年减少6%。资源类型方面，煤炭、石油、冶金和综合四类矿业城市人均能值用量均呈现增加趋势，分别比2000年提高了28.45%、54.89%、51.19%和32.64%（图3-68），表明石油城市产业生态系统发展水平提升速度快于其他三类矿业城市；发展阶段方面，图3-69表明，不同发展阶段矿业城市产业生态系统人均能值用量呈现不断提高趋势，但以中年阶段矿业城市提高最快，比2000年提高了46%以上，由于中年阶段处于扩张期，能值需求大幅度增加，导致人均能值用量以高于老年、幼年阶段矿业城市的速度提升。

表3-23　东北矿业城市产业生态系统人均能值变化表（2000～2006年）

（单位：sej/人）

	2000	2001	2002	2003	2004	2005	2006
鞍山	1.15E+16	1.3E+16	1.17E+16	1.32E+16	1.31E+16	1.43E+16	1.47E+16
抚顺	1.73E+16	1.84E+16	1.77E+16	2.04E+16	2.07E+16	2.32E+16	2.27E+16
本溪	1.59E+16	1.76E+16	1.92E+16	2.29E+16	2.64E+16	3.06E+16	3.01E+16
阜新	8.31E+15	8.36E+15	7.02E+15	9.16E+15	8.95E+15	9.34E+15	7.82E+15
盘锦	1.22E+16	1.5E+16	1.59E+16	1.76E+16	1.78E+16	1.55E+16	2.02E+16
葫芦岛	1.03E+16	1.03E+16	1.01E+16	1.1E+16	1.12E+16	1.19E+16	1.22E+16
辽源	6.35E+15	6.92E+15	7.42E+15	9.45E+15	1.03E+16	1.04E+16	9.84E+15

续表

	2000	2001	2002	2003	2004	2005	2006
白山	1.2E+16	1.05E+16	1.27E+16	1.28E+16	1.19E+16	1.59E+16	1.45E+16
松原	4.5E+15	4.77E+15	4.69E+15	5.19E+15	5.62E+15	6.79E+15	5.88E+15
鸡西	7.88E+15	6.59E+15	8.57E+15	6.37E+15	7.55E+15	8.11E+15	1E+16
鹤岗	8.61E+15	7.41E+15	1.15E+16	8.93E+15	8.93E+15	1.08E+16	1.05E+16
双鸭山	6.85E+15	5.9E+15	8.57E+15	6.92E+15	6.16E+15	8.19E+15	8.18E+15
大庆	4.78E+15	5.04E+15	5.59E+15	6.52E+15	7.04E+15	7.96E+15	7.19E+15
七台河	1.92E+18	1.63E+18	2.42E+18	1.55E+18	2.2E+18	2.06E+18	2.47E+18

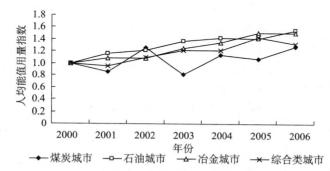

图 3-68　东北不同资源类型矿业城市产业生态系统人均能值用量变化

人均能值指数是以 2000 年人均能值用量为基准，其他年份人均能值用量与之的比值

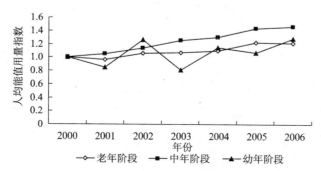

图 3-69　东北不同发展阶段类型矿业城市产业生态系统人均能值用量变化

人均能值指数是以 2000 年人均能值用量为基准，其他年份人均能值用量与之的比值

　　能值密度反映了区域产业生态系统发展水平和等级，一般用产业系统能值利用总量与该系统的土地面积之比来表示。从表 3-23 可以看出，2006年东北各矿业城市产业生态系统能值密度存在非常大的差异，最高的盘锦市（6.29×10^{18} sej/km^2）是最低的七台河市（1.72×10^{16} sej/km^2）的 365.7 倍。不同资源类型矿业城市产业生态系统的能值密度也各不相同，煤炭、石油、冶金和综合四类矿业城市产业生态系统能值密度分别为

1.36×10^{18} sej/km^2、2.66×10^{18} sej/km^2、4.79×10^{18} sej/km^2 和 1.72×10^{18} sej/km^2，呈现冶金＞石油＞综合＞煤炭的变化特征，表明冶金城市开发强度大，能值消耗强度最高，而煤炭城市相对较低，约为冶金城市的 1/3；不同发展阶段的矿业城市产业生态系统能值密度也有较大差异，2006 年老年、中年和幼年三个阶段矿业城市产业生态系统能值密度分别为 1.90×10^{18} sej/km^2、3.19×10^{18} sej/km^2 和 3.97×10^{17} sej/km^2，中年阶段矿业城市因矿产资源开发规模和矿业发展都处于稳步发展时期，无论经济反馈投入还是自然环境投入都比较大，使得其能值密度比较高，而老年阶段矿业城市因矿产资源开发规模缩小和强度下降，各种投入相对减少，致使能值密度低于中年阶段，而幼年阶段矿业城市因处于开发初期，能值密度最低。从表 3-24 及图 3-70、图 3-71 可以看出，2000～2006 年东北矿业城市产业生态系统能值密度呈现不断增加趋势，煤炭、石油、冶金和综合四类矿业城市产业生态系统能值密度分别比 2000 年增加了 19.4％、65.9％、45.5％和 41.9％，表明这一时期石油城市处于快速发展期，特别是产业系统开始向加工型转变，由此带来能值密度的大幅度增加。老年、中年和幼年阶段的矿业城市产业生态系统能值密度分别比 2000 年增加了 19.41％、50.44％和 32.66％，由于老年阶段矿业城市相继进入转型期，产业系统由资源型向加工型转变，造成该阶段矿业城市产业系统资源消耗下降，能值密度相对增长较慢。

表 3-24　东北矿业城市产业生态系统能值密度变化表（2000～2006 年）

（单位：sej/km^2）

	2000	2001	2002	2003	2004	2005	2006
鞍山	4.26E+18	4.83E+18	4.35E+18	4.93E+18	4.89E+18	5.39E+18	5.53E+18
抚顺	3.49E+18	3.7E+18	3.55E+18	4.09E+18	4.12E+18	4.62E+18	4.51E+18
本溪	2.96E+18	3.28E+18	3.56E+18	4.26E+18	4.92E+18	5.69E+18	5.6E+18
阜新	1.54E+18	1.55E+18	1.31E+18	1.71E+18	1.67E+18	1.74E+18	1.46E+18
盘锦	3.66E+18	4.54E+18	4.85E+18	5.38E+18	5.46E+18	4.8E+18	6.29E+18
葫芦岛	2.66E+18	2.67E+18	2.64E+18	2.86E+18	2.93E+18	3.13E+18	3.24E+18
辽源	1.54E+18	1.67E+18	1.79E+18	2.28E+18	2.48E+18	2.49E+18	2.36E+18
白山	8.85E+17	7.96E+17	9.65E+17	9.71E+17	8.89E+17	1.19E+18	1.08E+18
松原	5.84E+17	6.23E+17	6.18E+17	6.87E+17	7.48E+17	8.93E+17	7.76E+17
鸡西	6.86E+17	5.74E+17	7.45E+17	5.5E+17	6.5E+17	6.89E+17	8.51E+17
鹤岗	6.54E+17	5.63E+17	8.73E+17	6.74E+17	6.69E+17	8.1E+17	7.86E+17
双鸭山	4.59E+17	3.94E+17	5.75E+17	4.64E+17	4.14E+17	5.47E+17	5.46E+17
大庆	5.65E+17	5.99E+17	6.71E+17	7.92E+17	8.7E+17	9.91E+17	9.12E+17
七台河	1.39E+16	1.17E+16	1.74E+16	1.1E+16	1.55E+16	1.45E+16	1.72E+16

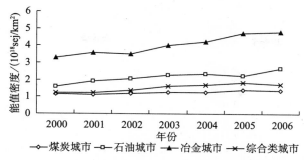

图 3-70 东北不同资源类型矿业城市产业生态系统能值密度变化

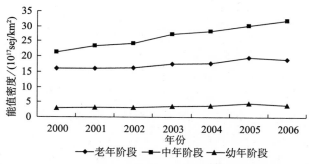

图 3-71 东北不同发展阶段矿业城市产业生态系统能值密度变化

6）产业系统开放性

外资依赖性和产出对外影响率是衡量产业生态系统开放性程度的主要指标。外资能值依赖性指数用外资能值与能值总量之比来表示，反映矿业城市产业生态系统开放性程度。表 3-25 显示，东北矿业城市产业系统外资能值依赖性还比较低，2006 年最高的松原仅为 6.69%，其次，鞍山为 4.22%。从发展趋势看，2000 年以来，各矿业城市产业系统外资能值依赖性均经历先上升后下降的过程，在 2002 年或 2003 年达到最大值，然后开始下降。这主要是因为 2002 年前后国家开始考虑东北振兴和资源型城市转型问题，在优惠政策支持下，外资吸引力增加，之后，随着国际能源价格的上涨，矿业城市发展又呈现出活力，对吸引外资重视程度有所下降，导致外资吸引力减少。

表 3-25 东北矿业城市产业生态系统外资依赖性程度变化表（2000～2006 年）

（单位：%）

	2000	2001	2002	2003	2004	2005	2006
鞍山	3.69	5.19	6.76	8.22	7.40	2.28	4.22
抚顺	0.93	1.77	2.40	2.43	1.24	1.33	1.66

续表

	2000	2001	2002	2003	2004	2005	2006
本溪	0.57	0.79	1.15	1.48	1.85	1.32	1.71
阜新	0.33	1.23	2.11	2.09	2.53	1.21	1.95
盘锦	10.11	10.61	4.69	6.12	7.35	1.23	1.28
葫芦岛	0.67	1.33	2.09	2.55	1.18	1.22	0.48
辽源	0.37	0.64	1.09	0.63	0.86	0.91	1.60
白山	0.53	0.39	0.40	0.57	0.87	0.98	2.04
松原	0.21	0.08	0.52	1.43	1.08	5.97	6.69
鸡西	0.47	0.69	0.59	1.05	1.02	1.11	0.96
鹤岗	0.48	0.67	0.26	0.02	0.09	0.23	0.29
双鸭山	0.00	0.19	0.14	0.11	1.65	0.04	0.00
大庆	1.70	2.00	1.93	1.81	2.16	2.40	3.65
七台河	0.03	2.25	0.95	2.24	1.76	0.04	0.07

产出对外影响率是反映矿业城市产业生态系统的对外影响程度，本研究用出口能值占能值总量的比重来表示。由表 3-26 可得，2006 年东北矿业城市产业生态系统产出对外影响率平均为 6.7%，葫芦岛最高，也仅为 17.2%，最低的七台河市仅为 0.5%，可见，东北矿业城市产业生态系统的对外影响还比较小，表明矿业城市产业生态系统开放性还比较低，仍然不能从市场上有效地获取经济发展所需要各种物质和能量。扩大对外开放，提高产业生态系统的外向度是矿业城市产业生态系统适应性发展中必须要重视的课题。

表 3-26　东北矿业城市产业生态系统产出对外影响率变化表（2000～2006 年）

（单位:%）

	2000	2001	2002	2003	2004	2005	2006
鞍山	5.69	3.95	4.19	4.29	8.24	10.62	15.02
抚顺	5.12	4.26	4.92	6.58	9.04	8.42	9.14
本溪	4.51	2.03	4.33	3.31	14.83	17.90	17.14
阜新	1.02	1.55	1.64	1.75	2.39	2.01	2.03
盘锦	0.76	1.30	1.39	2.34	3.96	2.51	1.60
葫芦岛	9.23	10.69	6.13	8.44	19.00	29.89	17.24
辽源	0.82	1.03	2.40	0.89	0.79	0.40	0.60
白山	3.82	4.24	4.57	4.96	4.56	4.90	4.91
松原	0.38	0.40	0.28	0.42	0.58	0.63	2.69
鸡西	2.77	2.93	1.45	3.16	3.42	4.82	6.17
鹤岗	1.38	0.12	0.18	0.32	0.26	0.51	1.45
双鸭山	0.44	0.50	1.19	3.64	5.35	8.36	11.52
大庆	1.03	1.22	1.53	1.38	2.50	2.67	3.82
七台河	0.08	0.15	0.16	0.19	0.11	0.31	0.53

7）可持续性指数

可持续性指数（ESI）是反映矿业城市产业生态系统可持续发展能力的重要指标，通常用能值产出率与环境负载率之比来表示，一般而言，当 ESI < 1 时，系统为消费性系统；当 1 < ESI < 10 时，系统发展富于活力；当 ESI > 10 时，系统处于不发达阶段。由此可以得出，产业生态系统中可更新资源投入越多，本地不可更新资源投入能值越小，系统的可持续发展能力越强。表 3-27 显示，2006 年东北矿业城市产业生态系统可持续性指数大于 1 的城市有辽源、白山、鹤岗、双鸭山和七台河 5 市，这 5 座城市产业生态系统发展活力较强。而其余 9 座城市的产业生态系统可持续性指数均小于 1，表明这些城市处于消费系统发展阶段，特别是本地不可更新资源投入在这些城市能值投入中处于支配地位，降低了这些城市的可持续发展能力，如鞍山市可持续性指数仅为 0.237。从发展趋势看，2000 ～ 2006 年除抚顺市可持续性指数呈现增加趋势外，东北各矿业城市可持续性指数均呈现不同程度的下降态势，其中七台河下降幅度最大，比 2000 年下降了约 66%，表明近年来东北矿业城市产业生态系统可持续发展能力处于不断下降的状态。

表 3-27 东北矿业城市产业生态系统可持续性能指数变化（2000～2006 年）

	2000	2001	2002	2003	2004	2005	2006
鞍山	0.245	0.378	0.229	0.313	0.234	0.288	0.237
抚顺	0.289	0.345	0.334	0.454	0.328	0.441	0.389
本溪	0.848	1.062	0.612	0.834	0.599	0.498	0.359
阜新	0.498	0.531	0.806	0.889	0.751	0.773	0.333
盘锦	1.159	0.655	0.451	0.567	1.037	1.041	0.440
葫芦岛	0.439	0.275	0.276	0.336	0.305	0.322	0.318
辽源	3.970	3.798	4.147	6.331	6.973	5.443	2.356
白山	7.772	4.876	8.267	7.021	4.436	5.227	5.352
松原	0.357	0.330	0.334	0.354	0.358	0.434	0.233
鸡西	1.772	0.817	1.663	0.612	0.924	0.951	0.962
鹤岗	6.398	4.485	10.932	5.813	2.448	4.076	3.117
双鸭山	4.002	3.017	8.120	3.738	2.157	2.657	1.930
大庆	0.406	0.416	0.584	0.516	0.430	0.549	0.361
七台河	4.176	2.671	9.581	2.883	2.705	0.993	1.430

从资源类型看，2006 年煤炭、石油、冶金和综合四类矿业城市产业生态系统的可持续性指数平均值分别为 1.36、0.34、0.30 和 3.85，呈现冶金小于石油小于煤炭小于综合的类型分异特征。冶金城市由于不可更新资源投入量大，使得其可持续性指数在诸资源类型城市中处于最低水平，而综合类城市因可更新资源投入在产业生态系统资源投入结构中处于支配地

位，使其可持续发展能力最强。从发展趋势看（图 3-72），2000～2006 年各种资源类型城市产业生态系统的可持续性指数总体上均呈现下降趋势，其中煤炭城市下降幅度最大，达 52.37%，综合类城市下降幅度最小，为 34.36%，表明不可更新资源的投入均呈现增长态势，而可更新资源的利用在降低，从而导致矿业城市可持续发展能力降低。

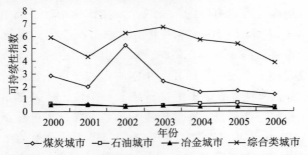

图 3-72   东北不同资源类型矿业城市产业生态系统可持续性指数变化

从发展阶段看，2006 年老年、中年和幼年三个阶段矿业城市产业生态系统可持续性指数平均值分别为 1.20、1.42 和 0.83，呈现中年大于老年大于幼年的类型分异特征。在发展趋势方面（图 3-73），2000～2006 年不同发展阶段矿业城市产业生态系统可持续性指数均呈现降低趋势，老年、中年和幼年阶段矿业城市的可持续性指数分别比 2000 年下降了 46.4%、39.74% 和 63.31%，幼年阶段矿业城市因处于规模扩大期，不可更新资源的开发规模持续扩大，而可更新资源的利用程度相对降低，导致可持续性指数的大幅下降；中年阶段矿业城市虽然处于不可更新资源的稳定开发期，但由于科学发展观的贯彻和落实，依靠矿产资源开发所获得的资金，加强可更新资源的利用，一定程度上增强了可持续发展能力，使可持续性指数下降相对缓慢；老年阶段矿业城市可持续性指数的下降，可能与矿业集团异地开采有关。

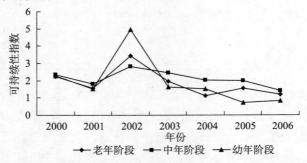

图 3-73   东北不同发展阶段矿业城市产业生态系统可持续性指数变化

（三）生态足迹

根据前述生态足迹研究方法，计算出东北各矿业城市产业生态系统的人均生态足迹（表3-28），由表3-28分析东北矿业城市产业生态系统人均生态足迹变化具有如下特征。

1. 2000～2006年东北矿业城市产业生态系统人均生态足迹总体上呈增大趋势，但差异在缩小

表3-28、图3-74显示，东北矿业城市产业生态系统人均生态足迹不断增大，以本溪、双鸭山增长最快，人均生态足迹分别为2000年的2.65倍和2.38倍，表明东北矿业城市产业生态系统发展强度不断增强，生态占用增多，环境压力持续增大。但各矿业城市产业生态系统人均生态足迹的差异总体上呈现缩小趋势，2000年各矿业城市之间人均生态足迹的变差系数[①]为1.617，到2006年减小到1.462，可见，东北各矿业城市产业生态系统均趋于向生态环境压力增大的方向发展。

表 3-28　东北矿业城市人均生态足迹的变化（2000～2006年）

（单位：hm^2/人）

	2000	2001	2002	2003	2004	2005	2006
鞍山	4.603	4.853	4.802	5.162	5.510	5.768	5.985
抚顺	5.725	5.812	5.677	6.158	6.585	6.942	7.003
本溪	2.934	3.056	4.198	4.468	5.799	7.151	7.763
阜新	2.825	2.947	2.652	3.356	3.089	4.227	4.010
盘锦	4.175	5.494	6.208	6.505	5.125	5.707	8.049
葫芦岛	3.815	4.445	4.420	4.733	5.160	4.770	4.929
辽源	1.872	1.974	2.361	2.468	2.794	3.126	3.327
白山	1.607	1.675	1.570	1.579	1.808	2.211	1.942
松原	2.913	3.881	4.000	4.317	4.403	4.890	5.241
鸡西	2.311	2.440	2.322	2.458	2.815	2.982	3.459
鹤岗	1.380	1.391	1.431	1.444	1.885	1.896	2.381
双鸭山	1.398	1.519	1.501	1.749	2.305	2.615	3.329
大庆	2.177	2.392	2.831	2.861	3.306	3.800	3.813
七台河	2.543	2.623	2.339	2.410	3.469	4.312	4.739

2. 东北不同资源类型矿业城市产业生态系统人均生态足迹呈现冶金、石油、煤炭、综合依次减少的分异特征

从图3-75可以看出，2000～2006年东北地区煤炭、石油、冶金和综合四类矿业城市产业生态系统的人均生态足迹平均值分别为3.735hm^2/

---

① 变差系数计算公式为：$C_v = \left[\sum\limits_{i=1}^{n} (x_{ti} - \bar{x}_t)^2 / n \right]^{1/2} / \bar{x}_t$。

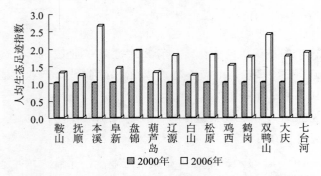

图 3-74　东北矿业城市产业生态系统人均生态足迹指数变化

人均生态足迹指数为以 2000 年人均生态足迹为基准，其他年份与之比值

人、5.116hm²/人、5.796hm²/人和 2.526hm²/人，由冶金到石油、煤炭
再到综合呈现由大到小不断递减的顺序。冶金城市由于发展高耗能的冶
金产业，如鞍山、本溪的钢铁工业，造成该类城市资源大量消耗，人均
生态足迹处于最高水平，综合类城市如辽源、白山 2 市，因采矿业相对
萎缩，非矿产业发展水平较高，使得其人均生态足迹处于较低水平。从
发展趋势看，各类矿业城市人均生态足迹均呈不断提高趋势，以石油城
市提升幅度最大，2006 年是 2000 年的 1.85 倍，综合类城市提升幅度最
小，2006 年为 2000 年的 1.51 倍。因此，近年来在高油价驱使下，石油
城市的快速发展，是以增加生态环境压力，降低生态可持续性为代价的。

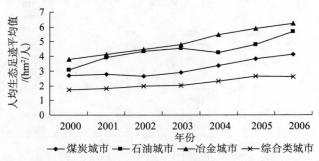

图 3-75　东北不同资源类型矿业城市人均生态足迹平均值变化

3. 不同发展阶段矿业城市产业生态系统人均生态足迹呈现老年、中
年、幼年依次增大的分异特征

图 3-76 表明，2006 年东北地区老年、中年和幼年三个阶段矿业城市
产业生态系统人均生态足迹分别为 4.213hm²/人、4.892hm²/人和
4.99hm²/人，老年阶段矿业城市以资源开采为主导的矿业发展规模相对缩

小，现代制造业和第三产业发展较快，产业发展过程中物耗、能耗相对较少，人均生态足迹处于相对较低水平；而幼年阶段资源开发处于上升期，物质资源投入强度相对较大，生态占用也比较高，导致人均生态足迹处于较高水平。从发展趋势看，不同发展阶段矿业城市的人均生态足迹均呈现增加趋势，老年、中年和幼年三个阶段矿业城市人均生态足迹分别比 2000 年增加了 37.68%、73.32% 和 82.92%，因此，幼年阶段矿业城市人均生态足迹增加幅度最大，也就意味着幼年阶段矿业城市不仅生态压力最大，而且增加速度最快，因此降低资源消耗，减轻生态压力是幼年阶段矿业城市发展中必须要研究的重大课题。

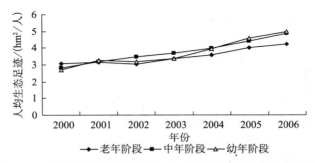

图 3-76 东北不同发展阶段矿业城市人均生态足迹平均值变化

4. 不同地区矿业城市产业生态系统人均生态足迹呈现辽宁、吉林、黑龙江依次减少的类型分异特征

从图 3-77 可以看出，2000～2006 年东北地区的辽宁、吉林和黑龙江 3 省矿业城市产业生态系统的人均生态足迹平均值分别为 5.062hm²/人、2.855hm²/人和 2.532hm²/人，辽宁省矿业城市产业生态系统人均生态足迹最高，主要是因为辽宁省矿业城市近年来发展比较迅速，化石能源投入量比较大。从发展趋势看，各省矿业城市产业生态系统人均生态足迹均呈现增长趋势，但黑龙江省增加最快，比 2000 年增加了 80.66%，分别高于辽宁省的 56.74%、吉林省的 64.42%。主要由于近年来黑龙江实施了哈大齐工业走廊以及东部煤电化基地建设，推动矿业城市快速发展，由此带来人均生态足迹的较快增长。

5. 不同规模矿业城市产业生态系统的人均生态足迹呈现特大城市、大城市、中等城市依次减少的变化特点

图 3-78 显示，不同规模矿业城市产业生态系统人均生态足迹差异比较

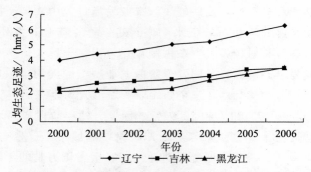

图 3-77 东北三省矿业城市人均生态足迹平均值变化

明显，特大城市最高，大城市次之，中等城市最小，即矿业城市规模越大，人均生态足迹也就越大，产业系统发展生态环境压力也就越大。从发展趋势看，不同规模矿业城市产业生态系统的人均生态足迹均城市增长态势，特大城市、大城市和中等城市的人均生态足迹分别比 2000 年提高了25.76%、75.38% 和 79.79%，其中，中等城市提高幅度最大，表明随着产业发展，中等城市需要投入能源等资源也在增加，使得生态占用快速扩大，增加了中等城市的人均生态足迹。

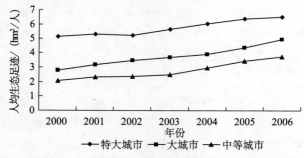

图 3-78 东北不同规模矿业城市人均生态足迹平均值变化

（四）基于生态经济效率的东北矿业城市产业生态系统适应能力综合评价

1. 东北矿业城市产业生态系统生态经济效率分析

1）资源效率

资源效率反映了产业生态系统单位物质消耗所创造的能值价值，是衡量产业生态系统物质利用效率的主要标尺。由于能值既体现了产业生态系统中的自然环境价值也体现了经济价值，因而对产业生态系统发展效率的全面考察，要避免单一的经济指标对产业生态系统发展效率评判的片面性，是对产业生态系统发展状态及适应能力的全面考量。表 3-29 显示，2006 年东北矿业城市产业生态系统资源效率平均值为 1.32×10^{12} sej/kg，最高值为 4.26×10^{12} sej/kg（抚顺），最低值为 3.76×10^{11} sej/kg（大庆），最高值是最低值的 11.33 倍，表明东北各矿业城市产业生态系统资源效率差异较大。从发展趋势看，2000～2006 年东北 14 个地级矿业城市中只有盘锦、大庆和七台河 3 市资源效率呈增长趋势，分别比 2000 年提高了 81.59%、77.36% 和 8.12%，其他 11 座矿业城市产业生态系统资源效率均呈现不同程度的下降趋势（图 3-79），尤以阜新市下降最为显著，可能是因为阜新矿业集团异地开发煤炭资源，导致近年来阜新市的 DMI 大幅度增加，且 DMI 增加幅度超过能值总量增加幅度，从而造成资源效率大幅度降低。

表 3-29　东北矿业城市产业生态系统资源效率变化表（2000～2006 年）

（单位：sej/kg）

	2000	2001	2002	2003	2004	2005	2006
鞍山	1.83E + 12	2.38E + 12	2.34E + 12	2.49E + 12	1.28E + 12	1.38E + 12	1.35E + 12
抚顺	4.69E + 12	4.88E + 12	4.51E + 12	4.76E + 12	4.09E + 12	4.37E + 12	4.26E + 12
本溪	1.89E + 12	2.01E + 12	2.38E + 12	2.51E + 12	1.78E + 12	1.85E + 12	1.72E + 12
阜新	1.15E + 12	1.18E + 12	8.18E + 11	8.95E + 11	7.74E + 11	8.06E + 11	6.05E + 11
盘锦	8.04E + 11	9.98E + 11	1.1E + 12	1.25E + 12	1.23E + 12	1.16E + 12	1.46E + 12
葫芦岛	2.91E + 12	2.47E + 12	2.48E + 12	2.51E + 12	2.32E + 12	2.68E + 12	2.8E + 12
辽源	1.53E + 12	1.65E + 12	1.48E + 12	1.4E + 12	1.3E + 12	1.19E + 12	1.04E + 12
白山	1.64E + 12	1.41E + 12	1.8E + 12	1.56E + 12	1.27E + 12	1.68E + 12	1.27E + 12
松原	9.92E + 11	8.2E + 11	7.6E + 11	8.31E + 11	9.14E + 11	8.78E + 11	7.34E + 11
鸡西	1.11E + 12	9.23E + 11	1.09E + 12	6.7E + 11	9.02E + 11	9.05E + 11	9.06E + 11
鹤岗	6.98E + 11	5.9E + 11	8.12E + 11	5.88E + 11	5.03E + 11	5.91E + 11	5.55E + 11
双鸭山	8.11E + 11	7.5E + 11	9.45E + 11	6.87E + 11	5.52E + 11	7.12E + 11	6.29E + 11
大庆	2.12E + 11	2.28E + 11	2.56E + 11	3.09E + 11	3.49E + 11	4.02E + 11	3.76E + 11
七台河	7.64E + 11	6.85E + 11	8.48E + 11	4.92E + 11	6.78E + 11	6.88E + 11	8.26E + 11

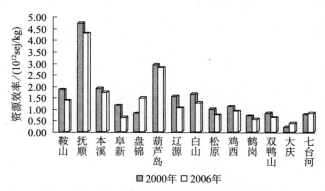

图 3-79　东北矿业城市产业生态系统资源效率变化比较

从不同资源类型看，2006 年煤炭、石油、冶金和综合四类矿业城市产业生态系统的资源效率平均值分别为 9.78×10^{11} sej/kg、11.81×10^{11} sej/kg、25.55×10^{11} sej/kg 、7.28×10^{11} sej/kg，冶金城市产业生态系统资源效率最高，而综合类城市最低。从发展趋势看，冶金城市呈现逐步下降趋势，煤炭和石油城市均显示出先增加后降低趋势，而综合类城市则呈现增加—减少—再增加的变化趋势。但与 2000 年相比，各类城市产业生态系统资源效率均呈现降低趋势，其中，煤炭城市的资源效率仅为 2000 年的83%（图 3-80）。表明东北矿业城市产业生态系统物质消耗呈增大趋势，尚未实现产业发展与物质消耗的脱钩，产业生态化进程还任重而道远。

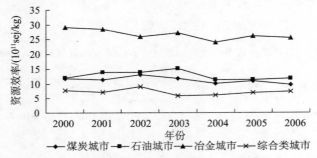

图 3-80   东北不同资源类型矿业城市产业生态系统资源效率变化比较

从发展阶段看，2000 ~ 2006 年东北地区不同发展阶段矿业城市产业生态系统的资源效率存在较大差异，老年、中年和幼年三个阶段矿业城市产业生态系统资源效率 7 年平均值分别为 1.19×10^{12} sej/kg、1.60×10^{12} sej/kg、1.26×10^{12} sej/kg，呈现中年大于幼年大于老年的类型分异特征。从发展趋势看，2000 年以来老年阶段矿业城市产业生态系统的资源效率经历了减小—增大—再减小—再增大—再减小的变化过程；中年阶段矿业城市除2004 年呈现波动外，一直呈现降低趋势；幼年矿业城市则经历了先增加后减少的过程。与 2000 年相比，仅有幼年矿业城市资源效率整体上呈提升趋势（图 3-81）。以上说明，老年矿业城市处于产业转型期，产业系统的波动性发展，导致资源效率的波动；中年矿业城市因产业发展稳定，以增加物质资源推动产业发展，造成产业系统资源效率下降；幼年矿业城市，如七台河，因发展循环经济导致物质资源消耗相对下降，从而使得资源效率总体上呈增加趋势。

2）生态效率

生态效率是指单位生态占用空间所创造的能值价值。表 3-30 显示，2006 年东北矿业城市产业生态系统生态效率平均值为 3.10×10^{15} sej/hm²，

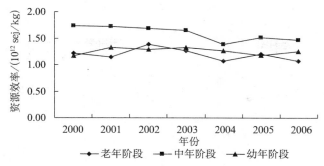

图 3-81 东北不同发展阶段矿业城市产业生态系统资源效率变化比较

仅有抚顺、白山、鹤岗、本溪和七台河 5 市的生态效率超过平均值，生态效率最高的白山市是最低的松原市 6.65 倍，表明东北大部分矿业城市产业生态系统生态效率在平均值之下，且各城市之间存在一定差异。从发展趋势看，仅抚顺市呈现增加趋势，其他 13 座城市均呈现不同程度的下降，双鸭山市生态效率下降幅度最大，2006 年仅为 2000 年的 50%（图 3-82）。主要是由于各矿业城市生态占用的增加速度超过能值总产出的增加速度，使得各城市生态效率下降，也表明各矿业城市是以增加生态消耗来换取产业系统发展的。

表 3-30　东北矿业城市产业生态系统生态效率变化比较（2000～2006 年）

（单位：sej/hm^2）

	2000	2001	2002	2003	2004	2005	2006
鞍山	2.49E + 15	2.67E + 15	2.43E + 15	2.56E + 15	2.37E + 15	2.49E + 15	2.45E + 15
抚顺	3.03E + 15	3.17E + 15	3.12E + 15	3.32E + 15	3.14E + 15	3.34E + 15	3.24E + 15
本溪	5.41E + 15	5.76E + 15	4.56E + 15	5.12E + 15	4.56E + 15	4.28E + 15	3.88E + 15
阜新	2.94E + 15	2.84E + 15	2.65E + 15	2.73E + 15	2.9E + 15	2.21E + 15	1.95E + 15
盘锦	2.93E + 15	2.74E + 15	2.57E + 15	2.71E + 15	3.47E + 15	2.72E + 15	2.5E + 15
葫芦岛	2.7E + 15	2.32E + 15	2.29E + 15	2.32E + 15	2.17E + 15	2.5E + 15	2.48E + 15
辽源	3.39E + 15	3.51E + 15	3.14E + 15	3.83E + 15	3.68E + 15	3.32E + 15	2.96E + 15
白山	7.48E + 15	6.26E + 15	8.09E + 15	8.09E + 15	6.58E + 15	7.21E + 15	7.45E + 15
松原	1.55E + 15	1.23E + 15	1.17E + 15	1.2E + 15	1.28E + 15	1.39E + 15	1.12E + 15
鸡西	3.41E + 15	2.7E + 15	3.69E + 15	2.59E + 15	2.68E + 15	2.72E + 15	2.9E + 15
鹤岗	6.24E + 15	5.33E + 15	8.05E + 15	6.18E + 15	4.74E + 15	5.69E + 15	4.43E + 15
双鸭山	4.9E + 15	3.88E + 15	5.71E + 15	3.96E + 15	2.67E + 15	3.13E + 15	2.46E + 15
大庆	2.2E + 15	2.11E + 15	1.98E + 15	2.28E + 15	2.13E + 15	2.09E + 15	1.89E + 15
七台河	5.45E + 15	4.45E + 15	7.45E + 15	4.56E + 15	4.47E + 15	3.36E + 15	3.64E + 15
平均	3.87E + 15	3.50E + 15	4.06E + 15	3.68E + 15	3.35E + 15	3.32E + 15	3.10E + 15

　　不同资源类型矿业城市产业生态系统生态效率差异明显。2006 年煤炭、石油、冶金和综合四类矿业城市产业生态系统的生态效率分别为 3.92×10^{15} sej/hm^2、2.02×10^{15} sej/hm^2、2.56×10^{15} sej/hm^2、3.05×10^{15} sej/hm^2，呈现煤炭＞综合＞冶金＞石油的变化特征。从发展趋势看，四类矿业城市产业生态效率均

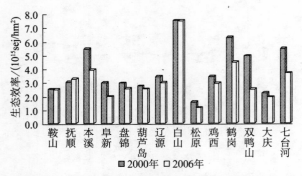

图 3-82 东北矿业城市产业生态系统生态效率比较

呈现下降趋势,其中,综合类城市下降幅度最大,比 2000 年下降了 41% (图 3-83),表明综合类城市产业生态系统的迅速发展是以生态占用急剧增加来推动的,从而造成该类矿业城市产业生态系统生态效率的快速下降。

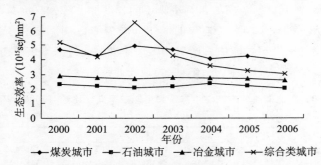

图 3-83 东北不同资源类型矿业城市产业生态系统生态效率比较

在发展阶段方面,2000 ~ 2006 年老年、中年和幼年矿业城市产业生态系统的生态效率平均值分别为 4.29×10^{15} sej/hm^2、3.29×10^{15} sej/hm^2、3.11×10^{15} sej/hm^2,显示出老年 > 中年 > 幼年的变化特征。进入 21 世纪以来,由于老年矿业城市产业系统开始转型,在有关政策的支持下,大量资源投入推动产业系统转型、重组,使得生态占用处于较高水平。从发展趋势看,三个阶段矿业城市产业生态系统生态效率均处于不断下降的状态,其中尤以中年矿业城市下降幅度最大,比 2000 年下降了 25.7% (图 3-84)。2000 年以来,中年矿业城市以矿业为主导的重工业获得快速发展,大大增加了产业生态系统的生态占用,而能值产出相对增加较少,使得生态效率以较快的速度下降。减少物质消耗,提高资源利用效率,降低生态占用,是扭转矿业城市生态效率下降,促进可持续发展的必然选择。

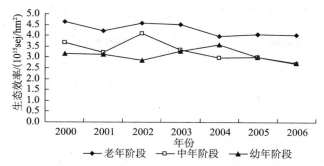

图 3-84　东北不同发展阶段矿业城市产业生态系统生态效率比较

2. 产业生态系统适应能力演变特征

运用前述基于生态经济效率所构建的矿业城市产业生态系统适应能力评价指标体系，采用本章第二节所提出的评价方法，分别计算出 2001 年和 2006 年两个时间截面的东北矿业城市产业生态系统适应能力评价指数，经分析东北矿业城市产业生态系统适应能力具有如下特征。

1）产业生态系统适应能力现状特征

产业生态系统是基于生态系统承载能力、具有高效的经济过程及和谐的生态功能的网络型、进化型生态—经济复合系统（陆宏芳，2003）。因此，产业生态系统发展的环境适应性不仅是经济的适应，还包括与生态环境的适应，基于生态经济效率开展的矿业城市产业生态系统适应能力评价，是将经济与生态纳入一个系统框架，评价矿业城市产业生态系统持续发展能力。由于不同个体、不同资源类型和不同发展阶段的矿业城市表现出不同的产业系统特征，所以本研究将从这些不同的视角分析东北矿业城市产业生态系统适应能力演变特征。

首先，从城市尺度看，2006 年东北矿业城市产业生态系统适应能力指数平均为 0.094，最高值为 0.135（抚顺），最低值为 0.065（鹤岗），是最高值的 48%，且超过和低于平均值的城市个数相等，表明东北矿业城市产业生态系统适应能力差异呈正态分布（表 3-31）。从影响城市产业生态系统适应能力的因素看，2006 年东北矿业城市产业生态系统循环性、开放性、生态经济效率和环境压力四个子系统指数平均值分别为 0.158、0.068、0.072 和 0.077，表明循环性是产业生态系统适应能力形成的主导因素，即不同企业之间、产业之间共生网络的完善程度是影响产业生态系统适应能力的关键性因素。

表 3-31　东北矿业城市产业生态系统适应能力得分（2006 年）

	循环性	开放性	生态经济效率	环境压力	适应能力指数
鞍山	0.129	0.157	0.038	0.077	0.100
抚顺	0.251	0.082	0.112	0.095	0.135
本溪	0.090	0.139	0.065	0.089	0.096
阜新	0.187	0.036	0.024	0.065	0.078
盘锦	0.185	0.024	0.044	0.081	0.084
葫芦岛	0.211	0.124	0.074	0.093	0.125
辽源	0.148	0.022	0.142	0.073	0.096
白山	0.097	0.058	0.185	0.033	0.093
松原	0.179	0.103	0.019	0.086	0.097
鸡西	0.145	0.052	0.050	0.062	0.077
鹤岗	0.131	0.010	0.104	0.015	0.065
双鸭山	0.151	0.077	0.068	0.215	0.128
大庆	0.145	0.071	0.020	0.042	0.069
七台河	0.165	0.001	0.059	0.049	0.069

其次，从资源类型看，东北地区的煤炭、石油、冶金和综合四类矿业城市产业生态系统适应能力指数平均值分别为 0.092、0.083、0.107 和 0.095，呈现冶金大于综合大于煤炭大于石油的类型分异特征（图 3-85）。冶金城市产业生态系统适应能力指数之所以最高，是因为其开放性指数和环境压力指数均是四类城市中最高的，分别为 0.140 和 0.086；虽然综合类城市的循环性、开放性和环境压力三个指数均是四类城市中最低的，但由于其生态经济效率最高且与其他三类城市差距较大［2006 年其生态经济效率为 0.163，是居于第二位的煤炭城市（0.069）的 2.35 倍］，使得综合类城市产业生态系统适应能力处于仅次于冶金城市的水平；煤炭城市产业生态系统适应能力水平是由产业生态系统的循环性发展程度所决定的，其循环性指数分别是开放性、生态经济效率和环境压力指数的 3.97 倍、2.47

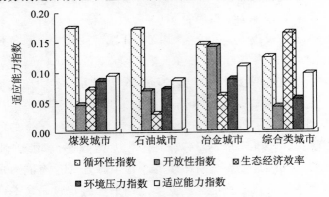

图 3-85　东北不同资源类型矿业城市产业生态系统适应能力比较（2006 年）

倍和 2.06 倍；同样，石油城市产业生态系统的适应能力也是由其循环性发展程度所支配的。

最后，从发展阶段看，2006 年东北地区处于老年、中年和幼年阶段的矿业城市产业生态系统的适应能力指数平均值分别为 0.089、0.099 和 0.083，呈现中年＞老年＞幼年的阶段性分异特征（图 3-86）。中年阶段矿业城市产业生态系统适应能力之所以最高，是由于其开放性、生态经济效率和环境压力指数均高于老年和幼年阶段矿业城市，虽然其循环性指数低于其他两个阶段矿业城市，但在四个因素共同作用下，使产业生态系统适应能力处于较高水平；老年阶段矿业城市产业生态系统虽然循环性指数最高，但由于其开放性和环境压力指数最低，各种因素综合作用的结果，使其适应能力仅次于中年阶段矿业城市；幼年阶段矿业城市因其所有要素均没有最优表现，耦合作用的结果使其产业生态系统适应能力处于较低水平。

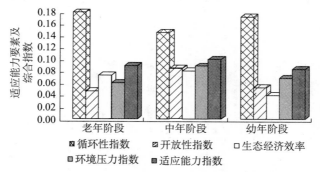

图 3-86　东北不同发展阶段矿业城市产业生态系统适应能力比较（2006 年）

2）产业生态系统适应能力时间演化特征

比较 2001 年和 2006 年东北矿业城市产业生态系统适应能力及各影响要素发展指数，发现东北矿业城市产业生态系统适应能力演变呈现如下特征。

东北矿业城市产业生态系统适应能力总体上呈递减趋势。从表 3-31、表 3-32、图 3-87 可以看出，东北矿业城市产业生态系统适应能力指数除双鸭山外，均呈现不同程度的下降，其中七台河市下降幅度最大达 46.66%，下降幅度最小的抚顺市仅为 7.46%，而同期双鸭山市则增加了 15.14%。双鸭山市产业生态系统适应能力的提高主要是由于其循环性指数和环境压力指数分别比 2001 年提高了 14.97%、7.18%，而开放性指数则是 2001 年的 20.21 倍，虽然其生态经济效率由 0.109 减小到 0.068，但最终在循环性、开放性、生态经济效率和环境压力等要素的共同作用下，双鸭山市产业生态系统适应能力表现出增强的趋势。而其余矿业城市产业生态系统适应能力的下降主要是由于循环性和环境压力指数快速降低所致。

表 3-32 东北矿业城市产业生态系统适应能力得分（2001 年）

	循环性	开放性	生态经济效率	环境压力	适应能力指数
鞍山	0.189	0.070	0.065	0.250	0.143
抚顺	0.173	0.046	0.113	0.253	0.146
本溪	0.161	0.020	0.134	0.227	0.136
阜新	0.183	0.020	0.053	0.227	0.121
盘锦	0.189	0.091	0.049	0.227	0.139
葫芦岛	0.297	0.092	0.061	0.098	0.137
辽源	0.110	0.011	0.172	0.235	0.132
白山	0.131	0.035	0.216	0.211	0.148
松原	0.189	0.002	0.026	0.229	0.112
鸡西	0.188	0.027	0.053	0.228	0.124
鹤岗	0.082	0.005	0.149	0.156	0.098
双鸭山	0.131	0.004	0.109	0.201	0.111
大庆	0.123	0.024	0.023	0.150	0.080
七台河	0.210	0.017	0.101	0.185	0.128

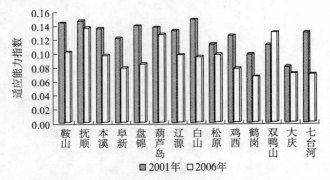

图 3-87 东北矿业城市产业生态系统适应能力比较

图 3-88 表明，2001～2006 年东北地区矿业城市产业生态系统循环性指数发展趋势各异，鞍山、本溪、盘锦、葫芦岛、白山、松原、鸡西和七台河 8 市的产业生态系统循环性指数呈下降趋势，分别比 2001 年下降了31.63%、44.03%、2.56%、28.82%、25.58%、5.63%、22.99% 和21.41%，本溪市下降幅度最大，葫芦岛下降幅度最小。造成这些城市产业生态系统循环性下降的主要原因是矿产等不可更新资源投入增大，生产过程中环境污染物排放量增多，而废物资源化程度下降，根本原因是产业系统共生网络程度低，各企业相互利用产品、副产品及废物的格局尚未形成。而抚顺、阜新、辽源、鹤岗、双鸭山和大庆 6 市则呈上升趋势，分别比 2001 年上升了 45.02%、1.93%、34.19%、59.29%、14.97% 和18.06%，鹤岗上升幅度最大，抚顺次之，阜新上升幅度最小。导致这些城

市产业生态系统循环性指数上升的主要原因是产业系统多元化趋势明显，如抚顺、辽源和阜新等城市产业转型以取得较大进展，非资源型产业得到较快发展，物质循环利用程度提高，支撑产业系统发展的资源基础向可更新资源转向，也就是说产业系统共生网络化程度的提高，促进了这些城市产业生态系统循环性发展程度的提升。

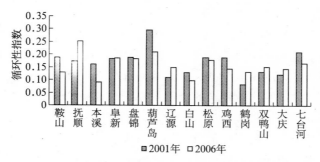

图 3-88 东北矿业城市产业生态系统循环性变化趋势

东北矿业城市产业生态系统开放性整体上呈扩大趋势。矿业城市产业生态系统开放性不仅是指向国外的开放，还应包括与国内及周围地区之间的经济要素的交流、交换，本书仅考虑了矿业城市产业系统的利用外资和出口情况。图 3-89 显示，东北矿业城市（除盘锦、七台河 2 市外）产业生态系统的开放性总体上呈不断扩大趋势，开放性指数平均值由 2001 年的 0.033 增加到 2006 年的 0.068，松原市增长幅度最大，比 2001 年增加了 46.04 倍，葫芦岛市增加幅度最小，仅比 2001 年增加了 34.12%。东北矿业城市产业生态系统开放性的扩大主要是由于出口的增加和实际利用外资的增长。盘锦和七台河 2 市开放性程度的下降，主要是由于实际利用外资能值的减少所致，盘锦市实际利用外资从 2001 年的 $11\,860 \times 10^4$ 美元减少

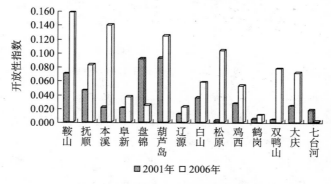

图 3-89 东北矿业城市产业生态系统开放性变化趋势

到 2006 年的 2052×10^4 美元，七台河市则由 1374×10^4 美元减少到 64×10^4 美元。因此提高盘锦、七台河 2 市对外开放程度，应在利用外资上下工夫。因为只有与外部环境保持合理的物质、能量的流动、交换，才能从外部市场获取必要的资金、技术和人才等要素，也才能保持相对稳定持续的发展能力和适应能力。

东北矿业城市产业生态系统生态经济效率总体上呈下降趋势。从图3-90可以看出，东北矿业城市（葫芦岛除外）产业生态系统生态经济效率总体上呈降低趋势，生态经济效率指数平均值由 2001 年的 0.094 下降到2006 年的 0.072，下降了 23.4%。造成东北矿业城市产业系统生态经济效率下降的原因主要是产业系统的资源效率和生态效率下降，即产业系统粗放式发展，导致物质资源消耗大量增加，虽然经济获得增长，但由于物质资源利用不充分，引起资源浪费，环境污染，使得产业系统生态经济综合效率降低。葫芦岛市产业系统生态经济效率呈现小幅度上升，比 2001 年增加了 21.7%，主要是由于其资源效率由 2001 年的 2.47×10^{12} sej/kg 增加到2006 年的 2.80×10^{12} sej/kg，生态效率由 2.32×10^{15} sej/hm^2 增加到 2.48×10^{15} sej/hm^2，能源能值产出率由 1.71×10^{15} sej/t 增加到 1.73×10^{15} sej/t，表明葫芦岛能源、资源的循环利用水平有了较大提高，进而促进该市生态经济效率提高。

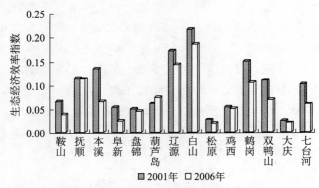

图 3-90　东北矿业城市产业生态系统生态经济效率变化趋势

东北矿业城市产业生态系统环境压力显著下降，主要体现在单位生态占用的物质消耗、资源效率弹性系数以及生态效率弹性系数三个方面。如果单位生态占用的物质消耗增加，则环境压力增大，反之，则下降；资源效率弹性系数是资源效率增长速度与经济产出增长速度的比值，此值越大，表明资源利用越充分，单位资源投入的产出增长越快，进而导致环境压力下降，反之，单位资源投入的产出增长越慢，当慢于经济增速时，环境压力就会增大；生态效率弹性系数是生态效率增长速度与经济增长速度之比值，此值越大，单位生态占用的产出增长越快，且高于经济增长速度，从而导致环境压力降低，反之则会导致环境压力增大。图 3-91 是依据上述三个指标衡量的东北矿业城市产业生态系统环境压力的变化状态，表明 2001～2006 年东北矿业城市（双鸭山市除外）产业生态系统环境压力趋于下降，环境压力指数平均值由 0.205 下降到0.077，下降了 62.44%。表明，近年来，东北矿业城市在推行循环建设方面取得较大成绩，虽然经济规模的急速扩大，使资源消耗增加，生态破坏加剧，但技术创新能力的提升，大大减少资源消耗，提高了资源效率弹性系数和生态效率弹性系数，增强了资源环境承载力。双鸭山是研究期内东北三省唯一一座环境压力指数增加的矿业城市，表明近年来双鸭山市，资源利用仍比较粗放，经济规模扩大进一步增强了资源环境的约束性，进而降低资源效率和生态效率的弹性系数，也使得其产业生态系统适应能力处于下降之中。

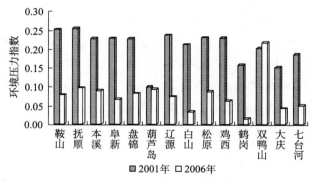

图 3-91 东北矿业城市产业生态系统环境压力变化趋势

第四节 基于发展效率的矿业城市产业生态系统适应能力评价

矿业城市作为以资源开发为基础建立起来的特殊类型城市，其产业生态系统的适应性不仅表现为系统结构和功能的适应、发展目标的适应，还表现为产业系统内部投入产出效率的最大化。如果不能获取发展效率，再完善的产业共生网络也难以存在和发展。因此，本节拟采用物质流分析与数据包络分析（data envelopment analysis，DEA）相结合的方法，开展东北矿业城市产业生态系统发展效率评价。

实质上，矿业城市产业生态系统可持续发展就是以最少的物质资源消耗与最小的环境代价，获取矿业城市最大的经济社会发展，这也是矿业城市产业生态系统适应性重组的根本要求。从经济学角度讲，就是促使矿业城市系统投入产出效益最大化，基于这一思路，物质流分析方法以物质重量为标准，通过测度经济系统中物质输入、输出量，探讨区域经济与环境协调发展问题，为区域产业生态系统的环境适应性研究提供了有效工具，但因区域系统的复杂性、投入要素的多样性，使得物质流分析在考察物质输入、输出的区域发展效益方面显得明显不足。而由美国运筹学家 A. Charnes 和 W. W. Cooper 于 1978 年创建的数据包络分析方法，主要是采用线性规划技术对 DMU 进行生产有效性评价，其评价结果与输入输出指标的量纲无关（魏权龄，1988），为开展矿业城市产业生态系统适应性评价提供了有效分析工具。在国内，DEA 模型主要应用于测度区域投资效率、能源效率、商业银行效率、高校办学效益和城市效率等（冯振环和赵国杰，2000；魏楚和沈满洪，2007；李郇等，2005），而在区域可持续发展能力评价（曾珍香等，2000；吴玉英和何喜军，2006）特别是将 MFA 和 DEA 模型结合起来进行研究的成果尚鲜有报道（李丁等，2007）。本节试图将 MFA 与 DEA 两种研究方法结合起来，考察 1995～2006 年东北地区矿业城市可持续发展能力时序演化特征和影响因素，试图为东北地区矿业城市可持续发展提供决策参考依据。

一、研究方法

本章第三节已对物质流分析方法做了详细阐述，此处不在赘述。下面主要阐述数据包络分析（DEA）方法。

自 DEA 模型提出以来，目前已发展了 C^2R、BC^2、C^2GS、C^2WH、C^2W 等多种形式，本研究主要选择 DEA 中的 C^2R 和 BC^2 模型分析问题。设有 n 个决策单元 DMU_j（$j = 1, 2, \cdots, n$）（文中某矿业城市），任一 DMU_j 均有 m 种输入和 s 种输出，输入向量为 $X_j = (x_{1j}, x_{2j}, \cdots, x_{mj})^T$，输出向量为 $Y_j = (y_{1j}, y_{2j}, \cdots, y_{sj})^T$，则投入导向的 C^2R 模型（魏权龄，1988）如下：

$$
\begin{cases}
\min \ \left[\theta - \varepsilon \ (e_1^T S^- + e^T S^+) \right] \\
\text{s. t.} \ \sum_{j=1}^{n} \lambda_j X_j + S^- = \theta X_0 \\
\sum_{j=1}^{n} \lambda_j Y_j - S^+ = Y_0 \\
\lambda_j \geq 0, \ S^+ \geq 0, \ S^- \geq 0, \ X_j \geq 0, \ Y_j \geq 0 \\
e^T = (1, 1, \cdots, 1) \in E_m, \ e^T = (1, 1, \cdots, 1) \in E_n
\end{cases}
\tag{3.23}
$$

式中，θ 表示决策单元的综合效率值，取值范围为 $0 \sim 1$，其值越接近于 1，系统运行效率越高，可持续发展能力也就越强；S^-，S^+ 为松弛变量，分别代表投入冗余和输出不足；ε 为非阿基米得无穷小，一般取 $\varepsilon = 10^{-6}$。

由于 C^2R 模型没有考虑投入产出的规模报酬的变化，仅可计算出系统的综合效率，为此，引入基于规模报酬可变的 BC^2 模型，即在 C^2R 模型中加入约束条件 $\sum_{j=1}^{n} \lambda_j = 1$，从而将综合效率分解为纯技术效率与规模效率。

运用上述模型计算出 DMU 的综合效率、纯技术效率，设其最优解为 λ^*、S^{*-}、S^{*+}、θ^*、σ^*，则有

（1）当 $\theta^* = 1$，且 $S^{*-} = 0$，$S^{*+} = 0$ 时，则 DMU 有效，既技术有效，也规模有效。

（2）当 $\theta^* < 1$ 时，则称 DMU 无效，或技术无效，或规模无效；若存在 $\sum_{j=1}^{n} \lambda_j = 1$，则 DMU 为技术有效，否则为技术无效。令 $K = 1 / \theta \sum_{j=1}^{n} \lambda_j$，当 $K = 1$ 时，称 DMU 规模有效；当 $K > 1$ 时，规模收益递增，反之，规模收益递减。

（3）当 $\theta^* < 1$ 时，则称 DMU 无效，这时，可通过 DMU 在相对有效平面上的投影来改进无效的 DMU，调整后的投入产出分别为 $X_0^* = \theta^* X_0 - S^{0-}$，$Y_0^* = \theta^* Y_0 - S^{0+}$，则 (X_0^*, Y_0^*) 相对于原来的 DMU 是有效的。

（4）根据 BC^2 模型，综合效率（θ^*）、纯技术效率（σ^*）、规模效率（S^*）三者之间关系为：$\sigma^* = \theta^* / S^*$，这对于矿业城市可持续发展影响因素的判定具有重要的价值。

二、评价指标选择与数据来源

（一）基于 MFA 的指标选择

物质流分析方法着眼于经济系统与自然环境的界面，通过追踪、估算

物质资源在整个经济系统中物质输出输入状况，揭示经济活动对自然环境的影响。自 20 世纪 90 年代初德国的 Wuppertal 研究所提出物质流账户体系以来，先后有奥地利、日本、德国等开展了国家尺度经济系统的物质流分析，由此，推动了物质流分析方法在世界范围内的应用。物质流分析以质量守恒定律为理论依据，以物质重量为经济系统物质输入输出的衡量标尺，揭示特定区域经济系统的物质流动与转化特征、效率。目前在物质流分析研究中多采用欧盟统计局所提出的物质流账户体系（EUROSTAT，2001），该体系所推荐的账户中，直接物质投入（DMI）和生产过程排放（DPO）是表征经济系统物质输入输出的两个核心指标。其中，DMI 主要是指由自然环境系统输入经济系统，并直接参与经济系统运行的物质，主要包括化石燃料、建筑及工业矿物、生物质等，反映了经济系统的资源需求压力；DPO 主要是指经济系统运行过程中产生并直接排放到生态环境中的各种废弃物，包括水、大气以及固体污染物等，反映了经济活动的环境影响与压力。

区域可持续发展系统是一个包括资源、环境、人口、经济和社会五个子系统在内的复杂系统。在运用 DEA 模型进行区域可持续发展能力评价时，结合物质流分析的基本思想，将上述五个子系统分成输入和输出子系统，并选取关键指标作为输入与输出指标。

资源特别是矿产资源是矿业城市赖以生存、发展的前提和基础，物质资源的投入是否有效是关系到矿业城市发展可持续性的关键性支撑因素，生态环境质量优劣是关系到矿业城市可持续发展的基础性因素，因此，本研究选取物质流分析中直接物质投入量（DMI）、环境污染物排放量（DPO）作为 DEA 分析中资源环境输入指标。同时，考虑到资源、环境要素只有与人力、资金等要素共同作用才能产生社会经济效益，所以，又选择全社会从业人员、固定资产投资额两个指标作为社会经济要素投入指标。矿业城市可持续发展主要体现在经济发展、社会进步、环境质量改善等方面，本研究主要从经济社会效益最佳化考虑矿业城市发展的可持续性，因此，选择地区生产总值、职工平均工资额两个指标作为输出指标。需要说明的是，由于统计数据的缺失，在直接物质投入量（DMI）、环境污染排放量（DPO）计算时，没有考虑矿业城市与市外所进行的物质交换部分；其他指标均可由统计资料直接获取。

（二）数据来源

本节计算所需物质资源数据及社会经济数据均来自 1996～2007 年的

《中国城市统计年鉴》以及辽宁、吉林和黑龙江 3 省的统计年鉴；1996 ~ 2006 年的鞍山、本溪、抚顺、阜新、盘锦和葫芦岛、鹤岗的年鉴，1996 ~ 2004 年的《双鸭山统计年鉴》，此外，还包括《鸡西五十年》、《七台河五十年》和《大庆统计年鉴》（2007 年）等。

三、矿业城市产业生态系统发展效率演变特征

将东北地区 14 个典型矿业城市 1995 ~ 2006 年各年的投入指标和输出指标的相关数据带入 C^2R 模型和 BC^2 模型中，利用 Deap2.1 软件，计算出各年份各矿业城市的综合效率、规模效率和纯技术效率等，经深入分析，发现东北矿业城市发展效率具有如下特征。

（一）总体演变特征

表 3-33、表 3-34 显示，1995 ~ 2006 年东北矿业城市产业生态系统发展综合效率整体上呈提高趋势，平均综合效率由 1995 年的 0.9258，增大到 2006 年的 0.9547，上升了 3.12%，但 2004 年以来下降趋势明显（图 3-92）。这是因为虽然研究时段内全部样本的平均规模效率下降了 0.31%，但平均纯技术效率提升了 3.60%，从而促动矿业城市整体发展效率提升，而近年来的国际能源、原材料价格上涨，供应趋紧，促使资源性企业粗放式扩张，引起东北矿业城市综合效率下降。

表 3-33　2006 年东北矿业城市 DEA 计算结果

城市名称	综合效率	纯技术效率	规模效率	K
鞍山	0.987	1	0.987	1.354
抚顺	1	1	1	1
本溪	0.84	0.844	0.996	0.989
阜新	0.823	0.877	0.938	1.05
盘锦	1	1	1	1
葫芦岛	1	1	1	1
辽源	1	1	1	1
白山	0.987	1	0.987	0.753
松原	0.824	1	0.824	1.169
鸡西	1	1	1	1
鹤岗	1	1	1	1
双鸭山	1	1	1	1
大庆	1	1	1	1
七台河	0.905	1	0.905	0.832

表 3-34 1995 年东北矿业城市 DEA 计算结果

城市名称	综合效率	纯技术效率	规模效率	K
鞍山	1	1	1	1
抚顺	1	1	1	1
本溪	1	1	1	1
阜新	0.62	0.638	0.972	0.951
盘锦	1	1	1	1
葫芦岛	1	1	1	1
辽源	1	1	1	1
白山	1	1	1	1
松原	1	1	1	1
鸡西	0.728	0.760	0.959	0.918
鹤岗	0.784	0.899	0.872	0.836
双鸭山	0.829	0.947	0.876	0.816
大庆	1	1	1	1
七台河	1	1	1	1

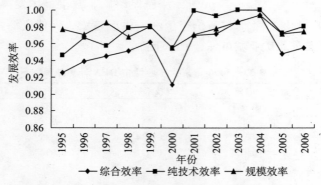

图 3-92 东北矿业城市发展效率演变图 (1995 ~ 2006 年)

1995 年 DEA 有效矿业城市为 10 个，到 2006 年下降到 8 个，非 DEA 有效矿业城市则由 4 个增加到 6 个，其中鞍山、本溪、白山、松原、七台河 5 市由 DEA 有效变为无效，而鸡西、鹤岗和双鸭山 3 市由 DEA 无效变为有效，阜新一直处于 DEA 无效发展状况。但非 DEA 有效城市综合效率平均值提高了 20.82%，主要是由于 1995 年非 DEA 有效城市全部为技术无效，而 2006 年技术无效城市的仅占 1/3，纯技术效率平均值提高了 17.57%。从规模效益看，1995 年非 DEA 有效城市全部处于规模递增状态，即投入不足是此类矿业城市面临的关键问题，而 2006 年全部为规模无效，其中鞍山、阜新和松原 3 市处于规模递减态势，本溪、白山和七台河 3 市处于规模递增趋势。正是由于规模无效和技术无效的影响，导致投入要素大量冗余（表 3-35），因此，加快技术创新，合理调控资源要素投入规模，应成为今后矿业城市产业生态系统适应性调整中必须注意的问题。

表 3-35　东北地区非 DEA 有效矿业城市投入冗余量（2006 年）

	物质投入量 /10^4 t	全部从业人员 /10^4 人	固定资产投资总额 /10^4 元	环境污染物排放量 /10^4 t
鞍山	47.99 (1.27%)	14.01 (8.70%)	310 411.69 (8.20%)	66.39 (1.27%)
本溪	427.51 (15.64%)	12.40 (15.64%)	235 545.1 (15.64%)	6 652.43 (66.44%)
阜新	709.21 (28.43%)	59.53 (53.34%)	124 779.43 (12.30%)	128.21 (12.30%)
白山	195.01 (13.20%)	0.55 (1.34%)	367 083.28 (28.08%)	16.786 (1.34%)
松原	392.70 (17.62%)	28.46 (23.48%)	477 799.92 (18.40%)	360.62 (17.62%)
七台河	176.97 (9.52%)	3.69 (9.56%)	48 780.09 (9.52%)	165.05 (9.52%)

注：括号内数据为投入冗余率和产出不足率。

（二）不同类型矿业城市产业生态系统发展效率演变特征

1. 不同资源类型矿业城市产业生态系统发展效率演变特征

从综合效率看，1995 年煤炭、石油、冶金和综合四类城市的综合效率平均值分别为 0.826 8、1.0、1.0 和 1.0，到 2006 年煤炭类城市提高了 15.46%，而石油、冶金和综合三类城市分别下降了 5.87%、5.77% 和 0.65%，表明煤炭城市发展效率在提升，而石油、冶金和综合三类城市则在降低。主要是由于煤炭城市的平均纯技术效率和规模效率分别比 1995 年提高了 12.07% 和 2.88%，而石油、综合两类城市的平均纯技术效率保持不变，冶金城市的平均纯技术效率减少了 5.2%，同时，石油、冶金、综合三类城市的平均规模效率均呈现下降趋势，尤以石油城市为最，达 5.87%（表 3-36、图 3-93a）。表明伴随着经济体制改革的深化，特别是"十五"以来国家关于振兴东北老工业基地和资源型城市转型战略及政策的实施，煤炭城市中企业的市场竞争能力及技术创新能力的增加幅度快于其他类矿业城市，从规模效率看，虽然东北地区多数煤炭城市已进入转型期，煤炭企业在城市发展中的地位在下降，但受近年能源供应紧张形势的影响，使得其规模效率仍然获得较大提高，而其他资源型城市受优势资源可开发量锐减的影响，其规模发展受到很大制约，导致规模效率降低，因此，减少城市发展对优势资源的依赖，促进资源循环利用及产业结构多元化，应成为矿业城市可持续发展的必然选择。

表 3-36　不同资源类型矿业城市发展效率比较

	综合效率		规模效率		纯技术效率	
	2006 年	1995 年	2006 年	1995 年	2006 年	1995 年
煤炭类	0.954 7	0.826 8	0.973 8	0.946 5	0.979 5	0.874
石油类	0.941 3	1	0.941 3	1	1	1
冶金类	0.942 3	1	0.994 3	1	0.948	1
综合类	0.993 5	1	0.993 5	1	1	1

2. 不同发展阶段矿业城市发展效率的演变特征

图 3-93b 显示，1995 年老、中和幼三个发展阶段城市的综合效率平均值分别为 0.783、0.9786、1.0，到 2006 年老年阶段城市增加了 22.06%，而中、幼年阶段城市分别减少了 0.19% 和 13.55%，说明老年阶段矿业城市发展效率大幅提升，中、幼年阶段矿业城市发展效率在下降，尤以幼年阶段矿业城市显著。主要是由于老、幼年阶段城市的平均纯技术效率分别比 1995 年增加了 17.59%、0.66%，而中年阶段城市则降低了 1.95%；同期，老年阶段城市的平均规模效率提高了 3.54%，中、幼年阶段的城市则

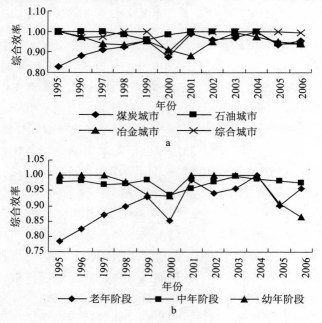

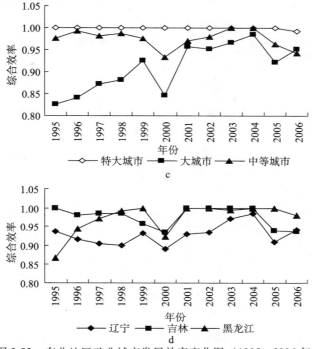

图 3-93　东北地区矿业城市发展效率变化图（1995～2006 年）

分别减少了 0.37%、12.19%（表 3-37）。因此，纯技术效率是引起老年阶段矿业城市综合效率提高的主导因素，规模效率是导致幼年阶段矿业城市综合效率降低的主要驱动力，而中年阶段矿业城市发展综合效率的下降则是由纯技术效率和规模效率二者共同驱动的。

表 3-37　不同发展阶段矿业城市发展效率比较

	综合效率		规模效率		纯技术效率	
	2006 年	1995 年	2006 年	1995 年	2006 年	1995 年
老年阶段	0.955 6	0.783	0.984 5	0.950 8	0.969 3	0.824 3
中年阶段	0.976 8	1	0.996 3	1	0.980 5	1
幼年阶段	0.864 5	0.978 6	0.864 5	0.984 5	1	0.993 4

3. 不同规模矿业城市发展效率的演变特征

图 3-93c、表 3-38 表明，1995 年以来特大城市基本上处于 DEA 有效发展态势（2006 年除外），中等城市仅 2003 年、2004 年处于 DEA 有效状态；从演化趋势看，1995 年特大、大、中等三个等级规模城市的综合效率平均值分别为 1.0、0.8624、0.9756，到 2006 年仅大城市提高了 15.18%，特

大和中等城市分别下降了 0.65% 和 3.32%，说明特大型和中等矿业城市的发展效率在下降，而大型矿业城市的发展效率显著提升。这是因为，特大型矿业城市平均纯技术效率保持不变，而平均规模效率下降了 0.65%；中等矿业城市虽然平均纯技术效率上升了 0.77%，而平均规模效率却降低了 3.98%；同期，大型矿业城市平均纯技术效率和规模效率分别提高了 11.72%、3.13%。可见，规模效率的下降是导致特大型和中等矿业城市发展综合效率下降的主导因素，而纯技术效率的大幅提升则是大型矿业城市可持续发展能力变化的关键要素。

表 3-38　不同规模矿业城市发展效率力比较

	综合效率		规模效率		纯技术效率	
	2006 年	1995 年	2006 年	1995 年	2006 年	1995 年
特大城市	0.993 5	1	0.993 5	1	1	1
大城市	0.951 9	0.826 4	0.990 6	0.960 6	0.960 1	0.859 4
中等城市	0.943 2	0.975 8	0.943 2	0.982 3	1	0.992 4

4. 不同地区矿业城市发展效率的演变趋势

由图 3-93d、表 3-39 可知，1995 年辽宁、吉林和黑龙江 3 省矿业城市综合效率平均值分别 0.9367、1.0、0.8682，到 2006 年辽宁和黑龙江分别提高了 0.53%、12.99%，而吉林下降了 6.30%，表明辽宁省矿业城市发展效率变化比较平稳，黑龙江省矿业城市发展效率提高幅度较大，而吉林省矿业城市发展效率呈下降趋势。从纯技术效率看，随着各矿业城市技术进步和资源配置的优化，辽宁、黑龙江 2 省矿业城市的纯技术效率得到提高，分别增加了 1.42%、8.55%，吉林省则保持不变；从规模效率看，辽宁、吉林 2 省的大部分矿业城市因资源趋于枯竭，使得城市的粗放式发展受到限制，导致规模效率下降，下降幅度分别为 0.85% 和 6.3%，而黑龙江省矿业城市规模效率则增加了 4.21%，可能是由于大庆石油产业的快速发展所致。

表 3-39　不同地区矿业城市发展效率变化比较

	综合效率		规模效率		纯技术效率	
	2006 年	1995 年	2006 年	1995 年	2006 年	1995 年
辽宁	0.941 7	0.936 7	0.986 8	0.995 3	0.953	0.939 7
吉林	0.937	1	0.937	1	1	1
黑龙江	0.981	0.868 2	0.981	0.941 4	1	0.921 2

第四章

东北地区矿业城市产业生态系统适应性机制

在复杂多变的发展环境和独特的产业系统特征下，东北矿业城市产业生态系统的存在和发展面临的适应性问题日益突出，包括战略适应性、结构适应性、环境适应性等。本章通过对东北矿业城市产业生态系统适应性驱动因素及其相互作用关系的探讨，揭示其适应性驱动机制。

第一节 矿业城市产业生态系统适应性机制内涵及要素构成

一、矿业城市产业生态系统适应性机制的界定

适应是系统与变化了的环境相协调的过程。矿业城市，不仅面临着不可再生的矿产资源的枯竭，还面临着经济全球化、市场化、信息化以及国家资源开发体制等发展环境的变化，其产业生态系统适应性就是产业生态系统能够根据不断变化的发展环境适时调整战略、结构等行为，以便重新获取自我发展能力和可持续发展能力。在当今发展环境不断变化的形势下，矿业城市产业生态系统的适应性问题的实质就是寻求影响适应能力提升的关键因素，即对适应性机制的探讨。

所谓机制，泛指复杂系统的组织结构及其内部各要素之间的作用原理，包括三层含义（黄晓峻，2008）：一是系统结构的构成要素及其相互联系方式；二是要素之间关系的发生过程；三是系统的内在本质和运行规律。根据机制的基本含义，产业生态系统适应性机制是指在变化的发展环境下，驱动产业生态系统适应性演化的构成要素及其之间的相互作用关系。基于此，认识产业生态系统适应性机制，主要应把握如下几点：

（1）识别发展环境对产业生态系统的影响和作用方式；

（2）识别产业生态系统适应性驱动因素构成；

（3）揭示产业生态系统适应性发生机制；

（4）概括产业生态系统适应性机制分析方法。

在研究矿业城市产业生态系统适应性机制问题的过程中，不仅探讨外部环境因素变化对矿业城市产业生态系统适应性影响的内在规律，同时考虑内部因素对矿业城市产业生态系统适应性可能产生的影响和后果。

二、矿业城市产业生态系统适应性机制的产生过程

适应性是矿业城市产业生态系统健康、有序、持续发展的重要特征。矿业城市发展环境的变化是连续的，但局部的变化仅仅导致产品价格、结构等微小的变化，而不可能导致产业生态系统的重构，只有长期的巨大变化才能造成产业生态系统战略、结构、空间布局及其与生态环境关系的重新调整。随着经济全球化、全球环境变化、国家资源开发政策与体制的变化以及矿业城市优势资源的逐渐枯竭，矿业城市产业生态系统的发展战略思路也应出现变化，而战略思路的调整正是矿业城市产业生态系统存在和可持续发展的前提，同时，战略思路变化也促进产业系统结构、空间布局及其与生态关系等做出适应性调整，这种调整有助于矿业城市产业生态系统从变化的发展环境中获取各种资源，提升产业生态系统重新发展能力。

矿业城市产业生态系统与其发展环境之间进行信息、技术、资金、能量等经济要素的交换，因此，发展环境的多变性、稳定性以及资源的可获取性、可利用性对于矿业城市产业生态系统发展具有重要的意义。适应性要求产业生态系统战略、结构与空间进行重组，以便与其发展环境相协调，而这些环境包括政治、社会、文化、生态、自然资源以及政策、制度等。从某种意义上讲，政策、体制、制度环境具有比物质资源等资源环境更加重要的作用，它直接决定了矿业城市产业生态系统在市场上的资源获取能力和竞争能力，制约着发展环境中经济资源可利用的广度、深度和强度（黄晓峻，2008）。

三、矿业城市产业生态系统适应性机制构成要素

提高矿业城市产业生态系统的适应能力，促进可持续发展是开展矿业城市产业生态系统适应性机制研究的目的。在经济全球化、全球环境变化等复杂的发展环境下，矿业城市产业生态系统只有不断调整自己的行为才能适应环境并走上可持续发展之路。适应任何发展环境的完美的产业系统发展战略、结构和空间布局是不存在的，特别是对依托矿产资源建立起来

的矿业城市而言，要想保持持续发展趋势，必须具备变化的能力，而这种能力主要取决于易损性、敏感性、稳定性和弹性等因素对产业生态系统的影响。一般而言，系统结构越简单、功能越单一，系统的易损性就越大，对外界干扰的敏感性越强，系统的适应能力越弱，而系统结构越复杂，各要素之间的关系越密切，系统的稳定性和弹性越大，系统的适应能力也就越强。结合产业生态系统适应性的影响因素，并考虑东北矿业城市发展实际，认为矿业城市产业生态系统适应性机制包括战略适应性机制、结构适应性机制、环境适应性机制三个方面（图 4-1）。

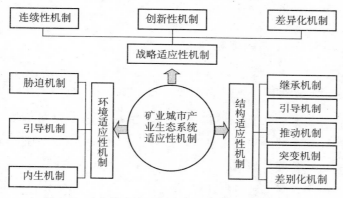

图 4-1 矿业城市产业生态系统适应性机制框架图

在矿业城市产业生态系统适应性机制的三个方面中，战略适应性反映了矿业城市产业生态系统的发展方向、思路的调整、创新，对矿业城市可持续发展起着引导作用。深入分析矿业城市产业生态系统的战略适应性机制，找出影响、制约矿业城市产业生态系统可持续发展战略实施的关键过程与因素，以引导矿业城市有序、健康发展；结构适应性反映了矿业城市产业生态系统在发展环境变化的背景下，系统结构的重构能力；对矿业城市产业生态系统结构适应性机制进行研究，弄清影响产业生态系统结构适应性演化的过程与机理，为矿业城市产业生态系统的结构优化、升级提供科学依据；环境适应性反映了矿业城市产业系统与生态环境的协调关系，只有植根于当地生态环境系统的产业系统，才具有较大的生态亲和性，才真正是可持续发展的产业生态系统。开展矿业城市产业生态系统环境适应性机制研究目的就是诠释矿业城市产业系统与生态环境的互动机理，寻求产业与生态环境协调发展的优化路径。实际上，上述三个方面均揭示了矿业城市产业生态系统某一方面的适应性演化过程与机理，而矿业城市产业生态系统适应性重组最终取决于三者耦合作用而形成的"集体"效应。

第二节　矿业城市产业生态系统战略适应性机制

　　矿业城市产业生态系统发展战略是其长远发展的总体设想,反映了产业生态系统发展方向、目标。在当今世界发展环境不断变化的形势下,矿业城市产业生态系统发展战略的稳定期趋于缩短,即存在战略适应性问题。本节主要阐述矿业城市产业生态系统战略适应性演化机制,找出促使其适应性演化的关键因素。

一、战略适应性机制构成框架

(一) 战略适应性内涵

　　战略泛指影响重大的、全局性的或决定全局的谋划和决策 (朱传耿等,2007b)。将战略一词移植到区域或城市发展研究领域,是指对特定区域或城市经济社会的长远发展所进行的带有根本性和全局性的谋划,它不仅与国内外政治、经济、科技等因素有关,也与区域或城市自身的资源环境基础、发展阶段、人力资源等因素有密切联系。在国内外政治、经济以及区域或城市自身资源环境基础等发展环境因素比较稳定的情况下,区域或城市发展战略也保持相对稳定、连续,具有较大的计划性特色。但进入20 世纪 80 年代特别是 90 年代以来,无论国内还是国际的经济、市场环境都进入一个多变的时期,促使原有的以计划性为主的区域或城市发展战略受到很大挑战,因此,这一时期区域或城市发展战略的应变性、风险性得到重视,即如何适应不可预测的国内外发展因素的变化是区域或城市发展战略研究的重点和关键,各种应急预案的出现与制定均说明了这一点。因此,对具体区域或城市而言,当其发展环境发生较大变化,致使原有的战略方案或者难以执行,或者实施后可能会对区域或城市发展带来损失的情况下,就需要对区域或城市发展战略进行修正,这种区域或城市发展战略随发展环境变化而重新调整的能力,称为战略适应性。

　　与发展环境不断变化一样,战略适应性也是一个动态的概念,即区域或城市发展战略适应性是一个过程,是一个不断调整、完善的过程。因此,对战略适应性的研究并不是探讨特定发展环境下区域发展战略如何制定,也不是探讨区域发展战略如何适应当前及今后的发展环境,而是应着重研究在复杂多变的发展环境下，影响区域或城市发展战略适应性的关键因素。

（二）战略适应性机制形成框架

目前，有关企业战略适应性机制研究比较多，主要围绕三个方面的问题展开探讨（黄晓峻，2008）：一是驱动企业战略选择的因素；二是企业战略适应性程度的影响机制；三是什么时候这些战略不再适应。而对区域或城市尺度而言，战略适应性机制重在探讨其发展战略的适应性演化过程、方向、特征及驱动因素，以使区域或城市在不断获取发展资源，提升发展活力和发展竞争能力。实质上，区域或城市发展战略的适应性调整、重构是对其未来发展前景的再描绘，主要是通过对发展环境变化的认识，弄清这一变化对区域或城市发展目标的有利或不利影响，进而提出战略适应性调整的方案，图 4-2 显示了区域或城市发展战略适应性形成机制框架。

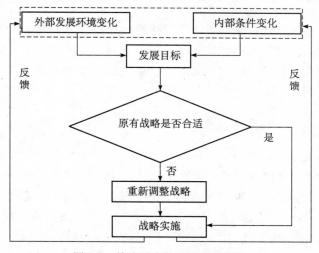

图 4-2　战略适应性形成机制框架

在优势矿产资源基础上形成、发展起来的矿业城市，其产业生态系统的发展战略的形成、调整、演化受到国内外多种因素的制约。其中，国家经济发展对能源、原材料的战略需求、丰裕的矿产资源基础决定了矿业城市产业生态系统战略适应性机制的延续性和继承性；国家资源开发机制的调整、经济运行机制改革以及原有优势资源基础的弱化是导致矿业城市产业生态系统战略适应性机制创新性的主要根源；矿业城市自身区位、发展基础等个性特征是矿业城市产业生态系统战略适应性差异化的主要驱动因素。据此，形成矿业城市产业生态系统适应性机制分析框架（图4-3）。

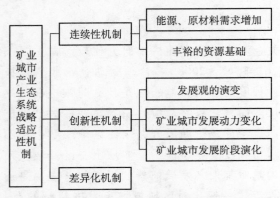

图4-3　矿业城市产业生态系统战略适应性机制

二、矿业城市产业生态系统发展战略演化过程

东北矿业城市产业生态系统发展战略的适应性调整是一个动态演变的过程，而对其发展战略演化过程的分析，有利于深入揭示矿业城市产业生态系统发展战略的适应性演化机制。新中国成立以来，东北矿业城市产业生态系统发展战略演化大致经历了如下三个阶段。

（一）重工业优先发展战略阶段

该阶段主要指新中国成立以来至20世纪80年代初期。新中国成立初期，我国经济基础极为薄弱，1949年全国人均国民收入仅为66.1元，农业占工农业总产值比重高达70%，而重工业仅为7.9%（黄晓峻，2008）。同时，从国际政治经济环境看，西方国家对中国实行经济封锁，难以从国际上获取经济发展所需要的技术、资金等要素。在这一背景下，为尽快改变工业落后状况，中国选择重工业优先发展战略，即优先发展能源、原材料工业。在这一战略指引下，东北矿业城市凭借自身丰富的矿产资源（如煤炭、铁矿、石油等），成为国家的重点开发建设地区。"一五"和"二五"时期，中国重点建设的156项项目中，有54项分布在东北地区，总投资达 300×10^8 元以上，占全国重点建设投资的37.3%。其中有21项布局在矿业城市（如抚顺、阜新、鹤岗、鸡西、辽源、白山、鞍山、本溪等）（朱传耿等，2007b）。由此，东北矿业城市形成了以资源开发为主导的产业生态系统发展战略，该战略主要特点：一是过分强调煤炭、石油、铁矿等矿产资源开发

（图4-4）；二是重工业投资居于绝对支配地位（图4-5）；三是实行计划管理体制。这一战略实施大大推动了矿业城市能源、原材料工业的发展，提升了矿业城市作为全国能源、原材料基地的地位。例如，大庆市1980年原油产量为$5150 \times 10^4 t$，占全国原油总产量的48.6%。但能源、原材料工业规模的过度扩张，以及随之而来的资源开发结构单一、产业结构单一、生态破坏和环境污染等问题，也给矿业城市的可持续发展带来了严重的隐患。

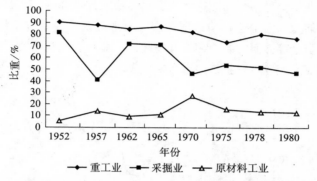

图4-4　鸡西市重工业、采掘业和原材料工业占工业总产值的比重变化

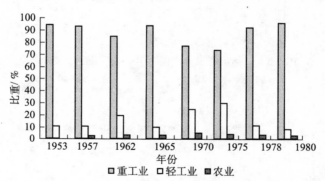

图4-5　鸡西市农、轻、重产业投资额占工农业总投资额的结构变化

（二）结构调整主导型战略阶段

该阶段主要指20世纪80年代中期至90年代末期。伴随中国改革开放战略的实施，国家的发展重点也发生了转移，沿海地区成为重点开发地区，东北地区处于被边缘化的地位，同时，国家经济结构开始调整，已有的计划经济体制下形成的以重工业为主导的产业结构，已不适应居民的消费需求，加强轻工业、服务业发展成为国民经济发展的优先命题。另外，经济的市场化趋势，特别是1992年市场经济体制的建立，使得能源、原材料等资源开发型

产业的投资主体趋于多元化。基于对外开放和经济改革的发展背景，东北矿业城市实施了以结构调整为主导的产业生态系统发展战略。该战略主要思路是：一是强调地方工业、轻工业的发展，特别是乡镇企业发展；二是加快第三产业发展；三是加大了对资源型产业发展所造成的生态破坏和环境污染的治理力度。这一战略的实施，促进了矿业城市产业生态系统结构的调整和优化（图4-6，图4-7），改善了产业结构过于单一的特征，降低了因结构畸形所形成的产业系统易损性和敏感性，提高了稳定性和弹性，即提高产业生态系统的适应能力。但由于长期计划体制下所形成的产业系统结构刚性特征，以及技术、资金等方面的制约，具有物耗低、能耗少、污染小、高效益等新型工业化特征的产业生态系统网络尚未形成。

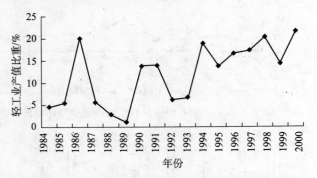

图 4-6　盘锦市轻工业产值占工业总产值比重变化图

资料来源：盘锦市统计局：《盘锦统计年鉴 2007》

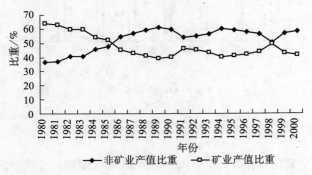

图 4-7　阜新市矿业和非矿业产值结构变化图

资料来源：阜新市统计局：《阜新市"六五"时期国民经济统计资料》，《阜新市"七五"时期国民经济统计资料》，《阜新市"八五"时期国民经济和社会发展统计资料》，《阜新市"九五"时期国民经济和社会发展统计资料》

（三）可持续发展主导型战略阶段

20 世纪 90 年代末期以来，中国人均 GDP 达到 1000 美元，经济社会发展进入一个新阶段，发展思路也由以规模扩张为主导的经济增长战略转向以和谐理念为主导的科学发展，而矿业城市自身也因长期的高强度开发，资源趋于枯竭，矿业衰退，生态、失业等问题凸显。在此背景下，实施可持续发展战略就成为东北矿业城市产业生态系统重新获得发展能力的必然选择。该战略的主要内容包括：一是继续加大产业系统结构调整力度；二是以生态城市建设为契机，大力开展城市、园区和企业层面的循环经济建设；三是加快接续产业发展；四是加强生态修复与环境整治。该战略的实施促进了矿业城市经济较快增长，接续产业迅速发展，资源利用效率明显提升，整个产业生态系统的结构和功能不断完善。例如，阜新市自 2001 年被列为国家级资源型城市转型试点城市以来，将实现产业生态系统的可持续发展作为矿业城市转型的战略选择。依托自身的农业资源优势、能源资源优势和特色资源优势，以食品及农产品加工、新兴能源（风力发电）、煤化工等产业为重点，大力发展绿色产业、循环型产业，大大降低了能源消耗，增大了整个产业生态系统稳定性和弹性。2000～2005 年，阜新市农副产品加工业占全部国有及规模以上非国有工业企业总产值的比重由 7.34% 提高到 17.54%，万元工业总产值能耗由 10.01t 标准煤/10^4 元降低到 5.40t 标准煤/10^4 元（图 4-8），GDP 增长速度由 0.2% 增加到 13.5%（按可比价格计算）。但由于基础设施、技术、资金，以及认识上的局限性，政府在推进循环型产业生态系统发展时，或过于强调循环忽视经济效益，或过于强调经济效益而忽视生态效益，对于如何恰当地把握二者的关系尚有待探索。因此，目前只能说矿业城市产业生态系统已呈现可持续发展之势，要真正实现可持续发展还任重而道远。

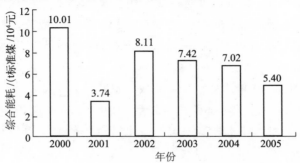

图 4-8　阜新市单位工业产值综合能耗变化

三、矿业城市产业生态系统战略适应性演化的连续性机制

矿产资源开发是矿业城市的立市之本，随着矿产资源开发产业的周期性变化，矿业城市发展也具有明显的由兴起期、成长期到繁荣期再到衰退（或新生）期逐次更替演化的生命周期性特征。对中国东北地区矿业城市而言，无论是实施重工业优先发展战略还是实施结构调整战略、可持续发展战略，矿业的发展都是矿业城市产业生态系统发展战略关注的重点，表明矿业城市产业生态系统发展战略演化存在内在连续性。从经济学视角看，中国经济建设对能源、原材料的需求和矿业城市自身资源基础是影响矿业产业生态系统发展战略演化连续性的主要因素。

（一）能源、原材料需求持续增加

新中国成立初期，为尽快摆脱经济极为落后的局面，打破西方资本主义国家对中国的经济封锁，必须加快经济增长，努力赶上或超过发达国家，为此，追求经济高速增长就成为经济发展第一优先命题，而保持经济高速增长必须以资金、资源、技术等要素的高投入为前提，这些条件在当时的经济水平下都是无法做到的。考虑中国工业化较低现实，以重工业发展为重点，采用集中投资、集中建设的计划经济管理体制，以能源、原材料工业为突破口，强力推进经济快速增长。1953 ~ 1960 年中国 GDP 年均增长速度为 8.48%，由此带来能源需求的超高速增长，使得同期煤炭消费量年均增长率高达 27.75%。随后的 20 年中国先后经历了 3 年的经济调整期和 10 年的内乱，经济增长相对较慢，1960 ~ 1980 年 GDP 年均增速为 5.85%，同期能源消费量年均增长 3.52%，其中煤炭消费量年均增长率为 3.42%，石油为 12.25%，表明石油在中国能源消费中的地位在上升。正是由于经济增长所带来的能源、原材料消费需求的增长，使得煤炭、石油、铁矿石等能矿资源丰富的矿业城市产业系统发展形成以资源型产业为重点的发展战略。

进入 20 世纪 80 年代后，改革开放的不断深入，特别是 90 年代市场经济体制的确立，促进了经济的快速发展，1980 ~ 2000 年 GDP 年均递增率高达 16.67%，虽然技术进步一定程度上降低了能源、原材料的消耗，但经济规模扩张仍驱使能源、原材料消耗的激增，到 2000 年全国能源消费总量仍达 $138\ 553 \times 10^4$t 标准煤，是 1980 年的 2.30 倍（图 4-9），其中煤炭、

石油消费量分别是 1980 年的 2.06 倍和 2.57 倍。能源、原材料消费需求的快速增加，拉动能源、原材料产业的快速发展。这一时期虽然矿业城市实施了结构调整战略，重工业在产业系统中的地位有所下降，但在强大的消费需求驱动下，资源型产业仍在矿业城市发展中占有重要地位，并获得较快发展。同时，由于以追求物质财富增加为单一目标的经济增长方式仍然主导着经济发展，资源高消耗、高污染仍然是产业生态系统的发展特征，产业与生态环境的对立严重制约着矿业城市的可持续发展。90 年代中期以来，虽然受东南亚金融危机和 1998 年大洪水的影响，中国经济缓慢增长，但为促动经济增长所进行的大规模投资，特别是基础设施投资，仍然拉动能源、原材料消费需求的增加，2000～2006 年能源消费量年均增长率为10.06%，其中，煤炭为 10.49%，石油为 7.73%，而国际上能源、原材料价格持续高涨，使得进口面临着巨大压力，增大国内开采成为满足国内能源、原材料消费需求的主要战略选择。

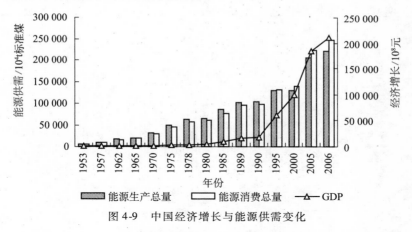

图 4-9　中国经济增长与能源供需变化

　　从东北地区看，随着经济发展，能源生产和消费均呈现增长态势（表4-1、图 4-10、图 4-11），20 世纪 50～80 年代，原煤产量基本上大于消费量，生产满足了消费需求，但 80 年代以来，经济的快速增长，大大增加了能源需求，自身生产已不能满足消费需求，且缺口有增大趋势。从石油供需看，随着大庆油田的开发，在 90 年代以前东北地区石油生产不仅满足国内需求，而且还大量出口，在 90 年代到 21 世纪初基本上满足国内市场需求，但 2004 年以来随着东北石化产业的发展，即使本地生产的石油全部用于当地消费也存在一定的缺口。

表 4-1　东北地区原煤和石油供需变化（1952～2006 年）

（单位：10^4 t 标准煤）

年份	原煤产量	原煤消费量	石油生产量	石油消费量
1952	1 548	1 474	34	2
1957	3 015	2 864	85	7
1962	3 671	3 962	577	152
1965	3 748	4 257	1 274	506
1975	6 048	5 606	7 243	2 653
1978	7 043	6 412	8 008	3 089
1980	6 859	6 997	8 372	3 007
1985	9 225	9 886	9 523	2 786
1990	10 863	12 353	10 410	3 014
1995	12 026	16 225	10 567	4 329
2000	8 368	12 576	9 936	7 373
2001	8 613	13 008	9 741	7 828
2002	9 582	13 547	9 591	7 872
2003	10 984	14 675	9 296	8 311
2004	13 970	17 060	8 977	8 981
2005	14 417	18 798	8 773	9 644
2006	15 278	20 542	8 635	10 164

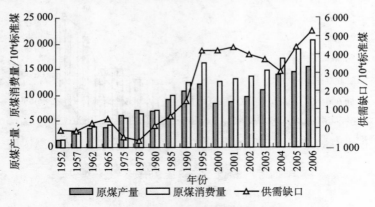

图 4-10　东北地区原煤供需变化

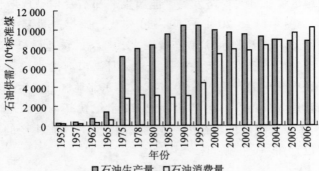

图 4-11　东北地区石油供需变化

综合分析，可以看出，中国经济的持续、快速增长所带来的能源、原材料消费需求的持续增加是矿业城市产业生态系统发展战略保持连续性的推动机制。

（二）丰裕的资源基础

丰富的矿产资源储量是制约矿业城市产业生态系统发展战略演化连续性的主要因素。矿产资源是不可再生资源，是矿业得以存在、发展和维持的根本前提和基础，没有一定储量的矿产资源根本谈不上矿业的发展，更谈不上矿业城市的存在和发展。矿产资源储量的多寡、品位的高低、空间分布状况及地质埋藏条件决定了矿业的发展规模、周期长短等，东北矿业城市在伪满时期的兴起也是缘于这一条件，而新中国成立初期，东北成为我国重点投资、重点建设的地区也是得益于这一条件。近60年来东北矿业城市产业生态系统发展战略虽几经变化，但矿业始终在矿业城市产业发展中占据重要地位，甚至支配、主导着矿业城市的发展。近年来，东北矿业城市的主体矿产资源在"有水快流"思想的指导下，经过长期的高强度开发，部分矿区资源趋于枯竭，甚至关闭，但主要能矿资源储量在全国仍占有重要地位（邓伟等，2004）。2006年东北地区石油基础储量95 736.65 × 10^4t，占全国的34.71%，其中仅大庆就占22.55%；煤炭占全国的4.35%；铁矿石占全国的32.6%（辽宁占31.76%）；菱镁矿占全国的85.56%。可见，东北矿业城市产业系统发展仍具有丰厚的资源基础，也是矿业城市继续将资源型产业作为产业生态系统发展战略重点的重要支撑。

四、矿业城市产业生态系统战略适应性演化的创新性机制

（一）发展观的演变

发展观是关于发展的本质、目的、内涵和要求的总体看法和根本观点，它对发展的实践有着根本性、全局性的重大影响。有什么样的发展观就会有什么样的发展战略和发展模式（朱传耿等，2004）。在不同的发展观指导下，矿业城市产业生态系统做出不同的发展战略选择。新中国成立以来，我国根据不同时期国际政治经济环境和国内发展基础先后形成了平衡发展观、非均衡发展观、协调发展观和科学发展观。平衡发展观形成于新中国成立初期，主要是针对我国东西部经济发展严重不平衡以及重工业、轻工业与农业发展不平衡提出的，强调按照劳动地域分工理论，合理

布局生产力，促进全国经济均衡发展格局的形成，同时通过充分发挥计划经济体制优势，在优先发展重工业的前提下促进工业与农业协调发展。东北矿业城市在区域发展分工中承担着能源、原材料供应基地的功能，优先发展重工业也就成为矿业城市产业生态系统战略的必然选择。非均衡发展观形成于十一届三中全会以后的改革开放时期，强调"一部分人、一部分地区先富起来"，从与世界经济接轨、融合的视角看，东部沿海地区理应成为经济发展的重点地区，并享受各种优惠政策，同时，在产业发展方面，强调主导产业的培育，产业结构合理化。就东北矿业城市而言，为取得有利的竞争地位，实施了产业结构调整战略，发展加工工业和第三产业，这是对重工业优先发展战略的适应性创新。协调发展观是 20 世纪 90 年代初期，随着社会主义市场经济体制的确立，针对我国区域差距拉大、经济与环境矛盾凸显等背景提出的，该发展观强调按照区域固有条件确定各区域发展重点和优势产业，同时注重产业的系统性和整体性，以此形成各区域协调发展的新格局。国家主要是通过西部大开发战略的实施，促进东西部的协调发展，东北地区处于被边缘化的地位，在此期间，东北矿业城市继续实施结构调整战略，因 80 年代发展乡镇企业的困境，在结构调整方向有重型化趋势。

　　无论是平衡发展观还是非均衡发展观、协调发展观都是强调经济增长，相对忽略了经济增长尤其是产业发展的资源环境影响，将产业发展与生态环境良性循环对立起来，是一种典型的"先污染、后治理"的传统发展道路。随着 21 世纪初中国全面建设小康社会的来临，特别进入人均收入 1000 美元的社会转型期，一些不和谐的矛盾和问题日渐显现，如城乡矛盾、地区差距、收入差距、失业、贫困、生态环境恶化等。立足这些新问题、这一新形势，党的十六届三中全会明确提出"以人为本，全面、协调、可持续"的科学发展观。科学发展观的核心理念是以人为本，以满足人的全面需求为出发点，以"五个统筹"为总体思路，推进社会可持续发展。这一发展理念的创新，为矿业城市产业生态系统发展战略创新提供了科学理论指导，矿业城市由于长期以高强度开发资源支撑城市的发展，带来了资源枯竭、矿业衰退、失业、贫困、生态破坏、环境污染等一系列问题，以科学发展观为统领，实施可持续发展战略，是新时期适应发展新形势、新要求的必然选择。

（二）矿业城市发展动力的变革

　　市场经济环境下的西方国家的矿业城市是在资源开发企业推动下形成

的，这些资源开发企业处于跨国公司的控制之下，实际上跨国公司的经营决策决定了矿业城市的存在和发展，政府在矿业城市发展中只起到很小的辅助作用。由于跨国公司以利润最大化为追求目标，只有在资源开发成本相对较低时，才能促进矿业城市的发展，反之，资源开发行为可能停止。因此，资源开发企业在市场上的决策直接影响着矿业城市发展，这使得矿业城市发展呈现显著的脆弱性（Bradbury，1979）。

　　与西方国家矿业城市发展相同的是，中国矿业城市的发展也受制于资源开发企业的经营和决策，但中国矿业城市是在计划经济体制下形成，是伴随国家有计划的能源、原材料基地建设而产生、发展起来的。计划经济体制下，资源开发企业的投资、生产、销售等一切经营活动都在国家计划调控之中，这在一定程度上克服了市场经济体制下的企业投机行为。资源开发企业作为国家利益直接执行者，企业的发展战略与国家的战略取向相一致。20世纪50~70年代，东北矿业城市资源开发企业的快速扩张正体现了重工业优先发展这一国家产业战略取向（图4-12）。进入80年代，随着国家的改革开放，特别是政企分开、简政放权的改革，资源开发企业与地方政府逐渐分离，资源开发基地演变为区域性中心城市，地方政府逐渐成为地方经济发展的主体和地方利益的代言人。发展地方、服务地方成为地方政府的首要任务。中央企业也逐渐融入地方，参与地方经济建设。同时，随着国家市场经济体制的确立，资源开发行为市场化、投资主体多元化成为矿业城市发展趋势。这一时期处于计划经济向市场经济的转型期，地方政府在推动矿业城市发展过程力量的增长，促使矿业城市产业系统进入以结构调整主导的战略发展阶段。21世纪初期，市场经济体制的逐步完

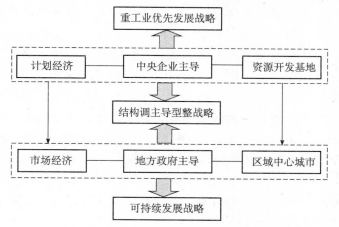

图 4-12　东北矿业城市发展动力变化与战略选择

善，地方政府成为矿业城市发展主导力量，发展具有辐射、带动功能的区域性中心城市是矿业城市发展的目标追求。因此，以产业结构调整、优化、升级为突破口，构建具有生态亲和性的产业生态系统，推进循环经济建设，实现可持续发展成为矿业城市发展的战略选择。

（三）矿业城市发展阶段性演进

区域发展是一个客观的历史过程，与整个人类社会的发展过程一样，在其从过去到现在，再从现在到未来的连续演化过程中，存在不同的发展阶段。而处于不同发展阶段的区域，其面临的优势与劣势、机遇与挑战是不同的，在市场上获取资源、资金和技术等要素的能力也存在差异。同时，不同发展阶段的区域，产业生态系统的结构与功能是不同的，在区域发展低水平阶段，产业结构呈现一、二、三的结构特征，产业与生态环境呈现低水平协调，即产业活动规模相对较小，处于资源环境容量之内；在区域发展的中水平阶段，产业结构呈现二、三、一的结构特征，工业主导着产业系统的发展，产业活动与生态环境呈现对立特征，即产业发展是以环境污染、生态破坏为代价的；在区域发展的高水平阶段，即三、二、一产业阶段，产业与生态环境处于协调发展阶段，整个区域形成物质循环利用、生态良性发展、产业持续增长的态势。各产业比例组合关系及其与生态环境关系随发展阶段的变动特征与规律，反映了区域产业生态系统的发展演化规律，也是区域产业生态系统发展战略选择的重要依据。矿业城市产业生态系统因矿产资源的不可再生性，矿业发展的周期性，而呈现由兴起期、繁荣期到衰退期（或再生期）的明显的周期性变化。在其不同演化阶段，其产业生态系统发展战略的重点也有所差异，在兴起期，资源储量丰富，开采成本低，以采矿业规模扩张为主，采矿业在产业系统中居于主导地位，资源循环利用的产业链尚未形成，生态环境问题并不突出；在繁荣期，资源开发规模趋于稳定，矿业规模稳步扩大，加工业有所发展，以资源综合利用为目的的产业网络系统开始形成，生态环境问题开始显现，优化产业结构成为矿业城市发展的重点；在衰退期，矿产资源趋于枯竭，可开发量减少，开采成本上升，矿业开始衰退，此阶段矿业城市发展战略重点：一是加快产业结构转型，发展接续产业；二是加强生态环境整治；三发展服务业，促进社会就业。因此，矿业城市发展阶段的演进，是推动矿业城市产业生态系统发展战略适应性调整的重要驱动力。

五、矿业城市产业生态系统战略适应性演化的差异化机制

矿业城市产业生态系统战略适应性演化的差异化主要取决于矿业城市发展所面临的外部环境中的机遇与挑战以及自身的优势和劣势条件。只有认清矿业城市外部发展环境中机遇与挑战，并与自身的条件优势与劣势相结合，才能对其产业生态系统发展战略做出正确的选择，正是由于外部发展环境以及矿业城市自身的条件都处于不断变化之中，因此，矿业城市产业生态系统的发展战略也需要进行调整与创新。

SWOT 分析方法是由美国旧金山大学的管理学教授韦里克于 20 世纪 80 年代初提出的一种态势分析方法，该方法将研究对象所面临的外部发展环境分为机遇（opportunity）与挑战（threat），内部条件分为优势（strength）与劣势（weakness）。然后将这些因素罗列出来，构建 SWOT 分析矩阵（图 4-13），再运用系统分析方法，将这些因素相互匹配，依据不同的组合形成不同的战略选择。

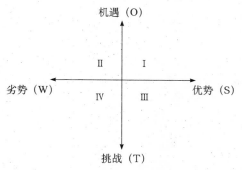

图 4-13　矿业城市产业生态系统发展战略 SWOT 分析矩阵图

当出现第Ⅰ种情况时，即外部发展环境机遇与区域优势相结合时，矿业城市应采取强化竞争优势战略。例如，在市场能源价格高涨时，煤炭、石油城市应适度扩大能源产业规模，同时利用获得的高额利润，发展深加工工业、非矿产业，加强城市基础设施建设，加大生态环境整治，为煤炭、石油城市可持续发展奠定产业和基础设施支撑基础。

当出现第Ⅱ种情况时，即外部环境机遇与区域劣势相遇时，例如，在经济全球化、市场化、信息化趋势下，国家产业政策支持高加工度、高附加值产业发展，而矿业城市自身则由于缺乏技术、人才、资金等要素资源，发展此类产业难度较大，这时矿业城市应实施引导性发展战略，首先依托原有产业优势发展深加工，延长产业链。其次，要加强综合交通设施

建设，形成城乡一体、以人为本、高效便捷的现代化综合交通运输网络。再次，加强人才培养，提高区域创新能力。主要是大力培养科技创新人才，打造高素质科技人才队伍；鼓励和支持专业技术人才通过多种形式创办企业；鼓励和扶持企业创办技术研发中心，为人才建设提供载体。最后，发展循环经济，提高综合竞争力。

当出现第Ⅲ种情况时，即外部发展环境挑战与区域优势相结合时，例如，国际能源、原材料价格低迷的市场环境下，矿业城市虽具有资源优势，但这种优势难以转变为经济优势。此种形势下，矿业城市应实施以提高发展效率为主的发展战略，重点是：一是加强技术创新力度，特别是资源开采技术，降低生产成本；二是发展资源循环利用技术和清洁生产技术，促进资源高效、循环、综合利用；三是发展非矿产业，促进产业结构多元化。

当出现第Ⅳ种情况时，即外部环境挑战与区域劣势相遇时，此时矿业城市应采取防御性的自我完善、更新型战略。以生态城市建设为目标，按照国家资源节约型和环境友好型城市的建设要求，大力推进循环经济建设；加大国家对矿业城市产业转型的支持力度，建立衰退产业援助、退出机制，接续产业发展扶持机制，完善生态补偿机制，积极引进外资。

总之，由于各矿业城市都有自身的特色，要根据外部发展环境的变化，并结合自身的特点确定适宜发展战略。即使面对同样的发展环境，不同的矿业城市也会表现不同的响应，进而实施不同的发展战略，例如，同样都是煤炭资源枯竭型城市，阜新市选择现代农业作为替代产业，而抚顺则以石油化工等产业替代已衰退的煤炭产业。

第三节　矿业产业城市产业生态系统结构适应性机制

矿业城市产业生态系统是由产业系统与生态环境系统复合而成的复杂系统。随着发展环境的变化，系统的结构也处于调整、优化、重构之中。与矿业城市产业生态系统战略适应性演化相比，结构适应性不仅表现为随发展环境变化而呈现出继承性和突变性，而且还表现较强的自我完善性。探讨产业生态系统的结构适应性，了解产业生产系统结构对环境变化的适应能力，找出驱动产业生态系统结构适应性调整的关键因素，是实现矿业城市产业生态系统结构优化、升级的前提和基础。

一、产业生态系统结构适应性内涵

生态系统结构通常是指构成生态系统的各要素在数量上的比例、空间上的分布、时间上的格局以及它们之间物质、能量和信息的转移、循环、传递的途径和方式，生态系统结构直接关系到系统内物质、能量利用水平和效率及其抵御外部环境干扰而维持系统稳定性的能力。适应是生态系统应对特定环境的能力，同时在适应环境过程中，生态系统必须进行转型、重组、创新，使其结构适应环境变化的发展规律，只有与环境变化相适应的生态系统才能持续存在和发展，适应性是生态系统生存和发展所具备的基本特性。

产业生态系统结构是指组成产业生态系统的各部门、各要素在数量、时间、空间上的排列组合方式，以及物质、能量在它们之间的流动、循环路径。与自然生态系统相比，产业生态系统所面临的环境更为复杂、多变，不仅包括自然生态环境，还包括政治、经济、社会环境等，如果产业生态系统结构刚性过强，不能根据外部环境的变化和内部条件的改变而做出相应的调整，这种调整可以局部，也可以是革命性的，系统就可能崩溃，发生巨涨落，而后在新的环境下，形成与环境相适应的系统结构。反之，如果能够适应变化了的环境，系统就可获得继续发展能力，这种产业生态系统结构因发展环境变化而改变的现象，称为产业生态系统结构适应性。产业生态系统结构适应性是一个动态的概念，因发展环境变化的速度、强度的不同，产业生态系统结构也做出不同的调整。就矿业城市而言，因其形成了资源依赖性，其产业生态系统结构适应性的驱动机制也表现出相应的特殊性，主要表现为结构适应性的继承机制、引导机制、推动机制、突变性机制和差异性机制等。

二、矿业城市产业生态系统结构适应性的继承机制

矿业城市产业生态系统结构适应性的继承机制源于产业生态系统发展的内在连续性，即路径依赖性。路径依赖最早是由生物学家纳入理论研究中的（刘元春，1999），生物进化中路径依赖现象的发现直接影响到社会作用机制的研究（宋涛，2007）。1985年保罗·大卫将路径依赖理论引入经济学研究中，认为路径依赖是一个连续的过程，在正反馈机制作用下，由于偶然因素或个人偏好以及局部搜索而进入正反馈、自强化阶段。在此基础上，Arthur（1994）对技术演变过程的自我增强和路径依赖性质做了

系统的、开创性的研究。他指出，新技术的采用往往具有报酬递增的性质，由于某种原因首先发展起来的技术通常可以凭借先占据的优势地位，利用单位成本降低、学习效应和协调效应，致使它在市场上流行起来，从而实现自我增强的良性循环；相反，一种品质更为优良的技术却可能因为晚人一步而陷入恶性循环，甚至"锁定"（Lock-in）在某种无效状态之中。North（1993）进一步将技术变迁中的正反馈机制扩展到制度变迁研究方面，从而建立了制度变迁的路径依赖理论。这一理论的核心内容揭示了路径依赖的客观规律性，认为具有正反馈机制的体系一旦在外部偶然事件的影响下被系统所采纳，便会沿着一定的路径发展演进，而很难为其他潜在的甚至更优的体系所取代。并将这一演化路径概括为给定条件、启动机制、形成状态、退出闭锁等过程（刘元春，1999）。

矿业城市产业系统在正反馈机制的促使下，按照一定的路径演化（图4-14）（张欲非，2007）。

1. 给定条件

矿业城市产业生态系统作为一种正反馈机制的系统，它的产生与发展是以一定的给定条件作为起点，包括丰富的资源基础，国家经济建设的能源、原材料需求以及相关的产业政策等。资源型产业的首先进入，在一定程度上主导了矿业城市产业系统的成长和演化方向。

2. 启动机制

该阶段指随着给定条件的成立，系统中的正反馈机制开始启动。对矿业城市而言，表现为矿业企业的建立，由于资源开发的低成本，额外收益增加，吸引各种生产要素从其他部门向矿业部门流动，引起矿业部门的繁荣，这种力量的积累和收益递增机制导致系统内部经济活动的自我增强，进一步强化了矿业部门竞争优势，促进了矿业城市产业生态系统的形成。

3. 形成状态

该阶段正反馈机制的运行使系统出现某种状态或结果，系统发育趋于稳定、成熟。对于矿业城市而言，其产业系统进入稳定发展期，在循环累积和收益递增机制作用下，矿业城市形成以矿业为主导的产业生态系统，非矿产品加工业发展相对薄弱，为原生、外生产业发展提供维护和服务功能的共生产业系统发育不健全，因资源开发规模稳步扩大，矿业持续发展，整个产业生态系统维持稳步发展状态。图4-14为路径演化分析。

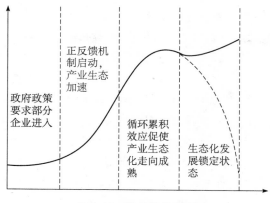

图 4-14　路径演化分析

资料来源：张欲非，2007

4. 退出锁定

因经济制度具有明显的路径依赖特征，一旦走上某一条路径，它就会沿着既定的方向持续下去并在以后的发展中不断自我强化，所以过去的选择决定了现在选择的可能性。如果沿着既定的收益递增普遍发生的制度轨迹，制度变迁可能进入良性循环后的轨道，迅速优化；如果收益递增不能普遍发生，系统有可能被锁定在某种无效率的状态中，而一旦进入了锁定状态，要脱身而出就会变得十分困难，往往需要借助外部效应，引入外生变量或依靠政权的变化，才能实现对原有方向的扭转（吴敬链，1995；郭莉，2009）。当前矿业城市产业生态系统已陷入畸形结构的锁定状态，而且这种结构模式的路径依赖性已成为阻碍矿业城市发展的主要制约因素，引入外生变量，实现产业系统结构重组，已成为改变这一状况，推进矿业城市产业生态系统科学发展的必然选择。

矿业城市产业生态系统的路径依赖性，表明矿业城市产业生态系统发展演化具有很强的"惯性"，即产业生态系统一旦形成，就会沿着原有的路径发展演化。也就是说，矿业城市产业生态系统现状结构是在过去产业生态系统结构发展基础上演化而来，或多或少留有原来产业生态系统结构的烙印。在发展环境不断改变的背景下，需要对矿业城市产业生态系统结构进行适应性调整，但这种调整必须是对原有产业系统的改良、更新，而不能完全清除、摒弃。

阜新市作为全国最早的资源型城市转型试点城市，在进行产业系统适应性调整过程中，一方面依托工业发展传统优势，稳定煤炭生产，大力推进矿区经济可持续发展。在煤炭生产方面重点实施了海州立井、清河门立井、五龙立井改扩建工程，以及内蒙古白音华煤田的综合开发（鲍振东，2006），同时大力发展循环经济，促进资源循环利用，特别是煤炭及共生、伴生资源的综合利用，重点打造煤炭深加工产业链，低质煤、热电、矿井水利用产业链，煤层气综合利用产业链，煤矸石、粉煤灰综合利用产业链，机械制造加工产业链，建材、建筑、矿建产业链等（张平宇，2008）。另一方面强调现代农业、新型能源、地方特色产业以及第三产业等非矿产业的发展，重点是依托当地丰富的农业资源，大力发展农产品精深加工业，到 2005 年农产品加工业产值占规模以上工业总产值比重已达 25%，比 2000 年上升了 12.3%（鲍振东，2006）。这表明阜新市产业系统的调整是在原有煤炭业的基础上进行的有限性的改良、重组，与煤炭有关的矿业仍然在城市发展占有重要地位，因此矿业城市产业生态系统结构适应性具有显著的继承性，路径依赖是导致这一特征的主要成因。

三、矿业城市产业生态系统结构适应性的引导机制

矿业城市产业生态系统结构的适应性演化受产业政策、居民消费需求、发展战略等因素的引导作用。

（一）产业政策

产业政策是政府干预或参与经济的一种形式，它是政府系统设计有关产业发展，特别是产业结构演变的政策目标和政策措施的总和（苏东永，2005）。促进产业结构优化、升级是产业政策的核心，通过产业政策诱导或限制某些产业发展，对与发展环境相适应的产业，则采取财政、税收等措施鼓励其发展，反之限制其发展。市场经济体制下，产业政策的作用过程主要表现为（蔡为民等，2007）：政府制定产业政策—出现政策利益空间—被调控对象利益评估—被调控对象行为调整趋利或避害—政府评估效果调整政策—经济活动趋向产业政策目标。产业政策作用的互动过程是多行为主体的博弈过程，产业政策引起被调控对象注意之后，产业政策通过诱导和强制的方法向被调控对象发出利益变动信息，被调控对象接受信息后进行利益评估，具有独立利益和决策权力的被调控对象会从自身利益出发，力图在市场条件允许和经济效益合理的前提下，做出行为调整。其行为的调整并不具有必然性，调整与否、调整方式、调整幅度则取决于被调控对象的利益评估、产业政策的力度和市场的完善程度。产业政策对于推

动结构转换，弥补市场机制的缺陷，促进经济快速、协调发展等方面都具有积极作用。产业政策提供的各种信息指导为弥补企业信息方面的局限性、完善市场机制发挥了重要作用，有利于消除企业发展过程中的不确定性，提高企业决策的科学性和准确性。

产业政策包括产业结构政策、产业组织政策和产业投资政策等。自新中国成立以来，东北矿业城市产业政策的重点大致经历了三次变化，由此引导着矿业城市产业生态系统结构不断做出适应性调整。20 世纪 50 年代在国家工业化发端时期，产业政策的重点在于重工业发展，特别为国家经济建设提供能源、原材料的产业是产业政策重点扶持、鼓励发展的产业，在这一政策的引导下，资金、技术、人力、物质等生产要素迅速向此类产业集聚，推动了相关产业的快速发展，并形成以资源开发产业为主导的产业生态系统。鸡西市作为煤炭生产基地，"一五"时期国家 156 项重点建设项目中有两项落户于此，即鸡西城子河洗煤厂、鸡西城子河 9 号立井，1953 年轻、重工业占工农业总投资额的比重分别为 8.05%、91.95%，到 1980 年分别变为 93.70% 和 5.70%（图 4-15）。20 世纪 80～90 年代末期，国家产业政策的重点由重工业转向加工工业，尤其是轻工业的发展，由此吸引资金等生产要素投向轻工业、第三产业等，到 1998 年鸡西市轻工业占工农业总投资额的比重达到 29.25%，比 1980 年提高了 23.55 个百分点。

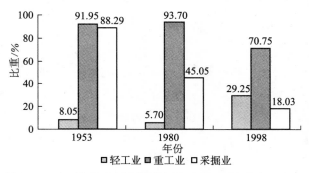

图 4-15　鸡西市部分行业投资额占工农业总投资额的比重

20 世纪 90 年代末期以来，建立在不可再生资源基础上的东北矿业城市产业生态系统，随着资源可开发量的减少，其结构的调整、转换成为矿业城市可持续发展面临的紧迫任务。为促进矿业城市产业生态系统的有序调整、优化，党的"十六大"做出了振兴东北老工业基地的决定，党中央、国务院明确提出了振兴东北等老工业基地的主要任务、发展目标和主要措施，还为支持资源型城市发展接续产业，制定了一系列政策，特别是制定了一系列经济结构调整、减债、卸负、财政税收、社会保障等政策。2001 年阜新被列为首个资源型城市转型试点城市，其后辽源、白山相继被列为转型试点城市，2007 年国务院又制定了《关于促进资源型城市可持续发展的若干意见》。这一时期，为实现矿业城市产业生态系统转型，国家制定了系统性的产业发展政策，主要体现在衰退产业的援助和接续产业的扶持两个方面。衰退产业的援助政策，就是综合运用财政、税收、资金和项目支持等政策，促使资源开采和初加工产业以及与之配套的相关产业逐步退出，引导生产要素从资源型产业向非资源型产业转移，以缓解衰退产业退出过程中出现的失业、贫困、生态环境等问题和矛盾。替代产业扶持政策主要是政府通过投资、税收、环境、金融等手段，鼓励和扶持矿业城市非矿产业发展，以摆脱矿业城市对不可再生资源的依赖，促进矿业城市向综合性城市转型，走可持续发展之路。衰退产业的有序退出和替代产业的兴起、壮大是推进矿业城市产业生态系统结构适应性重组、升级的根本途径。实质上，二者都是通过引导资金、技术和劳动力等生产要素向替代产业转移，并通过替代产业的关联效应带动矿业城市持续科学发展（图 4-16）。

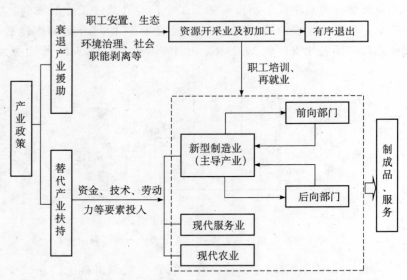

图 4-16　产业政策对矿业城市生态系统结构适应性重组的作用机制

（二）区域发展战略

区域发展战略是根据区域外部发展环境和内部条件制定的区域发展总体方案，具有长远性、宏观性，反映一定时期内区域发展方向和目标。

产业系统结构适应性调整受区域发展战略方向、目标的影响，制约着产业系统结构的转换方向。新中国成立以来，东北矿业城市的发展战略方向，大致经历了三个阶段的演化：20 世纪 50~80 年代初期，根据矿业城市在国家经济地域分工中承担的作用和地位，将建设成为能源、原材料基地作为矿业城市的发展战略方向，投资建设的重点是资源开采业，形成以资源型企业为主体，结构单一型的产业系统结构，专门化生产程度较高，但"一业独大"的畸形产业系统结构使得矿业城市服务功能显著滞后；80~90 年代末期为经济体制转型期，伴随着对外开放的深入推进，市场经济体制的形成、建立，特别是地方政府主体意识的增强，建设区域性中心城市成为矿业城市发展战略的方向和目标，为增强矿业城市的服务、带动、辐射功能，促进产业系统结构多元化成为矿业城市产业系统重构的重要方向和特征，各矿业城市相继发展了资源初加工、轻工业以及第三产业，同时大力发展地方工业，增强地方企业在矿业城市经济发展的支撑能力；进入 20 世纪初期以来，随着科学发展观的贯彻和落实，人与自然和谐的生态文明建设，成为时代的要求，为适应这一变化，以追求环境友好为目标的生态城市建设成为矿业城市发展的战略选择。生态城市要求产业活动的全过程即从产品的原料来源、生产、流通、消费等环节来解决环境问题，从根本上实现人与自然的和谐发展。为达此目的，按照生态系统运行规律，调整产业生态系统，构建资源循环利用的产业系统网络，成为矿业城市实施生态城市发展战略的重点，在产业建设方面，重点发展了资源深加工、新型制造业和废物再利用等环保型新兴服务。可见，区域发展战略的演化引导着产业生态系统调整、重组的方向，产业生态系统结构也必须与区域发展战略相适应（图 4-17），才能促进矿业城市的持续发展。

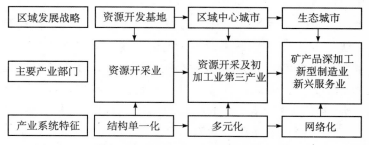

图 4-17　区域发展战略演化与产业系统结构适应性的关系

四、矿业城市产业生态系统结构适应性的推动机制

矿业城市产业生态系统结构具有较强的路径依赖性，要克服这一"锁定"状态，引导生产要素流向非资源部门，必须引入新的变量、建立新的机制，才能改变原有的资源依赖型发展路径。技术创新能力、制度创新和产业升级优化机制是推动矿业城市产业生态系统结构自我完善的重要动力机制，通过创新能力培养和产业机制优化升级，促使矿业城市逐渐转向技术创新驱动型发展轨道。

（一）技术学习和创新能力

技术学习和创新是产业结构升级和竞争优势的制高点，它不仅要发挥大企业的技术领先作用，而且要通过成千上万家中小企业自主创新能力的增强，形成系统的波及途径和渗透效应，从而在某些产业中逐渐掌握核心技术能力（侯志茹，2007）。正是基于对技术溢出效应的追求，企业才有了创新的倾向，从而形成新的生产工具和生产方式，进而开发出新产品，引起新兴产业部门的出现和发展，直接推动产业结构高级化。可见，技术学习和创新是推动产业生态系统结构适应性调整、重组、转换的重要推动力量。同样对矿业城市而言，技术学习和创新是打破其资源依赖性的关键因素。相对于制造业而言，资源型产业本身对生产要素没有特殊的要求，但资源型产业部门的自循环机制吸引资金、人力和物质资本等生产要素不断进入。这种生产要素流动的路径依赖性特征使得资金、劳动力等要素资源从资源型产业转向制造业等部门显得比较困难，必然要经历一个学习过程，经历人力资本积累过程，经历技术进步和创新过程，唯此才能打破矿业城市的"资源诅咒"（张复明，2007）。

首先，技术学习与创新促进了资源型产业链的延伸，推动资源型产业结构升级。图4-18显示，资源型产业的技术创新可能发生在如下几个方面（张复明，2007）：一是勘探技术，勘探技术的进步可以提高矿产资源的勘探能力，扩大矿产资源储量；二是开采技术，开采技术创新可以提高资源的回采率与伴生矿的综合利用率，在资源型产品数量不多的情况下，可以节约资源动用与耗费，延长矿山使用年限；三是加工转化技术，包括从矿产品到资源粗加工产品、精加工产品生产工艺与技术创新，能够提高资源产品质量，增加资源产品种类，提高资源产业附加值；四是资源利用技术创新，能够拓展资源产品的使用范围，提高资源产品

的利用率，提升资源功能和使用价值。可见，资源型产业的技术学习与创新不仅可以扩大资源储量，延长资源开采年限，而且通过技术创新，拓展了资源使用范围，延长资源型产业链条，增强了矿业城市资源型产业的技术优势与竞争优势。

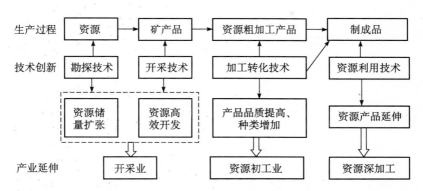

图 4-18　技术创新与资源性产业链拓展机制

资料来源：张复明，2007

　　其次，技术学习与创新推动了矿业城市产业生态系统结构的多元化、网络化。产业是技术学习和创新的主要载体，技术学习和创新推动产业系统的形成和发展。技术创新直接导致新产品的产生，催生新的企业、产业出现，前已述及，技术学习与创新推动了资源型产业链的延长，而对于非资源型产业特别是制造业而言，由于此类产业具有典型的"干中学"特征，产品更新换代周期快，技术依赖性较强，只有不断进行技术创新，才能实现产品、工艺的升级和换代，有效降低成本，适应市场需求，也才能在市场竞争中保持持续发展的活力和动力。同时，制造业本身具有的较强的关联和带动能力（前向关联、后向关联和旁侧关联），可以通过技术创新活动，带动相关产业发展，并与资源型产业形成共生机制（图 4-19），促使矿业城市形成物质、能源消耗最少，环境影响最小的产业生态网络系统，从而推动产业系统结构的重组、优化和升级。

（二）制度创新

　　制度包括正式规则（法律、规定）和非正式规则（惯例、行事准则、行为规范），以及上述规则的有效执行。它是一个社会的游戏规则，是塑造经济、政治和社会组织的诱因架构。有效的制度安排和产业组织对产业生态系统结构的适应性调整起着不可替代的推动作用。一般而言，制度变

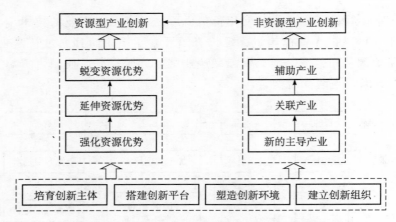

图 4-19　区域创新能力对产业生态系统结构适应性的推动机制

资料来源：张复明，2007

迁主要是通过改变企业产权结构，进而改变产业所有制结构，来影响产业生态系统结构适应能力，具体而言，对产业生态系统结构适应能力的影响主要表现在以下三个方面（蔡为民等，2007）：①制度变迁改变制度安排的激励机制，改变制度安排的效率，从而影响企业发展的速度和质量；②制度变迁改变贸易和专业化范围，使经济组织活动的途径和方式发生改变，从而影响企业发展的广度和深度；③制度变迁扩大了允许人们寻求并抓住经济机会的自由程度，一旦人们抓住经济机会，产业发展就会发生；如果机会减少了，发展也将开始停滞。东北矿业城市产业生态系统进入计划经济体制的时间最早，而退出最晚。与东南沿海发达地区相比，受计划经济体制作用时间较长，影响也较为深刻。自 20 世纪 80 年代以来，随着以产权制度为核心的市场经济体制改革的深入推进，东北矿业城市产业生态系统所有制结构呈现逐步多元化趋势。

1. 经济体制改革推动东北矿业城市产业生态系统所有制结构多元化

新中国成立以来，我国经济体制大致经历计划经济体制、计划与市场调节相结合、市场经济体制三个时期，不同时期有相应的产业生态系统所有制结构与之相适应（图 4-20）。

在计划经济体制下，东北矿业城市形成了以国有经济为主体的产业生态系统，进入 20 世纪 80 年代，经济体制改革首先在农村展开，以家庭联产承包责任制为先导的农村经济体制改革，极大地调动了农民生产的积极性，提高了农业生产水平，同时也促使单一的农业生产结构向多层次综合经营结构转变。以阜新为例，农业内部结构趋于多元化，种植业、林业比

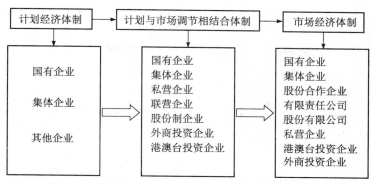

图 4-20 经济体制演化对矿业城市产业生态系统所有制结构重组的推动机制

重下降，牧、副、渔业比重上升。1980~1990 年，在农业总产值中，种植业所占比重由 70.9% 下降到 64.9%，林业所占比重由 6.4% 下降到 2.7%，牧业所占比重由 16.1% 上升到 25.5%，副业所占比重由 6.5% 上升到 6.6%，渔业所占比重由 0.1% 上升到 0.3%。1984 年《中共中央关于经济体制改革的决定》的发布，标志着经济体制改革的重点由农村转向城市，由农业转向工业。在以公有制经济为主体、多种经济形式和多种经营方式并存的经济体制改革方向指引下，坚持国家、集体、个人一齐上的方针，积极发展集体经济和个体经济，出现了多种经营形式共同发展的新局面。以阜新为例，在工业总产值中，全民所有制工业产值所占比重由 1980 年 80.6% 下降到 1990 年的 68.6%，集体所有制工业产值所占比重则由 19.0% 上升到 30.9%；从工业隶属关系看，中央企业产值所占比重由 1980 年的 51.5% 下降到 1990 年的 28.8%，而地方企业产值所占比重则由 48.2% 上升到 70%。在这种计划与市场调节相结合的经济体制下，产业所有制结构的适应性调整是以集体经济为主体的，个体私营经济和外资经济发展仍然比较薄弱。自 1992 年明确提出建立社会主义市场经济体制以来，东北矿业城市开始了以增强企业发展活力、市场竞争能力为目标的产业生态系统结构的重构。重点是通过存量资产结构调整和增量资本倾斜，适当收缩投资面，进一步将优质国有资本集中到关系到国计民生的关键行业和关键领域；一般竞争性领域的国有资本在市场竞争中实现优胜劣汰；对目前负担沉重、资不抵债、经济效益差、缺乏发展潜力的国有企业，国有资本尽快退出（陈清泰等，2005）。同时大力发展民营经济，扩大对外开放，发展外向型经济。从图 4-21 和表 4-2 可以看出，东北矿业城市国有工业产值占限额以上工业总产值的比重由 1992 年的 77.54% 下降到 2006 年的 51.39%，其中下降幅度居前三位城市为辽源、抚顺和盘锦，表明这些城市国有企业改革步伐较快。同时，港澳台企业产值、外商企业产值占限额以上工业总产值的比重分别由 2000 年的 0.74% 和 1.167% 上升到 2006 年的 1.19% 和 2.46%。其中外向型经济发展比较慢的城市有阜新、鸡西和辽源等老年矿业城市，此类城市已进入转型期，在原有制度上建立的产业生态系统因其所依赖资源的枯竭，其制度路径依赖被打破，因此革新产业所有制结构，提高市场适应能力；成为矿业城市再获发展活力的必然选择。

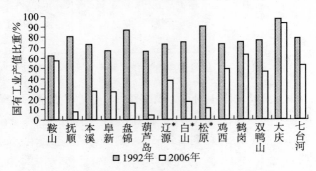

图 4-21　东北矿业城市国有工业占工业总产值比重变化

注：图中 2006 年数据中带 "＊" 者为 2004 年数据

资料来源：《辽宁统计年鉴》（1993、2007）；《吉林统计年鉴》（1993、2005）；

《黑龙江统计年鉴》（1993，2007）

表 4-2　东北矿业城市产业系统所有制结构变化表

矿业城市	国有工业产值占限额以上工业总产值比重/%		港澳台企业产值占限额以上工业总产值比重/%		外商企业产值占限额以上工业总产值比重/%	
	1992 年	2006 年	2000 年	2006 年	2000 年	2006 年
鞍山	61.28	56.67	1.18	2.91	1.91	2.37
抚顺	79.95	7.42	1.52	1.77	4.38	4.80
本溪	72.37	27.28	0.74	0.98	0.74	1.17
阜新	66.42	26.71	0.18	4.28	2.41	13.69
盘锦	86.18	15.25	0.16	0.67	0.61	0.96
葫芦岛	65.53	4.13	1.68	0.77	1.82	1.12
辽源	72.30	37.50＊	—	3.24	0.39	10.30
白山	74.36	17.03＊	2.01	7.09	2.26	6.26
松原	89.61	11.02＊	0.05	0.03	0.87	8.72
鸡西	72.35	48.87	0.08	0.17	1.37	14.84
鹤岗	74.63	61.99	1.09	—	2.70	1.32
双鸭山	76.05	45.69		—	0.97	—
大庆	96.79	92.64	0.47	0.36	0.07	0.91
七台河	77.71	52.12	—	1.63	0.10	0.16

注：带 "＊" 者为 2004 年数据，表中 "—" 为数据缺失。

资料来源：《辽宁统计年鉴》（1993、2007）；《吉林统计年鉴》（1993、2005）；《黑龙江统计年鉴》（1993、2007）；《中国城市统计年鉴》（2001、2007）

2. 制度改革滞后制约产业生态系统结构进一步优化

经济体制改革虽然在一定程度上推动了东北矿业城市产业系统所有制结构的多元化，但与沿海发达地区相比，东北矿业城市产业系统所有制结构还比较单一，国有经济比重过大，外向型经济发展水平低，个体私营经济发展相对落后，使得矿业城市产业系统适应发展环境变化的能力低下。产权理论要求必须设计某种产权制度，以刺激和驱使人们去从事合乎社会需要的活动，有效率的产权制度的重要前提是必须对产权进行明确的界定，以减少未来的不确定性因素和种种"搭便车"的机会主义行为，从而减少交易成本（姜妮伶，2006）。而在矿业城市，因国有经济是主体，产权安排和要素资源配置具有较强的计划性，使得"苏南模式"的集体经济、"温州模式"的私营经济和珠三角地区的三资经济在此的发展空间受到很大压缩。2006年东北矿业城市国有企业产值占全国国有及规模以上工业总产值的比重为51.39%，最高的大庆达92.54%，而同期东北地区为27.23%，全国平均为9.71%；可见国有经济在矿业城市产业系统中居于支配地位，但国有经济比重过大，一定程度降低了经济发展活力。从经济发展的开放性看，2006年东北矿业城市中的港澳台投资企业、外商投资企业占全部国有及规模以上非国有工业产值比重分别为1.19%和2.46%，同时全国的平均水平分别为10.66%和20.95%，仅为全国平均水平的约1/10。表明矿业城市产业系统开放程度低下，与市外发展环境经济联系不紧密，从外部环境获取经济发展所需要素资源的能力差。从私营经济发展水平看（图4-22），大庆市私营经济发展水平最低，仅为2.02%，是全国的1/10，即使发展水平较高的鞍山市，也只能与全国平均水平持平，远远低于浙江省（36.36%）和江苏省（27.05%）的发展水平。私营经济发展不仅对劳动力有较大的吸纳的作用，因具有明确的产权，对发展环境变化有较强的适应能力。

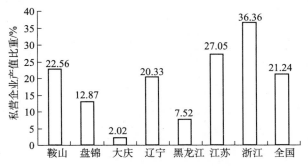

图4-22 东北部分矿业城市与有关地区私营企业占规模以上工业总产值比重

　　以上分析表明，东北矿业城市产业生态系统所有制结构多元化改革滞后，投资主体单一，难以形成资源互用、信息互通、利益共享的产业生态系统网络，大大降低了产业生态系统的稳定性和弹性，对发展环境变化的适应能力较低。进一步加大国有企业改革力度，大力发展个体私营经济，扩大对外开放，建立起所有制结构多元化的产业生态系统，以从制度安排上增强矿业城市产业生态系统的适应能力。

五、矿业城市产业生态系统结构适应性的突变机制

　　一般而言，在一个比较稳定的自然环境中，自然生态系统的结构保持相对稳定，展现一种循序渐进的发展演化过程，只有在遭遇突发性事件（如地震、洪水等）时，自然生态系统才会发生巨涨落，引起系统结构的急剧变化，也就是说，自然生态系统结构对外界环境变化适应存在渐变和突变两种机制。与自然生态系统一样，产业生态系统结构的演化也存在渐变机制和突变机制。通常情况下，产业生态系统结构的变化多表现为逐步完善的渐进式的演化过程，而在遭遇政治变革等突发性偶然事件时，则显示产业生态系统结构的革命性改变。就矿业城市而言，由于矿产资源的不可再生性，依赖矿产资源发展起来的资源型产业必将消亡，其产业生态系统结构的存在与发展仅仅是城市发展历史过程的特定阶段。矿业城市产业生态系统结构的适应性重构的特殊性主要表现为：一是丰富的可耗竭性的资源的突然发现、开发，促使矿业城市资源型产业主导型产业生态系统结构的形成；二是丰富的矿产资源因长期开发而枯竭，导致资源型产业的衰退，进而形成非资源型产业生态系统结构。因此，矿产资源因素是促使矿业城市产业生态系统结构发生突变的关键性因素。

　　在矿产资源开发之前，矿业城市形成以轻工业特别是农产品加工为主导的产业生态系统结构。以七台河为例，1955 年以前该市煤炭资源尚未被大规模开发，此时产业系统中食品制造业占绝对支配地位，图 4-23 显示，这一时期食品制造业占工业总产值比重在 60% 以上。自 1955 年开始，随着煤炭资源的大规模开发，煤炭开采业产值在工业总产值中的比重不断攀升，食品制造业的比重在不断降低，到 1963 年煤炭开采业占工业总产值比重达到 43.14%，超过食品制造业的比重（36.43%）近 7 个百分点，自此七台河进入煤炭产业主导型矿业城市发展阶段，这是矿业城市产业生态系统结构的第一次突变性重组。主要是因为七台河煤炭资源的初始发现和开发，正值中国大规模工业化的发端期，受能源市场需求的不断刺激，使得

图 4-23　七台河煤炭采选业和食品制造业占工业总产值比重变化

该市在不到 10 年的时间内，形成一个以资源开发为主体的产业生态系统结构（图 4-24），造成城市发展对煤炭产业的严重依赖。这主要是因为矿产资源的大规模、高强度开发，所带来的资源型产业部门的繁荣发展，引发整个社会经济要素在产业部门之间的重新分配。资源型产业对经济要素重新配置的影响主要表现在以下三个方面（图 4-25）（张复明，2007）：①要素流动效应是指资源型产业的发展提高了生产要素（如劳动力等）的边际产品价值，吸取了其他部门的资源，引起其他产业部门的相应调整。如资源的大规模开发，引起劳动力向资源型产业转移，劳动力成本上升，而导致制造业竞争力下降。②消费支出效应是指资源型产业的快速发展，带来经济收益的提高，进而带来消费者需求的扩大，主要是对非资源产品的需求的扩大，由此引起非资源型产业产品的价格上涨。产品价格的上升与要

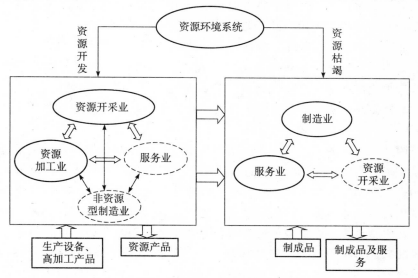

图 4-24　矿业城市产业生态系统结构适应性突变机制

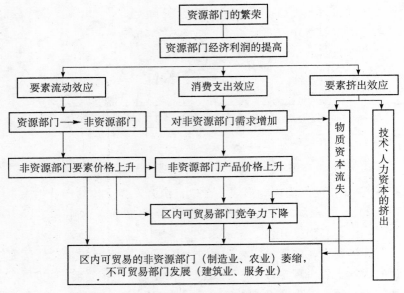

图 4-25　资源型产业部门的影响作用机制

资料来源：张复明，2007

素流动效应所引起的生产要素价格上涨相结合，二者共同驱使非资源型产业的市场竞争能力下降，使之难以适应市场环境变化，增大了对发展环境变化的敏感性，降低了适应能力。③要素挤出效应主要表现为资源型产业的过度发展对技术、管理等要素的挤出作用。与制造业、服务业不同，资源型产业的产品性质和特征变化不明显，资源型产业发展效益的差异取决于地质赋存条件、品位和区位条件等"先天"因素，与投入多少、投入结构关系不大。因此，为获取更多的收益，资源型企业倾向于扩大生产规模，追求规模经济，这样就形成了资源排斥技术、排斥管理的发展路径，是依托资源开发所建立起来的矿业城市产业生态系统结构的典型特征（图4-24）。

　　因矿产资源的不可再生性，随着技术进步，资源开发规模、强度也在逐步扩大，大大加速资源枯竭进程，而矿产资源的枯竭直接导致资源型产业赖以生存和发展基础的缺失，造成资源型产业的衰退，进而引发整个矿业城市产业生态系统结构的突变式重组（图4-24）。这在东北地区矿业城市产业生态系统发展中表现最为明显。主要是因为东北矿业城市产业生态系统的形成是在中国计划经济体制下，按照地域分工理论，建立的能源、原材料生产基地，长期的"重生产，轻生活"的发展思路，使该地区矿业城市长期专注于资源型产业的发展，忽视非资源型制造业、服务业的发展，导致矿业城市产业生态系统过于依赖资源型产业。例如，阜新市从建市起，即形成以煤炭产业为主导的产业系统结构，"一五"时期，国家156个重点建设项目，有4个项目布局于此，即海州露天煤矿、阜新发电厂、平安矿竖井、兴隆矿竖井。其中海州露天煤矿、阜新发电厂分别是当时亚洲最大的露天煤矿和发电厂，到1980年煤炭开采、电力工业占工业总产值比重分别为27.0%和24.7%，二者合计占工业总产值的比重达51.7%。但随着煤炭资源的枯竭及开采成本的上升，到1999年，煤炭开采、电力工业占工业总产值比重分别下降到18.73%和11.55%，在不到20年的时段内，煤炭开采及电力工业占工业总产值的比重下降了21个百分点以上，因此，矿产资源的枯竭对矿业城市产业生态系统发展演化的影响是突发性的，所带来的产业生态系统结构的适应性重组、转换也是"革命式"的，即矿业城市必须寻求建立一种与原先发展基础完全不同的产业生态系统，既能形成合理的产业系统结构，又具有广泛的环境友好型的产业生态系统结构模式。

六、矿业城市产业生态系统结构适应性的差别化机制

不同的矿业城市区位、发展基础、资源开发阶段、劳动力等发展条件的差异，决定了各矿业城市在适应外部发展环境变化时，产业生态系统结构演化、调整的方向也各具特色。

（一）资源开发阶段因素

矿产资源开发具有显著的生命周期性，一般可分为勘探期、增产期、稳产期和衰退期四个阶段。其中，在增产期内，矿产品产量快速增加，而开采成本有所下降，资源型产业快速发展，推动矿业城市的迅速成长；在稳产期，矿产品产量维持在一个相对稳定的水平，同时，资源开发难度在增大，开采成本保持相对稳定甚至开始上升，资源型产业处于繁荣发展期，矿业城市保持在持续、稳步发展趋势；在衰退期，随着资源可开采量的减少，开发难度加大，矿产品产量不断下降，开采成本不断上升，资源型产业开始萎缩，如果没有新产业的兴起，则出现矿竭城衰的现象。处在不同资源开发阶段的矿业城市，因其资源型产业发展状态不同，其产业生态系统适应性调整的重点也存在较大差异，对于处于增产阶段的产业生态系统，应侧重于发展资源深加工产业，延伸产业链条，促进资源综合、循环、高效利用，延长物质代谢周期，为矿业城市可持续发展奠定产业基

础；对于处于稳产阶段的产业生态系统，应在发展资源深加工业的同时，大力发展非资源型制造业和现代服务业，尽快推动矿业城市产业生态系统共生网络的形成，降低因资源型产业"一业独大"所造成的产业生态系统的易损性和敏感性，增强弹性及适应能力；对于处于衰退阶段的产业生态系统，其适应性调整的重点为借助政府的扶持，大力发展接续产业，加大生态环境整治力度，提高生态环境系统承载能力。

（二）区位因素

区位是指特定区域所处的地理位置、交通和信息位置，是区域经济发展的前提与先导，直接影响区域发展目标、产业发展方向与布局的确定，同时还影响着区域资源开发的时序。因此，区位的差异是造成区域产业系统结构发展方向不同的重要因素。在矿业城市产业生态系统适应性重构过程中，因各矿业城市区位相异，即使是同一资源类型的矿业城市，其产业生态系统结构重构模式也大不相同。例如，同样是煤炭城市的阜新、抚顺，阜新市位于辽宁西北部，地处科尔沁沙地边缘，经济发展相对落后，交通通达性相对较差，远离经济核心区，在煤炭产业衰退后，选择依托当地可再生资源的现代农业作为接续产业重点发展；而抚顺市是一座具有百年煤炭开发历史的城市，位于辽宁中部，是以沈阳为中心的沈阳经济区的重要组成部分，市场广阔，随着沈（阳）抚（顺）一体化的推进，抚顺便捷的交通运输优势更加凸显，因此，在煤炭产业衰退之后，选择以石化工业为主导发展、建构城市产业生态系统。此外，盘锦、葫芦岛是辽宁沿海经济带的重要组成部分，能够享受辽宁沿海经济带开发的优惠政策，具有较明显的政策区位优势；大庆地处哈大齐工业走廊中部，是黑龙江省的重点发展区，也是黑龙江省西南部重要的中心城市，无论经济区位还是交通区位都具有明显优势。

（三）资源环境因素

在当前贯彻和落实科学发展观，建设生态文明的大背景下，资源环境因素成为影响和制约产业生态系统调整、重组的重要依据，而且对矿业城市发展约束作用呈增强趋势。资源环境因素的差异是造成矿业城市产业生态系统结构适应性调整方向差异的重要因素。例如，抚顺除了煤炭资源外，还有丰富油母页岩，可提炼石油，而且这些油母页岩覆盖在煤层之上，是露天采煤的剥离层，与煤炭开采相结合，降低了炼油成本，炼油后的废页岩又是井下采煤充填的好材料，具有工业开采价值（李国平和玄兆辉，2005）。可见抚顺市以石化工业作为接续产业是具有丰富的资源基础支撑的。而阜新市以农牧业资源优势为依托，以充分利用当地劳动力资源为前提，确立现代农业和服务业为产业生态系统结构调整的方向。

实际上，矿业城市产业生态系统结构适应性的差异化除受资源开发阶段、区位、资源环境因素影响外，还受到技术、资金等要素的影响。各矿业城市产业生态系统结构适应性调整方案的确定是这些因素共同作用的结果，而不是某一因素独立作用的结果，因此，在推进矿业城市产业生态系统结构适应性重组时，应根据各自的具体情况，以当地资源优势为依托，以资源承载力为依据，以充分就业为前提，因地制宜，分类指导，建立合理、有序的矿业城市产业生态系统新型结构。

第四节　矿业城市产业生态系统环境适应性机制

矿业城市产业生态系统适应性不仅是发展战略、结构的适应，还包括产业系统与生态环境系统的适应，即环境适应性。目前，产业与生态环境的协调发展已成为区域可持续发展研究的前沿领域，特别是对矿业城市而言，其产业生态系统的存在与发展是以当地生态环境的开发为前提的，因此，产业生态系统环境适应能力的强弱是关系到矿业城市能否可持续发展的关键。提高产业生态系统环境适应能力，促进产业与生态环境共生发展，关键在于揭示产业系统与生态环境协同发展的驱动机制。

一、产业生态系统环境适应性机制内涵

自然界中的生物在长期的发展演化进程中与所生存的环境相互作用，一方面受到环境中各种不利因素的影响和伤害，另一方面从环境中获取生命活动所需要的各种物质和能量，以维持自身的生长、发育，这种生物与之生存环境之间的相互作用，称为"生态适应"。当然自然界中的生态适应并不是被动的，生物不仅适应环境，而且通过自身的活动也在改变着环境，实际上生物与环境之间是一个相互作用、相互影响、相互适应的过程。

与生物相类似，人类活动与自然环境之间也存在相互作用、相互影响的关系，即自然环境为人类活动提供必需的物质和能量以及空间场所，并限制人类活动的规模，而人类活动也在改变着自然环境，这种人类活动与

自然环境之间的相互作用称为人类活动的环境适应性，从不同侧面探讨、论述人类活动对环境的适应能力是地理学特别是人文地理学研究的对象和核心（Hutchinson，1948）。产业活动是人类活动的核心内容和主旋律，产业与生态环境之间的互动关系是人地关系的核心和关键，即产业系统的环境适应性研究也就成为人文地理学所关注的人地关系研究的核心内容和前沿领域。当前，产业生态化转型正成为国内外学术界关注的热点问题，其目标就是探索实现产业系统可持续性的途径，或者说，是探索减少产业活动对环境影响途径（Andraw and O'Riordan，2003）。矿业城市产业生态系统是一个由大量因素和子系统组成的复杂系统，即是由多种自然、经济和社会因素互为条件、互为因果、相互制约、相互耦合"集体"作用的结果，是深深植根于当地生态环境的。当产业系统与生态环境相适应时，产业系统可以源源不断从环境中获取发展所需要的物质和能量，反之，产业系统的发展就受到生态环境的极大约束，所以产业系统的环境适应性程度，即二者的协同发展是矿业城市产业生态系统可持续发展的客观要求和前提条件。

（一）产业生态系统环境适应性内涵

产业生态系统环境适应性，是在对传统的产业发展模式进行深刻反思的基础上确立起来的科学概念，它不仅关注经济发展问题，更多地关注与产业系统发展甚至人类生存与发展密切联系的生态环境问题。基本思想是在不超过区域生态环境承载能力的情况下，通过对矿业城市范围内不同产业间、不同企业间，以及企业、居民和生态环境之间的物质、能量的输入与输出关系进行调整、优化，形成系统内部物质、能量的综合、循环、高效利用，而对外部生态环境影响最小的可持续发展系统。具体而言，就是通过企业之间、企业与社区之间物质能量互用、信息共享共生网络的形成，以实现产业、生态环境与社会三者之间整体协调与和谐发展之目的（王如松等，2006）。

矿业城市是在不可再生资源开发的基础上建立、发展起来的特殊类型城市。在我国，特别是20世纪50年代初期，发展起来的矿业城市，在区域分工理论以及经济增长目标追求下，其产业系统按照"资源—产品—污染排放"这一传统的线性发展模式组织、建立起来（图4-26）。该模式一方面通过大规模的开发资源，从生态环境中获取大量的物质和能量支撑其发展，导致资源枯竭，形成严重的资源消耗；另一方面，将产业发展过程的大量废弃物再排放到环境系统中，导致生态环境的严重退化和破坏。

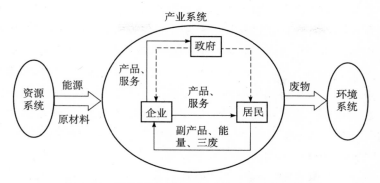

图 4-26 传统产业系统运作的物质能量代谢模型

资料来源：郭丕斌，2004

产业作为资源的消耗者、生态环境的破坏者和产品与服务的提供者，在矿业城市产业生态系统发展可持续性演进中发挥着关键作用，也就意味着在促进矿业城市生态破坏和社会退化进程逆转过程中承担着决定作用。矿业城市可持续发展的过程是促使资源利用状态发生转变并为当地居民提供更优质的产品和服务的过程，这就要求产业发展不仅要满足居民的物质文化生活需求，更要最大限度地减少其发展对资源的过度损耗和生态环境的破坏，提高生态经济发展综合效率。因此，改变传统的产业系统与生态环境系统之间物质、能量的单向流动、传递的线性作用关系，建立一种产业与生态环境之间的物质、能量循环利用的网络组织关系，即产业与生态环境相互适应的共生关系成为产业生态系统适应性研究的立足点。

矿业城市产业生态系统环境适应性就是在生态学、系统科学理论的指导下，将产业活动纳入整体城市生态系统之中，并将产业对资源消耗和环境的影响看做是城市生态系统物质循环和能量传递过程中的一个环节，废物仅是城市生态经济系统演化过程的资源的另一种表现形式，是放错位置的资源。在此认识基础上，根据矿产资源可开发量的递减规律出发，立足已有产业基础和生态环境实际状态，进行产业生态系统结构和功能重构，通过现有产业系统的生态化转型，建立起生态亲和性较强的产业生态系统。

（二）产业生态系统环境适应性机制内涵

前已述及，机制泛指系统内部各要素之间的作用原理，生态学通常借用机制来描述、分析生态系统中生物之间及其与环境之间的相互作用关系。产业生态系统作为产业系统与生态环境系统复合而成的复杂系统，其环境适应机制就是产业系统与生态环境系统之间的相互作用、相互制约关系。矿业城市产业生态系统是依托资源开发建立起来，其存在、发展演化过程都与生态环境息息相关，没有生态环境系统丰富的矿产资源做支撑就没有矿业城市产业生态系统的形成和存在，但其产业系统的发展、壮大的过程也是对生态环境系统影响逐渐加深的过程，包括生态破坏加剧、环境质量恶化，反过来，退化了的生态环境系统又影响到产业系统结构、功能的发挥。传统的以追求物质财富增加为单一目标的产业发展模式，促使过度开发资源，引起资源枯竭、植被破坏、水土流失、土地塌陷等资源环境问题，随着矿产资源开发的枯竭，资源型产业的衰退，原来隐性的资源环境问题突发性的暴露出来，并进而导致结构性失业、贫困等社会问题。这些问题和矛盾的显现，又促使人们重新审视原有的矿业城市产业系统对生态环境系统的适应性问题，主要是通过理清产业系统与环境系统复杂的相互作用关系，识别出变化的驱动力机制，探索产业系统与环境系统相适应的模式和路径。对矿业城市而言，因产业系统结构畸形所引发的日益突出的资源环境问题是产业生态系统重组、转换的胁迫机制；经济发展水平所引起当地居民环境需求的提升以及国家环境政策的调整、演变对产业系统与环境系统的协调发展起着引导作用；而产业生态系统自身所具有的耗散结构、自组织和协同发展特征是产业生态系统环境适应性重构的内生机制（图 4-27）。在这三种机制的共同作用下，矿业城市产业生态系统向产业与环境协调发展道路演进。

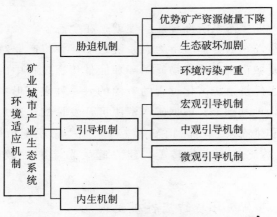

图 4-27　矿业城市产业生态系统环境适应机制

二、矿业城市产业生态系统环境适应性的胁迫机制

矿业城市产业生态系统环境适应性的胁迫机制，就是传统的线性产业发展模式所引起的资源消耗和环境消耗，给产业系统持续发展带来巨大压力，迫使产业系统依据矿业城市自身的生态环境状态做出适应性调整，这也是人们对产业与环境关系认识深化的结果。20世纪七八十年代以来，人们认为只要采取适当的措施就可以阻止或者减缓日益凸显的资源环境问题，90年代以来，面对人类社会经济发展所引起的愈加严重的资源环境变化，人们不得不重新审视已有的有关对环境变化的认识，认为适应是促进产业与环境协调发展的正确选择。在此背景下，学术界提出了通过提高产业系统的学习、调整、重组能力，来适应资源环境变化，即资源环境问题是导致产业系统环境适应性的胁迫机制。

东北矿业城市由于资源开发历史较为悠久，资源型产业系统所产生的资源环境问题，促使原有的资源环境基础消失，新的资源环境系统形成，如果变化了的资源环境系统仍能提供原有产业系统所需要的资源和生态服务，原有产业系统可能继续维持，否则，就会导致产业系统重构，以适应新的资源环境系统（图4-28）。

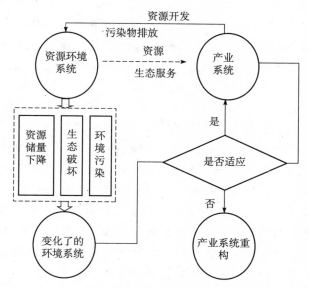

图4-28 矿业城市产业生态系统环境适应性的胁迫机制

1. 优势矿产资源储量的下降

丰富的矿产资源是东北地区矿业城市产业生态系统形成和存在的资源基础和支撑，但随着资源开发规模、强度的扩大，在勘探工作没有取得突破性进展的情况下，矿产资源储量急剧下降甚至枯竭，导致矿业城市资源型产业系统发展基础的丧失，从而导致资源型产业的衰退甚至消亡。因此，优势矿产资源储量急剧下降是胁迫矿业城市产业生态系统适应性调整的重要因素。

经过连续多年的开发，部分煤炭矿区资源萎缩甚至枯竭。辽宁原煤产量比高峰年下降了 26%[①]，全省 7 个矿区除铁法外均属于萎缩矿区；吉林省已有营城、蛟河等 12 个煤矿资源枯竭，扭亏无望的煤炭企业实行了矿井关闭和企业破产（李天舒和王宝民，2003）；黑龙江省鸡西、鹤岗、双鸭山、七台河 4 大煤城的 39 个国有煤矿中已有 13 个资源枯竭，个别地区已变成废墟，其中双鸭山矿业集团的 4 个煤矿资源已相继枯竭，煤炭产量由 1989 年的 $1000 \times 10^4 t$ 下降到目前的 $600 \times 10^4 t$（鲍振东，2006）。从石油资源看，辽河油田经过 30 多年的勘探开发，已经步入中晚期，开发已进入高含水、高动用储量、高采出程度、稠油高吞吐轮次、高开发井密度的五高阶段，开发成本呈直线上升，产量持续递减，已经由 1995 年的 $1552 \times 10^4 t$，下降到 2003 年的 $1332 \times 10^4 t$，8 年下降了 14.18%，年平均降幅 1.77%（龙宝林，2006）。大庆石油开采也已进入衰退期，累计生产原油占已探明储量的 75%，剩余可采储量约有 $5 \times 10^8 t$，在连续 24 年高产、稳产后，因可采储量不能满足年产原油 $5000 \times 10^4 t$ 的长期需要，开始进行产能调整，且以每年 $150 \times 10^4 t$ 的速度递减（鲍振东，2006）。从金属矿资源看，近些年随着钢铁工业的迅速发展，鞍钢需要进口的铁矿弥补资源不足，2003 年进口铁矿石 $118 \times 10^4 t$，2004 年为 $265 \times 10^4 t$，2005 年为 $480 \times 10^4 t$（李蓉等，2005）。辽宁省 8 大有色金属矿山已关闭 7 处，青城子铅锌矿、八家子铅锌矿、柴河铅锌矿、杨家杖子钼矿、新华钼矿、二棚甸子铜多金属矿、红透山铜矿等主要有色金属矿山，有些已因资源枯竭而闭坑，其余也仅在勉强维持，如果矿区外围和深部找矿没有重大突破，也难逃闭坑噩运（龙宝林，2006）。由于矿产资源供应萎缩，难以支撑资源型产业的持续发展，造成产业衰退，引发设备闲置和浪费严重，以及失业等社会问题，严重制约着矿业城市产业系统的可持续发展，依据新的资源基础优

---

① 《辽宁省资源型城市经济转型专项规划》。

化产业系统势在必行。

2. 生态破坏加剧

在长期的矿产资源开发过程中，对生态系统造成严重的负面影响，包括土地塌陷、植被与景观破坏等。首先，在煤炭开采过程中，因地下采空而造成地面沉降，毁损农田、建筑物，也可诱发地震、瓦斯爆炸等事故。以阜新市为例，全市已形成工人村、五龙、东梁、煤海、高德、孙家湾、长哈达、韩家店、新邱中部、南部、八坑、清河门、艾友13个采煤沉降区，总面积达101.38km²（张平宇，2008）。鸡西市已形成34个沉陷区，总沉陷面积为155.6km²；七台河矿区目前共有塌陷面积6652hm²，年均塌陷面积240hm²；双鸭山矿区采煤沉陷区总面积为133.23km²；鹤岗矿区地下采空区面积总计达43.92 km²，地面沉降区面积75.69 km²；抚顺市百年煤炭开采造成城市地面沉陷，引发大面积建筑设施严重破坏，目前采沉区面积已达18km²，占城市建成区15%（李博，2008）。其次，大量固体废弃物堆放占用土地、污染环境。东北煤矿历年累积煤矸石堆放量达16.27×10⁸t，占地面积3066hm²（王金达等，2003）。大庆油田草场退化、盐碱化和沙化面积已占总面积的84%，地下水超量开采近1×10⁸m³，西部已形成超过5560km²的地下水漏斗，严重影响了扎龙湿地的安全（鲍振东，2006）。在铁矿开采过程中，尾矿、排岩场等占用土地现象也比较严重，据调查，在鞍山的千山区矿山、海城和蟒岩矿山已形成791×10⁴m²的废弃排岩场和252×10⁴m²的废弃尾矿库（姜洋等，2006）；在本溪的南芬露天矿、选矿厂和歪头山等矿山废渣累计堆放量达1.57×10⁸m³，采场、废渣占地达28.86km²（本溪市国土资源局，2004）。此外，在开矿中还存在采富弃贫、无序开采乱挖滥采等现象。由于相应的环境整治措施不到位，大量土地被占用、破坏和污染，使矿区生态环境更加恶化，制约着矿业城市土地的合理、集约利用，以及产业的优化布局。

3. 环境污染严重

矿产资源开发过程中产生的环境污染主要包括大气环境污染、水环境污染等。首先是大气污染。在煤炭开采过程中，由于爆破、铲装、运输、卸载、排土、剥离物储存等环节导致废气排放而引起大气环境污染的概率很高。东北地区煤炭矿区每年从矿井开采中排放的 CH_4 为 $5×10^9 \sim 7×10^9 m^3$，基本上全部排放到大气中。同时，在煤炭运装过程中产生大量煤尘，若以0.5%的扬尘损失计算，东北地区因运装向大气中排放的煤尘就

达 7×10^5 t，直接经济损失超过 7×10^7 元（陈洲其，2005）。飞扬的煤尘既污染了周围大气环境，也导致大量煤炭的损失、浪费。其次是水环境污染。在资源开采的选矿、洗矿等过程形成大量废水，造成严重的环境污染。还有就是尾矿、矸石堆等堆积场所因受雨水淋滤、渗透溶解矿物中的可溶成分形成二次污染废水，对周边农田、土地以及地表水、地下水等造成污染。东北地区每年因洗煤而产生的废水就有 6×10^6 t，煤泥 3.5×10^5 t（刘玉宝和谷人旭，2006），导致流经矿区的河流等水体所含污染物严重超标，如流经双鸭山矿区的扁石河、七星河及挠力河大部分河段属 Ⅲ 类水体，松花江支流安邦河属 Ⅴ 类水体。流经鹤岗矿区的鹤立河及其支流中的各种污染物出现了不同程度的超标现象，主要污染物是高锰酸盐、氨氮、亚硝酸盐、总铁和挥发酚，其中高锰酸钾、氨氮超标严重。鞍山城区的南沙河、杨柳河、运粮河因工业废水的排入而造成严重污染，水质均为劣 Ⅴ 类，水中悬浮物浓度明显升高。水环境的污染导致水资源可利用量减少，进一步加剧了水资源的短缺程度，限制了耗水型产业的发展。

优势资源储量的下降，大大降低了其资源型产业发展的支撑能力，并引发资源型产业的衰退，由此导致矿业城市经济整体的衰退，并诱发各种社会问题。同时，资源开发过程中所造成各种生态、环境问题的显性化，导致整个资源环境系统的变化，使得生态系统为产业发展提供生态服务的能力减弱，如水资源短缺。这种新的资源环境系统要求产业系统必须做出相应的调整，以具有适应变化了的资源环境系统的承载能力和服务能力。

三、矿业城市产业生态系统环境适应性的引导机制

建立与资源环境系统相适应的产业系统，减少产业发展物质资源消耗，促使其环境影响最小化，发展循环经济，必须发挥政府的宏观调控作用，也是克服市场失灵的重要途径。矿业城市产业生态系统环境适应性的引导机制是指矿业城市在各级政府的有关政策、规划等引导下，逐步建立起与当地变化了的资源环境系统相适应的产业系统，并通过充分的物质代谢、能量循环过程，实现产业与生态环境的协调发展。一般而言，矿业城市产业生态系统环境适应性机制包括宏观、中观、微观三个层面引导机制。

（一）宏观引导机制

1. 国家循环经济战略的形成与实施

自 1987 年布伦特兰夫人在《我们共同的未来》报告中正式提出可持

续发展概念以来，可持续发展成为世界各国共同关注的热点问题，也成为
人类社会普遍追求的发展模式。1992 年在巴西里约热内卢召开的联合国环
境与发展大会上通过的《二十一世纪议程》，表明可持续发展已被世界各
国和地区所接受，并在世界范围内开始推行和实施。实现人口、资源、环
境与经济协调发展是可持续发展的追求，核心是经济与环境的协调发展。
我国在 1983 年就将环境保护确定为基本国策，20 世纪 90 年代初又积极响
应联合国环境与发展大会通过的《里约宣言》，明确提出走可持续发展之
路，并于 2004 年发布《中国 21 世纪议程》，系统地提出了我国实施可持
续发展总体战略构想，各地区也相继编制了可持续发展行动纲要。随后可
持续发展战略作为国家发展战略写入"九五"计划。随着我国经济的快速
增长，由此带来资源消耗加剧、环境质量恶化等资源环境问题，以及各种
社会矛盾，于是在党的"十六大"上，党中央提出了全面贯彻和落实以人
为本、全面、协调、可持续的科学发展观，按照"五个统筹"的总要求，
推进经济与资源、环境的协调发展。2005 年 7 月国务院通过的《国务院关
于加快发展循环经济的若干意见》，系统阐述了我国推进循环经济建设的
指导思想、基本原则和目标。在国家"十一五"规划纲要中进一步指出
"必须加快转变经济增长方式。要把节约资源作为基本国策，发展循环经
济，保护生态环境，加快建设资源节约型、环境友好型社会，促进经济发
展与人口、资源、环境相协调……切实走新型工业化道路，坚持节约发
展、清洁发展、安全发展，实现可持续发展。"

　　由此可见，自 20 世纪 80 年代中期以来，遵循可持续发展思想，为推
进经济与环境协调发展，我国逐步形成了系统的循环经济发展战略，并制
定了推进循环经济建设的政策、规划等有力措施，这些措施的执行、实施
规定着各地区产业系统的调整目标、方向和重点。由于循环经济强调了经
济发展过程中资源消耗最少化、环境影响最小化，即要求各地区产业发展
与生态环境保持协调，也就是说，建立与生态环境相适应的产业系统是循
环经济建设的根本要求。所以，国家循环经济发展战略的实施引导着矿业
城市产业生态系统环境适应性重组、转型。

　　2. 国家资源型城市转型政策实施

　　20 世纪 90 年代以来，受资源可开发量减少，以及体制机制等方面的
因素的制约，东北资源型城市经济发展乏力，呈现衰退化趋势，失业、贫
困等社会问题突出，如何促进东北资源型城市尽快走出困境，实现经济转
型越来越受到国家和地方政府的高度重视。1998 年启动的天然林保护工

程，为森工型城市转型及可持续发展提供了政策支持，开启了我国资源型城市转型工作。2001 年辽宁省阜新市被确定为全国首个资源型城市转型试点城市，随后，2002 年 11 月，党的"十六大"报告指出"支持东北地区等老工业基地加快调整和改造，支持资源开采型为主的城市和地区发展接续产业"，为东北地区矿业城市产业系统的适应性重构指明了方向。2003年中共中央、国务院出台《关于实施东北地区等老工业基地振兴战略的若干意见》，阜新市作为全国资源型城市转型试点城市，被列入其中。2004年开始，全面实施对煤炭沉陷区的治理，同年，还加大了对国有企业政策性关闭破产的支持力度，使一些资源枯竭的煤炭、有色金属矿山及军工企业平稳地退出市场，大部分职工得到妥善安置。2005 年在继续推进辽宁阜新市经济转型的同时，又选择了大庆、伊春、辽源分别作为石油、森工和煤炭类型的资源型城市试点。2006 年年初国家又提出了对资源枯竭型城市实施税收优惠政策，对开发接续产业的项目给予资金支持等措施。2007 年十届全国人大五次会议再次提出"加快资源枯竭型城市经济转型试点和采煤沉陷区治理，加快棚户区改造"，并将资源型城市转型试点扩大到白山、盘锦 2 市。同年 12 月国务院《关于促进资源型城市可持续发展的若干意见》出台，进一步指出："加大对资源型城市尤其是资源枯竭城市可持续发展的支持力度，尽快建立有利于资源型城市可持续发展的体制机制，是贯彻落实科学发展观、构建社会主义和谐社会的要求，也是当前保障能源资源供给、保持国民经济持续健康协调发展的重要举措。"这就强调了国家将继续加大资源型城市转型的政策、资金等支持力度，以发挥其引导作用，建立资源型城市可持续发展体制机制是保障资源型城市可持续发展的制度支撑；资源型城市转型的目标是可持续发展，核心是经济与环境协调发展。因此，推进资源型城市转型不仅仅是产业系统结构的转型，更是产业与环境关系由对立走向协调的转变。发挥资源型城市转型试点城市的示范带动作用，以及国家有关推进资源型城市转型优惠政策、措施强有力的引导作用，有利于促进东北矿业城市产业生态系统环境适应能力的提升。

（二）中观引导机制

中观引导机制是指矿业城市政府发挥其调控职能，引导产业系统依据当地资源环境系统承载能力进行适应性重构，增强产业系统的生态亲和性，推动矿业城市可持续发展。按照国家循环经济发展战略和资源型城市转型策略，依据地区优势资源逐步枯竭的现实，寻求未来发展的资源依托，制定出适合当地实际的矿业城市可持续发展规划。由于市场经济的逐利性，难以考虑产业发展的生态效益，政府作为公共利益代表，是矿业城市循环经济发展有力推动者（高丽敏，2007），通过对矿业城市资源环境特点、产业系统特征的判断，编制循环经济发展总体规划及具体落实方案，并根据国家及上一级政府对循环发展的要求，适时修改、完善循环经济发展规划方案，以设计出与矿业城市实际情况相适应的循环经济发展模式，构建新的循环型产业生态系统网络。例如，七台河根据处于矿业城市幼年期的发展特点，提出循环经济建设的总体框架（国家发展和改革委员会国土开发与地区经济研究所和黑龙江省七台河市发展和改革委员会，2007）：完善煤炭产业体系、电力产业体系、化工产业体系、建材产业体系、农业产业体系和循环消费体系六大循环经济体系；构建煤-焦-化一体化产业链、煤-电-建一体化产业链、木制品和农副产品深加工产业链、农业机械及零部件产业链和社会回收利用产业链五大产业链；重点建设 5 个生态工业园区，即依托现有的大唐电厂和龙洋焦化，以煤、电、建产业为主导建设茄子河工业园区；以医药和轻工业为主导建设金河高技术工业园区；以煤、电、化产业为主导发展新兴工业园区；以双叶家具为核心发展双叶工业园区；以农业机械及农副产品加工产业为重点发展勃利县工业园区。该循环经济框架围绕煤炭资源开发，构建产业系统生态网络，并相应发展化工、建材等产业，体现了资源开发增产期应逐步拓展产业链条，逐步推动产业多元化、网络化的发展趋势，有利于提升七台河产业生态系统环境适应能力。

　　同时，还应将循环经济理念贯穿到矿业城市发展的各类经济规划、城乡建设规划等方面，对已经编制好的规划，应进行修正和完善，与此同时，依据循环经济理念，建立和完善各类产业发展制度、政策，以激励、引导产业与环境协调发展体系的建立。

（三）微观引导机制

　　在企业层面通过大力推进技术创新，推行清洁生产技术和工艺，促进企业产品生态化设计，引导企业实现资源最大化、废物最小化和终端处置无害化（周建安，2007），进而通过多个企业的技术创新和清洁生产技术的推广，实现全行业甚至整个产业系统的环境影响最小化，从而实现产业与环境协调发展。对矿业城市而言，只有将技术创新、清洁生产技术的推广与国有企业改革、改组相结合，与节能、降耗、减污、增效相结合，与优化产业、产品结构相结合，与淘汰落后工艺相结合，才能有效降低对企业发展的环境影响，走循环经济发展之路。具体可从如下四个方面进行

（抚顺社会科学院和抚顺市人民政府地方志办公室，2001）：一是扶持发展那些占全市经济比重较大和环境质量改善明显的国有大中型重点企业。新抚钢公司是抚顺市国有大型冶金企业，在计划经济年代曾经有过辉煌的历史，但是由于生产工艺落后，技术设备陈旧，能耗高、污染物排放量大，企业在激烈的市场竞争中处于劣势，亏损严重。为重振新抚钢雄风，政府加大了对该企业的扶持力度，通过引导企业提高生产管理水平，改进高炉炼铁和转炉炼钢生产工艺，改造了高炉喷煤粉等装置，回收利用了高炉和转炉煤气资源，削减烟尘 4600t，大幅度降低了环境污染，提高了企业的市场竞争能力。二是对于那些经济效益较好、污染物超标程度低，并且环保治理工程基本完工的国有工业企业进行改造完善。抚顺市电瓷厂老厂区高强瓷车间倒焰窑污染严重，鼓励企业对此进行了技术改造，采用高建等温喷嘴横焰新技术，提高了窑容和瓷件烧成质量，同时改变了燃料结构，由重油改用轻柴油为燃料，降低了燃油消耗，消除了黑烟污染，每座窑年创经济效益 150×10^4 元。三是对污染负荷高、超标严重的 11 个企业（或车间、工段）实施停产治理。例如，抚顺市有机化工厂氯碱车间污染严重，排放的氯气不仅污染了农作物，而且对附近居民正常生活影响也很大，群众反映强烈。结合调整工业布局，促进产业结构，产品结构优化，适时关停了效益低下、工艺落后的氯碱车间，利用现有厂房和土地，引进了高科技的医药中间体新型抗生素原料生产线，调整了产品结构，消除了污染源。四是对那些生产工艺和设备落后的企业彻底关停。清原、新宾两县 3 家造纸厂年排 COD 5000t，是污染大伙房水库的主要污染源。经过省、市、县和企业的共同努力，于 2000 年 6 月 29 日对化学制浆车间实施了关停，根治了几十年的造纸黑液危害，削减 COD 4000t，大大改善了水库水质。到 2000 年末辽宁发电厂关停了 5 台 5×10^4 kW 机组、抚顺特殊钢关停了 3 台 5t 电炉、抚顺电瓷厂关停了老厂区普通瓷分厂 8 台燃煤倒焰窑、新抚钢公司关停了 3 台 5t 电炉、有机化工厂关停了氯碱分厂、抚顺铝厂关停了铝电解分厂和工业硅冶炼分厂。此外，通过循环经济试点企业的示范作用，引领企业发展循环经济，实现经济与环境协同发展。例如，抚顺矿业集团有限责任公司是我国首批循环经济示范试点企业（2005 年 10 月 27 日），作为由抚顺矿务局改制而成的国有独资公司，曾经为国家和地方经济发展作出重要贡献，随着煤炭资源的逐年减少，企业面临转产转型的紧迫任务。为再铸企业辉煌，寻求发展新路，抚矿集团确立了以现有资源为依托，构筑以油母页岩综合利用为核心的循环经济体系，全面推进矿区转型发展。抚矿集团构建以油母页岩综合利用为主体的循环经济体系基本框架是：恢复20世纪60年代停采的东露天矿，逐步接替因可采储量枯竭而停采的西露天矿，为页岩炼油厂和页岩热电厂提供足够的原料和燃料；新建和扩建页岩炼油厂、页岩热电厂，成为矿区新的主要产业支柱；以页岩干馏剩余瓦斯为燃料，建设发电、供热项目；以页岩废料为原料，建设新型建材产业，并拉动建筑产业。为促进上述循环经济方案的实施，该集团主要采取如下措施（解振华，2008）：一是加强领导，建立管理机构，公司成立了以董事长为首的实施循环经济方案领导小组，负责制定推进循环经济战略方针目标和重大决策；二是建立推进循环经济培训体系，将循环经济和生态工业的理念融入企业文化中，从而形成全社会支持抚矿集团实施发展循环经济规划的良好氛围；三是加大科研开发力度，2006年建立了以油母页岩开发利用为主的工程技术研发中心，为发展循环经济提供坚实的技术支撑；四是积极筹集建设资金；五是建设信息系统；六是积极参与国际交流与合作。经过2年多的实施，抚矿集团循环经济的核心产业页岩炼油能力得到提升，2007年页岩油产量达 30.6×10^4 t，集团经济总量和经济效益都逐年提高。

可见，通过技术创新和清洁生产技术的推广与应用，以及企业循环经济试点的推广，有利促进企业技术进步，提高管理水平，降低资源消耗及能耗，实现经济与环境效益的共赢，也就是说，技术创新和清洁生产技术的推广与应用是引导企业发展循环经济，降低环境影响的主要驱动力。

四、矿业城市产业生态系统环境适应性的内生机制

矿业城市产业生态系统是一种复杂的系统组织；其形成、发展、演化不仅受到外部环境的推动，更为重要的是其自身具有内在驱动机制，表现在复杂系统的协同进化规律。协同论是由德国物理学家哈肯（H. Haken）于1971年提出的并被广泛应用的系统科学理论的重要分支。该理论认为，千差万别的系统，尽管属性不同，但各子系统之间却可以通过相互影响、相互合作而形成宏观尺度上的时间、空间或功能的有序结构，而且这种有序结构的形成并不在于热力学平衡还是不平衡，也不在于离平衡还有多远，而仅在于一个由大量子系统以复杂方式相互作用构成的复合系统，在一定条件下，各子系统之间通过非线性作用产业的系统现象和相干效应，使系统形成具有一定功能的时间、空间或时空上的自组织结构，进而促使系统呈现出新的有序状态。协同论揭示了复杂开放系统进化过程中内部各子系统之间的协同作用，并指出这种协同作用是系统进化的内在驱动力。

　　在生态学研究中，生态系统的协同进化主要是基于如下事实，即个体的进化过程是在其环境的选择压力下进行的，而环境不仅包括非生物因素，而且包括其他生物，因此，一个物种的进化必然会改变作用于其他生物的选择压力，引起其他生物也发生变化，这些变化反过来又会引起相关物种的进一步变化。在很多情况下，两个或更多物种的单独进化常常相互影响，形成一个相互作用的协同适应系统（尚玉昌和蔡晓明，1992）。因此，协同进化表征了生物与生物、生物与环境、生物物种与整个生态系统之间相互作用、相互依存又相互制约的关系，是生态系统整体演化的内在驱动机理。这就要求运用协同进化观点分析、研究生态学现象和问题，形而上学的、孤立地看待和分析生态学问题则是片面的、不可取的。运用协同进化观点开展人与自然关系研究既是协同进化规律在人与自然关系层面的应用，也是对人与自然关系的行为规范（余谋昌，2007）。产业生态系统是人地关系地域系统的集中体现，产业系统与生态环境系统的协同进化是产业生态系统环境适应性的内在动力机制。

　　结合以上分析，可以认为产业系统与生态环境系统之间是一种协同关系，产业生态系统的发展演化过程是产业系统与生态环境系统中的序参量之间逐渐协同的过程，协同是产业生态系统由无序走向有序的驱动力。对矿业城市而言，其产业生态系统具有显著的资源依赖性，因而资源储量、生态环境质量等资源环境因素是产业生态系统发展演化的序参量，在具有协同性质的矿业城市产业生态系统中，资源储量、生态环境质量的高低支配着各子系统（如投资、就业等）的行为。序参量支配着其他参量的变化，同时其他参量的变化也通过耦合和反馈制约着序参量的变化，它们之间互相作用、相互制约，又在序参量的主导下协同一致，从而形成一个有序的自组织结构（王崇锋，2008）。矿业城市产业生态系统中的各要素之所以能够出现协同是因为它们之间存在着资源开发这一关联节点，资源开发是矿业城市产业生态系统有序演化的主要动因。在通常情况下，矿业城市产业生态系统同时存在着资源、环境、体制、市场等多个序参量，系统的整体发展状态是各个序参量之间协同作用的结果。随着某一序参量的变化，如资源枯竭或生态环境严重恶化，使原有的产业系统失去赖以生存和发展的资源基础，系统的这种协同行为遭到破坏，在新的内外环境下，新的资源、环境要素等多个序参量通过协作与竞争，促使系统形成新的有序结构。正是由于序参量之间的协同与竞争影响着矿业城市产业系统与环境系统从无序到有序的演化进程。

　　在矿业城市产业生态系统演化中，为获取更多、更大的经济效益，产业系统必定扩大资源开采规模、强度，而由于特定时间资源环境的有限性，资源枯竭，生态破坏，环境污染，例如，水环境污染造成水资源的质量型短缺，进而限制产业系统发展，增大了产业系统发展的约束性。因此，产业系统与生态环境系统之间的协同进化规律要求产业系统的发展必须以资源承载能力和环境容量为前提，在不超过生态环境系统可承载量的前提下，合理组织、优化产业系统，形成产业与生态环境协同共进的发展格局。

第五章

东北地区矿业城市产业生态
系统适应性模式

矿业城市产业生态系统适应能力和适应机制研究，揭示了系统对发展环境变化的适应程度，以及系统运行过程中各要素相互作用关系。在此基础上，结合东北地区矿业城市产业生态系统特点、类型，提出矿业城市产业生态系统适应性模式，并明确不同模式的适用范围，进而提出矿业城市产业生态系统适应性发展调控对策。

第一节 矿业城市产业生态系统适应性模式的内涵及特征

一、矿业城市产业生态系统适应性模式内涵

"模式"一词的英文表达为"model"，原意为尺度、标准，《现代汉语词典》将模式定义为："某种事物的标准化形式或使人可以照着做的标准样式。"在经济学中，模式是对某种事物发展总体状态的概括，是目前应用较为广泛的一个概念，如发展模式、空间模式等。一般而言，模式具有三个方面的含义：一是模式是理论与实践之间的桥梁和纽带，既可以由实践总结出模式再上升到理论，也可以由理论推导出模式再应用到实践，因此，模式既具有理论的指导性，又具有具体的可操作性；二是具有可推广性，作为可参照的标准样式，人们可以按照模式的形成要素，效仿实践、应用，可获得近似的结果；三是具有动态性，模式也是一个不断发展、完善的过程，随着条件的变化，实践与理论的深化，模式的具体内容、表现形式也不断发展、优化。

产业生态系统是指为获取经济利益和环境效益的双重效果，一定区域内不同企业（或产业）之间通过物质循环、能量流动、信息传递、价值交换等联系，协同产业系统生态过程和自然系统生态过程，将系统内不同的

线性生产过程"循环链接"起来形成的统一整体，其核心是模仿自然生态系统的运行规律，实现产业系统的经济效益和环境效益。相对于一般城市而言，矿业城市产业系统与自然资源环境条件存在天然的依赖联系，产业生态化（eco-industrial transformation）直接与矿业城市产业系统起点相连，对环境与产业的关注也使得在指导矿业城市转型过程中具有更强的理论适应性。从适应性的视角看，产业生态系统的培育与塑造过程，就是产业内部及产业之间生态化组织的形成、演化过程，也是产业系统优化升级过程，并促进矿业城市系统整体的协同进化，有效地增强了其可持续发展适应能力。

　　根据上述对模式和产业生态系统内涵的认识，认为矿业城市产业生态系统适应性模式是指随着发展环境的变化，矿业城市产业生态系统的运行状态随之发生变化的概括。当然发展环境变化的幅度、强度的不同，使得矿业城市产业生态系统发展状态适应性调整程度也存在差异。一些要素的变化在矿业城市产业生态系统的控制范围之内。例如，矿产品价格的波动，引起矿产品产量的变化，而不会对整个产业生态系统的结构、功能等性质产生重大影响，只会引起量的变化。而一些要素的变化，如矿产资源的枯竭，可导致原有产业生态系统发展基础的消失，引起矿业城市产业系统运行状态发生质的改变，这种促使矿业城市产业生态系统从一种运行状态向另一种运行状态转变的模式，也称为矿业城市产业转型。因此，可以说，产业转型是产业生态系统适应性模式的一种特殊表现。从适应性角度分析矿业城市的产业生态系统转型问题，实际上，融合了矿业城市产业系统的集群化、高效化等特征。

　　上述分析表明，根据影响因素的性质，矿业城市产业生态系统适应性模式包括局部适应模式和整体适应模式。局部适应模式是指系统通过局部的、短期的、较小的调整以适应外部环境的局部变化，这种局部的、较小的调整不会改变系统的已有结构、性质，例如，通过矿产品产量的调整适应市场价格的变动。整体适应模式是指系统发展环境发生不可逆转的变化，如矿产资源枯竭，需要对系统原有的发展战略、结构及功能进行重构、转型，使其进入另一种新的运行状态以适应变化了的环境。这一模式转换、形成是一项系统工程、创新工程，是促进矿业城市走向可持续发展的关键和必然选择。本章将主要围绕这一整体适应模式，从系统结构和功能重组、优化视角，探讨矿业城市产业生态系统适应性模式及调控对策。

二、矿业城市产业生态系统适应性模式特征

(一) 整体系统性

与一般城市相同，矿业城市也是一个由人口、经济、社会、文化、生态等诸多要素构成的复杂的复合系统。矿业城市产业生态系统适应性调整、重构并不单单是产业结构的重构、转型，而是涉及城市发展方向、性质及城市职能定位等诸多方面。即使从产业发展方面看，包括第一、二、三产业组成比例及其内部构成（如制造业结构），产业所有制结构，劳动就业结构等，以及由此引发的资金、技术等要素的重新配置。因此，矿业城市产业生态系统适应性模式具有系统性特征，既不能单纯地考虑经济目标，也不能单纯地考虑生态目标，而是要综合考虑经济、社会、生态三者所形成的最佳效益，即追求城市发展整体效益是矿业城市产业生态系统适应性调整的根本目标追求。

(二) 类型多样性

产业生态系统作为产业系统与生态系统的复合系统，具有明显的区域根植性，即产业系统的发展是以当地资源环境承载力或环境容量为前提建立起来的，而资源环境的空间分异类型的多样性，使得产业生态系统的类型呈现多样性。对矿业城市而言尤为显著，主要是因为矿业城市是依托矿产资源的开发建立起来的，不同的矿产资源类型决定了矿业城市产业生态系统适应性发展方向、模式，煤炭城市多以发展电力、煤化工等部门来延长产业链，石油城市则以发展石油化工为主，钢铁城市则以冶炼、钢材、机械等部门作为产业系统适应性调整的方向。此外，各矿业城市所处的区位条件、经济基础、人力、技术、资金等也是造成矿业城市产业生态系统适应性模式多样化的重要因素。

(三) 与时俱进性

矿业城市产业生态系统适应性调整的目标是实现矿业城市可持续发展。对东北矿业城市而言，由于资源型产业居于主导地位且以国有企业为主，同时布局分散，污染严重，治污能力较低，因此，其产业生态系统的适应性调整既要实现产业系统的高级化、网络化，也要实现产业与生态环

境共生化，即将原有的"资源—产品—废物"的线性发展模式转变为"资源—产品—再生资源—产品—……"的循环型产业发展模式，因而推进东北矿业城市产业生态系统适应性调整将是一个相对漫长的过程。在不同的发展阶段，应采取不同的发展模式。例如，随着矿产资源开发的生命周期性变化，处于幼年期矿业城市以资源性产业链延伸、拓展作为产业系统的适应性调整方向，处于中年期矿业城市以产业结构多元化、非矿化作为产业系统适应性调整方向。而处于老年期的矿业城市则以发展替代产业，推进矿业城市向综合性城市转变作为产业系统适应性发展方向。只有适时调整、选择适宜的发展模式，才能不断推动矿业城市走向可持续发展之路。

（四）物质循环多重性

循环经济作为矿业城市可持续发展的实现途径，主要是通过物质资源的循环、充分利用，降低产业发展的物质消耗，以及环境污染物的排放，从而降低产业系统发展的环境影响。对矿业城市而言，产业生态系统的物质循环是指根据自然生态系统中物质循环规律，重组产业链网，以提高资源利用效率，降低废物排放的物质循环过程。按照物质循环范围，可分为产品、企业、产业和区域四个层次的物质循环。产品层次的物质循环主要通过资源开发将原料或中间品转化为产品；企业层次的物质循环主要是通过清洁生产技术的运用，促进原料和能源的循环利用，减少产品和服务的物质、能源利用量和废弃物的排放量，最大限度地利用资源，提高资源利用效率，提升产品和服务质量。企业内部物质循环是降低物质消耗，实现企业循环发展主导力量；产业层次的物质循环是通过资源共享和副产品互换将各种不同企业组织连接起来，形成的共生产业链网，以实现产业之间的闭路循环，生态产业园区是实现这一目标的主要载体；区域层次的物质循环是以产业链为纽带将工业、农业与第三产业，以及生产与消费过程统一于一个系统框架之内，形成纵向闭合、横向耦合、区域整合的产业生态系统网络，将资源开发与产业发展融合成一个有机整体，实现资源消耗最小化、环境影响最小化（朱明峰，2005）。通过产品、企业、产业和区域四个层次的物质循环将整个城市产业生态系统组成一个物质循环、持续利用的网络体系，是提高矿业城市产业生态系统适应能力的实现路径和表现特征。

三、构建矿业城市产业生态系统适应性模式的目标

(一) 实现产业系统生态化

在传统的线性经济增长理念下发展起来的矿业城市产业系统，诱发了众多的资源环境问题，而矿业城市主体优势资源日趋枯竭，这一不可逆转的趋势使矿业城市产业系统适应性调整成为必然。在科学发展理念指导下，要实现矿业城市产业生态系统全面、协调、可持续发展，构建产业生态系统适应性模式，降低矿业城市发展对矿产资源的依赖性，推进产业生态化转型是其关键的目标选择。所谓产业生态化是依据生态经济学原理，运用生态、经济规律和系统工程的方法来经营和管理产业，以实现其社会、经济效益最大，资源高效利用，生态环境损害最小和废弃物多层次利用的目的。换言之，就是建立涵盖第一、二、三产业各个领域的"绿色产业"，实质上就是建立将资源的综合利用与环保结合在一起的产业发展模式（屠凤娜，2008）。具体而言，通过企业内部不同生产环节、不同企业、不同产业之间的合作，使一个生产环节、企业或产业产生的废物（或副产品）被其他生产环节、企业或产业利用，从而使整个区域形成一个互利共生的产业共生网络（图5-1）。而不同区域之间则通过区域副产品交换，来建立产业共生关系（张文龙和余锦龙，2008）。因此，产业共生网络和区域副产品交换是促进矿业城市产业生态化转型的两个基本路径，也是构建矿业城市产业生态系统适应性模式的关键目标。

(二) 促进产业系统高级化

产业系统高级化是促进区域发展阶段演进、提高区域发展水平的关键。对矿业城市而言，通过技术创新，优化资源配置，提高产业结构素质、发展效益，为矿业城市经济持续增长、社会和谐发展和生态不断改善创造必要条件。具体而言，就是在技术创新支持下，优化矿业产品结构，发展矿产品深加工产业。例如，大庆市发展石油深加工业，抚顺市发展电解铝、石油化工等，同时，利用资源型产业所获得的资金、技术和人才优势，发展科技含量高的新兴产业。例如，大庆市选择计算机软件、生物医药等作为新兴产业加以发展，通过资源深加工和新兴产业的发展推进矿业城市产业系统的高级化。但总体上看，东北矿业城市产业系统以资源开采及初加工为主，层次较低，是制约矿业城市经济增长、引发资源环境问题

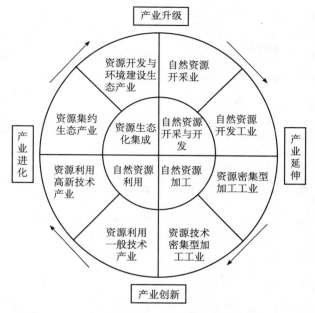

图 5-1　矿业城市产业生态系统循环过程示意图

资料来源：朱明峰，2005

的诱因。以产业系统高级化作为产业生态系统适应性模式构建的主要目标，可以降低矿业城市对资源的依赖程度，提高循环经济发展水平。有必要指出的是产业结构的高级化，并不是指某些产业比重的升降，而主要指与科学技术进步相联系，并影响主导产业的升级和转换的技术产业集约程度的提高（朱明峰，2005）。

（三）推动产业系统合理化

由于深受计划经济体制的影响，东北矿业城市形成以资源开发及初加工为主导的生产性产业结构，产业结构单一，整个产业系统刚性较强，缺乏有机联系，同时非矿制造业发展水平较低，工业产品结构单一，技术创新能力较弱，没有形成资源开发—初加工—深加工及相关服务业综合配套、协调的产业链网（张军涛，2003），从而使得矿业城市产业系统畸形、极不完善，并由此引发就业结构单一、劳动力技能单一以及资源利用不充分、生态破坏等问题。因此，在振兴东北和资源型城市大背景下，推进产业系统合理化就成为构建矿业城市产业生态适应性模式的核心目标之一。所谓产业系统合理化就是区域发展过程中各产业之间保持合理的比例以及协同发展的关系，即在矿业城市产业系统中既有反映经济增长主导能力的资源型产业部门，也有代表未来发展方向的新兴的高新技术产业部门，还有容纳就业的劳动密集型及服务业部门。只有这些不同类型的产业部门在区域发展中保持协调、协同发展，才能促使区域无论在经济高速增长期还是在经济危机期都保持相对稳定发展态势。

第二节　矿业城市产业生态系统适应性模式的类型

一、矿业城市产业生态系统适应模式选择的原则

矿业城市产业生态系统适应性模式的选择应遵循如下原则。

（一）因地制宜原则

不同的矿业城市资源类型、生态环境基础、发展阶段以及区位条件不同，产业与生态之间的矛盾表征也不相同，因此，对发展环境变化的响应也存在差异，使得其产业生态系统适应性模式的选择也各具特色。在进行矿业城市产业生态系统适应性模式选择时，坚持因地制宜原则，要注意以下几点：一是要弄清矿业城市资源禀赋的比较优势，以此为依据，选择合适的发展模式，不仅具有良好的资源基础，还可以节约资源成本；二是要弄清矿业城市发展阶段特别是产业发展阶段，及其与生态环境之间关系，因为它是进行产业系统适应性模式选择的历史基础；三是要对矿业城市人力、技术以及资金等经济要素的供给和需求能力做出准确的判断。只有对上述方面具有充分、清晰的了解，才能选择出既有利于企业接受，也有利于政府推行的，更利于产业与环境协调发展的产业生态系统适应性模式，从而保证矿业城市产业系统有序发展。

（二）有序推进原则

前已述及，矿业城市产业生态系统的适应性调整是一个不断发展的漫长过程，不可能一蹴而就。如果等到资源枯竭时再考虑产业生态系统适应性重构问题，不仅会导致城市经济衰退，而且还会引起大量失业、贫困等社会矛盾。因此，应从矿业城市发展的初期开始筹划产业系统调整、优化事宜，坚持有序推进原则，就是要在矿业城市发展的不同阶段，采取不同的适应性发展模式。例如，幼年期矿业城市侧重于资源型产业链的构建，中年期矿业城市侧重于产业系统的多元化以及中小企业发展，老年期矿业

城市重点是发展替代产业，促进产业系统的再生，通过产业生态系统的不断调整、完善，使矿业城市逐渐向综合性城市转变。

（三）可持续性原则

毫无疑问，矿业城市产业系统的适应性调整绝对不可以以牺牲环境、资源等为代价谋求一时发展，应该立足长远，统筹好产业发展与资源、环境的关系。针对矿业城市产业发展所引起的资源环境、就业等问题，从可持续性原则出发，采用清洁生产技术、构建产业共生网络和区域副产品交换网络，建设以资源型、环境友好型城市社会为目标的产业生态系统，以实现物质利用最大化、环境影响最小化。通过产业生态亲和性的提升，推进矿业城市可持续发展的实现。

（四）产业改造与创新相结合原则

矿业城市产业生态系统的适应性调整过程也是产业系统不断完善的过程。能否正确处理传统产业改造与新兴产业培育的关系，是衡量产业系统适应能力的重要标准。传统产业是矿业城市形成、发展的基础，通过新技术的运用，提升传统产业竞争力，可以为矿业城市新兴产业的培育提供资金、人才及技术支撑。而培育新兴产业是现有产业系统的升级，或者是传统产业的发展，通过技术创新，培育和扶持高新技术产业等新兴产业发展，是矿业城市产业系统高级化和合理化的关键。因此，坚持产业改造与创新相结合原则，有利于推进矿业城市产业生态系统高级化和合理化，从而促进产业系统适应能力的提升。

二、矿业城市产业生态系统适应性模式类型

根据上述原则，依据矿业城市产业系统发展阶段性特征及资源环境基础，将矿业城市产业生态系统适应性模式分为产业拓展模式、产业革新模式、产业再生模式三种模式。

（一）产业拓展模式

1. 模式的内涵

产业拓展模式是在产业生态学理念指导下，以资源开发为基础，通过发展上、下游产业及相关服务、支持产业，形成资源开采、初加工、深加

工及共生产业组成的产业集群网络，从而实现产业生态系统适应性转型的发展模式。该模式主要特征在于：一是以资源型产业为主导，能够充分利用当地的优势资源，加上良好的聚集效应，使得该产业发展模式具有较强的竞争优势；二是随着上、下游企业及配套产业企业数量在特定空间的集聚，带来生产、服务的专业化，降低了资源消耗，减少了污染物排放，进而降低了生产成本、运输成本及交易费用，进一步提升产业生态系统持续发展能力；三是通过资源开发技术、资源利用技术及清洁生产技术的创新和应用，促使资源型产业价值链的延伸，最大限度地实现资源型产业的价值创造能力。具体而言，产业拓展模式就是以资源开发为基础，促使产业系统在纵向和横向上拓展延伸（余晖和欧建峰，2007）。纵向上，以资源勘探技术为支撑，提高资源勘探能力，增加资源储量，为矿业城市发展提供资源基础；以资源开发技术创新为支撑，增加资源产量；以资源利用技术创新为支撑，提高资源产品加工深度，延伸产业链条，增加资源型产业附加值。横向上，以生产要素资源的充分利用为前提，向产业技术相通、相近及具有一定地方优势的产业领域扩展；以清洁生产技术创新为支撑，以提高资源循环利用效率、促进废物资源化为目标，发展静脉产业；以产业运营效率为目标发展基础设施、金融等共生产业。实际上，产业拓展的过程就是矿业城市产业系统重构的过程，也是企业之间、产业之间及区域之间新型产业生态关系建立的过程，这一突破传统的资源型产业发展界限，促进产业生态关系重组的过程，不仅有助于将资源优势转化为经济优势、竞争优势，更有助于提升产业生态系统的适应能力。

2. 模式适用范围

产业拓展模式是一种主动适应性模式，主要适用于幼年期的矿业城市，如七台河、松原等市。在此阶段资源型产业正处于规模扩张时期，资源产品产量规模也在增长。此时在资源开发的基础上，根据其关联效应，发展相关产业，建立起融前向、后向和侧向关联部门于一体的资源加工型产业集群。产业拓展模式利用资源开采业属于中间投入型产业的这一特点，向前延伸产业链可带动与之相关的机械制造等行业发展，向后延伸可带动资源加工业的发展，侧向延伸可带动交通运输、环境保护等共生产业发展。这些上下游产业及相关共生产业企业数量的增加和在一定空间的集聚，促使矿业城市产业结构的集群化、系统化、网络化、高效化，大大提高了产业系统的持续发展能力和适应能力。

在产业拓展模式实施过程中，必须注意以下三点：一是优势资源是新拓展产业形成、发展的基础支撑。即城市优势资源储量的多寡影响资源加工型产业的发展规模，是资源加工型产业发展的前提和依托，而资源加工型产业以现有产业为基础，可以在生产成本、技术、人才等方面获得一定的竞争优势；二是新拓展产业应有较强的技术创新能力和较高需求收入弹性。具有较强技术创新能力的产业一般都具有高的劳动生产率，也就是在市场上具有低成本、低价格的竞争优势；而需求收入弹性高的产业部门，则意味着具有较广阔的市场需求和发展潜力，因此，以具有较强的技术创新能力和较高需求收入弹性的产业作为矿业城市产业系统的发展方向，可以不断扩展资源产品的加工深度和广度，提高城市优势资源的价值创造能力。三是无论资源开发部门还是资源加工型产业部门都必须注意产业技术的生态亲和性，这是推动矿业城市产业生态化，实现可持续发展的关键。

这一适应性发展模式主要适宜于资源储量大、开发成本低的幼年期矿业城市；中年期矿业城市由于资源开发成本的上升，除了坚持发展资源加工型产业外，更应该注重产业系统的革新，后面将加以详细阐述；而老年期矿业城市因资源可开发储量锐减，开采成本激增，发展资源加工型产业缺乏原材料来源和竞争优势，因此，不宜选择该模式。

（二）产业革新模式

1. 模式的内涵与特征

产业革新模式主要是指通过革新、学习提高产业系统的发展能力，促进产业系统前瞻性适应发展环境的变化。其核心观点是通过对企业认知模式的改变而改变其行为模式，进而促使产业创新能力的不断提高，由此带来产业生态系统的适应性重组。该模式的基本特征表现为：一是产业系统的革新过程是一个学习过程和能力开发、积累的过程；二是产业革新是一种源自内生性的自我变革活动，与产业拓展模式相同，是一种非危机状态下产业系统的自组织行为，且更强调内生性和主动性；三是产业革新模式的目标是着眼于产业创新能力的培育，以促进发展的可持续性（李烨和李传昭，2004）。对矿业城市而言，产业系统的革新，一是表现为资源型产业链的延伸，特别是资源深加工业的发展；二是表现为非矿制造业及高新技术产业的发展；三是表现为高等教育事业的发展。总之，通过产业革新，提高企业之间、产业之间的资源共享程度，提高资源利用效率，降低资源消耗，降低产业系统的资源依赖性，建立起矿业与非矿业共生、共赢、协同发展的产业生态网络。

2. 模式适用范围

产业革新模式也是一种非危机状态下的产业系统自组织行为模式，主要适用于中年期的矿业城市，如鞍山、本溪、盘锦、葫芦岛、辽源、白山、大庆和双鸭山 8 市。这一阶段资源产品产量保持相对稳定，矿业正处于稳步发展期。这时一方面继续加大技术创新力度，发展资源深加工业；另一方面，还应重视非矿业的培育和扶持，特别是高新技术产业的发展；此外，也应加大现代服务业的发展，提高对生产性产业的维护、维修和服务能力。非矿业制造业和现代服务业的发展，大大促进矿业城市产业系统的网络化程度，降低了资源的依赖程度，提高矿业城市产业系统对外部环境变化的适应能力。

在产业革新模式实施过程中，应注意以下几点：一是资源开发成本保持稳定或略有上升，适度规范、抑制矿业扩张应成为矿业城市产业系统适应性调整的关注点，但矿业在城市经济中仍处于支配地位，是矿业城市发展其他产业的主要资金来源；二是坚持产业系统合理化、高级化准则，前已述及，合理化就是各产业之间应保持合理比例关系，通过发展非矿制造业、现代服务业，降低矿业在产业系统中比例，高级化是指通过技术创新提高产业系统结构水平，这里主要通过高新技术产业发展，促进产业系统高级化；三是要有计划地、有组织地对现有劳动力进行再培训，并将劳动力逐渐向非矿业产业转移；四是坚持空间格局优化准则，布局分散是矿业城市的普遍特征，产业革新模式要求集约利用空间资源，以生态产业园区或经济开发区为载体，促进产业布局空间重组，提升矿业城市产业系统的空间适应性。

这一发展模式主要适宜于资源开发规模稳定的城市，而处于幼年期的城市由于矿业规模急剧扩大，对其他产业发展产生排挤效应，使得非矿业难以获得较大发展；同时处于老年期的城市因矿业衰退带来产业发展资金严重缺乏、人才流失等问题，因此，无论幼年期还是老年期城市都不适宜选择这一发展模式。

3. 案例分析：大庆市产业生态系统适应性模式实践

大庆市地处黑龙江省西部松嫩平原腹地，哈大齐工业走廊的中部。自1960 年大庆油田开始开发至 2004 年年底已累计生产原油 18.21×10^8 t，约占同期中国陆地原油总产量的 47%。但近年来因探明可采储量的降低，使得大庆油田在连续保持 24 年原油 5000×10^4 t 以上的产量后，2003 年原油产量首次降至 4830×10^4 t。据预测，今后每年至少递减 150×10^4 t 以上（赵玺玉和金光日，2005）。第一、二、三产业产值比例由 1995 年的 4.7∶86.6∶8.7 调整为 2006 年的 3.1：85.7：11.2，第二产业"一业独大"畸形产业结构仍然比较显著，特别是石油开采业依然在大庆市产业系统中起着支配作用，2006 年采矿业增加值占 GDP 的比重为 68.06%，呈现典型的资源型产业结构特征。

考虑到石油经济的发展现实，大庆市推进产业生态系统适应性重构的基本思路为：一是大力发展石油加工业，延伸石油产业链，通过限制石油产量（以每年 $150 \times 10^4 \sim 200 \times 10^4 t$ 速度降低石油产量），延长油田开采年限，同时全力支持石油企业科技创新，加大国内油气勘探开发力度，增加后备储量，开发天然气，提供新能源，为接续产业发展提供宝贵时间，同时继续壮大石油化工、天然气化工、精细化工，努力提升规模水平，使其尽快成为大庆市新的主导产业；二是加大扶持非矿产业发展，以高新技术为先导，发挥比较优势，发展农牧产品加工业，石油石化装备制造业、纺织业、新材料及电子信息产业等，促进现代农业和第三产业发展，形成多元化产业发展格局；三是以治水、复草、还林、净气为重点，推进采油绿色化、生态化，实现地下水采补平衡；四是大力推进体制机制创新，扶持个体私营经济发展，大力发展教育事业，不断增强矿业城市自我创新能力、自我发展能力（张平宇，2008；文轩，2007）。

经过这些战略措施的实施，大庆市产业系统已趋向合理化、高级化方向发展。石化产业竞争力进一步增强，2005 年规模以上石化产业实现增加值 77.9×10^8 元。非油经济产业群正在形成，主要是利用大庆市的资源、市场、土地、能源和资金等要素资源优势，以产业园区建设为载体，培育发展了以乳制品为代表的农牧产品加工业，以石油石化装备为代表的机械制造业，以化纺、麻纺、毛纺为代表的纺织业，以新型建材为主的新材料工业和以芯片制造、软件开发为主的电子信息业。到 2005 年全市非油经济占地区生产总产值比重已上升到 35%（彭真怀，2008）。

上述分析表明，大庆市是在石油开采及加工业仍居于主导地位的情况下，推进产业系统结构调整的，是主动适应性重构。非油经济的发展，虽然在一定程度改变了产业结构的畸形，促进了产业系统内部生态关系的改善，但尚未形成比较合理的产业内部关系，推动石油经济与非油经济协同发展，仍将是大庆市产业生态系统适应重构的方向和重点。

（三）产业再生模式

1. 模式的内涵与特征

产业再生模式是指通过产品创新、工艺创新和制度创新等行为来改变、改造、替代现有产业结构或创造并植入一个新的主导产业，以实现产业生态系统的适应性调整或转型的产业发展模式。产业再生模式的终极目标在于通过产业系统更为广泛的多元化，以适应原有优势资源丧失的资源环境基础，使矿业城市获取持续生存和发展的能力。其基本特征是原有矿业衰退或退出，新兴的产业出现和发展，即通过技术创新、制度创新，重新配置生产要素，促进资源从低效的产业向高效率的产业流动、转移，进而实现产业系统的适应性重构。

2. 模式适用范围

产业再生模式是在原有优势资源趋于耗竭的背景下，不得不实行的一种被动型适应性发展模式，主要适用于资源枯竭型城市（或老年期矿业城市）。这一模式主要是利用资源开发所积累的资金、技术和人才，或借助外部力量，建立起基本不依赖原有资源的全新的产业群，把原来从事资源开发的人员转移到新兴产业上来，是该类城市必然的选择。但如何在以资源型产业为主导的产业基础上，发展具有竞争力的新兴产业群是该模式面临的最大挑战。这是因为矿业城市长期以优势资源为导向筹划产业发展，并形成一定思维定式和行为、决策方式，当进行新的产业发展决策时，往往受固有思维定式的影响，导致决策失误。解决这一问题的方法有：一是靠加强学习，通过学习提高对于区域发展的认识水平，树立科学发展理念；二是通过吸引市外投资，更新经营管理理念；三是要以当地廉价的资源、丰富的动力、大量的劳动力等生产要素资源为基础，通过良好的体制、政策、基础设施等软硬环境的塑造，为新兴产业的发展提供优质的服务（任勇，2008；袁国华，2003）。根据资源枯竭型城市的资源特点、发展基础，及其在国家区域经济发展的地位和作用，可将产业再生模式分为优势再造模式、新型主导产业植入模式、新型产业发展模式三种类型（赵兴武，2005）。

1）优势再造模式

该模式主要是根据矿业城市产业基础、区位、技术、劳动力，特别是自然资源的比较优势的重新认识，确立城市发展的资源新优势，并通过优化资源配置，重组资源存量，使优质生产要素资源向效率好、资源优势明显的产业部门转移的发展模式。对于那些依靠单一资源开发建立和发展起来的城市，由于长期的高强度开发，资源枯竭，原有资源优势逐渐丧失。而在原有资源优势基础之上建立起来的产业系统，因无法获得稳定资源供应，发展乏力，并呈现衰退之势。对这类矿业城市必须走优势再造的发展道路。

例如，阜新市作为具有百年资源开发历史的典型煤炭资源型城市，自

20 世纪 80 年代以来，资源开采成本上升和资源枯竭，使得以煤炭为主导的产业系统呈现衰退迹象，并导致整个城市经济系统发展乏力，"九五"期间，全市 GDP 增长率仅为 2.1%，2001 年全市下岗失业人员达 15.6×10^4 人，城市月收入低于 156 元的特困居民 18×10^4 人，占市辖区人口的约 1/4，其中矿区占 60% 以上。此外，还出现了 $101 km^2$ 的采煤沉陷区和超过 $200 \times 10^4 m^2$ 的棚户区无力改造（辽宁省振兴老工业基地领导小组办公室，2007），尤其是 2001 年平安矿、东梁矿、新邱矿、兴隆矿和新邱露天矿的破产，更使城市发展陷入严重困境。为此，国务院 2001 年将阜新市列为国家首个资源型城市转型试点城市。并通过深入研究，确立阜新市资源优势在农业，并据此选择现代农业作为阜新市继煤炭产业之后的产业发展方向。到 2005 年阜新市第一产业产值占 GDP 比重达 24.91%，比 2000 年提高了 11.11 个百分点。2006 年农产品加工业增加值占规模以上工业总产值比重达 25%，比 2000 增加了 12.3 个百分点；而煤炭工业增加值的比重则由 2000 年的 35% 下降到 2006 年的 26%。

2）新型主导产业植入模式

该模式就是对那些产业综合化发展趋势明显、代表产业演进方向且具有发展潜力及较强关联效应的产业进行扶持，促使其成长为新的主导产业，以取代原有资源型产业体系的发展模式。该模式具有如下特征：一是所选择的新的主导产业具有较长的发展历史，即已具有较好的发展基础和较大的发展规模；二是新选择的主导产业应具有广阔的市场需求，技术创新能力强，在市场上具有明显竞争优势；三是新选择的主导产业具有较广泛关联影响，并在产业链网形成中居于核心地位，能够带动矿业城市产业生态系统整体的发展。例如，抚顺市选择的就是此种模式。

抚顺市 1901 年开始大规模开发煤炭资源，到 20 世纪 30 年代煤炭开采业达到鼎盛时期，五六十年代仍享有中国煤都之称。其后煤炭产量连年下降，到 1998 年煤炭开采业总产值仅占工业总产值的 4.05%。而抚顺市并没有因煤炭工业的衰落而衰落，通过适时的产业系统调整，发展成为以石油、冶金、机械等工业为主导的综合性城市。抚顺市石油工业的发展始于 30 年代，主要以油母页岩为原料炼制石油，1971 年随着大庆至抚顺输油管道建成，抚顺石油工业发展获得了稳定的原料来源，促进石油工业的大发展（李国平和玄兆辉，2005）。进入 90 年代末期以来，抚顺市通过大力发展循环经济，注重产业系统生态化转型，在企业层面开展清洁生产审核；在园区层面，开展生态产业园区建设，构建产业生态网络（图 5-2）（袁俊斌，2006）；在社会层面上，主要围绕城市中水回用和垃圾减量化、无害

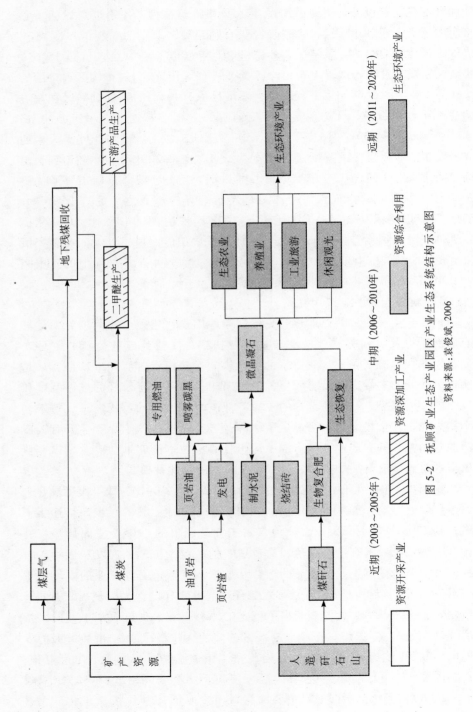

图 5-2 抚顺矿业生态产业园区产业生态系统结构示意图

资料来源：袁俊斌，2006

化和资源化，建设城市资源循环型社会；同时大力发展资源再生产业，包括废旧物品回收利用、尾矿和粉煤灰综合利用等产业。这样城市整体就形成以石油化工为核心、以资源再生产业为纽带，将企业、园区、社会三个层面的物质循环连接成一个有机整体的复合产业生态系统，不仅提高了资源利用效率，而且降低了产业发展的环境影响，增强了城市产业生态系统的适应能力。

3）新型产业发展模式

新型产业发展模式是矿业城市为适应原有优势资源丧失的资源环境基础，从自身的比较优势出发，借助外部力量，立足发展高附加值、高技术含量的新兴产业，以带动新产业系统建立的产业再生模式。该模式主要特征是：一是以科技含量高、代表区域未来发展方向的产业作为主导产业，以便在未来竞争中占据有利地位；二是所选新兴产业应具有一定规模效应和关联效应，并通过前向、后向及侧向联系形成新的产业链网，带动相关产业发展，进而促进整个城市新型产业生态关系的形成，真正在城市发展中起到主导作用；三是用高新技术改造传统产业，促进产业升级，增强产业系统发展活力。该模式目标是通过高起点选择替代产业，尽快推进矿业城市产业系统高级化、合理化、集群化，进而促进产业系统生态化，以降低此类矿业城市产业生态系统的易损性、敏感性，增强适应能力和可持续性能力。吉林省辽源市在推进产业系统适应性重构时，即选择这一模式。

吉林省辽源市自20世纪90年代以来即进入煤炭资源枯竭期，由于计划体制下产业结构的刚性和产业系统发展惯性的影响，接续产业发展没有及时跟进，造成城市发展深层次矛盾显性化，产业转型迫在眉睫。为此，2005年被列为国家级煤炭类资源型城市转型试点城市。其产业适应性重构的基本思路（张平宇，2008）：运用差异化竞争战略、项目支撑战略、开放带动战略、富民育民战略，立足于发展具有高附加值、高科技含量的强势高端产业，全力打造新材料产业、大力发展健康产业，改造传统优势产业，努力构建支柱产业规模化、新兴产业高级化、传统产业现代化的区域产业生态系统新格局。发展重点：一是按照新型工业化的要求，围绕东北重要的新型铝型材料生产基地、东北重要的新型建筑材料基地和国家差别化氨纶、芳纶生产基地等新材料产业发展，将新材料产业打造成辽源市新的主导产业；二是运用高新技术改造装备制造、建材、冶金和纺织服装等产业，提升传统优势产业发展能力；三是以生物制药、保健品和有机食品加工业为重点，大力发展健康产业，提升可再生资源开发能力。同时，大力推进体制机制创新，优化发展环境。这一发展思路的实施，促进了以新材料产业、健康产业和传统优势产业为主导的新产业格局的形成。目前以利源型材等 20 多个大企业为代表的新材料产业已具有一定规模，以迪康药业等 30 多个大企业为代表的健康产业正逐步成为辽源市的支柱产业，以金刚水泥为代表的传统优势产业发展态势良好。

综上所述，矿业城市产业生态系统的适应性调整、优化是一个渐进的过程，也是矿业城市发展阶段由低级向高级递进演化的必然过程。因此矿业城市产业生态系统适应性模式的选择，既要因地制宜，又要因时制宜；既要因"资"制宜，又要因势制宜，按照产业与生态协同发展的目标要求，推进矿业城市产业生态化转型，增强产业生态系统稳定性和弹性，提高矿业城市应对外部发展环境变化的适应能力。传统的矿业城市产业转型：一是强调资源进入枯竭期才实施转型；二是强调接续产业的发展，忽视了产业发展的系统性。矿业城市产业生态系统适应性重构是一种自组织行为，强调的是整个系统的适应性调整与转换，特别是产业与生态环境的协同进化，而传统的产业转型仅仅是矿业城市产业生态系统适应性重构的一个特例，或者是一个特殊表现。据此，认为应根据矿业城市发展的不同阶段，适时选择产业生态系统适应性模式（图 5-3），逐步建立起不以原有优势资源为支撑的新型产业生态系统，降低产业系统易损性和敏感性，提升矿业城市适应能力与发展活力。

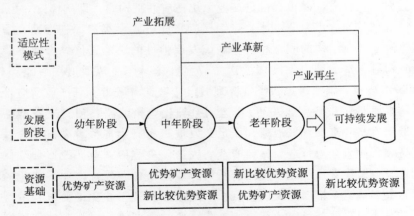

图 5-3　矿业城市产业生态系统适应性模式选择

第六章

东北地区矿业城市产业生态系统适应性发展调控对策

矿业城市的优势在于资源，丰富的矿产资源主导着矿业城市的发展，但矿产资源的不可再生性，又使其成为矿业城市可持续发展的障碍。矿业城市产业生态系统适应性研究的目的就是探寻矿业城市产业生态系统适应性重构的路径及调控对策，为矿业城市可持续发展决策提供理论依据。本章在前述各章对东北矿业城市产业生态系统适应能力评价、适应机制及模式全面、系统分析的基础上，以科学发展观为指导，基于适应性研究视角，从战略适应性、结构适应性和环境适应性三个方面提出增强矿业城市产业生态系统适应能力的调控对策。

第一节　矿业城市产业生态系统战略适应性调控对策

一、矿业城市产业生态系统战略适应的基本思路

矿业城市产业生态系统的适应性调整与重构是一个逐渐变化的过程，也是矿业城市实现可持续发展的理性选择。按照科学发展观的要求，推进矿业城市产业生态系统适应性调整、重构，实质就是实现从矿产资源依赖型向创新驱动型发展模式转变，核心就是通过资源开发、产业发展、区域以及生态建设等发展战略思路的重构，实现产业系统的高级化、合理化、集群化、生态化转型。

（一）资源拓展战略

矿业城市的发展实践证明，盲目开发资源，扩大资源型产业发展规模，必将使矿业城市陷入资源优势陷阱，增加发展的脆弱性和不可持续性。矿业城市资源优势的发挥不仅仅是发展资源型产业，更是依托资源的

基础性优势，推动矿业城市可持续发展能力的提升。基于这一认识，应从三个方面拓展资源利用思路：一是坚持开发与保护并举的资源利用思路，有序开发资源，合理控制资源开发规模，坚决淘汰资源浪费、缺乏安全保障的小矿山开采。要紧紧围绕矿产资源的清洁生产和滚动增值，做大做强矿产业（鲍超和方创琳，2006），促进资源型产业升级优化，提升竞争优势。二是按照产业集群的发展要求，组织资源型企业生产，促进主体优势资源与配套资源的综合开发、利用，大力发展资源深加工及相关产业，形成多层级、多梯次资源加工产业体系。三是改革资源开发体制，促进投资主体多元化，形成资源开发风险共担机制，拓展资源开发优势。

（二）产业生态化战略

矿业城市产业生态系统适应性就是按照产业生态学和循环经济理念，重组产业系统，以便更有效地利用资源、更少地产生污染和废物，从而推进城市可持续发展，即以当地资源环境承载力为基础，通过产业空间布局、产业结构、产业功能和产业过程等的重构，促进资源的多级利用和高效产出，资源环境系统的持续、有效供给，形成区域产业共生网络，实现产业系统与生态环境系统协同发展。具体而言，在企业层面，实现循环型经济；在产业层面，建立互补型共生经济；在区域层面，构建网络化经济系统。通过企业、产业和区域等多层面的相互支撑、相互融合发展格局的构建，共同推动产业生态系统适应能力的提升和战略转型。

（三）区域内生战略

矿业城市对资源开发的过度钟情和资源效益的依赖，恶化了创新环境，抑制了创新能力的提升，最终导致经济衰退。实施区域内生战略，就是要促使矿业城市产业发展由资源驱动转向技术创新和人力资本驱动，由粗放型转向集约型。重点是营造创新环境，构建区域创新体系，推动产学研一体化发展，培育企业核心技术能力，形成区域产业竞争新优势。

（四）生态重塑战略

过度强调资源开发，带来资源枯竭、环境污染和生态破坏等一系列问题，严重制约矿业城市的可持续发展。从建设资源节约型、环境友好型城市的发展目标出发，实施生态重塑战略，促使外部经济内部化，推动矿业城市有序、合理开发资源，保护生态环境。重点是实施绿色开发战略，发展循环经济。通过清洁生产技术和工艺的推广，推进企业清洁化生产，创建绿色企业。大力调整产业结构，扶持资源节约型产业发展，推行循环经济发展模式，降低资源消耗，提高资源利用效率。实施生态重建战略，加大环境整治力度，开展生态修复，改善生态环境质量。

二、矿业城市产业生态系统战略适应性调控对策

（一）加强战略规划研究，提高战略引导力

矿业城市产业生态系统的适应性调整与重构是一个复杂系统的重组、转换过程，也是一个长期的演变过程，不可能一蹴而就。因此，需要长期的发展战略规划加以引导。在发达国家，有关矿业城市发展演化规律的研究比较深入，而且转型实践也比较早，为中国矿业城市产业生态系统适应性战略规划的制定提供了大量可供借鉴的理论成果和实践经验。但由于国情不同、矿情迥异，使得国外有关矿业城市转型战略、模式和政策不能完全适用于中国。在全面贯彻和落实科学发展观，构建和谐社会的形势下，矿业城市一方面承担着继续为国家经济建设提供能源、原材料的战略任务，另一方面面临着资源枯竭所带来的种种矛盾和问题，如何确定适宜的发展战略，推动矿业城市建立与变化了的资源环境基础相适应的产业生态系统，是矿业城市实现可持续发展必须解决的重大课题。

以往，国内学者从接续产业、产业多元化、城市化、科技创新、资源开发等不同研究视角提出了多种矿业城市适应性转型发展战略，如接续产业发展战略、再城市化战略等等。这些从不同视角提出的发展战略虽然对矿业城市的发展均起着一定的引导作用，但没有考虑在经济全球化和全球环境变化背景下，矿业城市产业系统的响应问题，也没有将产业与生态纳入到一个框架体系，来考虑产业系统的适应性问题。同时各矿业城市主体优势资源类型不同、发展阶段不同、分布地区不同，使得各自产业系统在基础、技术、资金等要素的获取能力等方面存在差异，因此，需要对在经济全球化、全球环境变化背景下矿业城市产业生态系统的响应问题进行研究，并依据不同类型矿业城市的发展规律和特点，制定出各具特色的产业生态系统适应性重构战略，以便分类指导，满足不同类型矿业城市可持续发展要求，增强战略引导力。

（二）建立监控、跟踪、反馈体系，增强战略适应性

随着市场、技术以及政策等发展环境的变化，那种根据现有发展环境制

定的矿业城市产业系统发展战略以及所制定的各项相关政策等会出现不适应的情况，甚至可能阻碍城市发展，同时这些发展战略和政策在实施过程中也可能出现偏差，从而使城市发展偏离原有的轨道，如生态城市战略，由于各地的政府过于关注经济增长，缺乏生态环境建设的主动性、自觉性，使得城市生态环境恶化，生态城市战略也就难以实现。为此，不仅要重视矿业城市产业生态系统适应性发展战略的制定，更要重视对战略的实施过程进行动态监控、跟踪，以便对战略实施效果进行评价、反馈，不断调整、完善战略措施，保证矿业城市产业生态系统结构不断优化，适应能力不断增强。

矿业城市产业生态系统监控、跟踪、反馈系统的建立是以系统特性及发展目标为依据的。而科学的监控指标体系和控制系统是实现对发展战略监控、跟踪和评价的前提和关键。按照控制论原理，矿业城市产业生态系统适应性重构是生态系统与经济系统耦合而成的复合系统控制过程，对其适应能力和适应程度的评估和监控应综合考虑经济、社会和生态效益的改善，同时应重点监控主导产业及其发展政策实施效果，提高矿业城市产业竞争能力；应分析国际市场变动、政府政策变化以及科学技术创新发展趋势等所提供的发展环境变化对矿业城市所带来的机遇和挑战。此外还应关注劳动力资源供应、资金引进（包括引进外资和国家投资）等方面的变化对发展战略实施造成的影响，以便进一步调整发展措施，促进发展战略实施。只有对发展政策、市场、技术等生产要素以及产业发展状态的演化进行科学、客观的跟踪监控，并对发展战略作出反馈，才能保证适应性发展目标实现，也才能推动矿业城市不断走向科学发展。

第二节　矿业城市产业生态系统结构适应性调控对策

一、推进产业系统结构多元化，降低系统结构易损性和敏感性

根据第四章第二节的分析，东北矿业城市产业生态系统适应能力的提高主要受制于产业系统结构的易损性和敏感性，从根本上讲，就是矿业城市产业系统结构的单一性和刚性，导致了其显著的易损性和敏感性，因此推进产业系统结构多元化，就成为降低矿业城市产业系统易损性和敏感性的关键。这是因为在一个存在多样性的产业系统中，当一个企业或组织从产业循环系统中脱离时，系统会因多样性的存在，而使其他的系统参与者

代替退出者角色，从而使整个产业系统恢复到以前的状态（Korhonen and Snakin，2005）。因此，在产业系统中，保持足够数量、种类的企业，以多种多样的生产方式降低产业系统的易损性，就能提高其整体抗风险能力和适应能力。

（一）大力发展资源深加工业，延伸产业链条

发展资源深加工业是当前东北矿业城市促进产业结构多元化的常见选择。主要是因为丰富的优势资源为资源深加工业发展提供了廉价的原料，可节约生产成本，与其他地区相比，发展同类产业，具有价格竞争优势。一般而言，石油城市可以大力发展石油化工及石化产品深加工业；煤炭城市可以沿着开采—洗选—发电、开采—洗选—高耗能产业或开采—洗选—发电和煤化工3个方向进行产业链延伸；冶金城市可沿着采矿—冶炼—精炼—型材—制品链条进行延伸；非金属矿矿产品深加工也可使产品大幅度增值，但由于这些产业仍局限于资源型产业范围之内，没有摆脱对原有资源的依赖，因此，该模式比较适合于幼年期和中年期矿业城市产业结构的多元化。如大庆市在稳步发展油气开采业的同时，加快壮大石化产业，按照年加工原油量 1200×10^4 t 的生产规模，增加"三烯"、"三苯"等基础化工原料产量，延伸乙烯、丙烯、碳四和芳香烃等产业链，提高产品附加值。同时，利用聚烯烃和有机化工原料，重点开发改性塑料、工程塑料、橡胶制品、石蜡制品等深加工产品，提高石化原料就地加工、就地消化的程度。到 2010 年，石化产品深加工实现销售收入 360×10^8 元；到 2020年，实现销售收入 800×10^8 元（大庆市发展和改革委员会，2007）。但应当注意的是，老年期矿业城市由于资源可采储量的减少，发展资源深加工业缺乏稳定的原材料供应，因此，不适宜选择资源深加工业作为产业系统多元化的发展方向，一般应选择非原有资源依赖型产业加以扶持发展。

（二）大力扶持非资源型制造业发展，优化产业结构

发展非资源型产业是矿业城市可持续发展必由之路。当然由于各矿业城市的区位、资源类型、产业发展基础以及技术水平、资金供给等要素存在差异，还有各矿业城市在所属省份、地区区域发展分工中地位和作用不同，使得各矿业城市非资源型产业发展方向也各不相同，因此，应按照因地制宜原则，调整现有产业结构，促进产业空间重组，加强技术创新，塑造各矿业城市非资源型产业发展特色。

从城市的长期发展过程看，矿业城市仅仅是城市发展历史长河中一个

特定阶段，非资源型制造业是矿业城市产业系统发展演化的必然趋势。因此，在矿业城市发展的每一个阶段都应注意对非资源型制造业的培育。当然，各不同发展阶段的矿业城市非资源型产业发展的重点不同，对资源开采处于增产期、稳产期的城市，就应着手积极培育新兴产业，如大庆市在发展石油经济的（石油开采业和石化产业）同时，着手培育农牧产品加工、纺织、新材料、机械制造、电子信息等产业，其中农牧产品加工业重点是发展乳品、肉制品、玉米加工、豆制品等产业链；新材料业重点是发展芳纶、氨纶、碳纤维等化工新材料，电子铝箔、砷化镓、磷化铟等微电子材料，轻质高强、保温隔热、环保节能、防腐阻燃等新型建筑材料；机械制造业重点是发展石油石化设备、环保设备、医疗设备、轨道交通设备、航天设备、建筑及筑路设备、矿山机械、机械模具、数控机床、汽车零部件等；纺织业重点是发展麻纺、毛纺、化纤、服装等；电子信息业重点是发展芯片制造、计算机及网络设备制造、软件开发与服务等产业。对资源产量开始衰减的城市要以成长性好、竞争力强的非资源型产业为主，如辽源以新材料、健康产业作为产业系统重构的方向和重点。对资源枯竭的城市要选择好产业转型方向，尽快形成新的主导产业。如阜新选择现代农业作为主导产业加以扶持和培育，抚顺选择石化产业作为主导产业加以扶持和培育。从我国矿业城市发展的实践经验看，矿业城市非资源型产业的培育必须及早准备，否则，一旦矿业城市资源枯竭再启动培育主导产业，就可能给城市发展带来一系列矛盾和问题。

（三）加快第三产业发展，实现产业结构升级

产业结构多元化是降低矿业城市产业结构易损性的主要途径。东北矿业城市长期在"先生产、后生活"理念下开展经济建设，导致为生产和生活服务的第三产业发展严重滞后，且以传统第三产业如商贸为主，随着市场经济体制的建立和完善，第三产业发展水平成为反映城市投资环境好坏的重要标志，同时也是能为矿业城市产业系统整体素质的提升提供更好服务的标志，今后，应大力发展信息咨询、电子商务、商贸代理、科技服务、风险投资等新兴服务业，金融、保险、旅游、健身、房地产、物业管理、家政服务等现代服务业，提升个体商贸、餐饮、服务、修理、公共交通等传统服务业发展水平和竞争力。此外，可借鉴国外经验，利用当地独有矿山开采遗迹发展工业旅游，如德国鲁尔区将过去的煤矿设施稍作改造作为特色餐馆，将过去的钢铁厂架子稍作修整，用作展览场所。东北矿业城市可借鉴这一发展经验，将开采煤矿等留下的各种遗迹稍加包装，即可

作为旅游资源，供游人参观、游览。

（四）继续加大国有经济改革力度，大力发展个体私营经济，促进多种所有制经济协同发展

东北矿业城市产业结构的易损性还表现为产业所有制结构单一，即以国有经济为主导，在市场化日趋深入的今天，比例过大的国有经济严重限制了矿业城市发展活力的提升，导致结构的易损性。深化国有经济体制改革是增强矿业城市产业结构活力的关键，当前，推动国有企业战略性调整，主要应做好如下工作（鲍振东，2007）：进一步理顺中央与地方国有资产产权关系；完善国有资本经营预算制度；建立职业经理人制度；大力发展混合经济；加快国有资本流动。同时大力发展个体私营经济，形成国有、个体私营、外资企业等多种所有制并存的经济发展格局，提高城市经济整体素质，增强城市经济发展活力。

二、推进产业系统结构升级，增强系统结构稳定性

随着城市经济增长动力由第二产业为主向三大产业协同带动转变，产业发展由发挥比较优势向增强竞争优势转变，推进产业系统升级，就成为矿业城市构建现代产业体系，转变经济发展方式，提升城市竞争力的重要发展趋势。

对矿业城市而言，推动产业系统升级，包括产业结构升级和产业组织升级。其中结构升级主要是指产出结构和技术结构的转化，即从低附加值、粗加工向高附加值、精加工方向的产出结构转变，以及从传统技术向高新技术导向的技术结构转变，其目标是实现产业结构的高效化和高度化。组织升级是由于外部环境的变化，使组织的构成要素及要素之间关系发生变动，从而形成新的结构。可分为三种类型：提高运作绩效的组织结构升级，一般通过企业运作的变动来实现；通过业务收购、剥离或核心能力的构建来获得持续竞争优势；创造持续再生能力的组织结构升级，涉及组织学习、自我创新等高层次组织能力的创造，需要企业文化、组织系统及其成员的配合，组织升级受产业组织政策的影响，是以增强企业集约效应提高规模效益为最终目标的组织重构。为解决矿业城市产业系统结构畸形、稳定性较差的问题，需要按照科学发展观的要求，通过发展现代生态农业，大力发展现代制造业，加快发展现代绿色服务业，促进矿业城市产业结构升级、产业组织升级和产业空间结构优化，形成符合可持续发展理

念的循环型产业体系。

（一）产业结构升级

按照政府干预与市场调节相结合的原则，依据原有产业基础，东北矿业城市应将产业结构升级的重点放在产业退出与淘汰机制构建、产品结构升级和技术结构升级三个方面。

1. 产业退出与淘汰机制构建

根据矿业城市的环境、资源和产业布局要求，以资源要素的集约利用为导向，制定高标准、新要求的项目准入门槛和程序，严格审批。定期发布产业导向目录，明确鼓励、限制和淘汰三类产业目录。对于市场潜力大、技术含量高，有利于扩大就业，符合循环经济发展趋势等鼓励发展类产业和项目，应积极引导企业、金融和社会资本增加投资，并给予相应的扶持。对于环境成本比较高、生产能力严重过剩、原材料和能源消耗较高的产业和项目应限制发展，原则上不准新建和扩建项目，同时在行业内部加快技术改造，推行清洁生产和资源循环利用技术，促进其向资源消耗少、污染小、效益高的方向发展。对于资源趋于枯竭或者高能耗、高物耗、高污染或严重危及生态安全的产业和项目，应建立明确有序的退出机制，坚决予以淘汰、禁止发展，对于不能按期淘汰落后生产工艺、装备和产品的企业，要依法关停并转。

2. 产品结构升级

以信息化为手段，提升传统产业节能降耗的技术支撑能力，改变传统产业生产方式，促使其向产业链、价值链高端发展，提高支柱产业发展质量和循环经济发展水平。采用高新技术和先进适用技术，改造传统产业，通过争取国债资金，采取民间融资、招商引资等方式，改造提升传统产业的生产技术和设备，研发新产品，强化资源性产品的核心竞争能力；以高新技术产业为重点，加强节能产品和资源综合利用、新能源和新材料、环保设备等的研发和生产，以培育矿业城市可持续发展战略性产业；以产业园区为载体，以高技术人才为就业主体，以高新技术和先进适用技术推广应用为手段，尽快将传统产业改造成为知识、信息、技术和技能密集的现代制造业，将传统产业集聚基地建设成为传统优势产业的自主创新基地、产品设计和研发基地。如辽源市在对其传统优势产业——汽车零部件产业改造时，坚持靠大联强、重组整合的发展思路，面向国际、国内市场，以高起点、高标准、高效益为原则，搞好汽车零部件加工配套。坚持走为一汽集团等大企业配套的路子，以一汽富奥制泵公司、汽车电器公司、佳林造革公司、利源玻璃钢制品公司等骨干企业为重点，形成以四泵、两机、汽车内饰材料、改装车为重点的龙头产品，发展专、精、特、新等产品，努力实现技术装备专业化、产品系列化、企业规模化，逐步将汽车零部件加工产业培育为支柱产业。

3. 技术结构升级

东北矿业城市产业系统技术结构升级的目标是，促使现有以产出最大化为目标的生产技术向清洁生产技术转化。对现有产业和未来产业的一些共性技术如生物工程技术、环境保护技术、资源综合利用技术、可再生能源技术、高效节能技术等，进行重点攻关或争取重大技术的突破，以此推动产业系统结构升级和竞争力提升；对生态农业技术进行调整，重点改进种植和养殖技术，科学使用化肥、农药、地膜和饲料添加剂，实现产品优质化和农业生产废物资源化，防止农业环境污染，禁止将有毒、有害废物用作肥料。

（二）产业组织升级

东北矿业城市的产业组织多是由计划经济时期国有企业改组改造而来，各企业之间不能马上形成一个整体，不能形成较为完善的产业链，更没有形成价值链。区域封锁与市场分割，难以形成符合跨区域的专业分工与协作的产业格局，这种松散的产业组织结构无法协调各经济组织间的专业分工，使各企业间的协作水平低下，造成大企业规模不经济和产业链延伸受阻，中小企业在低级技术水平上重复建设，限制了规模经济水平的提高（高庆林和李奔，2009）。为此，必须推进东北矿业城市产业组织结构转型、升级，扩大矿业城市内部及其与周围地区之间的产业联系、分工与合作。当前，东北矿业城市产业组织结构升级、调整的方向是建立起企业纵向闭合、行业横向耦合、区域整合的柔性产业组织结构体系，具体就是鼓励和扶持内源型企业、民营企业和中小企业发展，培育一批具有区域竞争能力的大企业集团和龙头企业，建立以具有竞争优势的大企业或企业集团为龙头、中小企业专业化配套协调发展的合作竞争型产业组织结构；通过建立和完善中小企业服务体系，提高市场竞争力，推动不同行业通过产业链条的延伸和耦合，构建区域性的生态型专业化协作配套体系；引导中小企业节约资源、能源，加强污染治理和环境保护，支持中小企业向产业集聚地和新型的工业园区集中。这样既可以使矿业城市现有大企业或企业集团形成具有较强竞争力的经济规模，参与国内外竞争，也可以较为合理地配置资源，增强产业系统竞争优势。

（三）产业空间结构优化

东北矿业城市多是因矿而兴，其产业空间布局主要受资源分布等自然因素影响，造成城市产业空间结构比较混乱，生产区与生活区相混合，很多矿业城市与矿山相连，城中有矿、城矿相连，甚至城区包裹矿井，矿井镶嵌于市中。造成矿业城市产业空间布局分散、混乱（常春勤，2006）。在推进矿业城市科学发展的背景下，要提高产业系统的稳定性，必须优化产业空间结构，提高产业系统的空间适应性。首先，应以产业园区建设为载体和发展平台，大力发展先进制造业，推进矿业城市产业系统升级。产业园区作为矿业城市产业系统升级的战略支点，在矿业城市可持续发展中承担着技术创新基地和经济增长点的战略任务，在政府税收、财政、金融等各项优惠政策的支持下，吸引、集聚国内外先进生产要素（人才、技术等），必然引起城市现有产业的技术改造、升级并带来现代服务业发展，不同程度上提升了矿业城市产业系统层级，促进了产业高级化进程。同时由于各产业受政策的扶持程度不同，有的产业甚至被限制发展，从而导致不同类型产业在城市空间分布的变化，引起城市产业空间结构重组、优化。其次，要加强以商业、服务业、物流业为主的第三产业空间的建设，以物质景观改变实现文化转型。对于小型矿业城市，发展重点主要以商业、服务业、旅游业等传统的第三产业为主，空间发展方面主要以完善原有城市商业中心的各种服务功能为主；大中型矿业城市应进一步发挥中心城市的辐射带动功能，促进商业贸易、金融、物流、会议、展览等多样化的第三产业的发展，形成商业（零售业）中心、商务会展中心、物流中心等第三产业空间。商业空间模式方面也应顺应需求和商业空间发展趋势采用专业市场、大型综合性超市和仓储式商场、购物中心甚至集旅游、娱乐、商业等于一体的城市游憩商业区等多种空间组织形式（赵景海，2007）。

三、健全产业系统调控机制，提高系统结构适应能力

矿业城市产业生态系统结构弹性是矿业城市产业生态系统结构在受到发展环境变化时所表现出的转换能力、创新能力，即重组能力。这一重组

能力除受产业系统自身的结构发展水平影响之外，还与政府的调控政策、开放性、产业体制、城市软硬环境发展水平等有关。

（一）加大政府援助和扶持力度，提升产业生态系统重组能力

长期以来东北矿业城市为国家经济建设提供了大量能源和原材料，为支撑国家工业化进程作出了巨大贡献。但目前大部分矿业城市已进入资源枯竭或趋于枯竭发展阶段，经济社会发展陷入困境，仅靠自身的力量和市场机制难以实现经济的再发展、再振兴，需要借助政府的力量推动矿业城市产业系统适应性重组。根据国内外矿业城市的发展实践，政府政策对于指导和援助矿业城市产业转型起着至关重要的作用。对东北矿业城市而言，应重点做好如下工作：第一，要落实好国家有关矿业城市转型的各项优惠政策，并结合各自的发展实践提出有针对性的落实措施。第二，加强对矿业城市产业系统适应性重构的规划指导，建议依据国务院通过的《国务院关于促进资源型城市可持续发展的若干意见》和《东北振兴规划》，尽快制定东北矿业城市可持续发展的整体规划，并与"十二五"规划甚至更长期的规划相衔接，以推动矿业城市产业系统调整、转换、升级、优化。第三，加大对衰退产业的援助力度。重点是对煤炭等衰退产业的退出进行援助，设立专项基金用于退出人员安置、再就业培训，社会保障、生态环境整治等。第四，建立矿山企业的反哺机制与矿业城市可持续发展补偿基金，在矿业销售收入中提取一定比例建立暮年矿山的反哺基金，并在分级财政中增加矿业城市的留成比例建立补偿基金，为矿业城市经济转型提供补助和支持（李鹤，2009）。第五，建立资源开发补偿和衰退产业援助机制，明确各级政府在资源开发补偿和衰退产业援助工作中应负的责任，同时，加快资源价格改革步伐，逐步形成能够反映资源稀缺程度、市场供求关系、环境治理与生态修复成本的资源性产品价格机制。

（二）促进"地企"融合，增强产业生态系统内部协调发展能力

促进"地企"融合，就是协调好地方企业与国有企业的关系。矿业城市是在国家大力扶持下出现的，城市成长所依托的采掘工业、原材料工业和部分加工工业同样是在国家的大力投资下植入当地的，国有大中型骨干企业在城市成长中发挥着重要的作用。在高度集权的计划经济体制下，一切遵循纵向管理、纵向运营原则，企业除了必须从当地获取必需的矿产资源外，很少与当地发生经济技术联系，与地方长期处于游离状态，造成矿业城市远辐射力强而近辐射力弱，削弱了可持续发展能力。因此，不管是

采用"政企合一"还是"政企分离"的管理体制，矿业城市必须认清国家、地方和企业的鱼水关系，将矿产资源的开发利用与企业和地方的经济社会发展融为一体（鲍超和方创琳，2006）。只有协调好各利益主体的关系，才能促进矿业城市产业系统不断适应变化的发展环境，从而获得持续发展能力。

（三）提高矿业城市开放性，增强产业生态系统区际协同发展能力

矿业城市产业生态系统开放性，不仅仅是指对国外的开放，还包括对国内其他地区的开放以及城乡之间的开放。在计划经济体制下，东北矿业城市职能比较单一，即向国家提供能源、原材料，同时受行政区划的制约，处于相对封闭状态，与其他地区经济联系相对较弱，既不能从区外市场上获得本地发展所需要的资金、技术等要素，也不能带动周边地区发展，即矿业城市产业系统重构缺乏必要的外部环境支撑。系统论认为，城市系统是一个开放的系统，只有不断与周围地区进行物质、能量、信息的交流、交换，才能获得自身发展所需的各种要素资源包括信息资源。为此，在市场经济条件下，矿业城市应充分利用自身的比较优势和竞争优势，扬长避短，与其他地区互通有无，构建互利互惠、协同共赢的发展格局，增强城市产业系统对发展环境的适应能力。首先，应加强与周围农村地区协作，构筑矿业城市发展的优势空间。一方面可以为矿业城市的产品寻求市场，为新农村建设提供技术、人才支持，另一面可从农村获取制造业特别是农副产品加工业的发展原料，以促进城乡共荣、和谐发展。其次，应加强与周边大城市（沈阳、长春、哈尔滨、大连）经济合作，借助大城市的技术、人才、信息优势，推动矿业城市产业系统优化、调整。最后，加大招商引资力度。树立"借力、借势、借时"的发展观念，利用矿业城市的资源、动力、劳动力以及土地等方面优势，以产品、项目、企业和开发区为依托，吸引国内发达地区及国外地区的投资，推动地方产业系统优化、转型。

（四）完善城市综合服务功能，提高为产业生态系统提供服务和维护能力

城市综合服务功能的完善程度是城市发展水平、层次的衡量标志。东北矿业城市普遍存在生产功能强，生活功能弱的问题，即使是生产功能也仅限于为资源型产业服务。矿业城市功能的不完善，导致城市对人才、资金、技术、信息等经济要素的集聚能力较弱，进而使得城市产业系统适应

调整能力较低，缺乏市场竞争力，同时，城市功能的不完善，也造成服务业发展滞后，不能提供更多的就业岗位。在经济市场化、全球化日趋深化，矿业城市转型深入推进的背景下，按照新型工业化要求，提升矿业城市综合服务功能，将为矿业城市产业生态系统适应性重构提供新的契机，增强城市产业生态系统的适应能力。一是推动完善商贸、物流平台建设，强化商贸物流功能，建成区域性商贸物流中心。二是加大基础设施建设力度，重视交通、通信等公共基础设施建设，缩短与主要城市的"时间"距离，改善矿业城市的交通区位；加强教育、文化、环境等社会公共基础设施建设，改善产业系统重构的硬件条件。三是加强城市创新环境建设，提升城市创新功能。主要通过构建适应信息化、市场化和现代化发展要求的体制与机制，优化矿业城市发展的政策环境；以高新技术开发区或高校科研院所为依托，打造创新平台，推动矿业城市创新网络形成，为矿业城市产业系统重构提供技术和理念支持。四是完善城市管理功能。主要通过制度建设，规范政府行为，为矿业城市产业系统适应性重构，提供良好的投资环境、制度环境和体制氛围。

第三节　矿业城市产业生态系统环境适应性调控对策

实现矿业城市产业与生态环境协同发展的关键在于提升产业生态系统的环境适应性，一方面通过生态环境整治，提高生态环境承载力，降低生态环境系统易损性和敏感性；另一方面通过产业生态化转型，降低产业发展的环境影响，增强生态环境系统稳定性；此外通过完善生态环境管理机制，提升生态环境弹性。

一、加强生态环境整治力度，降低生态环境系统易损性和敏感性

控制环境污染，整治区域生态是提高矿业城市环境容量，降低环境易损性，实现城市可持续发展的重要内容。为改善矿业城市生态环境，提升环境质量，首要任务是实施环境整治和生态建设工程，进一步提升环境承载能力。具体措施包括以下三个方面。

（一）大力建设与资源环境相关的城市基础设施，提高生态环境系统抗干扰能力

环境基础设施本质上是一种对自然供给能力和净化能力缺口的补充，

随着各类环境基础设施的完善，将大大增强矿业城市对经济社会发展的支撑能力，有利于增强矿业城市发展的可持续性。

东北矿业城市多是以资源加工型产业为主导，高物耗、高耗能、高污染是该类产业的主要特征，为提高水、土地等资源供给能力，降低大量污染物对城市环境造成的不利影响，建设完善的环境基础设施就成为加强环境污染治理的前提。首先，就水环境整治而言，应尽快建成污水处理设施，完善污水收集设施，提升污水处理能力，特别是应根据各矿业城市的产业特征，主要污染企业的分布及排放污染物种类，合理确定污水处理设施的规模与布局；同时加强水环境整治、水源地等工程建设力度，提高水资源保障支撑能力，主要是城市河道的水污染治理。其次，积极推进煤矸石、粉煤灰、工业固体废物、尾矿、建筑垃圾等固体废物的综合利用，加大固体废弃物污染防治力度，如研究开发高硅煤矸石微晶玻璃高级建筑装饰材料，利用煤矸石生产水泥、化肥和改良土壤等。兴建一批科技含量高，市场销售好的煤矸石加工企业，为地方经济发展注入新的生机（金速等，2007）。最后，就城市生活垃圾而言，应加快无害化处理设施建设。

（二）加强生态修复和重建，提高生态环境承载力

长期以来，由于只重视矿产资源开发的经济效益，忽视生态效益，导致东北矿业城市在矿山开采过程中产生大量的生态环境问题，主要表现为（李新，2009）：占用和破坏土地资源；诱发一系列地质灾害，如崩塌、滑坡、泥石流、地面沉降、地面塌陷、地裂缝、矿坑突水等；矿山开采中产生的废气、粉尘、废渣排放，导致大气污染和酸雨；采矿破坏了植被，影响整个地区环境完整性，致使整个生态环境恶化，同时还导致矿产资源的枯竭。随着生态环境对经济发展约束性的增强，以及科学发展观的要求，加强矿业城市生态环境修复与建设，为城市产业系统发展提供优质的生态服务，是促进城市可持续发展的前提和基础。为此，必须建立健全矿山环境保护与恢复治理相关法律及配套制度，严格规范和监控矿山的环境恢复和灾害治理。主要包括以下措施（闫军印等，2008）：①尽快出台矿山环境恢复治理保证金制度，以使矿山环境恢复治理工程所需资金得到保证；②严格规范矿山企业的地质环境保护规划，将资源开发规划、环境保护规划、矿山环境恢复和灾害治理规划融为一体，实现同时开发、同时保护和同时治理的"三同时制度"；③加强矿山地质环境影响评估制度、矿山地质环境保证金制度和矿山地质环境定期报表及检查制度，将末端治理转向源头预防和全过程监督，提高矿山地质环境的保护水平；④完善矿山地质

环境定期报表和检查制度，凡已开采的企业必须定期向矿山所在地的国土资源部门报送矿山地质环境保护报表，填报的主要内容是采矿引起的各种地质灾害、环境污染问题及采取的措施等。

（三）加快技术创新，提高资源利用率，降低污染物排放，降低产业发展对生态环境的污染和破坏

长期以来，在追求规模扩张的经济目标下，东北矿业城市资源开发也以扩大矿产品产量为目标，由此导致东北矿业城市经济粗放式增长，资源利用效率低下，导致生产过程中大量废弃物产生，严重浪费资源。为从源头上减少污染物的产生，必须大力推进技术创新，提高资源利用效率，减缓矿业城市经济发展给城市生态环境带来的压力。从矿业城市发展看，要提高资源利用效率，降低污染物排放，主要应从以下三个方面进行技术创新（闫军印等，2008），即从资源开发方面看，这些技术包括低品位、难选冶矿床的开发利用技术，促进开发新资源和替代性资源进步的技术。从资源加工利用看，包括开发大幅度提高资源加工利用回收率和综合利用率的新技术；应用高新技术改造传统资源开发利用产业，降低单位产出对资源消耗量；基于资源产业链的循环利用技术；矿产品的精深加工利用技术等。从保护环境看，包括废旧资源回收和二次利用技术，矿山治理与生态恢复技术，"三废"处理与环境灾害治理技术，资源开发过程中绿色矿业技术等。

二、推进产业生态化转型，增强生态环境系统稳定性

矿业城市是依托矿产资源的开发建立起来的特殊类型城市。其矿产资源的储量、质量及结构特征决定了产业结构的性质和特征，而产业结构的类型及组合关系又在很大程度上决定了资源利用效率和对生态环境系统的胁迫作用，因此，要实现矿业城市可持续发展，根本途径在于推进产业生态化转型，提高产业系统的生态亲和力。

（一）产业生态化的基本路径

目前来看，推进矿业城市产业生态化转型，有两种基本途径：一是在企业层面推行清洁生产；二是在产业层面建设生态产业园区。

由于各矿业城市资源类型不同、企业发展水平及技术要求各异，在推行清洁生产时，必须遵从针对性原则，根据资源类型、行业特点，区别对

待。为此，各矿业城市要特别重视清洁生产审计手册、审计指南以及相关技术规范要求的编制和发布工作，以指导不同行业的企业推行清洁生产。一般可将清洁生产分为四个层次，即禁止性规范、提倡性规范、鼓励性规范和强制性规范（宋涛，2007）。禁止性规范。主要针对那些工艺已经过时、环境污染严重、浪费资源能源的生产工艺和行业。对于这一类的生产工艺和生产行业，政策法规应明确予以禁止。提倡性规范。在实践中已经证明的具有高效、节能、降耗功能的清洁生产工艺，往往由于其先进性尚没有被广泛认识，或者在经济发展水平不同的地区，企业政策有所不同而未能及时采用。对于这类技术应提倡广泛采用，并规定和制定相应的推广措施。鼓励性规范。对一些能明显带来经济效益和环境效益的清洁生产技术，除提倡包括奖励、贷款优先、扩大生产优先审批等，对于能利用其他行业生产而不污染环境的工艺技术及行业，应予以特殊鼓励。强制性规范。对于一些观念落后或由于资金缺乏等原因而仍沿用已淘汰的低效益污染工艺技术的，在已存在新工艺技术的条件下，应强制和帮助其进行技术改造，采用新工艺。在企业密集、环境容量低，或者有特殊保护对象的地区，尤其要强调实行这种技术改造。

清洁生产仅仅解决企业内部的物质循环利用，但由于区域企业组成的多样性、复杂性，局部最优并非整体最优，要达到产业或区域层面的物质循环利用，就需要在具有技术或原料关联性的企业之间建立有机链接，形成废弃物和副产品循环利用系统，即通过建立生态产业园区，推进物质和能量的循环利用，降低产业发展的生态影响。对东北矿业城市而言，由于以资源型产业为主导的产业系统每年产生大量废弃物，包括废水、废渣、废气和尾矿，如能对这些废弃物加以综合利用，不仅节约资源，降低对生态环境的污染和破坏，而且还可产生可观的经济和社会效益。可通过建立矿产资源开发生态经济园区，对矿产资源开发利用过程中的各个环节产生的废弃物加以综合利用，提升矿产资源开发的综合效益。考虑到东北各矿业城市正处于产业转型和升级阶段的现实，以及生态产业园区对成员企业之间合作的刚性要求可能对产业升级造成不利影响，因此在推进东北矿业城市生态产业园区建设中，应以改造现有工业园区为主，不宜过度强调成员企业之间的闭路循环，但入园企业之间必须具备资源利用的层级关联性。如废弃物的综合利用分原级资源化和次级资源化两种方式：原级资源化是指把废弃物生成与原来相同的产品；次级资源化是指把废弃物变成与原来不同的新产品。次级资源化使资源和能源在工业系统中循环使用，做到资源共享，各得其利，共同发展（虞震，2007）。如果企业之间没有资源层级利用关联潜力，就不可能形成产业生态网络。例如，煤炭城市在考虑生态产业园区建设时，可设计为"煤—电—建材"园区、"煤—化工"园区，热电厂周边可规划建设生态产业园区（姜国刚，2007）；钢铁城市在建设生态产业园区时，可设计为"铁矿开采—炼钢—钢材—机械"（图 6-1）等。但从总体上看，东北矿业城市尚不具备大规模开展生态产业园区建设的条件，需要在政府引导下逐步推进。

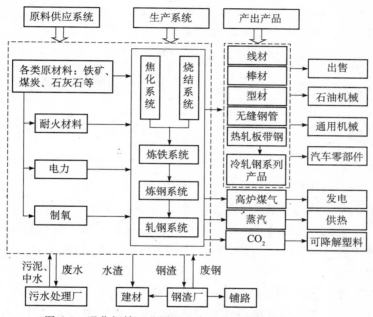

图 6-1　通化钢铁工业园区生态工业系统结构规划图

（二）制定产业生态化导向政策，促进产业与生态协调发展

有效的政策是推动矿业城市产业生态化转型的根本保证。在建设资源节约型和环境友好型城市的目标下，建立矿业城市产业生态化转型政策体系，就是要以产业生态学、生态经济学和可持续发展理论为指导，以政策的整体性和导向性为出发点，推进产业与生态协同发展、演化。具体来说，在产业政策方面，要把降低各种行业、各种产品的资源能源消耗和环境影响作为政策的出发点，坚决淘汰落后工艺和设备，大力发展质量效益型、科技先导型、资源节约型的产业，积极引导和大力支持环境产业的发展，加强污染防治技术的研究，促进产业与环境的协调发展。在投资政策方面，要优化投资结构，目前尤其要对可持续农业、清洁生产与环境产

业、清洁能源与交通、自然资源保护与利用、环境污染控制等领域进行重点投资。在促进技术进步政策方面，要大力开发和推广清洁生产技术，利用生态化的高新技术改造传统产业。在财政税收政策方面，要取消或减少与产业生态化目标不相符的各种政策性财政补贴，制定并推行环境税政策，并着手制定自然资源的生态环境补偿收费政策。在信贷政策方面，要在条件成熟时建立国家环境保护基金，以加强国家对污染防治和环保方面的宏观调控能力；对具有良好环境经济效益的工艺或技术的推广应用给予一定补偿。在价格政策方面，要改革不合理的价格体系，建立资源有偿使用制度，依靠价值规律和供求关系来调整资源价格（虞震，2007）。

三、建立健全环境管理调控体系，提高生态环境系统弹性

（一）建立系统性环境管理机制，形成推动生态环境建设的合力

要提高生态环境系统适应能力，或者在产业系统干扰下而维持系统基本结构和功能的学习、创新和重组能力，必须加强生态环境系统管理。而目前有关生态环境系统的管理多是政出多门，难以发挥合理作用，为此，要推进矿业城市生态环境系统建设的开展，提高对经济发展的适应性，建议构建各部门协作共管的系统性环境管理体系，主要包括以下五个方面。

（1）建立经济与环境综合决策机制。各类资源环境问题的出现多是源自经济决策与资源环境利用决策的严重分割，建立经济与环境综合决策机制，是实现资源环境保护由从末端治理向源头预防转变的根本措施，也是实现从源头上避免资源环境问题产生的保障机制。而通过建立部门联席会议制度，对与环境有关的重大决策进行共同讨论，通报各部门对重大决策中环境保护措施的落实情况，协调环境与经济发展中的有关问题，是促进各部门无缝对接与通力合作的主要方式。

（2）严格监督和责任追究制度。政府各部门有关环境与发展的重大决策事项及用于生态环境建设的资金、物资的使用情况，要自觉接受人大、政协和社会舆论的监督，对因决策失误、不采纳正确意见而造成重大生态环境问题或发生重大环境污染事故的，要追究有关部门领导的责任。

（3）环境建设的公众参与制度。对一些有关生态环境建设的重大决策事项要通过召开公众听证会的形式，广泛听取各方面的意见，自觉接受社会公众的监督。建立相应的制度与机制，使广大群众能够及时了解环境保护的情况，充分表达自己的意见和建议。

（4）生态建设的科学咨询制度。成立由多部门、多学科领导和专家组成的生态环境建设和保护委员会，负责研究本城市建设项目对环境影响程度和采取相应环保措施的可行性，并及时向有关职能部门提出进行环境整治和生态建设的相关对策建议。

（5）探索绿色 GDP 考核体系。根据循环经济理论和绿色城区建设要求，改革和完善现行的国民经济核算体系，对资源环境进行核算，使有关统计指标能够充分反映经济发展中的资源和环境代价。研究制定以绿色 GDP 为主要内容的评价考核指标体系，并将绿色 GDP 评价考核指标纳入各级政府和干部的考核体系中。在环境影响评价基础上，探索建设项目的生态评价方法，逐步建立生态环境评价体系。

（二）建立健全生态补偿机制，提高生态环境修复能力

传统的以经济发展为主题的区域发展，其外部不经济性问题主要体现在环境污染和生态破坏方面（崔功豪等，2006），即生态环境问题的本质在于外部不经济性的市场失灵。对矿业城市而言，即在矿产资源开采过程中，其产生的环境污染问题和生态破坏等外部成本没有被纳入资源开采者生产成本中，造成私人资源与社会成本的背离，导致市场失灵。从经济学角度，解决这一问题的办法就是外部成本内部化，即使资源开采者承担资源生产中应承担的生态环境义务和由于生产对居民生产和生活造成的不利影响和损失。生态补偿机制是矿产资源开发外部成本内部化的有效手段，通过建立生态补偿机制，使资源开采者承担资源开发补偿的主要责任，促使资源开采者对生态破坏和环境污染进行赔偿，同时，还应考虑矿区居民的损失，明确补偿标准、资金来源和补偿途径等，以保障矿区居民的利益（段靖等，2009）；明确政府在矿业城市生态环境保护中的职责并保证落实到位，对于原中央国有资源型企业形成的历史问题及资源已经或接近枯竭的城市，国家应该给予必要的资金和政策支持，做好治理的统筹规划，解决这些城市在生态环境方面的历史欠账，并且对今后企业治理不足或具有公共产品特性部分给予必要的资金支持（国务院振兴东北办工业组，2006）。通过生态补偿机制的实施，调节资源开发与生态环境建设的关系，提高矿业城市生态环境系统恢复力，增强适应能力。

（三）制定并完善资源环境保护的地方性法规

在执行现行法律法规的同时，加快生态资源保护和环境污染防治的地方性立法。尽快制定矿业城市生态环境建设与保护条例；适时制定发展循

环经济、推广清洁生产、控制农业面源污染、生态公益林建设、管理排污权交易、湿地保护等地方性法规；建立健全资源管理保护、环境与资源综合决策、环境影响评价、生态约束、生态补偿、自然资源使用权管理、生态安全管理等制度，必要时上升为地方立法，为资源保护和生态环境建设提供强有力的法律保证。

第七章

结　论

第一节　基本结论

本书以产业生态系统为切入点，以 14 个矿业城市（地级）为研究案例，采用适应性研究范式，对东北矿业城市产业生态系统适应能力、适应机制、适应性模式及调控对策进行深入探讨，得出如下结论：

（1）产业生态系统是产业系统与生态环境系统耦合而成的复合系统，是人地系统研究的核心。矿业城市产业生态系统是以矿业为主导的产业系统与资源环境系统相互作用、相互影响而形成的具有特定结构和功能的特殊城市产业生态系统，其特殊性体现在对资源的高度依赖性。根据矿业城市的发展实际，将矿业城市产业生态系统划分为资源环境系统、原生产业系统、外生产业系统和共生产业系统四个子系统。其中，资源环境系统特别是矿产资源是矿业城市得以存在和发展的物质前提和支撑，没有矿产资源也就不会形成以矿业为主导的矿业城市产业生态系统；原生产业系统是指各类矿产品的生产系统，即采矿业，是矿业城市之所以称为矿业城市的标志；外生产业系统是以各类矿产品为原料的产业部门，包括制造业和农业生产，为矿业城市正常运行提供经济基础支撑；共生产业系统是指为资源环境系统、原生产业系统和外生产业系统提供各种保障的产业子系统，包括服务业和建筑业，在矿业城市发展中起着维护和服务功能。

（2）随着矿产资源开发生命周期演进以及政策、市场等发展环境的变化，矿业城市产业生态系统也随之进行相应的调整，即出现产业生态系统对发展环境的适应问题。所谓矿业城市产业生态系统适应性是指面对预期或实际发生的发展环境变化对产业生态系统的运行或结构产生的影响而采取的一种有目的的响应行为，其目的是通过对产业生态系统进行有计划、有步骤的调整，以增强矿业城市产业生态系统的适应能力，特别是要减少矿产资源枯竭所带来的产业系统效率下降。可见，矿业城市产业生态系统适应性具有目的性、方向的不确定性、动态性、整体性和可控性等特征。在对矿业城市产业生态系统适应性内涵和特征阐释的基础上，提出矿业城市产业生态系统适应性分析框架，即应从适应对象、适应者和适应行为三个方面展开矿业城市产业生态系统适应性研究。

（3）从适应对象看，东北矿业城市产业生态系统赖以生存和发展的资源环境基础趋于劣化，经济体制环境由计划经济体制向市场经济体制转型，宏观战略环境由区域均衡发展战略向重点发展战略再向区域统筹发展战略转换，正是这三者的变化驱动着矿业城市产业生态系统的适应性重构。

（4）从适应者看，东北矿业城市产业生态系统大致经历单一产业发展阶段、产业链发展阶段、产业简单网络化阶段、循环型产业网络发展阶段四个阶段，由于目前大部分矿业城市产业生态系统处于第二、三阶段，第四阶段刚刚起步。所以，东北矿业城市产业生态系统仍以采掘业及资源初加工业为优势产业种群，资源高消耗特征显著，具有明显的结构脆弱性和功能脆弱性。但从与全国、东北地区的比较看，东北矿业城市产业生态系统整体发育水平比较低，提升矿业城市产业生态系统发育水平是东北矿业城市面临的重大任务。从不同资源类型看，东北矿业城市产业生态系统发育水平呈现冶金类＞综合类＞煤炭类＞石油类的类型分异特征；从不同发展阶段看，呈现由中年期到老年期再到幼年期城市逐次递减的演变趋势；从空间分布看，呈现由辽宁到吉林再到黑龙江的逐渐递减的变化趋势；从城市个体看，各矿业城市产业生态系统发育水平差异较大。

矿业城市产业生态系统各子系统发展发育水平各具特色。资源环境系统类型分异明显，但开发效益较低，各城市差异较大；原生产业系统发育水平总体上呈上升趋势，但在全国的地位在下降；外生产业系统发育水平稳步提高，且在全国及东北地区的地位和作用在增强，表明外生产业系统持续发展是振兴东北的关键；共生产业系统发育水平自改革开放以来呈现快速上升趋势，但各类型发展差异较大，从资源类型看，石油城市共生产业系统发育水平最低，从发展阶段看，老年期矿业城市共生产业系统发展水平最高，从空间分布看，辽宁省共生产业系统发育水平最高。

（5）矿业城市产业生态系统适应能力是指在矿产资源储量日趋减少或枯竭等发展环境变化下，系统能够重新自我组织而使产业系统效益、经济发展水平和就业等关键功能不发生显著降低的能力。基于易损性、敏感性、稳定性和弹性等适应能力要素构建了矿业城市产业生态系统适应能力评价指标体系，在此基础上，对东北矿业城市产业生态系统适应能力进行了评价，表明东北矿业城市产业生态系统整体及内部各子系统适应能力类型分异比较明显。从总体上看，东北矿业城市产业生态系统适应能力有一半处于中等水平，呈正态分布。从空间格局看，东北矿业城市产业生态系统适应能力呈现由沿海向内陆降低趋势，即呈现辽宁省 > 吉林省 > 黑龙江省的变化趋势。从资源类型看，东北矿业城市产业生态系统适应能力由高到低的顺序依次为冶金类、综合类、煤炭类和石油类。从发展阶段看，东北矿业城市产业生态系统适应能力呈现老年期 > 中年期 > 幼年期的递变规律。从城市规模看，呈现特大城市 > 大城市 > 中等城市的递变规律。据此，将东北矿业城市产业生态系统分为四种类型，即高适应能力，协调发展类型；中等适应能力，基本协调类型；中等适应能力，环境优先类型；低适应能力，环境优先类型。

（6）生态经济效率是矿业城市产业生态系统适应能力的表征。基于物质流分析、能值分析和生态足迹整合而成的生态经济效率评价模型，对东北矿业城市产业生态系统适应能力进行了评价，表明东北矿业城市产业生态系统适应能力差异不大，循环性即不同企业之间、产业之间生产网络的完善程度是影响东北矿业城市产业生态系统适应能力的关键因素。在资源类型方面，东北矿业城市产业生态系统适应能力呈现冶金类 > 综合类 > 煤炭类 > 石油类的类型分异特征；在发展阶段方面表现为中年期 > 老年期 > 幼年期的类型分异特征。从发展趋势看，东北矿业城市产业生态系统适应能力总体上呈递减趋势，但各影响因素变化趋势各异，开放性整体上呈扩大之势，生态经济效率呈下降趋势，环境压力增大，环境约束性增强。

（7）从投入产出角度，采用数据包络分析（DEA）模型，对东北矿业城市产业生态系统发展效率及影响因素进行了分析，认为，东北地区矿业城市发展效率整体上呈上升趋势。从资源类型看，煤炭城市发展效率最低但提高速度最快，而石油、冶金、综合三类城市则呈降低趋势；从发展阶段看，老年阶段矿业城市可持续发展能力大幅上升，中、幼年阶段呈下降趋势，尤以幼年阶段显著；从城市规模看，特大型和中等矿业城市可持续发展能力呈下降之势，而大型矿业城市则显著上升；从地区分布看，辽宁矿业城市可持续发展能力变化比较平稳，吉林省呈下降趋势，而黑龙江省则呈较大幅度提高之势。纯技术效率是驱动矿业城市可持续发展能力提高的主导因素，而规模无效是造成矿业城市 DEA 无效的主要原因，合理调控投入规模成为促动东北矿业城市可持续发展的路径选择。

（8）矿业城市产业生态系统适应性机制包括战略适应性机制、结构适应性机制和环境适应性机制。通过对战略的适应性调整，矿业城市产业生态系统能够适应不断变化的发展环境，国家经济建设对能源原材料需求的不断增加以及矿业城市丰裕的资源基础决定了战略适应的连续性；国家发展观的变化、市场化的深入推进以及矿业城市自身发展阶段的演化决定了矿业城市产业生态系统发展战略的创新性；而矿业城市内外发展环境的耦合作用方式、强度的差异决定了矿业城市产业生态系统战略适应的差异性。同样，矿业城市产业生态系统结构也随发展环境变化而进行适应调整，其中，产业系统发展的路径依赖性决定了结构适应的继承性；产业政策和矿业城市自身发展战略的变化是结构适应性的引导机制；技术学习能力的变化及制度创新是结构适应的推动机制；矿产资源的枯竭是导致矿业城市产业生态系统结构发生突变的决定性因素；资源开发阶段、区位及资源环境基础的空间差异决定了结构适应的差异性。环境适应性是指产业系统与生态环境系统的相互作用程度，其中，资源过度消耗、生态破坏和环境污染是推动环境适应的胁迫机制；循环经济建设、环境政策以及资源型城市转型政策等是环境适应性的引导机制；而产业生态系统的自组织特征和协同机制是环境适应性的内生机制。在战略、结构和环境三者的集体作用下，推动着矿业城市产业生态系统的适应性重构、演化及发展能力的提升。

（9）矿业城市产业生态系统适应性是一个连续、不断变化的过程，是渐变与突变的统一。矿业城市产业生态系统适应模式即是在发展环境变化驱使下，矿业城市产业生态系统运行状态发生改变的概括或样式。它具有整体系统性、类型多样性、与时俱进性和物质循环多重性等特征。从系统结构和功能重组、优化视角，可将矿业城市产业生态系统适应性模式分为产业拓展模式、产业革新模式和产业再生模式。

（10）增强矿业城市产业生态系统适应能力是本研究的目的。根据矿业城市产业生态系统适应机制及模式，提出矿业城市产业生态系统适应性调控对策。从战略适应性讲，应加强战略规划研究，建立监控、跟踪和反馈系统，增强战略引导力。从结构适应性看，主要措施有：推进产业系统结构多元化，降低产业系统结构易损性和敏感性；推动产业系统升级，增强产业系统结构稳定性；健全产业系统结构调控机制，提高产业生态系统适应能力。从环境适应性看，主要措施有：加强生态环境整治，降低生态环境系统易损性和敏感性；推进产业生态化，降低产业发展的环境影响，增强环境系统稳定性；建立健全环境管理体系，提高生态环境系统弹性。

第二节　主要创新点

本书主要创新点如下：

（1）构建了矿业城市产业生态系统适应性分析框架。参照全球环境变化的适应性分析框架，并结合矿业城市发展特点，构建了包括适应对象、适应者、适应行为在内的矿业城市产业生态系统适应性分析框架，并以东北矿业城市为案例进行了验证。与全球环境变化研究领域不同的是，对矿业城市而言，适应对象不仅仅是指资源环境的变化，还包括市场、宏观政策、体制机制、技术等的变化；适应者的适应能力不仅与自身的易损性、敏感性、稳定性和弹性等要素有关，而且与其系统的开放性和循环性等特征有关；政策、市场和宏观发展战略等外部环境的变化决定了矿业城市产业生态系统适应性发展的演化方向、速度、强度以及所采取的适应行为。

（2）构建了矿业城市产业生态系统适应能力评价模型。首先，基于适应性要素构建了矿业城市产业生态系统适应能力评价指标体系，并采用均方差方法，遵循适应性要素—子系统适应能力—耦合系统适应能力的层层递进的评价思路，开展了对东北矿业城市产业生态系统适应能力评价。该评价模型比较切合矿业城市产业生态系统适应性的实际情况，但主要侧重于产业生态系统结构方面的适应性评价。其次，基于适应性目的，构建了以生态经济效率为核心的矿业城市产业生态系统适应能力评价模型。主要是通过整合物质流分析、能值分析和生态足迹三种方法，形成重量—价值—面积三维系统的生态经济效率评价体系，以此为基础，形成侧重可持续发展的矿业城市产业生态系统评价模型。最后是基于经济学的投入产出视角，采用物质流与数据包络分析（DEA）相结合的方法，对东北矿业城市产业生态系统发展效率进行了评价。三种评价模型相互配合，分别从适应性要素、适应性目的、发展效率等不同视角，开展东北矿业城市产业生态系统适应能力评价，使评价结果更为客观、科学，是本研究的一大特色和创新点，特别是，基于物质流、能值和生态足迹三种方法整合而成的三维生态经济效率评价模型的构建，更是拓展了产业生态学研究方法。

（3）揭示了东北矿业城市产业生态系统适应性机制，并以此为基础，提出了东北矿业城市产业生态系统适应性模式。根据矿业城市产业生态系统适应性分析框架，在对东北矿业城市产业生态系统发展环境演化以及产业生态系统发育水平、特征、适应能力分析、诊断的基础上，分别从战略适应性、结构适应性和环境适应性三个方面揭示了东北矿业城市产业生态系统适应性机制，进而从系统结构重组、优化的视角，提出了东北矿业城市产业生态系统适应性模式，即产业拓展模式、产业革新模式和产业再生模式。

第三节　研究不足与展望

耦合系统的适应性分析与评价是一个探索性很强的研究方向，研究领域比较广泛，属于地理学、生态学、管理学与经济学等学科的交叉领域，目前尚处在探讨阶段，尚未形成规范、完善的理论和方法体系。以东北矿业城市为案例，初步探讨了矿业城市产业生态系统适应性研究的理论和方法，但受主客观因素的影响，尚存在一些需要完善、深化、拓展之处。

（1）矿业城市产业生态系统是一个由产业系统和生态系统耦合而成的复合系统，影响该系统适应性的因素众多。因此，在对该系统适应性评价时，需要多方面的数据支撑。但由于现行社会经济统计体系的限制，一些数据无法获得，如各地区分行业的环境统计数据，包括各行业发展的生态影响数据，还有土地利用数据等，此外，一些反映产业发展软环境变化，如观念、制度、文化和管理等方面的指标，难以量化表达，故在本研究建立的指标体系中没有列出，需要在后续研究中加以补充。

（2）着重于矿业城市产业生态系统整体适应能力的研究，受数据可获得性的限制，没有按照矿业城市产业生态系统构成分别探讨资源环境系统、原生产业系统、外生产业系统、共生产业系统四个子系统的适应性，是本书研究的一大遗憾。

（3）理论研究需要深化。产业生态思想虽然萌芽较早，但产业生态学受到重视是近十余年的事情，产业生态学的很多概念、原理尚未取得一致的认识，特别是作为产业生态学研究对象的产业生态系统，是仿造自然生态系统的概念提出来的，对其内涵和构成的认识尚存在完全不同的理解和认识，可见，产业生态系统的研究还十分薄弱，而且这一研究领域尚未引起地理学者的关注。而适应性研究虽然被应用于不同领域，但各学科对适应性都有自己的理解和阐释，在耦合系统适应性形成、演化、调控机制等方面尚缺乏一般性的理论总结和比较规范的研究范式。以上两个方面，决定了开展矿业城市产业生态系统适应性研究的理论基础还很薄弱，需要进一步深入研究不同尺度特别是城市或区域尺度产业生态系统的发展规律和机制，完善耦合系统适应性分析范式，为开展矿业城市产业生态系统适应性研究奠定坚实的理论基础。

参 考 文 献

艾伦比 B R. 2005. 工业生态学政策框架与实施. 翁瑞译. 北京：清华大学出版社：42～45

艾乔. 2007. 基于 GIS 的风景区生态敏感性分析评价研究. 重庆：西南大学硕士学位论文

鞍山统计局. 2006. 鞍山统计年鉴 2006. 北京：中国统计出版社

奥德姆 H T. 1993. 系统生态学. 蒋有绪译. 北京：科学出版社

鲍超，方创琳. 2006. 我国矿业城市资源可持续开发利用的战略思路与模式. 自然资源
　学报，21（6）：900～909

鲍振东. 2006. 2006 年：中国东北地区发展报告. 北京：社会科学文献出版社：445～
　446，392～394

鲍振东. 2007. 2007 年：中国东北地区发展报告. 北京：社会科学文献出版社：170～172

本溪市国土资源局. 2004. 本溪市矿产资源总体规划（2001～2010 年）

蔡为民，郭玉坤，牛菊芳. 2007. 西部区域产业生态理论及应用研究. 北京：中国农业
　出版社：47，49

常春勤. 2006. 矿业城市空间结构演变及转型期优化调控. 华中科技大学硕士学位论
　文：47～48

陈清泰，刘世锦. 2005. 振兴东北新思路. 大连：东北财经大学出版社

陈效逑，乔立佳. 2000. 中国经济-环境系统的物质流分析. 自然资源学报，15（1）：
　17～23

陈效逑，赵婷婷，郭玉泉等. 2003. 中国经济系统物质输入与输出分析. 北京大学学报
　（自然科学版），39（4）：538～547

陈洲其. 2005. 矿业城市转型中的人口资源环境协调发展问题及政策建议. 资源·产
　业，7（3）：25～28

程雪婷. 2006. 基于 CAS 理论的石油企业适应性机制研究. 哈尔滨：哈尔滨工业大学博
　士学位论文：27～28

楚颖. 2007. 东北三省煤炭资源型城市转型问题研究. 长春：吉林大学硕士学位论文：
　38～40

崔功豪，魏清泉，刘科伟. 2006. 区域分析与规划. 第二版. 北京：高等教育出版
　社：61

大庆市发展和改革委员会. 2007-07-15. 哈大齐工业走廊大庆区域发展规划. http：//
　www. daqing. gov. cn/zfgz/fzgh/jhy 15717. shtml

戴全厚，刘国彬，刘明等. 2005. 小流域生态经济系统可持续发展评价. 地理学报，
　60（2）：209～218

邓华. 2006. 我国产业生态系统（IES）稳定性影响因素研究. 大连：大连理工大学博
　士学位论文：18，19

邓南圣，吴峰. 2002. 工业生态学——理论与应用. 北京：化学工业出版社：36～41

邓宁 . 2006. 我国产业生态系统（IES）稳定性影响因素研究 . 大连：大连理工大学博士学位论文：1

邓伟，张平宇、张柏等 . 2004. 东北区域发展报告 . 北京：科学出版社：181

丁国勇 . 2005. 我国发展循环经济问题研究 . 大连：辽宁师范大学博士学位论文

杜存纲，车安宁，周美瑛 . 2000. 工业生态学和绿色工业 . 科学·经济·社会，18（1）：43～46

段靖，严岩，董正举 . 2009. 浅析我国煤炭资源开发的生态补偿 . 煤炭经济研究，（7）：18，19

樊杰 . 1993. 我国煤炭城市产业结构转换问题研究 . 地理学报，（5）：218～225

方修琦，殷培红 . 2007. 弹性、脆弱性和适应——IHDP 三个核心概念综述 . 地理科学进展，26（5）：11～22

房艳刚，刘继生 . 2004. 东北地区资源性城市接续产业的选择 . 人文地理，19（4）：77～81

冯振环，赵国杰 . 2000. 基于 DEA 和广义 BCG 模型的中国区域投资有效性评价 . 经济地理，20（4）：10～15

符超峰，安芷生，强小科等 . 2006. 全球变化研究进展和面临的挑战及应对策略 . 干旱区研究，23（1）：1～7

抚顺市社会科学院，抚顺市人民政府地方志办公室 . 2002. 抚顺年鉴 2001. 沈阳：辽宁民族出版社：290～291

高丽敏 . 2007. 资源型城市循环经济发展的可持续性研究 . 兰州：兰州大学博士学位论文：174～178

高庆林，李奔 . 2009. 区域产业结构调整中的产业转型与产业竞争优势培育 . 经济研究参考，（22）：22～25

格雷德尔 T E，艾伦比 B R. 2003. 产业生态学 . 施涵译 . 北京：清华大学出版社：12

葛全胜，陈泮勤，方修琦等 . 2004. 球变化的区域适应研究：挑战与研究对策 . 地球科学进展，19（4）：516～524

郭莉，苏敬勤 . 2004. 生态工业系统研究评述与展望 . 中国地质大学学报（社会科学版），4（3）：19～23

郭莉 . 2009. 基于路径依赖模型的产业生态创新研究 . 科技管理研究，（5）：216～218

郭丕斌 . 2004. 基于生态城市建设的产业转型理论与方法研究 . 天津：天津大学博士学位论文：52

国家发展和改革委员会国土开发与地区经济研究所，黑龙江省七台河市发展和改革委员会 . 2007. 黑龙江省七台河市循环经济发展规划（2006～2020）

国家环境保护总局 . 2005. 全国生态现状调查与评估（东北卷）. 北京：中国环境科学出版社：54，70～72，297～300

国务院振兴东北办工业组 . 2006. 东北地区资源型城市可持续发展战略与规划研究 .

侯志茹 . 2007. 东北地区产业机群发展动力机制研究 . 东北师范大学博士学位论文：61

黄和平，毕军，李祥妹等 . 2006. 区域生态经济系统的物质输入与输出分析 . 生态学

报, 26 (8): 2578~2586

黄晓芬, 诸大建. 2007. 上海市经济-环境系统的物质输入分析. 中国人口资源与环境,
　17 (3): 96~99

黄晓峻. 2008. 我国矿产资源企业跨国经营的适应性机制研究. 北京: 中国地质大学博
　士学位论文: 28~30

姜国刚. 2007. 东北地区循环经济发展研究. 北京: 中国经济出版社: 30

姜妮伶. 2006. 中国东北地区城市化发展研究. 长春: 吉林大学博士学位论文: 100~118

姜洋, 宫兵, 王奇. 2006. 鞍钢矿区生态恢复与可持续发展. 水土保持研究, 13 (4):
　190~196

解振华. 2008. 中国循环经济年鉴 (2008). 北京: 中国财政经济出版社: 595, 596

金凤君, 张平宇, 樊杰等. 2006. 东北地区振兴与可持续发展战略研究. 北京: 商务印
　书馆: 265, 266, 34~37

金速, 于新, 于颖等. 2007. 辽宁省主要矿业城市地质灾害防治与地质环境可持续发展.
　中国地质灾害与防治学报, 18 (1): 138~141

康幕谊. 1997. 城市生态学和城市环境. 北京: 中国计量出版社

康芝纳 B. 1997. 封闭的循环. 侯文蕙译. 长春: 吉林人民出版社: 12

蓝盛芳, 钦佩, 陆宏芳. 2002. 生态经济系统能值分析. 北京: 化学工业出版社: 69~
　71, 78~150

劳克斯, 格拉德韦尔. 2003. 水资源系统的可持续性标准. 王建龙译. 北京: 清华大学
　出版社

李博. 2008. 东北地区煤炭城市脆弱性与可持续发展模式研究. 长春: 中国科学院东北
　地理与农业生态研究所硕士学位论文: 22~24

李丁, 汪云林, 付允等. 2007. 基于物质流核算的数据包络分析. 资源科学, 29 (6):
　176~181

李刚. 2004. 基于可持续发展的国家物质流分析. 中国工业经济, (11): 11~18

李国平, 玄兆辉. 2005. 抚顺主导产业演替与城市经济发展及对其他煤炭城市的启示.
　地理科学, 25 (3): 281~287

李海涛, 廖迎春, 严茂超等. 2003. 新疆生态经济系统的能值分析及其可持续性评估.
　地理学报, 58 (5): 765~772

李鹤. 2009. 东北地区矿业城市人地系统脆弱性评价与调控研究. 长春: 中国科学院东
　北地理与农业生态研究所博士学位论文: 81, 82, 103

李鹤, 张平宇, 程叶青. 2008. 脆弱性的概念及其评价方法. 地理科学进展, 27 (2):
　18~25

李郇, 徐现祥, 陈浩辉. 2005. 20 世纪 90 年代中国城市效率的时空变化. 地理学报,
　60 (4): 615~625

李慧明, 朱红伟, 廖卓玲. 2005. 论循环经济与产业生态系统之构建. 现代财经,
　4 (25): 8~11

李静 . 2004. 基于生态足迹分析的深圳市可持续发展评价 . 国土与自然资源研究，
　　（4）：7～9

李蓉，金文杰，于宝新 . 2005. 鞍钢铁矿石资源现状及可持续发展 . 矿业工程，3（3）：
　　15，16

李双成，傅小锋，郑度 . 2001. 中国可持续发展水平的能值分析 . 自然资源学报，
　　16（4）：297～304

李天舒，王宝民 . 2003. 东北资源型产业发展现状及对策 . 内蒙古社会科学（汉文版），
　　24（2）：97～100.

李昕 . 2007. 区域循环经济理论基础与发展实践 . 长春：吉林大学博士学位论文：20

李新 . 2009. 矿山环境污染现状及恢复治理初探 . 中国科技信息，（5）：23，29.

李烨，李传昭 . 2004. 透析西方企业转型模式的变迁及其启示 . 管理现代化，（3）：42～45

李永富，李葆文 . 1992. 地区综合发展规划方法及应用 . 北京：电子工业出版社：37～45

辽宁省振兴老工业基地领导小组办公室 . 2007. 关于阜新市经济转型工作情况汇报

刘春蓁 . 1999. 气候变化影响与适应研究中的若干问题 . 气候与环境研究，4（2）：129～134

刘刚，沈镭 . 2007. 1951～2004 年西藏产业结构的演进特征与机理 . 地理学报，
　　62（4）：364～376

刘敬智，王青，顾晓薇等 . 2005. 中国经济的直接投入与物质减量分析 . 资源科学，
　　27（1）：46～51

刘军 . 2006. 基于生态经济效率的适应性城市生态转型研究 . 兰州：兰州大学博士学位
　　论文：35～38

刘伟，鞠美庭，于敬磊等 . 2006. 天津市经济-环境系统的物质流分析 . 城市环境与城
　　市生态，19（6）：8～11

刘玉宝，谷人旭 . 2006. 我国煤炭资源型城市环境问题研究 . 枣庄学院学报，23（2）：
　　95～99

刘元春 . 1999. 论路径依赖分析框架 . 教学与研究，（1）：43～48

龙宝林 . 2006. 东北老工业基地重要矿产资源现状及可持续供给战略研究——以辽宁
　　为例 . 北京：中国地质大学博士学位论文

陆大道 . 2005. 关于东北振兴与可持续发展的若干建议 . 北方经济，（4）：5～11

陆宏芳 . 2003. 顺德产业生态系统整合研究 . 广州：中国科学院华南植物园博士学位
　　论文：7～9

陆宏芳，彭少麟，任海等 . 2006. 产业生态系统区域能值分析指标体系 . 中山大学
　　学报，145（12）：68～72

罗佩，阎小培 . 2006. 高速增长下的适应性城市形态研究 . 城市问题，（4）：27～31

梅多斯 D L. 1984. 增长的极限 . 李宝恒译 . 成都：四川人民出版社

孟辉，葛正美 . 2005. 资源型城市的产业结构调整与经济可持续发展 . 经济师，（5）：
　　260，261

聂华林，高新才，杨建国 . 2006. 发展生态经济学导论 . 北京：中国社会科学出版社：

29～31，51，52

欧阳志云．1997．为了人类未来的生态学．中国生态学会通讯，51（4）：10～16

欧阳志云，王效科，苗鸿．2000．中国生态环境敏感性及其区域差异规律研究．生态学报，20（1）：9～12

彭建，王仰麟，吴健生．2006．区域可持续发展生态评估的物质流分析研究进展与展望．资源科学，28（6）：189～195

彭少麟，陆宏芳．2004．产业生态学的新思路．生态学杂志，23（4）：127～130

彭真怀．2008－01－03．科学发展观引领东北振兴——大庆从"一枝独秀"到"三足鼎立"．http：//www.drcnet.com.cn/drcnet.common.web/Docviewforsearch.aspx?docid＝1635147

任勇．2008．矿业城市产业转型模式研究．西安：西北大学博士学位论文：75～77

商华．2006．工业园生态效率测度与评价．大连：大连理工大学博士学位论文

尚玉昌，蔡晓明．1992．普通生态学．北京：北京大学出版社：146

沈镭，程静．1999．矿业城市可持续发展的机理探讨．资源科学，21（1）：44～50

史培军，王静爱，陈婧等．2006．当代地理学之人地相互作用研究的趋向．地理学报，61（2）：115～126

宋涛．2007．基于产业－环境系统协调发展的适应性城市产业生态化研究．长春：中国科学院东北地理与农业生态研究所博士学位论文

苏东永．2005．产业经济学．第二版．北京：高等教育出版社：278

苏伦·埃尔克曼．1999．工业生态学．徐兴元译．北京：经济日报出版社：4

孙晶，王俊，杨新军．2007．社会—生态系统恢复力研究综述．生态学报，27（12）：5371～5381

孙鹏，王青，刘建兴等．2007．沈阳市交通生态效率与环境压力．生态学杂志，26（12）：2107～2110

孙启宏，李艳萍，段宁等．2007．基于EW-MFA方法的我国1990～2003年资源利用与环境影响特征研究．环境科学研究，（1）：108～113

孙儒泳．1987．动物生态学原理．北京：北京师范大学出版社：434

陶在朴．2003．生态包袱与生态足迹——可持续发展的重量与面积观念．北京：经济科学出版社：31～61

屠凤娜．2008．产业生态化：生态文明建设的战略举措．理论前沿，（18）：36～37

晚春东，王雅林，汤万金．2002．矿区生态经济系统的结构与功能分析．学术交流，（6）：84～87，149

王崇锋．2008．基于生态城市的可持续发展产业集聚问题研究．青岛：青岛大学博士学位论文

王春枝．2005．内蒙古产业结构与就业结构关系的实证分析．内蒙古财经学院学报，（2）：44～47

王广成，闫旭骞．2006．矿区生态系统健康评价理论及其实证研究．北京：经济科学出版社：64，65

王金达，于君宝，刘景双等.2003.东北煤矿区环境风险评价探讨.农业环境科学学报，22（2）：210～213

王明涛.1999.多指标综合评价中权数确定的离差、均方差决策方法.中国软科学，8（8）：100～107

王青，刘敬智，顾晓薇等.2005.中国经济系统的物质消耗分析.资源科学，27（5）：2～7

王如松.2003.循环经济建设的产业生态学方法.产业与环境，（增刊）：48～52

王如松，林顺坤，欧阳志云.2004.海南省生态省建设的理论与实践.北京：化学工业出版社：2～6

王如松，杨建新.1999.产业生态学和生态产业转型.世界科技研究与发展，22（5）：24～33

王如松，周涛，陈亮等.2006.产业生态学基础.北京：新华出版社：128

王寿兵，吴峰，刘晶茹.2006.产业生态学.北京：化学工业出版社：4，5，25，27，28

王子彦.2002.对工业生态系统及其特性的哲学理解.环境保护，（2）：43～45

魏楚，沈满洪.2007.能源效率与能源生产率：基于 DEA 方法的省际数据比较.数量经济技术经济研究，（9）：110～121

魏权龄.1988.评价相对有效性的 DEA 方法.北京：中国人民大学出版社

文轩.2007-11-06.吉林省辽源市转变经济发展方式，多措并举促转型.http：//Chinaeast. Xinhuanet. com/2007-11/06/content_11590858. htm

吴敬琏.1995.路径依赖与中国改革.改革，（3）：57～59

吴玉英，何喜军.2006.基于 DEA 方法的北京可持续发展能力评价.系统工程理论与实践，（3）：117～123

武春友，叶瑛.2000.我国资源型城市产业转型问题初探.大连理工大学学报（社会科学版）.（3）：6～9

夏传勇.2005.经济系统物质流分析研究评述.自然资源学报，20（3）：415～421

肖忠东.2002.工业生态制造中物质剩余理论研究.西安：西安交通大学博士学位论文

徐建华，段舜山.1994.区域开发理论与研究方法.兰州：甘肃科学技术出版社：64，68

徐明，贾小平，石磊等.2006.辽宁省经济系统物质代谢的核算及分析.资源科学，28（5）：127～133

徐明，张天柱.2005.中国经济系统的物质投入分析.中国环境科学，25（3）：324～328

徐一剑，张天柱，石磊等.2004.贵阳市物质流分析.清华大学（自然科学学报），44（12）：1688～1691

许国志，顾基发，车宏安.2000.系统科学与工程研究.上海：上海科技教育出版社：17～23

闫军印，赵国杰，孙卫东.2008.区域矿产资源开发生态经济系统.北京：中国物资出版社：83

杨达源，姜彤．2005．全球变化与区域响应．北京：化学工业出版社：18，21～23

杨海波，王宗敏，赵红领等．2009．基于改进模型的东营市生态足迹动态分析．应用生态学报，20（7）：1753～1758

杨建新，王如松．1998a．产业生态学的回顾与展望．应用生态学报，9（5）：555～561

杨建新，王如松．1998b．产业生态学基本理论探讨．城市环境与城市生态，11（2）：56～66

杨彦平，金瑜．2006．社会适应性研究述评．心理科学，29（5）：1171～1173

殷永元．2002．气候变化适应对策的评价方法和工具．冰川冻土，24（4）：426～432

于光．2007．矿业城市经济转型理论与评价方法研究．北京：中国地质大学博士学位论文：6

于秀娟．2005．工业与生态．北京：化学工业出版社：70～73

余晖，欧建峰．2007．西方国家资源型城市产业转型模式及对我国的启示．科技广场，（2）：45，46

余谋昌．2007．环境理论学．北京：高等教育出版社：7

俞滨洋，赵景海．1999．资源型城市可持续发展战略初探．城市规划，（6）：55，56

虞震．2007．我国产业生态化路径研究．上海：上海社会科学院博士学位论文：74～79

袁国华．2003．中国矿业城市（基地）发展模式研究．国土资源，（10）：47～52

袁俊斌．2006．资源型城市发展循环经济模式研究．沈阳：东北大学博士学位论文：103

曾珍香，顾培亮，张闽．2000．DEA方法在可持续发展评价中的应用．系统工程理论与实践，（8）：114～118

张复明．2007．资源型经济理论解释内在机制与应用研究．北京：中国社会科学出版社：155～160，68～72

张国宝．2008．东北地区振兴规划研究——综合规划研究卷．北京：中国标准出版社

张军涛．2003．经济全球化与我国资源型城市产业结构转化研究．资源产业，5（3）：36～37

张雷．2007．能源生态系统．北京：科学出版社：10～17，24～32，49

张雷，沈叙建，杨荫凯等．2004．中国区域发展的资源环境协调问题．地理科学进展，23（6）：10～19

张平宇．2008．东北区域发展报告2008．北京：科学出版社：93，164，175～176

张思锋，雷娟．2006．基于MFA方法的陕西省物质减量化分析．资源科学，28（4）：145～150

张文龙，余锦龙．2008．基于产业共生网络的区域产业生态化路径选择．社会科学家，（12）：47～50

张以诚．1999．我国矿业城市现状和可持续发展对策．中国矿业大学学报（社会科学版），（1）：75～80

张音波，夏志新，陈新庚等．2007．基于物质流分析方法的区域可持续发展动态研究．资源科学，29（6）：212～218

张欲非．2007．区域产业生态化系统构建研究．哈尔滨：哈尔滨工业大学博士学位

论文：87，88

赵景海．2007．中国资源型城市空间发展研究．长春：东北师范大学博士学位论文：83

赵玺玉，金光日．2005．我国石油资源渐趋萎缩城市的产业转型及对策．石油大学学报
（社会科学版），（10）：2

赵兴武．2005．资源型城市经济转型研究．阜新：辽宁工程技术大学博士学位论文：38，39

振兴东北办．2005－09－20．大力促进东北地区资源型城市可持续发展．http：//www.
sdpc. gov cn/tzgg/jjlygg/t 20050920_ 43185. htm

郑景明，罗菊春，曾德慧等．2002．森林生态系统管理的研究进展．北京林业大学学
报，24（5）：103～109

中国21世纪议程管理中心．2007．可持续发展战略研究组．生态补偿：国际经验与中国
实践．北京：社会科学文献出版社

中国大百科全书出版社编辑部，《中国大百科全书》总编辑委员会之《建筑园林城市
规划》编辑委员会．2004．中国大百科全书·建筑园林城市规划卷．北京：中国大百
科全书出版社

《中国经济年鉴》编辑委员会．1982.1981年中国经济年鉴（简编）．北京：经济管理出
版社：4

周建安．2007．我国产业结构演进的生态发展路径选择．广州：暨南大学博士学位论
文：87～94

周江，曹瑛．2007．基于物流、信息及促进机构支持的区域产业生态系统．生态经济，
（2）：162～164，171

周文宗，刘金娥，左平等．2005．生态产业与产业生态学．北京：化学工业出版社：1

朱传耿，仇方道，渠爱雪．2004．试论我国经济地理学对发展观演变的响应．经济地
理，24（6）：733～737

朱传耿，马晓冬，孟召宜等．2007a.地域主体功能区划理论方法实证．北京：科学出版
社：58～60

朱传耿，沈山，仇方道．2007b.区域经济学．第二版．北京：中国社会科学出版社

朱红伟．2008．论产业生态化理论面临的困境及其目标的实现．现代财经，（9）：20～25

朱明峰．2005．基于循环经济的资源型发展理论与应用研究．合肥：合肥工业大学博士
学位论文

朱训．2004．矿业城市的可持续发展是振兴东北老工业基地的基础．资源·产业，
6（5）：1～4

"资源枯竭城市就业问题研究"课题组．2005．资源枯竭矿业城市就业问题研究．经济
参考研究，（48）：2～12

Karamanos P. 1996. 工业生态学：私有部门的新机会．产业与环境，18（4）：38，
39，44

Adger W N. 1997. Sustainability and social resilience in coastal resource use. Global environ-
mental change working paper. Center for social and economic research on the global environ-

ment. University of East Anglia. London, UK: 23

Adger W N. 2000a. Institutional adaptation to environmental risk under the transition in Vietnam. Annals of the Association of American Geographers, 90 (4): 738 ~ 758

Adger W N. 2000b. Social and ecological resilience: are they related. Progress in Human Geography, 24 (3): 347 ~ 364

Adeger W N, Armell N W, Tompkins E L. 2005. Successful adaptation to climate change across scales. Global Environmental Change Part A, 15 (2): 75, 76

Allenby B R. 1992. Achieving sustainable development through industrial ecology. International Environmental Affairs, (4): 56 ~ 58

Allenby B R. 2000. Implementing industrial ecology: the A T&T matrix system. Interfaces, 30 (3): 42 ~ 54

Allenby B R, Cooper W E. 1994. Understanding industrial ecology from a biological systems perspective. Total Quality Environmental Management, 3 (3): 343 ~ 354

Andraw J, O' Riordan T. 2003. Institutions for global environment change. Global environment change, 13: 69 ~ 73

Arthur B. 1994. Increasing Return and Path Dependence in the Economy. Ann Arbor: Michigan University Press

Ayres R U. 1991. Industrial metabolism: closing the materials cycle. SEI Conference on Principles of Clean Production, Stockholm

Barbier E B. 1985. Economic, Natural Resource Scarcity and Environment. London: Earthcan

Bendz D J. 1999. Industrial ecology and design for environment. Allenby B R. Proceedings First International Symposium on Environmentally Conscious Design and Inverse Manufacturing. Tokyo, Japan: 2 ~ 8

Bernardini O, Galli R. 1993. Dematerialization: longterm trends in the intensity of use of materials and energy. Future, 25 (4): 431 ~ 448

Bouman M, Heijings R, van der Voet E et al. 2000. Material flows and economic models: an analytical comparison of SFA, LCA and partial equilibrium models. Ecological Economics, 32 (2): 195 ~ 216

Bradbury J H. 1979. Towards an alternative theory of resource-based town development, Economic Geography, 55 (2): 147 ~ 166

Brasseur G. 2003. 3rd IGBP congress overview. Global Change Newsletter, (55): 1 ~ 3

Bringezu S, Schutz H. 2001. Total Material Resource Flows of the United Kingdom . Wuppertal Institute, Wuppertal

Brooks N, Adeger W N, Kelly P M. 2005. The determinants of vulnerability and adaptive capacity at the national level and the implications for adaptation. Global Environmental Change, 15: 151 ~ 163

Brooks N. 2003. Vunerability, risk, and adaption: a conceptual framework. Tyndall Center for

Climate Change Research, Working Paper: 38

Colombo U. 1988. The technology revolution and the restructuring of the global economy. In: Muroyama J H , G. Stever, H. Globalization of Technology: International Perpectives. Washington, DC: National Academy Press

Commoner B. 1997. The relation between industrial and ecologicalsystem. Journal of Cleaner Production, 5 (1~2): 125~129

Cote E P , Hall J. 1995. Industrial parks as ecosystems. Journal of Cleaner Production , 3 (1~2) : 41~46

Cote P, Theresa S. 1997. Supporting Pillars for Industrial Ecosystems. Journal of Cleaner Production , 5 (1~2): 67~74

Dyckhoff H, Allen K. 2001. Measuring ecological efficiency with Data Envelopment Analysis (DEA) . Europen Journal of Operational Research, (13): 312~325.

De Marco O, Lagioia G, Mazzacane E P. 2001. Materials flows analysis of the Italian economy. Journal of Industrial Ecology, 4: 55~70

Dietz T, Ostrom E, Stern P. 2003. The struggle to govern the commons. Science, 302: 1907~1912

DiRodi V F. 1998. End of life no more: The application of nanotechnology to industrial ecology. Proceedings of the 1998 IEEE International Symposium on Electronics and the Environment

European Communities. 2001. Economy-wide material flow accounts and derived indicators—a methodological guide . Luxembourg: Office for Official Publications of the European Communities: 15~44

EUROSTAT. 2001. Economicy-wide material flow accounts and derive indicators: a methodological guide. Luxebourg: EUROSTAT

Feenstra J F, Burton I, Smith J B, et al. 1998. Handbook on methods for climate change impact assessment and adaptation strategies. Nether lands: United Nations Environment Program me and Institute for Environmental studies . Free University of Amstedam

Folke C. 2006. Resilience: the emergence of a perspective for social-ecological systems analyses. Global Environmental Change, 16: 253~267

Forman R T T. 1990. Ecologically sustainable Landscape: the role of spatial configuration. In: Ionneveld I S, Froman R TT. Changing Landscapes: An Ecological Perspectives. New York: Springer-Verlag : 261~278

Frosch R A. 1995. Industrial ecology: adapting technology for a sustainable world. Environment, 10: 16~28

Frosch R A , Gallopoulos N. 1989. Strategies for manufacturing. Scientific American, 261 (3): 144~152

Gene L. 1998. An adaptive approach to planning and decision making. Landscape and Urban Planning, 40: 81~87

Gilberto C G. 2006. Linkages between vulnerability, resilience, and adaptive capacity. Global Environmental Change, 16 (3): 293 ~ 303

Gnauck A. 2000. Fundamentals of ecosystem theory from general system s analysis. In: Jorgensen S E, Muller F. Handbook of Ecosystem Theories and Management. New York: CRC Press LLC: 75 ~ 88

Graedel, T. 1994. Industrial Ecology: Definition and Implementation. In: Socolow R, Andrews C, Berk hout F, et al. Sydicate of the University of Cambridge Industrial Ecology and Global Change. New Zealand : The Press: 23 ~ 42

Graedel T. 1995. Industrial Ecology. New Jersey: Prentice Hall A Simon and Schuster Company Enlewood Cliffs

Heman R, Arkekani S A, Ausubel J H. 1989. Dematerialization. In: Ausuel J H, Sladovich H E. Technology and Environment. Washington, DC: National Academy Press

Hoffren J, Luukkanmen J, Kaivo-oja J. 2000. Decomposition analysis of Finnish material flows: 1960 − 1996. Journal of Industrial Ecology, 4: 105 ~ 126

Holling C S. 1973. Resilience and stability of ecological systems. Annual Review of Ecology and Systematics, 7 (4) : 1 ~ 23

Hutchinson G E. 1948. Circular causal systems in ecology. Annals of the New York Academy of Science, 50: 221 ~ 246

IUCN-UNEP-WWF. 1991. Caring for the Earth: A Strategy for Sustainbale Living. Gland: Switzerland

Jelinske L W, Graedel T E, Laudise R A, et al. 1992. Industrial ecology: concepts and approaches. Proc Natl Acad Sci USA, 89: 800 ~ 803

Kates RW, Clark W C, Corell R, et al. 2001. Sustainability science. Science, 292 (5517): 641, 642

Korhonen J, Snakin J P. 2005. Analyzing the evolution of industrial ecosystems: concepts and application. Ecological Economics, 170 (52): 169 ~ 186

Krausmann F, Haberl H, Erb K H, et al. 2004. Resource flows and land use in Austria 1950 ~ 2000: using the MEFA framework to monitor society nature interaction for sustainability. land Use Policy, 21: 215 ~ 230

Lambert A J D, Boons F A. 2002. Eco-industrial parks: stimulating sustainable development in mixed industrial parks. Technovation, 22 (8): 471 ~ 484

Lowe, E A, Moran S R, Holmes D. 1997. Eco-Industrial Parks: a handbook for local development teams. Indigo Development, RPP International, Emeryville, CA.

Maenpaa I, Juutinen A. 2001. Materials flows in Finland: Resource use in a small open economy . Journal of Industrial Ecology, 5 (3): 33 ~ 48

Mathews E, Amann C, Bringezu S, et al. 2000. The Weight of Nations: Material outflows From Industrial Economies. Washington, DC: World Resources Institute

McCarthy J J, Canziani O F, Leary N A, et al. 2001. Climate Change 2001: Impact, Adaptation and Vulnerability, Contribution of Working Group Ⅱ to the Third Assessment Report of IPCC. Cambridge: Cambridge University Press

Mc Carthy J J, Canziani O F, Leary N A, et al. 2001. IPCC. Climate Change 2001: Impacts, Adaptation and Vulnerability, Contribution of Working Group II to the Third Assessment Report of the Intergovernmental Panel on Climate Change. Cambridge, United Kingdom: Cambridge University Press

Noble. C E. 1998. A model for industrial waste reuse: a GIS approach to industrial ecology. Austin: Master Thesis of the University of Texas

North D. 1993. Institutions and economic performance. *In*: Maki U, Gustafssion B, Knudsen C. Rationality, Institutions and Economic Methodology . London: Routledge

O' Brien M, Holland T D. 1992. The role of adaptation in archeological explanation. American Antiquity, 57: 36 ~ 69

Palm V, Jonsson K. 2003. Material flow accounting in Sweden: Material use for national consumption and for export. Journal of Industrial Ecology, 7: 81 ~ 92

Pearce D W, Watford J J. 1993. World without End: Economics, Environment and Sustainable Development. New York: Oxford University Press

Qiu F D, Tong L J, Zhang H M, et al. 2009. Decomposition analysis on direct material input and dematerialization of mining cities in northeast China. Chinese Geographical Scoence, 19 (2): 104 ~ 112. DOI: 10. 1007/s11769 ~ 009 ~ 0104 ~ 2

Rees W E. 1992. Ecological footp rint and app rop riated carrying capacity: what urban economics leave out. Environment and Urbanization, 4: 120 ~ 130.

Robert F A, Gallopoulos N E. 1989. Strategies for manufacturing. Scientific American, 189 (3): 152 ~ 156

Sagar A D, Frosch R A A. 1997. perspective on industrial ecology and its application to a metals-industry ecosystem. Journal of Cleaner Production, 5 (1 − 2): 39 ~ 45

Scansny M, Kovanda J, Hak T. 2003. Material flow accounts, balances and derived indicators the Czech Republic during the 1990s: Results and recommendations for methodological improvements. Ecological Economics, 45: 41 ~ 57

Schutz H. 1999. Technical Details of National Material Flows Accounting (Inputside) for Germany . Wuppertal Institute, Wuppertal

Smit B, Burton I, Klein R J T, et al. 1999. The science of adaptation: a framework for Assessment . Mitigation and Adaptation Strategies for Global Change, 4: 199 ~ 213

Smit B, Wandel J. 2006. Adaptation, adaptive capacity and vulnerability. Global Environmental Change, 16 (3): 282 ~ 292

Smit B J, Wandel. 2006. Adaptation, adaptive capacity and vulnerability. Global Environmental Change, 16: 282 ~ 292

Vogt K A, Gordon J C, Wargo J P, et al. 1997. Ecosystems: Balancing Science with Management. New York: Springer

Wackernagel M, Onisto L, Bello P et al. 1997. Ecological footprints of nations: How much nature do they use? How much nature do they have? Toronto: International Council for Local Environmental Initiatives: 4 ~ 12

Wackernagel M, Onisto L, Bello P., et al. 1999. National natural capital accounting with the ecological footprint concept. Ecological Economics, 29 (3): 375 ~ 390

Wackernagel M, Rees W E. 1996. Our Ecological Footp rint: Reducing Human Impact on the Earth. Gabriola Island: New Society Publishers

Walker B. 2003. The resilience alliance. IHDP Update, (2): 12

Walker B, Holling C S, Carpenter S R, et al. 2004. Resilience, adaptability and transformability in social-ecological systems. Ecology and Society, 9 (2): 5 ~ 12

WBCSD. 1996 − 01 − 01. Eco-efficient leadship for improved economic and environmental performance. http://www. wbcsd. org/Doc Root/

Wernick I, Ausbel J H. 1996. National material flows and the environment. Annual Review Energy Environment, 20: 463 ~ 492

Yang P P J, Ong B L. 2004. Applying ecosystem concepts to the planning of industrial areas: a case study of Singapore's Jurong Island. Journal of Cleaner Production Special Issue on Applications of Industrial Ecology, (12): 8 ~ 10

后　记

　　书稿是在我的博士论文基础上修改完成。东北师范大学攻读博士学位的经历是我一生中最宝贵的财富。临近博士论文出版之际，对于在完成这一研究过程中得到的关心、支持和帮助，须臾不敢忘怀。

　　首先要深深地感谢导师佟连军研究员，佟老师深邃广博的学术视野和严谨的治学态度引导、激励着我在学业上不断进行新的探索，佟老师的每次点拨，都让我受益匪浅。感谢先生将我引入产业生态研究的殿堂，感谢先生给我提供了诸多科研实践锻炼机会，感谢先生对我的提携和鼓励。如海师恩，需用一生来珍惜和回报。

　　感谢刘继生教授，刘老师的严谨、热情和提携后人的高贵品质令我敬仰；感谢张平宇研究员，张老师严谨的治学精神、敏锐的科研思维和刻苦的工作精神一直是我努力的方向，本书的研究课题是以张老师主持的国家自然科学基金重点项目为支撑，整个写作过程得到张老师耐心、无私的指导、启迪；感谢陈才教授、王士君教授、杨青山教授、修春亮教授、梅林教授、于国政教授等，在本书的写作过程中提出宝贵建议，使我研究视野更加开阔，思维更加缜密。

　　感谢马延吉研究员、程叶青副研究员、刘文新博士、李飞博士和房艳刚博士在本书写作过程中给予的关心和帮助；特别感谢师弟李名升、高迎春和师妹张春丽、张娜、张慧敏、李博等在数据收集、整理等方面给予的热情帮助，正是由于他们的无私帮助，写作得以顺利完成。感谢同课题组的李鹤、苏飞等师弟师妹，在与他们的一同调研、交流中，进一步丰富了本书的写作思想。感谢朴银哲、陈群元、王昱、冯章献等同学在日常交流中给予的思想启迪。

　　感谢盐城市人民政府副市长朱传耿教授，朱老师不仅在学术上指引我，还在生活和工作上处处关心和帮助我；感谢沈正平教授、苗天青教授、马晓冬教授、孟召宜博士、以及城市与环境学院的所有同事，是他们的鼓励和支持，让我渡过了书稿写作最困难的时光，尤其要感谢王作权副教授、马家常副教授、孔令平副教授多年来在工作和生活方面所给予的一贯的支持和帮助；还要感谢徐州师范大学图书馆曹志梅老师、渠芳老师、廉清老师等帮助收集了大量资料。

最后还要感谢我的家人所给予的支持和爱护，正是他们的期望和鼓励一直激励着我不断前行。特别感谢我的妻子倪四秀，几年来独自承担了照顾儿子和操持家务的重担，使我得以顺利完成学业。可以说没有他们支持，书稿难以如期完成。

本书的出版还要感谢科学出版社牛玲女士、陈超女士、韩昌福先生在编辑、文字加工等方面的帮助！

仇方道

2010 年 7 月

中国区域可持续发展文库

聚焦都市圈　　唐晓平 著

区域经济发展的轨迹　　覃成林 主编

中国区域经济增长分异与趋同　　覃成林 主编

城市环境危机管理　　宋雅杰 李健 主编

行政区域与区域经济发展　　常黎 著

中国转型期的制度变迁与经济增长　　康继军 著

持续推进西部开发的理论与实践　　陈迅 等 著

产业结构升级与城镇空间模式协同性研究　　沈玉芳 等 著

中部及中东部区域经济协调发展　　尹继东 等 著

基于复杂系统的区域协调发展　　曾珍香 张培 王欣菲 著

内生型产业集群知识创新　　吴先华 著

园区集群效应对企业进驻高新科技园区的影响研究　　周勇 著

中部地区煤炭城市产业接续与援助机制　　刘耀彬 著

中国城市研究丛书

制度变迁与区域经济增长　　孙斌栋 著

城市网络空间的生产与消费　　汪明峰 著

技术扩散与高新技术企业区位研究　　曾刚 著

集群创新与高新区转型　　滕堂伟 曾刚 著

全球生产网络与大都市生产空间组织　　李健 著

企业空间组织和城市区域发展　　宁越敏 武前波 著

从劳动空间分工到大都市区空间组织　　宁越敏 石崧 著

区域创新与经济地理论丛

竞争性区域构建　　　王勇 杜德斌 著

旅游合作与区域创新　　　汪明宇 著

区域经济协调发展的理论与实践　　　沈玉芳 主编

科学出版社

北京东黄城根北街 16 号 100717

科学人文出版中心

电话：010 – 6403 5853

传真：010 – 64030929

Email：houjunlin@ mail. sciencep. com